革命的那一天

Adjustment Day

恰克・帕拉尼克（Chuck Palahniuk）—— 著

黃鴻硯 —— 譯

目次

導讀　想要世界毀滅的話，問我就可以了　陳栢青　6

革命的那一天　15

恰克．帕拉尼克年表　364

國際媒體讚譽

驚人而快速地墜落至瘋狂與謀殺之境，其中精神錯亂的氛圍疊加和極端的酷刑使人著迷。

——傑森・希恩，國家公共廣播電台書評

一場反烏托邦噩夢，把現代社會的所有破裂都升級到一個變態的高潮。

——《柯克斯書評》

本書反映了我們社會中許多荒謬的事物。

——麥肯齊・道森，《紐約郵報》

《革命的那一天》將滿足您對《鬥陣俱樂部》作者的期望：暴力、動感和深深的不安。

——凱莉・蕭，好讀網

《革命的那一天》在很多方面都像一本以我們時代為藍本所寫的小說，其中對個人標誌的崇拜（以及對歸屬特定群體的渴望）使人們所熟悉的世界破裂，並衍生出一些與之不同、更糟糕的問題。

——格雷姆・麥克米蘭，好萊塢記者

帕拉尼克玩弄文化的分界，包括種族、階級、性取向，以及隨之而來的所有恐懼、神話和陰謀。他創造出一部既恐怖又荒誕的小說，就像今天的美國一樣。

——彼得・魯，《*Vice*》雜誌

有遠見且無所畏懼。這也許是帕拉尼克迄今為止最黑暗、最尖銳的諷刺作品。只有通過他結合剃刀般敏銳的洞察力和無窮的想像力，才能使最令人不適的場景顯得有娛樂效果。

——《書單》雜誌

導讀　想要世界毀滅的話，問我就可以了

作家　陳栢青

「假如你還沒有發現，請允許我先劇透：我所有的作品講的都是孤獨者想方設法和他人發生關聯。」

——恰克・帕拉尼克《比虛構更離奇》

想要被人喜歡的話，問我就可以了。

相信我，香水選哪個牌子並不重要。重點是，在喜歡的人說「等我五分鐘」一翹頭去陽台抽根菸或進廁所的時候，往對方公事包還是手提袋裡壓幾下自己常用的香水。這樣他會在回到家拉開背包拉鍊或公事包扣環的那一刻，因為空氣裡紛湧而出的氣味分子，心頭驀然一動，眼前重新浮現你的臉。

想要被人喜歡的話，問我就可以了。

年輕的祕訣不在於脫口最新的流行語或看罷新進串流平台的每一部電影，年輕的關鍵在於中臉。明

星會用雙手捧著水煮蛋那樣顫巍巍怕蛋殼裂出一點縫似地維持自己膨大的蘋果肌，青春是膠原蛋白，二度青春就是玻尿酸，是晶亮瓷是聚己內酯，也可以填充自己的脂肪。對外都說是晚上十點前上床最好睡滿八小時。其實你只要在日漸鑿深的淚溝和被時間剷平的臉頰間用淺一個色號的遮瑕膏作小面積打亮就可以了，創造青春的新高點要先創造臉頰的制高點。

想要被人喜歡的話，問我就可以了。

髮量的關鍵不在多不在密，在於蓬。一杓子的鹽巴要兌六杓水，拌勻後噴灑髮根上，一比六的鹽水黃金比例讓你蕩，要遇到風起，根本就是浪了，你的頭髮是Beyond的一首歌，原諒我這一生不羈放縱愛自由。

想要被人喜歡的話，問我就可以了。

我們是這樣的一代，看YouTube裡美妝部落客和電視節目《女人我最大》、《一袋女皇》買下人生第一件化妝品（並學會用手掌擋在那些瓶罐後方展示所謂「網美手」），第一根離子夾（他們都簡稱「板夾」）乃至第一塊衛生棉，相信唐綺陽星座預測多於氣象預報，由「三分鐘帶你讀完ＸＸＸ」理解四大名著與全球百大電影。維基百科是我們共同家庭教師，Google Map美食評分就是我們的Taipei Walker或寂寞星球觀光指南。我們所有人第一個美語腔調老師都叫做ＳＩＲＩ。我們的第一次初吻對象全是彭于晏、陳昊森還曾敬驊——看那時哪個小鮮肉占據大小螢幕而定——電視電影先幫我們演了，你知道自己該要墊起腳來，閉上眼，緩緩把唇送上前去。然後是我們第一次性愛，第一場葬禮，以及，第一回死亡。這些我們全經歷過了，雖然還沒發生，但螢幕上都演過了，並都已經演完了。我們這麼年輕就都老了，還沒開始便已經結束了，我們是被影像奶大的一代。

「我們是歷史的第二胎，讓電視撫養長大，相信我們有一天會是百萬富翁電影明星和搖滾巨星，可是我們不是，我們剛剛才知道這個事實，所以別他媽的來煩我們。」

——恰克．帕拉尼克《鬥陣俱樂部》

我驚訝的倒是，《鬥陣俱樂部》出現得那麼晚，直至上個世紀像老頭子的小便稀稀射腳邊，你以為一切就要落幕了，一九九六年出版的小說終於趕上並在一九九九年推出電影，二十世紀像是知道自己要死了傾盡全力在最後來上那麼一發，水花淋漓射過山——帕拉尼克小說替上世紀下半葉男人街頭寫生，那其實是一個男性典範倒台的世界，老大哥被打回原形了，信仰的神祇都回到奧林匹斯山了，新的銅像還沒有被立起，於是小說裡男性長出了女乳，一夥人全湊合在各種治療小組裡哭哭啼啼抱一起，男人最新的神殿是ＩＫＥＡ是星巴克是小七集點是麥當勞套餐換Hello Kitty，這些鬥犬種男全被閹啦，而「鬥陣俱樂部」的出現提供全世界男人一張全新的臉——規則就是沒有規則——扯下領帶彼此牛角相抵鬥得撕心裂肺，彼此像引擎全速運轉感受體內睪固酮腎上腺素在頭頂蒸出白煙，因為他媽的太痛了，反而能感受到身體，也便扎扎實實地理解了存在。第二天扣緊襯衫最上面釦子神清氣爽坐回電腦桌前，任傷疤色素沉澱，屙出血便，用舌頭推推鬆動的牙齒，小腿肌肉還繃緊，但心靈奇異感到一絲鬆弛，靈魂彷彿飛昇。那是一種入族式，男人成為了男人。

結果呢，結果你以為「我將再起」，軟茄變天翹終於他媽的一世紀男人們「站起來了」，卻怎麼到最後，那個「把我們的旗幟奪回來」全變成穿一式一樣制服，頂光頭烙相同紋身彷佛牲口記號似地全被操成面目模糊的殭屍大軍還是法西斯……

那些你盼望想成為的正是足以摧毀你的。

那些你所熱切喜歡的正是深深傷害你的。

那些你試圖想連結的正是所以阻斷你的。

《鬥陣俱樂部》裡出現了一個名為「破壞計畫」的恐怖份子組織。這麼多年來，帕拉尼克寫了許多的書，其實他都在寫同一本：破壞計畫——「我的小說是某種美國夢的相反。」——而我以為，他的小說更像是好萊塢夢的終極大製作。好萊塢三幕劇的造夢公式是，在第一幕裡告訴觀眾主人公想要什麼，而在第二幕裡讓主人公終於圓夢了，他嘗到了甜頭，他搏上位、「媽我出運了」。他得到一切他想要的，但抵達峰頂的同時也是崩滅的開始。摘自易智言的課堂筆記，好萊塢第二幕收尾總是以「I AM SORRY」畫下句號。所有的好萊塢的通俗劇主題都可以簡化成天平兩邊的對比：想要ＶＳ應要。主人翁花費三分之二電影時間來上那麼一趟天路歷程終究只是「想要」的幻滅，然後在第三幕開啟時，他真正明白了「我應該要什麼」。

如果你想被人喜歡的話，問我就好了。

不要輕易對別人示好。好人那麼和善，一點壞，別人就說他人設崩壞，表裡不一。壞人壞死了。一點點好，有養隻貓還是會給路邊狗狗摸摸頭，你就覺得他那缺乏情感滋潤到枯乾的眼珠子後面還隱藏美善出汁的靈魂。

想要被人喜歡的話，問我就可以了。

總是拒絕兩次，然後答應別人一次。

而帕拉尼克所有的故事都像結束在好萊塢造夢公式的第二幕。那時候，更高的大樓。更黑的天空。更瘋狂的場景。更多的死人。更多爆破。

我已經知道我想要的是什麼。

「我想要和別人發生連結。」

但我真正應該要的是什麼呢？我應該怎麼去做？

天平在此傾斜，I AM SORRY。電影第二幕的幻滅其實是這個時代的真實結局，你想要的不是你真正想要的，但你應該要什麼？那個問號後的空洞和留白正是帕拉尼克拿手的簽名，他寫出的是美國夢的反面，並以好萊塢夢的崩潰來上一次社會秩序彷彿電腦作業系統的全面重啟。

那也就是我們這一代電視電影奶大的人的崩潰，以及其救贖。

《鬥陣俱樂部》當然來得太遲，這麼說吧，小說主人翁之一泰勒在新世代保證失業，你還記得他其中一項職業吧？他是有加入放映師工會的電影放映師，小惡癖是在電影放映的膠卷單格之間插入私藏A片精華。但問題是，現在誰還在看膠卷呢？泰勒老哥想要耍婊，攢了一堆單格膠片「巨大的勃起，紅紅的，滑滑的，好可怕」準備好來給電影院裡觀眾一個迎頭痛擊，接著他會發現，靠，電影早就數位化放映了。以及，靠，大家都跑去看Netflix了。

泰勒會有臉書嗎？他會更新ＩＧ動態嗎？世界變動得太快，新世紀的泰勒會加入爆料公社嗎？他會把他的太空猴肥皂人們變成新一波網軍還是讓他們以百萬訂閱直播主為目標前進？

但鬥陣俱樂部並沒有關門營業，它來得太遲，卻成真得太早。我是說，某個程度上，我們全成了他媽的俱樂部VIP了。網路是全新的鬥陣俱樂部。我們終於以我們想要的方式連結在一起了——「我所有的作品講的都是孤獨者想方設法和他人發生關聯」——那就是此刻了，同溫層、小圈圈，你不想看就可以永遠不要看，你身邊永遠都是贊同你的人，不贊同呢？噓他。封鎖他。向系統檢舉他。動用你假帳號大軍用口水用輿論癱瘓他。實情是，網路社群造成的危機是，你會以為，所有人都是自己人。大家在網內互打。世界被縮得小小的，當世界只剩下我，剩下我們，那就沒有所謂的「世界」了。我們從此失去了所謂的「外面」。我們失去了別人。當我說「我們」，終於只剩下我了。

我，我們已經擁有鬥陣俱樂部了。然後呢？

於是，革命的那一天到了。

網路投票殺人。公民革命。全美分裂重組，這會兒我們全像雅虎奇摩家族（抱歉又一個永遠退出歷史舞台的名字）或是臉書社團那樣同色羽毛的鳥湊在一起，我們自成一國，那會發生什麼事情呢？

如果你想被人喜歡的話，問我就好了。

戀情。青春。美麗。髮量。更長的腿。更白的皮膚。社群軟體上更多的大拇指。Tinder裡更多的「你有一個仰慕者」。

我想要和別人發生連結。

帕拉尼克的《革命的那一天》不是《鬥陣俱樂部》2，但你可以視為它的2.0版本。如果《鬥陣俱樂部》替上一世紀作總結，是末世錄，那《革命的那一天》絕對是創世紀，它是帕拉尼克集大成的威力加強版。生活智慧王。曹蘭王月到你家。破壞世界這樣做。毀滅日D.I.Y。更誇張場面。更多人物。更瘋癲情節。更多「以下內容可能令人不安讓人身心靈不適」的警語。更深入的提問。更多冒犯。更哪壺不開提哪壺。更痛。更痛快。

想要被人喜歡的話，問我就可以了。

事實是，總是只想著「想要被人喜歡的話」，你永遠不會被人喜歡。

總要有人說出這樣的話吧。要有一個人跟我們說。在我們耳邊大聲說。嘿，醒醒吧。嘿，你瞧——

那總是帕拉尼克對我們說的第一句話。

給史考特・艾利
致他的堅定

記住，民主撐不久的，它很快就會耗損、累垮、謀害自身。

——約翰·亞當斯

革命的那一天

如今，大家仍會聊起這大好人呢。一群人當中，一定會有像他那種優秀偵查者。他以輔祭、老師的走狗之姿，走進東南轄區分局，左右張望，單手摀嘴，低聲說話。此時是午夜，那孩子走了進來，拉起兜帽，頭壓低，戴墨鏡，沒唬你。他可不是誰家的史提夫．汪達，沒拄白枴杖，沒帶狗。他低聲問負責人在哪？能不能借步說話？他用氣音問執勤警官，「我有線報，關於未來應該會發生的犯罪事件。」

執勤警官說：「身上有證件嗎？」

頭戴棒球帽，帽緣壓低，上頭再用連衣帽罩住。只露出鼻子和嘴巴，這位解晦的掃興鬼（同時也是憂心的市民）背上有一塊塊深色汗漬。他一副「我沒要跟你談好嗎」的屌樣，搖搖頭，「這事不能公開談。」

執勤員警於是打了通電話，動作誇張地按下某個按鈕，拿起話筒撥號，過程中視線不曾從這戴墨鏡的孩子身上移開。他問有沒有警探可以來大廳做筆錄，「對，可能是密報。」他盯著那孩子的雙手，此刻正插在連帽衣的前口袋裡，這不是什麼好兆頭。警官講電話時一直點頭，這時他下巴一挑，「要不要把你的雙手放在我看得到的地方？」

那孩子照辦了，不過他一下子把身體重心放到左腳，一下放到右腳，彷彿過去幾百年來都忘了撒尿。他不斷轉頭看街上，像是預期有人會從街上走近。那孩子說：「我不能一直這樣拋頭露面。」

那孩子的腰部以下活躍到了極點，雙手倒是直直垂掛著，像在跳大河之舞，或像在拍A片。A片的男優擺動腰部時，會讓靠近攝影鏡頭那隻手癱軟垂下，往後放，不使力，彷彿那隻手想逃離現場——它會感到羞恥也是可以理解的。

執勤警官說：「清空你的口袋。」他揮手示意這名乖寶寶走向金屬探測門，就是機場會裝的那種。我們的鷹斥候挖出錢包和手機，放到塑膠盒內。猶豫了好一段時間後，把墨鏡也放了進去。國土安全部的標準程序。男孩的眼神很焦慮，深鎖的眉頭下有一對藍眼珠。那表情總有一天會使他長出皺紋。

警局內傳來一個聲響，砰一聲，像是槍，上了滅音器的槍擊發的聲音，也許是外頭傳來的。那孩子嚇了一跳。幾乎可以肯定是槍響了。

警探問：「嗑茫了嗎？」

那孩子的表情像是看到不該裸體的人，正裸體騎腳踏車從後方逼近，他的聲音如從崖邊墜落，一路尖叫到谷底，「可以把錢包還給我嗎？」

警探一副「要緊事最要緊」的調調，說：「你是為了接下來的刺殺行動來的嗎？」

那孩子說：「你們已經知道了？」

警探問那孩子還告訴過誰。

而那孩子，我們的社會中堅，說：「只告訴我死黨。」

警探把錢包、鑰匙、墨鏡、手機還給孩子，問他能不能打電話或傳訊息給死黨們，說服他們立刻來轄區分局一趟？

警探微笑，「如果你有時間，我可以回答你所有問題。」他朝天花板上的攝影機撇了一下頭。「不是在這裡談。」警探帶著那孩子，也就是我們國家最新的英雄，行經一條水泥走廊，走下防火梯，穿過幾道上頭標有「獲授權者方可進入」字樣的金屬門，來到一扇金屬門前。以鑰匙開鎖，甩開門。

那孩子的死黨們傳訊息來了，他們說會來幫他，要他別怕。金屬門後方是一片黑暗和惡臭。馬桶堵塞的臭。那孩子跟著警探進去，他的死黨傳訊息說他們在大廳了。

最精采的部分來了。警探開了燈。這個搬弄是非、密告的小鬼發現房間中央有一堆染血的衣服，接著他看到每隻袖子上都連著手。只有衣服、鞋子、手，因為頭和臉都被斬下了。另一個房間傳來的，遙遠而模糊的嗓音說：「只有一件事情能真正團結我們，那就是我們對團結的渴望……」

我們的輔祭男孩在這時轉頭向警探求助，結果只看到槍口正對著自己的臉，近到害他看不見其他事物。

定位系統開始掃描管線和地下電纜的同時，他給了開挖指示。史賓瑟車行用卡車運了他們的反鏟挖土機過來，是挖斗最大的一台。

挖到一半時，有人悠悠哉哉地穿過球場而來，看他年紀應該不是學生。像是有終身職的人，穿印度印花綁帶棉褲，愛管閒事，腳踩真皮涼鞋，搭配襪子。身上的運動衫印有「女性主義者就長這樣」的字樣。他將某物捲起來以手臂夾住。他留著常見的灰色山羊鬍，戴眼鏡。這灰鬍男近到喊叫能被聽見時，便舉手揮動，大吼：「今天很適合動工呢。」

對，他還綁了馬尾，漫步足球場上。除了垂到腰部上方的馬尾之外，沒半根頭髮。在陽光下閃閃發亮的，是一枚耳環，炫目的鑽石耳環。

根據施工計畫，這裡要挖一個九十公尺長，九公尺寬的坑，深約四公尺，底部水平，加鋪厚約六十公分的防水層。而且還要再鋪一片無縫的聚乙烯布，阻斷液體滲漏到地下水體的可能性。這工地距離任何飲用水井或開放水域超過四百公尺那麼遠，是標準規格，就跟磨坊的蓄水池一樣，只差了環保署通常會要求的加壓陶土層。

灰鬍子男捲起來用手夾住的東西是什麼？瑜伽墊。他說：「各位紳士在這裡做什麼啊？」一副教授下貧民窟混的架式。

魯法斯說：「校園環境改善工程。」他說這話時為何不會笑出來？天知道，總之他接著說：「最終會擴建成教職人員的地下停車場。」

奈勒笑了，不過他以拳頭摀嘴，假裝自己是在咳嗽。歐斯圖曼狠狠瞪了他一眼。

教授說：「叫我布洛利，布洛利博士。」他伸出手，但沒人要和他相握，第一時間沒有。奈勒看了韋瑟一眼，魯法斯拿起寫字夾板，翻著上頭那厚厚一疊紙。教授的手一直舉著，直到歐斯圖曼握住它。

魯法斯草率地翻著那疊紙，嘴裡念念有詞，「布洛利……布洛利……」他的手指似乎沿著某種名單往下滑，接著說：「你開了一門課叫『優勢歐洲殖民文化帝國主義的傲慢遺產』？」

教授朝夾板點了一下頭，說：「可以請問你那份資料是什麼嗎？」

魯法斯毫不遲疑地回道：「環境影響調查。」

奈勒和韋瑟同時捧腹大笑。蠢到極點了。他們背對大家直到冷靜下來，才重新以專家的沉著示人。但還忍不住竊笑，結果被歐斯圖曼刮了一頓，「傻屌啊你們！」

教授鬍子下的那張臉脹紅了，他改用另一隻手夾住瑜伽墊，「我是大學的『拒絕傷害地球委員會』

的一員，所以才問你們在做什麼。」

魯法斯看了一下清單，說：「上頭說你是副主席。」

奈勒告退了，因為他要去提醒挖土機司機在坑洞西側留一個坡度，讓翻斗卡車從位置填土，大家可不希望卡車的重量害那裡下陷。韋瑟倚著鏟子，點頭吸引教授的目光，說：「很棒的運動衫。」

教授舉起手，將袖子往後拉，露出一只手錶，然後看了一下時間，每個動作都誇張地大。他說：「我還是想知道你們打算做什麼。」

魯法斯仍埋首在那些文件中，「你的辦公室還在普林斯．呂西安．坎貝爾館嗎？六樓？」

教授露出驚慌的神色。

韋瑟說：「那是真的鑽石嗎？」它穿過教授的左耳，完美地穿過。

足球場的草皮一路延伸到坑洞邊緣。草皮下方有一小層表土，再往下是大片底土，然後是太古的歷史，恐龍所在的深度。行政大樓上方的鐘塔傳來悠揚的鐘聲，四點了。

教授單膝跪下，在坑洞的邊緣。下面什麼也沒有，只有天然的土壤，比游泳池還深。比地下室還深。土與蟲。陡峭的坑壁上有挖斗尖齒留下的齒痕。小土塊鬆脫，一路滾到坑底。

教授跪在那裡，身體探到坑洞上方，凝視著他無法理解的景象，要說他在找化石也說得通。蠢得像待宰的豬公，看不清擺在眼前的局面，還試圖從這坑洞中找尋消逝文明所遺留的最後痕跡。總之，他盯著漆黑的一切看了許久，視線流連，花了一輩子時間騙自己這些黑暗並不存在。

❖

早餐麥片的碎屑黏在皮膚上，像是水果口味的痂。他剝下紅色口味的，吃進嘴裡。麥片在他的手臂上留下鬼影，像是小而圓的刺青。他彷彿要變成一隻七彩美洲豹了。

那天早上，尼克和黏在背上的穀物圈麥片一起醒來。彩虹色的小圓汙漬，像是他床單印的救命恩人水果軟糖圖樣。他的手伸向掉在地上的手機，試圖重建昨夜的記憶。

「通報的獎賞。」螢幕上有這麼一行字，是午夜十二點零幾分傳來的訊息。他試圖回訊，但那是未顯示號碼。

手機響時，他還沒下床。來電者名稱：保密號碼。尼克以拇指按了一下螢幕後說：「說吧。」

有個嗓音說：「尼克拉斯？」男人的聲音，但不是華特的，也不是他爸。那聲音沙啞，帶著喘嗚，不過很有教養。尼克認識的人都不叫他尼克拉斯。

他說謊，「不，我是他朋友。」他想尿尿，對著電話說：「尼克出去了。」

打電話來的男人說：「容我自我介紹。」聲音夾著喘嗚，「我叫陶伯特．雷諾茲。你知道夏斯塔．桑卻茲小姐人在哪裡嗎？」聲音夾著喘嗚，「她是世界上最迷人、最可愛的生物。」

尼克又說謊了，「我幫不上忙。」

電話那頭的人說：「你認識這位嫵媚的桑卻茲小姐嗎？」

尼克說：「不認識。」

「最近警察，或一個叫華特．巴因斯的人有沒有聯絡你？」那個叫陶伯特的人問。

尼克大致掌握狀況了。華特，搞砸王華特，無藥可救的蹩腳廢物。嗑過頭、撞爛車子的每一次都是他，無一例外。有次華特用完浴鹽差點吃掉自己的手，還是尼克送他去急診室。他試圖上一個火辣的撒旦主義者那次更慘。尼克連語調裡的憤怒都懶得掩飾了，「沒聽過這人。」

電話另一頭的陶伯特聲音聽起來有點回音，彷彿是從洞穴之類的地方打來的，「我向你保證，我家財萬貫，願意提供我任何協助的人都可以拿到優渥的報酬。」

尼克的手指在床單上遊走著，最後摸到了一顆圓圓的玩意兒。十毫克的肌肉鬆弛劑。他看也不看，反射性地將藥丸塞入口中，不喝水，直接嚼。如果這通電話跟販毒有關，他擔心自己會被拖下水。昨晚發生的事在他腦中仍是一片小小的迷霧。他耽擱太久了，久到足以讓別人三角定位手機訊號位置，足以讓某人冒出來敲他的門。他說：「我幫尼克記下來，轉達給他。」

「跟他說，」這個叫陶伯特的說：「別去找警察。」接著他只猶豫了一眨眼的工夫，「向他保證，所有事情都會在幾天內擺平。」

尼克已感覺到肌肉鬆弛、舒張開了。「夏斯塔這次又盯上了什麼？」

那嗓音，那有錢的怪老頭陶伯特問：「可以告訴我你的大名嗎？」

結果尼克掛斷了電話，滑下床，瞇眼望出臥室窗簾。沒人站在他家門口，現在還沒。他從手上剝下綠色口味的穀物圈麥片，嚼它，思索。首先滑動拇指，關掉定位系統。為求安全，他還掰開手機背殼，取出電池。

一排排摺疊椅排放好了，但兩側和後方還是有人站著。這是個超巨大的運動用品專賣店，裡頭有瀑布和鱒魚悠游的小溪，客人可以在這裡飛蠅釣。不過現在是打烊時間，瀑布關掉了，溪流化為乾掉的玻璃纖維池，鱒魚已移到幕後的水缸裡。自然之母彷彿回家過夜了，商場內沒有鳥鳴或公鹿的吼叫聲作為背景音。

賓和艾斯特班檢視著人群，幾乎都是些老兄，裡頭混著一些牙買加人。孤狼軍團。觀眾另一頭有個泡健身房的人渣，叫柯爾頓什麼的，跟他重要的另一半坐在一起，她叫佩姬或是波麗。有個男人面對群眾發問：「有誰知道我們為什麼要幫狗剪耳嗎？知道的人請舉手。」

還沒任何人回答或舉手，他就開始躍躍欲試地暢談牧羊人幫小狗剪耳的悠久歷史。這是為了避免感染，避免狗和狼打架時被咬住。牧羊人會用剪羊毛的剪刀幫狗剪耳。他們會拿剪下來的小肉塊烤一烤，煮一煮，餵給同一隻狗，讓牠們變得更凶猛，這可不是鬼扯。

賣體育用品的老兄問群眾，「有多少人了解古亞述法律？」沒人反應，他開始猛攻，「知道漢摩拉比王的巴比倫法典會以割耳刑處罰違法者嗎？」為了額外加分，他還提到亨利八世處罰十六世紀流浪漢的方式就是剪掉他們的耳朵。還有，美國法律遲至一八三九年都還允許剪人耳作為對叛亂者或悖德者的懲罰。

他繼續表達想法，「我想在座各位聽了都不會感到意外——打從有戰爭開始，傭兵就會收集敵人的耳朵來換取報酬。」

賓舉手，「聽起來很血腥。」

賣體育用品的老兄搖搖頭，「如果……」他伸出一根食指，要大家等他把話說完，「你的目標已經死了，就不血腥了。」

他接著說，頭皮的主要優點是，它很輕，好割，好運。缺點是髒兮兮的。心臟也一樣，而且要花很長的時間才能取出。相對地，耳朵就很理想。具體而言，要割的是左耳。

耳朵可以大量運送，很好藏。一百隻耳朵，用購物紙袋裝也不會有什麼負擔。那相當於三十萬張可能的選票，基本上就是你自己的政黨了。

賣體育用品的傢伙以側臉面向眾人，然後說：「來抓吧。」

他是要大家抓他的耳朵。艾斯特班張望了一下，發現沒人要抓，只好走上前去，抓住男人的耳朵。很溫暖，有彈性。男人說：「用力拉。」他向他們灌輸規矩：只有左耳算數，左邊那隻。只有名單上的耳朵算數。到時候會隨機抽樣進行DNA測試，一旦發現送來的耳朵不屬於名單上的人，繳交者將面臨死刑。耳朵不得交換或買賣，只有割下它的人可以繳交它，充作自己的投票額度。

賣體育用品的男人喋喋不休地談起鬥牛士，說耳朵是身體的散熱器。

艾斯特班站在那裡，緊握男人的耳朵，彷彿那是大把銀子。

男人說：此外，耳朵也很耐打。「就算開槍爆頭——對，你們之後也許得去獵那些耳朵，耳朵仍會完好如缺。」他對仍拉著他耳朵的艾斯特班說：「你可以回座了。」

根據賣體育用品的男人解釋，耳朵（外側，耳廓）主要由具彈性的軟骨構成。除了它之外，供應血液和淋巴液的外軟骨膜也是由同樣的組織構成。就跟輪胎一樣難切。

最好的方法是，從耳輪接合處一路往下切到耳垂。

他說：「如果你切得開輪胎，就割得下耳朵。」

賣體育用品的男人強調，大家都需要弄把四英寸長的直刃直刀，全龍骨一體，不需要華麗的真皮刀柄或骨頭、木頭刀柄，要挑好握的聚合物刀柄。他就是靠這維生的——推銷，「他們需要的是高碳不鏽鋼。」不要半穿式柄芯，那種刀通常會斷。折刀也會斷。「你們要採收多少目標對象的耳朵都行，但你們的刀要是斷了該怎麼辦？」

賣體育用品的男人說：「那天來臨後，大家會拿廚房刀具辦事——不過他們回家後怎麼有辦法用割耳朵的工具來切雞肉呢？」

艾斯特班大聲地、根本就太過大聲地說：「阿們！」眾人笑了。

這一切都是艾斯特班腦力激盪出來的，讓所有人成為戰爭之王之類的。他的想法是，大多數男人都不會和人組隊合作。男人都是自由接案者，就像古代那些供人雇用的騎士。這種典型案例會試圖靠自己擊殺目標，割下他們的耳朵。每換一個目標，他也得不斷更換裝備，這會拖慢速度。艾斯特班說，解決之道就是專業分工。賓是個神槍手，百發百中，所以他負責撂倒目標，讓艾斯特班割耳。他們一起組成槍刀二人組。他們可以一起打造出光榮王朝的基礎，使它屹立千萬年。他們的孩子，以及他們的孩子的孩子的孩子都會是王室成員。

「審叛日」是他們用生命做出貢獻的最後機會。

他們的行動將會被拿來跟奈特．杜納的起義或約翰．布朗的襲擊相提並論，一個傳奇。新十字軍揭竿，發起一日東征吧。過往的騎士會獲得莊園作為獎賞，而他們也會得到相應的事物——比土地和金錢都還經得起考驗的力量，那就是成為王室的一員。他們將靠裝滿耳朵的購物袋攢來歷史地位。艾斯特班與賓的後裔將在往後數世紀主宰世界上最強大的國家。

艾斯特班回到座位上，從大衣口袋拿出一張衛生紙和一條可可脂。他現在成為一頭健壯的頂級掠食者了。如果他將來要捨棄穿人舊衣、吃殘羹的生活，那就得準備好把手指上那蠟般的耳朵臭味去除掉才行。

夏斯塔沒轉身。她已經習慣課堂間有大學男孩跟著她穿過走廊，視姦她法式香草口味的身體曲線，用呼喊強暴她的耳道，「讓我們打一炮吧，夏斯塔！」這些吵死人的廢渣鬼吼鬼叫：「妳想要什麼樣的高潮，夏斯塔？」

他們會拉她的髮辮，大喊：「夏斯塔，讓我越過妳的林木線！」

這次她轉身了。她希望是華特，聽起來是華特的嗓音。結果是看起來會參加火人祭的那種老兄，呼出的口氣彷彿是在派對碗內塞滿便宜大麻燒出來的。他衝向她，伸出舌頭，噘起嘴唇，想硬親她。

這呼到茫的老兄說：「我會想念妳的，夏斯塔。」

她困惑地回答：「但我沒要去哪啊！」他的手猛力甩向她的屁股，而她側身躲開。

接著她想通了，是他要閃人。這悲傷的火人老兄要死了。

所有大學男孩都將面臨痛苦、悽慘、可怕的死亡。

可憐的老兄，他們都好可憐。

在這裡，在奧勒岡大學，不管這些挑逗演變得多過火，她都不曾當作一回事。這些男孩啊，雖然他們試圖幹走她的瑜伽褲，但這些行為純粹是一種恐懼的表現，她很清楚。

布洛利博士在「政治中的模式」課上都解釋過了。

他在大一新生的課堂上有個單元是導讀某顆德國腦袋寫出來的書。這自以為聰明的大學者貢納爾．海因索恩提出了一個理論：所有歷史上的主要政治動盪都是年輕男性人口過多造成的。我們精明的德國佬稱之為「激增青年」。教到這理論時，布洛利教授激動得上氣不接下氣。該理論的基本概念指出，十五到二十九歲的男性人口如果占全國人口三成——大家皮就要繃緊一點了！

過多的年輕男性如果接受教育，吃飽穿暖，接下來就會想要社會地位，並在追求地位時造成浩劫。貢納爾認為，窮人不會為得到他人的認同而奮鬥，同樣地，教育程度低下者也不會察知歷史對他們的忽視。但激增青年如果吃飽穿暖、接受教育，就會變成貪婪又想引人注目的狼群。

布洛利博士最愛引用的例子是一四八四年的西班牙。依諾增爵八世在該年宣布，以任何形式節育者都該處以死刑，西班牙家庭平均養育子女數於是從兩人增加為七人。只有長子能繼承家族遺產，當時的人都不期盼女兒出生。然而，數量過多的男童渴望地位、權力、認同、更高的社會位階，他們自稱是 secundones——也就是次要者。參與克里斯多福．哥倫布第二次探險，湧向新世界的，就是他們。組成征服者軍團，奴役、掠奪無辜馬雅人與阿茲特克人的，就是他們。

如果維基百科所言屬實，貢納爾．海因索恩是在一九四三年生於波蘭，那他現在已經老到不行了。

儘管他有金色長髮和超酷的歐洲名字，他對夏斯塔而言還是只能算中辣。

布洛利博士在課堂上說，人類歷史上出現過好幾批類似的狂暴激增青年，他們曾推翻政府，引發戰爭。十八世紀的法國面臨人口激增，糧食需求也增加了。物價上漲，公民起義，內心積鬱的年輕人推翻了路易十六政權，砍下瑪麗・安東尼那飾滿珠寶的首級。布爾什維克革命的狀況也一樣，無農地可繼承的外地男丁多如牛毛，他們推動了世局。一九三〇年代，日本發生的青年激增促使他們侵略南京。後來的毛澤東革命則是以中國的青年激增為火種。

夏斯塔把所有細節都記得一清二楚。人類歷史上所有糟糕的事件，顯然都是年輕、可愛、值得交往的男孩子太多所導致的。

美國外交關係協會的資料指出，一九七〇到一九九九年間，有八成的內戰發生在三十歲以下人口占總人口數六成的國家！目前世界上有六十七個國家面臨所謂的青年激增，當中的六十個國家有社會動盪不安、內部暴力事件頻傳的狀況。

性別概論課的佩第格羅夫老師彷彿是布洛利的盟友似的，她在課堂上說，所有導致男性人口減少的暴力衝突都會提升男人的社會價值。這些衝突會逐漸促使父權重生。選擇變少了，女人就會為男孩癡迷，任何穿褲子的生物都能使她臣服。

奧勒岡大學的男學生個個踐翻天，自以為是又吵吵嚷嚷，但實際上活在恐懼之中。旁人不需要動什麼腦就能看出原因所在。再過幾天，美國就要正式向中東宣戰了。該區域有男性青年人口迅速激增的問題，美國同時也苦於千禧世代的過動和他們對出人頭地的渴求——千禧世代的男性青年激增有可能是人類史上最大規模的一次。

拉娜罕老師在她的動物動力生物學課堂上播放了善待動物組織之類的團體拍的動物權影片：養雞場工作人員確認超可愛初生小雞的性別，雌鳥放到溫暖的燈光下，給牠們食物和水，公鳥就丟到黑暗的導槽中，讓牠們在垃圾箱內堆積如山，化為毛茸茸的一大團沸騰肉球，每隻鳥都拚了命想活下來。一輛堆高機抬起垃圾箱，運到荒蕪的農地上，倒出所有公鳥。無論是生是死，下場都是被輾成有機肥料。

那一大票啾啾叫的復活節小可愛如洪水般從垃圾箱傾瀉而下時，班上的年輕男子都在叫囂大笑。小小的黃色羽毛球跌跌撞撞地在荒地上滾動，又害怕又寒冷。轉眼間，拖拉機的巨輪和噗噗震動的農耕機械就將所有可愛的生命輾成肉醬。

男孩笑了。夏斯塔知道他們笑不是因為畫面好笑，而是因為那些小雞就是他們。

政府即將大筆一揮，而這些青少年命在旦夕。他們如何能專心在大學學藝術，或在體育課跳國標舞？

所有人都知情。他們的十八歲生日是他們的死刑。

政客總是用這方法擺脫男性青年人口過剩所帶來的負擔。這其實讓夏斯塔很難過，真的很悲傷。這些大嗓門蘇格蘭佬、毒蟲、怪胎已經一隻腳踏進棺材了。宣戰布告正式提出後，我們就要向千禧世代男性青年說再見了，然後迎向健全新父權。

走廊上尾隨夏斯塔、試圖彈她胸罩肩帶、用各種性暗示謾罵她的男孩，全都做了兵役登記，其中大多數人將搭船渡海，去讓敵軍炮火強暴。

因此，每當夏斯塔開始為他們的騷擾感到惱怒時，她就會想：他們很快就會被乾燥沙丘上的推土機輾過了，與數量相當、一樣聒噪的中東冗餘青年為伴。她踩著輕盈腳步應付學校作業的同時，男同學將會被徵召入伍。他們的肌肉和青春痘將被坦克履帶壓過，被地雷炸成碎片，就像那些被活埋的初生公雞，他們唯一的錯就是生錯性別。

她將取得社工學位，而這還只是她豐富、悠長人生的開端。

每逢國殤日，她都會記得在翻領上別一朵罌粟花。

她身後有人用氣音說：「夏斯塔……」

她轉身準備訓斥新來的搭訕者，但她錯了。是尼克，她的前男友。他在第一學期末就退學了，根據他的推斷，不修物理學和微積分二也無損他完成未來的職責——當粉碎而染血的炮灰。能見到他真是太好了。

他蒼白的臉上隱約掛著微笑，看來他見到她也很開心。他趕在氛圍變得黏膩、產生情愫前問：「妳最近有沒有看到華特？」

華特是她的現任男友，也退學了。他在星巴克工作，賺幾枚銅板，試著享受僅存的一點人生。不，她最近沒跟他碰面。他開始把庶民發動大屠殺之類的陰謀論掛在嘴邊後，她就沒跟他見面了。

「首先，」尼克說：「如果警察問起，妳要說妳沒跟我碰過面。」他拉著她的手，走向學校南側樓梯下方的空儲藏室。他說：「夏斯塔，甜心，我們需要談一談。」他身手撥掉她臉上的髮辮。「我說實話，我沒要搞什麼約會強暴。」

夏斯塔接受他的牽引，進門。

格里高利・派普爾接到了二次試鏡通知，他的經紀人興奮極了。他應徵的是一個叫陶伯特・雷諾茲的角色，一個虛構的君主，統御著近未來烏托邦的戰士與少女，與貪腐絕緣。他是流芳百世的人物，某種政治聖人。一部尚在前期製作階段的前導電視影集的主角。

當然了，那計畫聽起來爛透了，沒什麼好說的。又一個樣板角色，派普爾在心中嘆了一口氣。糟歸糟，起碼是個曝光機會。露露臉。他幾乎一年沒工作了，沒接到半個電視廣告，也沒幫卡通配音，什麼也沒有。套房的房貸都快付不出來了。

如果有必要的話，他會認命去和可悲的獨立製作公司合作。拍那些電視網看不上眼的前導片。他會願意去向電影學院的大導演磕頭，那些靠合法大麻收入資助的大導演，連主光源和濾鏡都分不清。於是他每場戲都得重新安排走位，給攝影師建議，教導演如何靠主角的配置來暗喻反敘事。

今天的劇組人員看起來實在比常見的好萊塢邊緣人還要再低一級。和他握手的那幾個都以老繭刮磨著他的手掌。他們身上有汗味，坐在摺疊桌邊喝啤酒，大聲爭辯每個演員的優點。他們的指甲卡了一圈泥土，沒有整形醫師幫那一張張無笑容、有曬傷的臉孔注射皮膚填充劑或幫他們拉皮，以去除皺紋。

選角導演叫克蘭，就只有「克蘭」兩個字。他的指節是棕色的，乾血結痂，看起來還比較像商家店員。克蘭握了握派普爾那修過指甲的手，給他試鏡劇本。派普爾曾在有線電視台的遇刺案紀錄片中飾演雷根，克蘭希望他用那種感覺來詮釋這個角色。克蘭猛扯他的手，煽情地說：「你那時演得很好，捧著自己肚子撐兩個小時不死那感覺很棒。」

有個斷鼻、傷殘的耳朵像花椰菜般黏在禿頭兩側的男人走了出來，他自我介紹，說是本片攝影師。他叫拉曼利，沒人報上自己的姓氏。拉曼利的口音很重，脖子側邊刺了一個卐字。他上下打量派普爾，含糊地說：「衣服很棒。」

劇組發通告時要求所有應徵者穿西裝、打領帶，以符合自由世界領袖的形象。梳油頭，擦亮的皮鞋。派普爾將對方的要求謹記在心，端出他最上等的薩佛街單排釦西裝。他迅速打量了一下其他競爭者，認為自己應該會靠這套西裝拿到角色，單靠它就夠了。其他來試鏡的演員都是過氣的愛情劇演員，下巴方正到可以溜冰、眉毛高挑的帥哥。他們是乏味的演員，專門演乏味的角色：法官、律師、家庭醫師。

叫到派普爾了，他站到攝影機前的標示定位，旁邊的三角架上放著一張海報，第一行字是「請念以下台詞」，而下方的手寫台詞像清單般落落長。一個助導把眼睛湊到觀景窗前，似乎在確認有無對焦。他伸手指揮派普爾，要他側移半步。那男人穿著格子花呢法蘭絨襯衫，釦子沒扣，當他在觀景窗前彎腰時襯衫垂下，露出下方髒兮兮的汗衫以及肩槍套，裡頭有把手槍。

助理導演伸出粗短的食指，使他的手變得像肉做的槍，以手勢示意派普爾開始。那混混般的工作人員坐到附近的桌子上，看著派普爾在螢幕上的身影。

「各位子民，」派普爾努力用他最接近雷根的調調說話，「我現在以新政府領袖的身分向各位說話。」模仿雷根的訣竅就是要讓嗓音帶點毛邊。「放眼人類歷史，權力始終是掌權者掙來的。」另一個要訣，就是字與字間的間隔，那也許比字句本身的聲調還要重要。

「放眼人類歷史，權力始終是一種獎賞。」派普爾接著說：「展現權力者即獲贈權力者。只有最強大的戰士能得到冠冕。」

派普爾稍微壓低下巴，動作小到幾乎無法察覺，「如今，政治使權力降格為人氣競賽。」他定睛凝神，眼珠半掩在往下撇的眉毛後方，暗示著他的憎惡，像個凶狠表達不滿的穴居人，眼球深陷眼窩，彷彿要消失了。

等待上場的那一小群演員上了寶貴的一課。派普爾曾飾演李爾王，也演過摩西。

「在今天之前，」他對著鏡頭訓斥，「政治領袖只能靠阿諛奉承來保住自己的地位，而不是靠奮戰來贏得權力。」他暫停，讓觀眾把話聽進去。

「自工業革命伊始……」派普爾說。接下來這段很棘手，不容易接得流暢。如果給更優秀的文字工作者來寫，轉折會更順一點，不過技藝爐火純青的演員總是有辦法修正寫作的瑕疵。這通常靠重念開場句來達成，於是，「自工業革命伊始，全球勢力便強行推進人類的標準化。」

派普爾的視線緊黏著鏡頭，但他還是感覺到重新開場的策略成功了。選角導演點點頭，在他的劇本上快筆寫了幾段筆記。另外兩個人，製片和編劇相視而笑，抬了抬眉毛。沒有人不耐地抖腳，沒有人用手指輪擊桌面，就連塞甜甜圈到嘴裡的導演都停止咀嚼了。

派普爾接著說：「我們這輩子都活在標準化的暴政下：標準化的時區、溫度和距離的標準度量衡、社會要求的行為準則、他人允許的表現手法……」劇本上沒有刪節號，但派普爾加了上去，讓接下來的句子更為震撼人心，「……這些準則常規奪走了我們的人生。」

他在此時微笑，表示新段落要開始了。他看著攝影機上的電子碼錶。他們要他在四分鐘內搞定，而他打算花整整四分鐘，不偏不倚。

「今日的英雄行動將解放我們，推翻積年累月的常規暴政。」他溫吞地吐出每一個字，拉長它，品味它，使他傳遞的訊息帶有羅斯福爐邊談話式的快活。「從今天起，推動這個國家的人，是證明過自身實力的英雄。」

派普爾的感染力轉變成一種屈尊俯就的、純然海德公園式的自鳴得意，罔顧觀眾心中可能懷有的恐懼。為了讓他的言論在觀眾心中登陸，他搬出甘迺迪風格的天花亂墜。

「這些新領袖是解放我們所有人的戰士。」他幾乎是用吼的了，「接下來的世世代代，這些解放者將會引導我們的國家走上新的自由大道。」

派普爾知道，這些話不需要有道理，它們只要能激起正向情緒反應就夠了。

「這是偉大的一天，從今天起……」他的嗓音彷彿出自拉什莫爾山大理石像之口，迴盪於時間的洪流之中，就像是蓋茨堡演說。

「這是偉大的一天，從今天起，我們拒絕全球基準強加給我們的扁平化和簡化。我們要將生命奉獻給……」派普爾暫停，彷彿情緒激動到無法按捺。「認同和主權的重建。」

懂分寸的演員忠於劇本。

偉大的演員知道何時必須要即興演出，清楚表達出劇作家忽略的重點。脫稿演出可能害他砸鍋，也可能讓他勝券在握。

派普爾對著鏡頭露出林登·詹森式的怒目，即興了一段，「在我們創造出恆久流傳的價值之前，我們得先創造出自己。」

他持續直視鏡頭，補了一句：「感謝各位。」

四分鐘整。

房間內爆出如雷的掌聲。那些粗鄙的工作人員起身吹口哨，跺腳。就連派普爾的競爭者，那些坐在場邊等試鏡的演員也都不吝給他掌聲。

性格草莽的選角導演克蘭前傾身體，臉上肥肉擠成了一個笑容。他拍拍派普爾的背，說：「你那句『創造自己』……棒呆了。」他遞了一張紙給他，「在你離開定位前，能不能請你也念念這個？」

克蘭那粗糙又帶疤的手指呈給他一張白色索引卡，上頭只寫了一個句子。派普爾讀完字句，將卡片還給他，堅定地看著鏡頭，然後念出台詞。

「別找了，」派普爾宣布，「名單並不存在。」

導演在鏡頭外說：「下一句。」

派普爾說：「微笑就是你最強大的防彈衣！」有個靜態攝影師在他視線邊緣徘徊，拍著照。

導演下令，「繼續念，下一句。」

派普爾瞇起眼，先對鏡頭露出肅穆的表情，然後才說：「聖者發動恆久的戰事，向我們證明其存在。」

沒有背景知識的情況下，他還是拿出了最好的表現，「要求和平的，是既存的掌權者。」他們要他不斷重複一串沙文主義的標語，到最後他牢記於心，根本不用讀稿了。他在背誦。還沒能喘息，一個打雜小弟就遞來一本藍黑雙色的冊子，大小跟婚紗相簿差不多，通常塞滿浮誇圖案的那種。封面一片空白，只有燙金字母排成的標題。陶伯特．雷諾茲，《審叛日》。他的角色。攝影師拍了幾張他翻開本子的照片，從各種角度和距離拍攝。

沒人喝采，不過房間裡充滿了大夥兒深沉的讚許，點頭稱是。派普爾離開定位前，導演要他讀第一頁。

派普爾看了一下書頁上的文字，第一行以斗大的字體印著：「獨立宣言」。

沒有抗爭者。整個國家廣場，從國會大廈到華盛頓紀念碑都該塞滿抗爭者才是，應該要有大批蠢貨在這兜圈、念誦口號、揮動標語呀。上百萬名反戰示威者。荷爾布魯克．丹尼爾斯位於哈特參議院五樓的辦公室內，應該會有接不完的電話才對。結果根本沒有鈴響。幕僚以為他的參議員信箱會被數百萬封信灌爆，結果也沒有。

廣場上唯一的活動跡象，是一小批工人。丹尼爾斯議員從高樓窗邊看著他們開挖一條寬敞的地溝，大小差不多是兩個奧運規格泳池頭尾相接。施工地點位於第一大道和國會階梯之間的草皮上。

負責挖洞的是藍領邋遢鬼，他們幾乎激發了議員的憐憫心。他安坐在皮椅上，吹著空調，窩在稅金打造的國會深處聖殿內。如果他們的死期還不近，那他們的兒子肯定快死了。他們的兒子，或孫子、姪子，學徒和雇員就要沒命了。冗員世代的男性們。

國家戰爭議案不過是在幾天前完成表決的，憤怒又害怕的美國人應該會來敲他的門才對。結果沒人來。不只他的辦公室鴉雀無聲，同大樓每間辦公室似乎都安靜得像教堂似的。他的助理和文書處理人員向總機以及資訊科技部門的人確認過了，電話和伺服器都正常運作中。

他猜最有可能的原因是，美國個人認同的斷層實在太破碎了。別人被迫做好送死的準備，大家還是覺得不干我的事。最近的政治局勢等於在年輕男人身上烙下了「內部公敵」的印記——他們是強暴文化中的犯罪者、學校槍手、新納粹，被媒體嚇壞的美國人樂見這些老鼠屎遭到剷除。

大眾媒體完成了政府託付的工作，那就是妖魔化役男，以利於徵召他們入伍。

本週結束前，民眾選出的官員將投票表決，一致通過恢復徵兵制，並派遣兩百萬名年輕男子上北非戰場。同樣地，西非和中東的幾個國家領袖也會派出數量相當的年輕男性去對付美國大兵。

流言蜚語殘忍但真確：這將是史上最快打完的世界大戰。戰鬥人員在前線集合完畢後，一枚氫彈就會抹殺所有參戰者，而這筆帳將被記在不存在的恐怖分子集團頭上，參戰國家可全身而退，不怕面子掃地。大家會說這場戰爭的結果是平分秋色。

又一場終結所有戰爭的戰爭。

丹尼爾斯在辦公室窗邊讚嘆工人挖洞的速度。華盛頓特區的公共工程總是會持續好幾年，相關人士的口袋裡塞滿稅金。他不知道是什麼驅使憲法大道另一頭的工人如此辛勤工作，只確定一定不是金錢。他眼睜睜看著挖土器械更加深入地底，幾乎消失在他視野之外，寬闊大洞旁的土丘則愈堆愈高。

第一批千禧世代誕生後，他們就開始籌備這場戰爭了。人口普查局認定千禧世代將會是美國史上人口最多的一代。他們身強體壯，受過良好教育，最終所有人都會想要他人的敬重和權力。這情勢在盧安達和象牙海岸都上演過，過剩的年輕男子造成內戰，打到國家公共建設全毀，人口銳減，只剩受盡磨難的窮人。

美國官員一度藉由餵食這些男孩利他能來封印人肉火藥桶，之後無盡的線上遊戲和色情影像捎來和平——這些都是政府承包商暗中提供的。儘管上位者奮力使出各種伎倆，千禧世代還是體悟到自身的有限性了。他們不想要嗑到茫、白費時間的麻木生活了。

除非美國可以解決國內大半的壞男孩問題，否則海地和奈及利亞的悲劇注定在這裡重演。美國版的阿拉伯之春近在咫尺了。

現今千禧世代男性在芝加哥、費城、巴爾的摩的暴力犯罪率如火箭沖天，他們正打算駭進國家資料庫竊取機密，因此政府當局必須趕快發動新的戰爭，肅清這批激增青年才行。如果大眾掌握到這項計畫的蛛絲馬跡，那可能會爆發一場革命。家庭為了救自己的孩子挺身而出，男人為自救而戰。

這些年輕男子的至親只需知道，他們將以英雄的身分戰死。他們會像先人那樣挺進沙場，犧牲生命，成就故國同胞的安逸與安全。

議員俯瞰午後陽光下挖著洞的那批工人，看他們在波多馬克的夏季揮汗。他嘻笑，想到再過幾個禮拜，女性人口就會過剩了。女性主義將灰飛煙滅，小姐們要是不乖乖聽話，就得面臨孤獨死、死後還被貓啃個精光的風險。社會動盪減少，新生兒數增加。對丹尼爾斯和其他處境類似的男人而言，戰爭決議是雙贏的措施。

在他腳下遠處，勞工如螞蟻般群集，像服從的雄蜂在為主子效命。

參議員最後終於想通了，他掌握那項工程的真相了。太顯而易見了。他們要預先幫士兵立一座紀念碑，緬懷萬聖節之前就會死光的年輕人。某人的主意，極講求效率。那不祥的坑洞將會立起一件大理石逸品——希臘羅馬風格的雕像和石柱，供人宣泄情緒的常見花稍裝置。現在就開始施工也是合理的，儘管他們尚未宣戰。愈快表揚死者，大家愈快忘記他們。

這是一座提前建造的聖殿，大學生、披薩送貨員、滑板弟收到兵單前，它就在蓋了。他們的名字已預先被刻在大理石匾牌上，作為光榮的死者。

世界再度變得完美、合乎邏輯，荷爾布魯克・丹尼爾斯於是慢慢在柔軟皮椅、暫歇的空調、無人襲擊的安靜辦公室之間睡去。

法蘭奇的爸爸對他說，有時候消防員得燒掉一棟爛房子才能拯救好鄰居。這算是以火攻火，一種撲滅森林大火的方法。

這對父子開著白色消防隊長座車四處繞。車後窗貼著特殊貼紙，儀表板上放著紅燈，不過燈沒開。他們經過被人噴漆的房子，釘木板封住破窗的房子，只剩地下室還在的房子，像是長滿野草與林木的游泳池。

他們經過法蘭奇在自家廚房用電腦接受遠端授課前就讀的那所學校。法蘭奇的爸爸稱那天為最後一根稻草，一群小鬼在午餐時間玩疊疊樂把他壓在最下面，輪流抓他的腦袋瓜去砸餐廳地板。法蘭奇不記得這件事了，儘管老師們播了餐廳拍到的影片和學生上傳到「世界嘻哈之星」的側錄畫面給他看，他還是沒印象。

他爸今天跟往常一樣，帶了超級水槍來。這是水槽更大的豪華版水槍，可以撐更久，射程更遠。消防員有一支特別的鑰匙，他爸拿給他看。它可以打開每一扇門。還有另一把特殊鑰匙可以關掉安全警報。他要法蘭奇別在意那些監視器。高高在上的鏡頭看著他們走過每一條走廊，經過法蘭奇以前用的置物櫃，經過事發地點──他在這裡被人砸臉，但路人除了錄下影片外啥也沒做。所有血跡都被擦得一乾二淨。

一如往常，他爸按壓超級水槍的幫浦裝置，朝布告欄噴水，使所有學校精神旗幟沾上維修站的氣味。他們大搖大擺穿過走廊，法蘭奇的老爸一路噴射異味，幫除草機加油時或清理油漆刷時會聞到的那種味道。他朝天花板噴灑那液體，直到它們溼透彎曲、下垂。

這液體是根據他的祕密配方調成的。將保麗龍磨到剩下小白球，再以汽油溶解，加入凡士林攪拌，增添稠度。因此噴到天花板上也不會滴下來，噴到窗玻璃上也不會往下流。

根據他爸的解釋，裡面還加了油漆稀釋劑作為表面活性劑，來破壞表面張力，液體於是無法形成水珠，但會更均勻地包覆一切。

現在是暑假，因此法蘭奇知道教室裡並沒有住著倉鼠或金魚。

他爸瞄準監視著他們的保全攝影機，噴溼它。

自從法蘭奇在餐廳遭到痛毆（而他對此毫無記憶）的那天起，他爸就不再正眼看他了。他爸要是望向他，就只會盯著沿法蘭奇側臉延伸的疤痕，一條紅線，他臉頰皮膚的舊撕裂傷看起來像耐吉棒球鞋的弧面。即使是現在，走在空無一人的夏日走廊上、穿過兩旁未上大鎖置物櫃的這個當下，他還是感覺得到爸在偷瞄他的疤。那天過後，法蘭奇的爸爸就不曾再對他微笑了。爸老是臭著臉，但針對的是他的疤。那最後一踩的餘音，是他上公立學校的最後一天。

走廊上貼滿大海報，來自地球各地的孩子面露微笑，在彩虹下方手牽手，而彩虹上壓著一排字：「愛以各種顏色顯現。」

他爸噴溼海報。過程中，他的表情比任何傷疤都還要駭人。看來他是想把這瓊漿玉液噴到那些霸凌者的眼中和口中，那些死小鬼，在法蘭奇身上留下了一生無法磨滅的足跡。

他爸噴溼學校牆面的同時還大吼著，「吃我這記吧，文化馬克思主義！」還有，「去給鬼幹吧，燦爛的種族多樣性。」

他爸不斷朝海報噴水，直到它變得軟爛，滑下牆面。這時液體耗盡了，他把水槍扔得遠遠的，幾乎要砸到校方辦公室了。

「再等一陣子吧，孩子。」法蘭奇的爸爸說：「我還會幫你出招，等著看這招有多屌。」

法蘭奇無法想像，那些踹他屁股的孩子都還在，都沒被送回家接受處分。不過他知道今天他們都不會來，他心裡因此好過一點了。

「他們或許偷襲成功了一次，」他爸說：「但我們會報仇的。」

法蘭奇跟著爸進入廁所，等他洗手。

他爸說：「將來沒人敢在我們這家人頭上拉屎，他們永遠不敢了。」

他們走出學校上車前，他爸拿出手機撥了一通電話。他說：「你好，我可以跟你們的新聞主管說話嗎？」他單手掏摸著褲子口袋，「我是消防隊長班哲明．休，有民眾通報戈登帕克小學起火了，我們正要去處理。」他從口袋抽出一包火柴，然後掛斷電話，接著又打了一通。

「你好，我想找地方新聞部。」法蘭奇的爸爸將火柴遞給他，他接了過來。他爸等著等著轉過頭來對他說：「今天只是一次練習，看他們會派多少人過來。」

他對著電話說：「我聽說有縱火犯又襲擊了當地的小學。」他聽對方說，然後答道：「戈登帕克小學。」

法蘭奇站在一旁，手拿火柴等待著。過去他也曾在麥迪遜中學、聖心學校與另外三所學校外，像現在這樣等待著他爸。法蘭奇猜這就是最後一所了，他猜爸爸在其他學校縱火，只是為了使這所學校的火災不那麼顯著。爸講完最後一通電話後，法蘭奇就會知道接下來將發生什麼事了。

法蘭奇深諳一個道理，那就是世界的糟糕部分必須被燒毀，才能拯救良善的部分。

「法蘭奇，你……」他爸跪在他面前，捧住他小小的雙手，「兒子，這些豬頭在下半輩子都會敬重你了！」他鬆開其中一隻小手，輕觸法蘭奇的疤痕，拂過他天真、懷著信賴的臉蛋。「我的兒子，你長大後會稱王，你的兒子們將成為王子！」他拉起其中一隻小手，在上頭種下一個吻。

法蘭奇的爸爸讓他點亮火柴，給他特別待遇。

之後他們到外圍去，清點現身的記者與攝影師數量。起先只有幾個電視台工作人員到場，不過現在每一台都有人馬來報導連續縱火案了，外加幾個住在城裡的外國人。報社派了一組人，甚至還派了直升機。電台派了人過來。法蘭奇的父親開始做筆記，方便沙盤推演，找出最好的角度、最適合的出手方式，推估那一天正式到來時，事情會有多容易得手。

之後法蘭奇的爸爸才打電話給消防隊。

在你至今閱讀的所有段落之前……在這本書成為一本書之前，存在著華特．巴因斯的夢想。

在你仍感到熟悉的世界裡……在革命的那一天前，華特總是希望這麼辦。

在夏斯塔二十五歲生日那天，他會建議她搭上一班公車。上坡的公車，在大多數日子裡載她媽和其他清潔工去上班的那班公車。他要披上他的藍寶堅尼圍巾，他的幸運符，儘管它已舊到快變回一堆髒羊毛了。

他們兩個將搭上當晚最後一班公車，循著公車路線經過那棟房子。不是夏斯塔太太打掃的那棟，而是有《亂世佳人》式石柱妝點前門廊和屋頂線的那棟，避雷針和紅磚煙囪矗立在比老橡樹還高的位置。夏斯塔總是瞠目結舌地看著它，一如看到松鼠的狗，彷彿那堆磚塊和常春藤對她來說就是色情影像。華特將在經過那棟房子後的下一站下車，往回走，來到黑暗的窗邊。她想抽身，他便牢牢抓住她的一邊手腕，然後輕輕拉，說：「這是給妳的驚喜。」然後帶領她經過那令他發毛的雕像。

那是一隻猴子的雕像，你要是在冷天觸碰用來製造它的那種金屬，手指就會永遠黏在上頭。其他人碰你也會黏住，下一個碰他的人也會，到最後全世界的人都會困在一起，像馮內果筆下的冰—9那樣。這小雕像令你腦海中浮現一隻打扮成小丑的猴子，也許還騎著馬，只是它的臉塗成了白色，像日本人那樣。

華特穿過潮溼的草地，經過化歌舞伎妝的猴子小丑雕像，經過保全公司貼的黃色標牌。為了慶祝這一刻，華特會掏出他的幸運菸斗，在斗缽內填滿印度庫什大麻。他隨時都保持著紳士風度，因此會讓夏斯塔抽第一口。

他會拍拍自己屁股上的口袋，確認那凸起還在。圓形凸起，像是古早年代的甘迺迪半美元，像是海盜的達布隆幣或金幣巧克力——實際上那只是金色鋁箔包起來的保險套，他媽塞了一大堆給他。他的手指將會循著另一樣東西的輪廓遊走。圈狀的，更大的環，塞進他屁股口袋的深處。

華特顫抖地帶著她走上門廊，而她會在此時此地躲到柱子後面，側影單薄地站立在暗處，在街上看不見的死角。她信任他，但也做好了逃跑的準備。此地此地，他說：「我去拿妳的生日禮物。」然後就繞過屋子轉角，消失了。

她將瑟縮在那裡，聽蟋蟀唧唧，聽地面灑水器的嘶嘶聲，聞到形形色色的味道。夜晚的空氣飄散著泳池的氯味，某個排氣口送出翻騰的熱氣，帶著衣物柔軟精的香草味。私家保全的巡邏路線會經過這裡，手電筒光越過樹籬。她還在用手指塗鴉的那個年代，這棟房子就已經存在了，充滿歷史，未曾改變。她無法想像害怕這個地方是什麼感覺。如今她縮在一根柱子後方滑手機，看計程車資訊，看守望相助網站上有沒有人放出兩個可疑人士闖入此地的消息。

前門嘎吱一聲開了。嵌了木板並漆白的大門循著黃銅色樞紐旋開，彷彿沒借助任何外力。速度慢得像場噩夢。她還來不及衝下階梯就聽到了低語，來自前門廊內的黑暗。華特低聲說：「生日快樂，夏斯塔。」

華特探出頭，直到門廊燈為他的臉戴上一只白面具。他揮手示意她進門，低聲說：「不要緊的。」

她站在那裡，接受兩種情感的包夾。她感受到的恐懼，以及心中最大的盼望：終結所有恐懼。

他說：「快點。」

她看了空無一人的黑暗街道最後一眼，然後走進屋內。

他關上門。兩人親吻，直到她的眼睛適應昏暗的光線，開始在室內張望。她注意到他們的頭頂有一盞銅製吊燈，頂著一座假蠟燭森林。她看了一眼從黑暗中延伸而出的弧形階梯。一切家具都是木製的，帶著弧度和真皮的氣味。華特聽到某處傳來時鐘的滴答聲，響亮地劃破沉默。擦亮的純銀鐘擺盪呀盪的，反射出一抹光。火爐上的鏡子裡有藍色暗影閃動。

美中不足的是夏斯塔嘴裡的味道。在他過去經驗裡，某些美麗女孩擁有世界上最棒的奶子、長腿、小巧的鼻子，但壞口氣讓她的美好止於色情片女星的等級。夏斯塔嘴裡的味道令他聯想到高果糖玉米糖漿，彷彿浸泡著紅色五號色素與明膠燉煮出的馬拉斯奇諾櫻桃，泡到她的舌頭產生女主人牌水果派的口感；那派不斷撒下糖粉，彷彿幼蛇蛻去牠致命又甜美的皮；泡到每一個法式舌吻都像是他在幫半融化、包覆在糖衣中的蛇口交。襪帶蛇，或是常見的棕色蟒蛇。華特的嘴巴彷彿被鎖在一個美味的組合裡一整夜：爬蟲動物館和丹麥酥皮糕點店。

她將悄聲提起保全系統，而他會往上指。她順著他的手望過去，看到一面牆上高高架起的攝影機。就在此時此地，他會豎起一根大拇指，表示不要緊。他解釋自己已經駭進了保全系統，他們搭上公車前，他就透過遙控解除了一切。他先前發現屋子後方有扇窗沒鎖，這都已經計畫好幾個禮拜了。沒有人會知道他們在這。

為了向她提出無可辯駁的證據，證明他不只是一個懶散又低能的無腦人，他將會向她解釋何謂網路枚舉和網路刺探。帶領她走向樓梯的途中，華特將吹噓自己的密鑰有多天才。

夏斯塔拖著腳步，低聲談起那些持槍的住戶，還有不退讓法[1]。

如果有人逮到他們，華特保證一定會扯謊。他會對天發誓，說自己是把她拐來這裡，準備勒死她的壞蛋。他是連續殺人魔，美國西部各地都有他的手下亡魂，屍體埋在淺淺的坑洞裡。他會在陪審團面前演戲，說他騙她這是他的房子。他打算把她的頭顱拿來當碗，盛裝穀物圈麥片來吃。他準備用她的血在Sub-Zero牌紅酒冷藏庫的門上寫下「狼狽紛亂」四個字。大家會以為她差點被他大卸八塊，因此得以全身而退。

華特說他已經打探過了，沒人在家。他從褲子後方口袋掏出一圈細鐵絲給她看。警察搜身時就會搜到這個，功能相當於絞刑的鐵環，用來勒死她的工具。鐵絲兩端都裝了一個小木栓，他可以抓著它們拉緊鐵絲。只要有這張牌，她就能免於牢獄之災。保險套和謀殺用凶器是她所需的保險機制，全到齊了，她可以鬆口氣了。

做愛就是做愛，不過做愛加上危險性可棒了。可能被連續殺人魔宰掉，或者鋃鐺入獄，這籠罩頭頂的威脅會比綠色小藥丸讓她溼得更快。兩者的混雜就像一個打不開的結，他將賣力地搞，搞到兩個人都只剩半條命。他們會幫每個房間進行洗禮。如果房間裡有保險箱，藏在畫作或祕密壁板後方，華特就會把它找出來，耳朵湊近轉盤，聽轉筒的聲音。在她勸他住手前，他就會按下把手，打開沉重的門，拿裡頭的錢。不會全拿走，剛好夠他們買頭等艙單程機票飛丹佛就好。

在丹佛，他將帶她搭上另一班公車，前往豪宅彼此相距甚遠的區域。他讓她看他的手機，展示他逆向破解監視軟體的成果，小菜一碟。她將跟著他繞某豪宅一圈，直到他們找到一扇沒鎖的窗戶。

此時此地之前，她只知道他是個毒蟲小屌男，神智不清的廢渣，只負擔得起劣等、混雜了一堆種子和草莖的爛貨。他住在老家地下室，水管的轟鳴像是胃發出來的，像是預告惡臭即將到來的那種聲響。夏斯塔還算喜歡他，但沒喜歡到想和他結婚。

在丹佛，她會信服於他祕密的、羅賓漢壞男孩那一面。他開門（阿布拉卡達布拉），偷渡他們兩個到富裕、禁忌的世界。他們在熊皮地毯上做愛，將黏糊糊的保險套拋向水晶吊燈下的石頭壁爐，丟到熊熊柴火中，喝偷來的紅酒，然後她洗杯子，將所有東西放回原位，接著他會再挑一個保險箱下手。這個保險箱位於看起來空無一物的浴室儲物櫃下方，以假底板掩蓋著。他會打開它，然後取出足以讓他們飛往芝加哥的錢財。

壞男孩華特將會徹底贏得她的芳心。丹佛的一切將在芝加哥重演，明尼亞波里斯帶他們前往西雅

---

1 允許個人以自衛目的行使武力的法律。

圖。她開始稱他那話兒是「米羅的陰莖」，顯示她對他產生了新的敬畏和尊重。在明尼亞波里斯，她口誤叫他「老爸」。西雅圖之後是舊金山，他們碰巧進了一棟裝飾藝術風的摩天大樓，從門房眼下溜過，在裡頭度過一夜。他駭進電梯，搭到高樓的豪華套房去。他用手機叫出所有監視器畫面給她看，證明屋裡沒人在。夏斯塔站在電梯附近把風，他撬開鎖，然後催她進門。他會提醒她，他們的備用劇本是這樣的：他是連續殺人魔，她是受害者。他們兩個是亡命之徒。隔天他們會沿著索薩利托的碼頭漫步，他會在那裡盯上一艘帆艇。他們駕著它駛出海灣，不過他不會揚帆，因為他不喜歡炫耀。他們以馬達為動力，在海上享受一整個大晴天。她在碼頭上曬曬太陽時將對他說：「再讓我看一次。」此時此地，他將從褲子口袋裡抽出那捲鐵線圈，為她示範。那玩意兒輕輕鬆鬆就能套住她脖子，給她心靈的平靜。

某個置物櫃內掛著一整排比基尼，全都是夏斯塔穿起來合身的尺寸。他不是胸派也不是腿派，因此她的體型很合乎他的理想。她在沙灘椅上躺直，猛灌德班毒藥，直到皮膚曬出深盤辣起司臘腸肉條的顏色。當天晚上，他駕船靠岸，尋找新的保險櫃，位於船艙廚房的調味料架後方，有塊板子遮著。他找到的錢將帶他們兩人前往聖地牙哥。

他們持續著入侵天堂之旅。她或許有膽子和危險人渣先生四處遊山玩水，過著奢華生活，但還是永遠不會嫁給他，他也明白這點。

假期持續著，他們一路從聖地牙哥移動到紐奧良，到邁阿密。在濱水區的度假村，他們做愛。在大片窗戶旁的篷頂床上，外頭是滿月下的大海。他們帶彼此上天堂。但回到人間不到一分鐘，房間門被撞開了。穿制服的人馬持佩槍瞄準夏斯塔。燈光炫目，她發出尖叫，緊抓著潮溼的被單，裹住自己的裸體。她尖叫，她的鬼扯沒華特那麼熟練，還有段差距，「他是連續殺人魔！」她指的是他。「他說他住在這裡。」她的演技就只到這種程度了。她說：「他打算勒死我！」

穿制服的男人當中有個嗓音大吼：「警察！」他下令，「把雙手放在我們看得到的地方！」

就這麼結束了，他們橫越全國的犯罪狂歡之旅。沒殺人的邦妮與克萊德[2]。他們吻在彼此身上的唾液還沒乾，他便下床找自己的褲子。他讓警察看駕照。他的雙手舉在空中，雞巴仍硬挺著，閃閃發光，仍揮舞著裝滿精液的保險套，彷彿那是一只白旗。他將穿過房間，來到優雅的法國古董桌旁。

她會繼續待在床上，放肆地哭，「謝天謝地，謝謝你們！他說這是愛，但他打算宰了我！」

警察不准華特打開抽屜，於是他示意一名警員去開。出現了，擺在所有文件上方，顯而易見的位置——一份所有權狀。權狀上所有資訊都經過公證，恰當地記錄在官方檔案庫上，所有人的姓名和駕照上的名字相同。他的名字。此時此地，他將搬出大地主貴族的優雅語調，微笑，一絲不掛地向他解釋，「警官，這房子是我的。」

床上的啜泣會在這時打住。夏斯塔問：「啥？」他們兩個剛剛喝了紅酒，杯緣在她的嘴角留下達利一般的小鬍子。

他會給她一個解釋。一切都是他的，丹佛、西雅圖，每棟房子都是他的。他知道密碼，知道保險箱的解鎖組合。他拿走的現金是他自己的錢。他放著窗戶沒鎖，給門房小費要他看著另一頭。就連帆艇和

---

2 美國三〇年代知名鴛鴦大盜。

比基尼都是他的安排。後來華特偷偷撥了九一一報警，在這完美的一刻。

歡快地，他拿下保險套，放到一旁。他不只是個魯莽的渣男，靠偷雞摸狗和作弊的方式遊戲人間，讓一個女孩度過一段美好時光，他同時還家財萬貫。他仍會是她喜歡的那個華特，會是老樣子，只差在他口袋滿滿。他還是平常的他，但有更多值得去愛的部分。

在警察的注視下（他們放下槍了），他仍赤裸著，她也赤裸著。他在他的褲子附近跪下，伸手到藏著鐵環的那個口袋裡，取出一枚戒指。他將問她，「妳願意嫁給我嗎？」

那是一顆大鑽戒。

此時此地，一組外燴服務員將送上蘸了巧克力的草莓、激浪口味的多力多滋和大蒜口味的爆米花，旁邊還附上田園沙拉醬。他將哈一管扎實的，在菸斗裡塞滿新紫力[3]，大量而美味的派對分量，連警察都貪婪地加入行列。蜜月期間，他和夏斯塔將在他擁有的熱帶島嶼上度過幸福快樂的時光，欣賞他種回來的那片白犀牛[4]。不是去那，就是去海底的網格球頂玻璃室過自給自足的生活，回收利用所有資源，四周是不斷變幻、多采多姿如銀河的熱帶海洋生態。

總而言之，這就是他的求婚方式。

他還有所不足，還無法成為任何人的一切，沒那麼快。他首先要做的，是賺一座錢山。

特薇德．歐尼爾和她的工作人員比第一批消防隊還早抵達小學，面對肆虐的火舌。當然了，消防隊長已經到場了。其他電視台隨後就會到，架起他們自己的衛星傳輸設備，調整出最佳的視角對準火場。

這是近期內城裡第四間發生火災的學校。各家報導大同小異，都是以同樣的新聞稿為基礎，不過這次特薇德帶了祕密武器。

登場的是拉曼莎・史泰格—迪索托博士，大學資深教授，專攻性別研究。她是個能言善道又上相的理論家，對於這連續縱火案有獨到的觀點。

特薇德在電視台攝影棚內傳訊息給博士，約她在犯罪現場碰面，這時火焰已直沖雲霄。體育館在兩人身後緩緩崩塌，揚起的火星與餘燼有如間歇泉。在那背景下，特薇德勾勒出訪談的架構。她和博士與火場保持安全距離，等攝影師對焦、收音人員將麥克風固定在博士身上那件安・泰勒風衣的翻領上。

特薇德透過耳機聽到棚內主播正在討論火災，很快地，他們就會把現場交給她，連線直播。她看了同行競爭者一眼，沒人加新料。他們將消防隊長當人球似地傳來傳去，一組傳過一組，聽他念出同一張官方發布的事實列表。

面對攝影機強光和滾滾刺鼻濃煙，博士似乎不為所動。有風聲說學校的火爐旁邊有個瓦斯桶，隨時有可能爆炸。儘管如此，史泰格—迪索托博士仍堅定地向觀眾說話，針對近期事件發表她的理論。她人高馬大（幾乎比特薇德高了一個頭），鬈曲金髮綁成一個方便工作的圓髮髻，從頭到腳都像一個與屁話絕緣的社會學家，已準備好啟蒙電視觀眾。

3 大麻品種。

4 大麻品種。

扛著器材穩定架的攝影師用手指比出三、二、一，最後往前一比，代表現場直播開始了。

「我是特薇德．歐尼爾。城裡再度傳出三級火警，記者正在現場為您報導。」特薇德開場，「這是今夏第四起校園火警。」

攝影師拉遠鏡頭，將兩名女性都收進畫面中。

「今晚我們還邀請到拉曼莎．史泰格—迪索托博士，她將為各位探討近期四場火災背後的犯罪動機。」特薇德轉頭面對那位優雅的學者，交棒給她，「博士，您有什麼看法？」

眾人的矚目並沒有使博士慌亂，「謝謝妳，特薇德。」她徹底直視著鏡頭，「聯邦犯罪心理剖析顯示，一般縱火犯的年齡落在十七至二十六歲之間，以白人為主。對這類犯罪者而言，縱火行為與性欲有正相關……」

彷彿有誰打信號似的，傳言中位於建築物深處的那個瓦斯桶爆炸了，帶著衝擊力的轟隆聲使現場發出低沉的哀號。

博士接著說：「犯人具有戀火癖，他象徵性地對社會結構行使可鄙的強暴行為，而潑灑液態助燃劑等同於射精……」

崩塌的火場和性是高收視率的保證，不過特薇德擔心博士的用語太高端了。她試圖引導對方，「但會是誰？」

博士睿智地點點頭，「自我孤立的男人，右翼擁護者，被所謂『男人走自己的路』運動的陽剛毒素所毒害的人。這就是罪犯的真面目。」

特薇德試圖讓語氣變得更輕快。「所以說，瑪倫．道德說的是對的囉？」她開玩笑，「為了精液跟男人廝混，付出的代價太大了？」

博士露出淺淺的微笑。「流行文化推崇這個觀念的時間已經長達好幾個世代了，就是所有男人最終都會在社會上爬到較高的地位。今日，全球各地的年輕男孩接受的教養都讓他們覺得自己有權享受權力和仰慕，而且這些是與生俱來的。」

特薇德知道電視台那邊馬上就要插入廣告了，她用一個問題收尾，「博士，我們該如何應付現今這些難搞的年輕男性？最好的辦法是什麼？」

博士眼裡燃燒著熊熊的地獄之火，她宣布，「大多數男人必須接受，他們在世界上的地位已變得低落。」在煙霧和喊叫的映襯下，她補了一句，「比方說，即將到來的戰爭，對渴望喝采的他們而言將是一個大好機會。」

特薇德宣布他們進廣告，「謝謝妳，博士。又一個社區地標無謂地毀滅了，記者特薇德．歐尼爾在現場為您報導。」

攝影師打手勢表示直播已結束。

博士手忙腳亂地撥弄著衣領上的夾式麥克風。突然間，她若有所思地問：「他在做什麼？」她盯著某物，它在不近也沒那麼遠的位置上。

特薇德順著她的視線望過去，兩個女人都看著消防隊長。特薇德總覺得他在清點人數，他的注意力在現場的每一個記者身上都暫停了片刻，並拿手上的清單對照。他的視線和她相交，他拿筆在另一隻手握的紙張上畫了一條線。

這時，特薇德才注意到那個小男孩，應該是上小學的年紀，一側臉頰有一道長長的、褪色的印記。接著她想通了——好可愛啊，區消防隊長帶自己的兒子來看爹地工作。特薇德看著兩人，默默提醒自己要把這父子相伴的感人時刻發展成一個溫馨的報導，向網路軟體工程師兜售。

對賈瑞特．道森而言，咖啡濾紙推了他一把。他在廚房操作咖啡大師咖啡機時，發現濾紙快沒了，又來了。又煮掉五百壺咖啡了，又過了一年，不對，是一年多。

賈瑞特漸漸老了。他發現自己養成了一個習慣，望向自己的妻子羅珊前，他會先盯著一個東西看——室內盆栽、時鐘、書本。參加派對和美麗的年輕女性（比方說正值青春年華的某人家的女兒）交談之後……或甚至只是看漂亮的年輕女性在電視上播報新聞後……要將他的視線從她們光滑的臉蛋直接移到羅珊身上，根本是種磨難。妻子在同年齡人當中算是美女，但她已經不年輕了。因此，他的視線從年輕女性身上移向羅珊之前，需要一個緩衝物。菸灰缸或扳手，某種非人物件。

他同時也注意到了，盯著電影裡那些帥氣演員的她，會先把注意力轉移到爆米花上，然後才望向他。這有可能只是他的幻想，可能是他把自己的行為投射到她身上了。但這讓他想到自己也變老了。

陶伯特那本書寫得很好：

外表俊美的人會變得強大，是因為他們通曉力量的本質，早早開竅，而且害怕失去那力量。年輕時俊美的人會習得轉移力量的方法，那就是將它投入後續的形式之中。他們會拿自己的青春去換教育程度，在受教育過程中建立人脈、磨練專業技能。

他們將金錢投資到冗餘的權力形式中，投資到備用資源中。

這說明了終結金錢這個形式的重要性。

透過財富這種抽象形式，權力一代傳過一代，催生特權與腐敗。人不該為了積攢而積攢，應該要持續將金錢運用在有生產性的目的上。

咖啡濾網是最後一根稻草。里昂在機械工廠找上他，告訴他一個蠢計畫：他們要奪取政府，重新塑造這個國家。聽起來很假，不過在這關頭，任何點子聽起來都比再買五百張咖啡濾紙、用它們來倒數自己的晚年來得棒。他將咖啡粉倒到最後一張濾紙上，為咖啡機注滿水。按下開關，開始煮咖啡。他對外頭的羅珊大喊：「咖啡馬上好。」然後補了一句，「我出去一下。」

他會打通電話給里昂，和他約在小酒館碰面，他要知道這個輕率的計畫是不是來真的。里昂給了他一本小書，書皮有藍、黑兩個顏色，上頭寫著：

想像世界上沒有神，沒有天堂也沒有地獄，只有你的子嗣和子嗣的子嗣，以及其子嗣，還有你留給他們的世界。

羅珊從餐廳呼喚，問他要去哪。

他穿上大衣，同時檢查鑰匙和手機是否在口袋裡。他進門，而她坐在餐桌旁，面前擺著好幾張稅單。他回答：「咖啡濾紙沒了。」

她沉默了好一段時間，沒抬頭便問他：「已經沒啦？」賈瑞特從她的嗓音中感覺到挫敗。對她而言，生命同樣稍縱即逝。又一個探索極端選項的理由。

他湊近，低聲說：「我來處理。」然後親吻她的額頭。

❖

過去曾經有過宗教時代，城市由教堂或清真寺主宰。它們的圓頂和尖塔使瑟縮於四周的建築物顯得像侏儒。接著是商業時代，企業摩天大樓與銀行的凹槽柱使教堂變得渺小。工廠的數量壓倒最大的清真寺，倉庫的陰影覆蓋寺廟。最近來臨的是政府時代，規制人民生活的建築物在地平線上爆增。這些龐然巨物坐擁的權力令宗教和商業都望塵莫及，它們就像華麗的船艦，保護並展示立法者與法官的力量。

在革命前的最後幾個禮拜，平凡的民眾將會進入這些偉大的堡壘探險，裝出敬畏的模樣，表現得像是一般的觀光客。他們會拍照，然後假裝迷路，這樣才能進入管制區，並在被人逮到、被要求離開時主張自己是無辜的。他們會繪製地圖，定位所有潛在逃生路徑，到時候才能堵住它們。他們也會判定開火時最不受阻礙的位置。

當他們在吊燈下嘖嘖稱奇，抬起脖子欣賞光榮的壁畫與高聳圓頂的鍍金支架時，他們都知道，是食物建造了這一切。吃不了的食物，從他們身上奪走的食物。是原本可以隸屬於他們的安全保障，建造了這些大理石階梯。他們的生活被虹吸管吸走了一截，所以這裡的牆壁才能加裝桃花心木和檀木板，擦得亮晶晶的。這些事物來自世界各地，被運來這裡，增添統治菁英的舒適和愉悅。鄉巴佬和土包子們合不攏嘴，露出挫敗自憐的表情，假裝滿懷敬意，表現出歆羨這些雄偉議會大廈和偉大掌權者的模樣；那些官僚就在這裡頭擺布他們的人生。

他們彼此低聲交談，錄影勘測。他們已決定要執行那項冷血的工作，此刻已在腦海中預見自己動手時的模樣。

他們都知道一個事實：囤積食物，食物會腐爛。囤積金錢，人會腐爛。囤積權力，政府會腐爛。別讓所有蠢人都有一票，改讓最聰明、最勇敢、最大膽的人擁有一百或三百或一千票，而軟弱的人和懶鬼沒半票。最有生產力的人將不再淪為閒人的奴隸，閒人將被迫去工作。

他們躡手躡腳，緩緩進入權力殿堂的走廊。他們的血汗立起了這座宏偉廟堂，但被派來這裡工作的是他們的代理人，這情況實在維持太久了。他們以見證人的身分前來探勘這高貴的場景，他們的人生將在這裡開始或落幕。

他們瞻仰高聳的大理石圓頂或俯瞰光滑大理石地板，感覺到自身的渺小或脆弱。但當他們擠進旁聽席，摩肩接踵地形成一團人球，發現人民投票選出的議員人數有多單薄時，又覺得自己天下無敵了。

接下來的安排令他們惱火：他們被分成好幾個小組，每組都搭配了一個年長的導覽人員，用背稿子的方式為他們解說每一面旗子和每一座雕像的意義，政治上獲得認可的意義。他們大膽想像吊燈被槍轟成碎片的畫面，想像藝廊裡的每一幅畫都被劃破，所有雕像都在混亂中被推倒，使人聯想到石腦袋和斷指堆成的萬人塚。

他們閉上眼睛，腦海中浮現更鮮明的影像：州議會大廈或法院大樓高處的玻璃全碎了，麻雀在圓形大廳的鍍金飛簷和壁龕上築巢。

媒體將會為這一波古怪的訪客激增貼上標籤：愛國主義高漲。人民與國家重新接軌。媒體在這一點沒說錯，只是事情不會按照他們想的那樣發展。媒體會將這群人描述成「向上位者請願的朝聖者」，預期和平與合作將到來，促成一個繁盛的未來。他們在這方面也沒說錯，只是具體情況不會是他們預料的那樣。

至於這些新來的訪客呢，他們一直壓低視線，假裝膽怯。為了保持一般民眾的低姿態，就算是位階最低的接待員或實習生朝他們的隊伍直衝而來，他們都會順從地跨到一旁，讓路給對方。

最後幾天，遊客如潮水般湧進所有政府機構，接著彷彿有誰按下開關似的，那些瞪大眼睛張望的人都消失了。走廊上空盪盪的，只剩準備行動的人。他們和值勤警衛彼此點頭問好，握手。穿制服的人和穿便服的人相望，以眼神表示他們的肯定，接下來這事非辦不可。所有派系都勾結共謀，等待他們一同行動的那天到來。

除了保全之外，沒人對那票人懷著敬意。因為只有保全和維安人員知道這國家真正的力量發源自什麼地方。

此刻，蹲在南側階梯下儲藏室的尼克說：「不知道耶，我以前很愛警察的。」他們靠著紙箱堆成的一道牆，箱子裡裝滿老舊的樂隊制服，裂縫露出了金色穗帶。銅扣在昏暗的燈光中閃閃發亮，有如寶物。

夏斯塔緊夾著雙腿。他們很可能吸著石棉和致癌的粉筆塵。滑石粉是粉筆成分之一，而滑石會導致子宮頸癌。世界正處於戰爭邊緣，不過夏斯塔喜歡現在這樣，和尼克大腿貼大腿。當面談話才有真實感，電話交談談不出什麼重大意義。

尼克說，在過去要發掘真相很容易。對過去的他來說，真相就潛藏在報紙裡，直到某一天，報紙刊出了尼克父親的訃聞：「死者是受人敬愛的丈夫與父親，死於腦出雪……」網民挑出那錯字，上百個新聞網站拿它當趣聞報導，甚至還變成了迷因。那些梗圖通常會搭配隆納德．雷根或戈爾．維達爾[5]的照片，上緣放一排字：「死於……」下緣接的是：「……**腦出雪！**」

所有人都知道正確答案是**出血**。尼克的父親在割草時，一顆腦內動脈瘤爆開了。就只是這麼一個字，報社甚至無法把它拼對。

夏斯塔對他深感同情，並試圖給他一個解釋。

媒體方法課的布洛利博士曾為學生說明，現代平面新聞媒體、日報報導、我們說到「客觀」時所聯想到的一切、權衡過的真相，是如何死在克雷格列表[6]手上的。不只克雷格列表，還有怪獸人力網、Backpage和eBay。報紙的收益永遠都是來自分類廣告。那些頁面，那些賣狗、出租公寓、賣二手車、職缺情報、單身白人男性徵求單身白人女性的頁面形成地基，一直以來都支撐著第四權的巨大殿堂。

那些車庫拍賣、庭院拍賣、海豹重點色暹羅貓的廣告，那些想買二戰紀念品或Fiesta牌餐具或劈好、放乾的木柴者所刊的啟事——它們都是最古老的政治王朝的基座。這些每刊一個字收五分或一元的頁面，始終是資助上流文化的金礦。有了它們，才有贏得普立茲獎的社論、書評、報導文學。根據布洛利博士的說法，多虧有窮人試圖賣掉雅芳古董香水瓶和用不著的分時度假使用權，我們最雪亮、最博學的觀察才得以問世。

「電影存在，」布洛利博士每年都對班上學生說：「是因為電影允許戲院賣你五塊錢的爆米花。」他想說的是，毫無價值的爆米花支撐著電影明星和奧斯卡金像獎的閃亮世界。同樣地，每天刊載那一個個無價值文字所收取到的幾塊錢，支撐著巨大的報紙帝國。

報紙消失後，任何事物的可信度都變得可疑。沒有人能有效地陳述或論述，定義好與爛、真實與謊言。失去守門員、仲裁者後，一切都是等值的。

布洛利博士要他們讀羅伯特．布萊的《兄弟社會》。書裡提到，現代社會已經失去傳統階級結構了。父權制也好，母系社會也罷，如今爸爸媽媽的地位已降到跟孩子們一樣高了。沒有人想當大人，大家都是朋友、同儕、平起平坐，而不是師生。經過化約後，人和人之間的關係都像是兄弟姐妹。

根據布洛利博士預測，這種扁平化的社會結構將導致民粹主義興起。少數睿智賢能者的統治，將被多數人的掌權取代，而他們會受情緒與貪念左右。

尼克在樓梯下方打斷她，「妳知道他隨時都嗑得很茫嗎？」

夏斯塔問：「你說羅伯特．布萊？」

尼克搖搖頭。「布洛利博士。」還說他看到他身上貼了一塊貼片，他把T恤下襬從褲子裡拉出來時被尼克看到的。布洛利每個五月一號都會穿同一件T恤。全白的，只有腋下的地方不是，正面印著「紙上左翼」四個紅字。大家說，這代表他是個死玻璃。那貼片是芬太尼。其他時候，他會穿印有「禮車自

5 美國作家，四〇年代末發表的小說《城與柱》因同性戀描寫遭禁，在歷史小說領域有很高的造詣。
6 大型免費分類廣告網站。

由派」或「左膠」的T恤。

奧勒岡大學的每個小鬼就算被丟到外太空，還是能一眼認出芬太尼貼片和佩科西特[7]。

蹲踞在樓梯下方灰塵瀰漫的空間內，尼克掐指計算自己過去信得過的東西有幾樣。聖誕老人，復活節兔子，牙仙，宗教，《奧勒岡人》日報，政府，布洛利博士，還有警察。在學校，歷史會變，地理會變。你考完試的一陣子後，所學的知識就會過時淘汰。如今他不知道該信什麼了。他想查看簡訊，但不想冒險把電池裝回去，啟動任何可定位的裝置。

夏斯塔看了她的手機，還是沒有華特的消息。他媽也沒回覆。她心想，女友不知道有沒有資格請警方協尋失蹤者。這聽起來很鳥，真話聽起來總是如此，不過她還是說出口了，「也許我們都得開始相信自己了。」

她還補了一句更糟的，「也許你得開始相信自己了。」

尼克怒視著她，直到她別過頭去。他的語調很激動。「告訴我，」他要求她，「華特對這大陰謀論了解多少，全部告訴我。」

派普爾讀完稿子後，選角委員會就請其他演員離開。這工作等於是他的囊中物了。不過委員會的人還在商量事情。他們又給了他一些片段要他念，好做最後決定。說真的，都是一些陳腔濫調。比方說：「我們必須捨棄過往的度量衡，重新為自己定義一分鐘……」這些句子寫在提詞卡上，他們會把卡拿到攝影機附近。演員的工作，就是讓不真實的事物產生可信度，他們要將想像的稻草編織成實體的黃金。

「片刻，」派普爾說：「是構成我們人生的磚瓦。我們的人生不該以週來丈量，我們在地球上度過的時間不該以賺到的薪水、支付的稅金來衡量。」

一名工作人員換了一張提詞卡，派普爾讀出上頭的句子，「我是陶伯特・雷諾茲，部落會議所指派的絕對君主。」

選角委員會交頭接耳地討論著。導演要他再錄一個鏡次，這次語調要輕一點，更愉悅一點。

派普爾在嗓音中注入笑意，「我是陶伯特・雷諾茲，」他稍微挑起眉毛，為表情增添一種「更開誠布公」的吸引力，「部落會議所指派的絕對君主。」

他們又換了卡片，要他念：「獨立宣言第七條。」

---

7 強力止痛藥。

囤積食物，食物會腐爛。囤積金錢，人會腐爛。囤積權力，政府會腐爛。

他們倒帶，重看他的表現一次、兩次。他們點點頭，彷彿一致同意，然後又換了一張提詞卡，上面寫著：「討喜的人得不到他人的喜愛！」

導演點點頭說：「給我雙驚嘆號的感覺。」他又補了一句，「麻煩了。」

「我們忽視自己的命運，」下一張卡片上寫著：「同時又強加獨斷的命運到他人身上。我們就這樣毀了自己的人生，和他人的人生。」

對派普爾而言，這些都是鬼話連篇，但他念出每一句時都帶著嚴肅又高貴的氣質，「我們每個人都得追求自己的命運，並允許他人追求他們的命運。」他說：「基於尊重，我們不該命令別人走特定路線，朝特定目標而去。」

一個高大、散發出煙硝味（像是爆竹和汽油）的老粗走了過來，拿摺起來的紙巾小心翼翼地擦去派普爾額頭上的汗珠。

工作人員換了一張提詞卡，又是那張「我是陶伯特．雷諾茲，部落會議所指派的絕對君主」。他肚子咕嚕叫，毀了這個鏡次。

這次導演要派普爾將每個大寫字母的大寫感念出來。

派普爾開始即興，「我是陶伯特．雷諾茲，至高貴族，老大哥，偉大巫師，絕對君主……」他不斷拖下去。

在政府氣數將盡的最後時光，大家紛紛去向它們獻上特殊的敬意，同樣地，大家也會在其他遺跡聚集，看它們最後一眼，給它們一個悠長的凝視。他們站在人群之中，看電視團隊做犯罪現場的報導。記者們暗自感到受寵若驚，覺得自己受到了讚頌。記者認為這一切似乎是證據，證明了他們具有受世人敬重的權威，為此感到沾沾自喜。同樣地，群眾也湧向知名學者的演講，心中知道這就是他們的告別演出了。而享有殊榮的學者們，將這一票溫和有禮的烏合之眾視為一種恭維。這麼多年來，這些教授首度感覺到，未來也許會往好的方向發展。記者和演講者都誤會了。

相較於付出的金錢，教育給人的回報實在太少了。相較於付出的時間與注意力，媒體給人的回報實在太少了。

如今，群眾來見證他們的存在了，但他們其實是懷著怨恨和同情來的。另有一些人懷著病態的好奇心和悲傷，眼神像在看絕種前的最後一批旅鴿。因為他們知道這些單位的末日近了，接下來即將發生的事件，會成為現在與未來的分水嶺。他們正審視著這些職業的餘暉，將來有一天才能向自己的孩子描述它們。

群眾在濃濃的鄉愁中盯著議員、記者、教授的空洞權力，暗自在心中向它們道別。

對站在普林斯．呂西安．坎貝爾館外草坪上的賈邁爾而言，這棟莊嚴的老房子彷彿是愛倫．坡〈厄舍府的沒落〉參照的原型。它的造型古色古香，聳立在冥河的夜空。遠方的一組花窗透出綠金雙色的柔和彩虹，唯一一個煙囪頂蓋彷彿快碎了，一縷輕煙裊裊飄上天空，這只代表裡頭有人，儘管夜已深沉。

賈邁爾打了個手勢，示意可尚打頭陣，接著兩個男人一起推開牢固又沉重的雕花橡木門。它的鐵鉸鏈已結滿紅色鏽斑。他們往深處移動，掉滿地的灰泥被踩得嘎吱響。蝙蝠振翅劃破黑暗，從他們的棒球帽上方掠過。牆上每隔一段距離就有一座精雕細琢的金色燭台，設於已逝的黃金年代。它們投下微弱的照明，閃爍、黯淡有如瓦斯燈。

兩人穿行於一條條狹窄的走道，踩上陡峭的樓梯。他們勇敢地面對灰塵、煤灰散發出的，彷彿來自閣樓的可怕氣味。這華宅的石材與木料蓄積著無瑕的沉默，令賈邁爾飢渴的耳朵產生幻覺。他在沉默中聽到字句，出自他人之口的字句，刻意壓低、依稀可聞的一團聲響，像流水，而他像是一名觀眾，聆聽幽魂在陰冷的公寓內呢喃。

經過一連串惡臭的房間後，他們又碰上了一整團密密麻麻的雜亂小隔間和學者的小書房。一架又一架的書，皮革書背長了毛茸茸的青苔，一路往前延伸到視野之外。滴水聲如節拍器般表明時間的流逝，溼氣使這棟建築物內優雅的天鵝絨簾子都變黑了。噩夢般不斷分岔的走廊帶領他們經過霉味濃厚、宛如洞穴的講堂，賈邁爾敢發誓，迷路的人文學院院生一定都還在裡頭，渴望著復仇、討公道。而他們也確實該討，他沉思。他們世世代代都接受著最糟糕的社會工程，不斷受訓、應考，直到學院派謊言取代了他們所有的理性思考。賈邁爾和可尚今晚如果沒有找到他們要的答案，那普林斯．呂西安．坎貝爾館內的鬼魂都會無法安息。

兩人在荒廢的樓層和樓層之間踉蹌前進，直到一聲鋼琴音引起他們的注意。接著是一系列音符，蕭邦降E大調夜曲。他們循聲進入一間沒上鎖的辦公室。辦公室後方有一系列破敗的套房，他們在最遠的那間找到了他們的目標。

這是位於建築物深處的聖殿，高樓層的奢華綠洲，在這工作的某個大人物的一幫僕人已經下班了。這房間的裝潢過目難忘：牆板材質是切爾克西亞產花梨木，輕柔搖曳、啪嚓作響的爐火上方有精心雕琢的義大利大理石飾架，細節繁複，包括飛躍的邱比特像和聖像紋章。這場景和博學的奧勒岡大學資深教授搭不太起來。流瀉的月光照亮繁複的花窗，投下幽魅的色彩，為房間內那張優雅東方風地毯的阿拉伯花紋添增華美。

現代風的潤飾有：裱框的切．格拉瓦海報，掛在火爐上方；一面美國國旗也裝在框內，上下顛倒地掛在教授的古董辦公桌上方。旗子的其中一角看起來彷彿被蟲蛀了，帶有黑色焦痕。它在許久以前的某次抗議暴動差點被燒掉。桌面上排放著各種珍本書和昂貴的小古董。吸走賈邁爾目光的，是一張棕褐色的簽名照，照片中的艾瑪．高德曼坐在一張小小的珠寶畫架上。照片附近擺著一把銳利的拆信刀，古老的摩爾風設計。

一名巨漢在真皮翼背椅上打瞌睡，一本攤開的《激進者守則》擺在胸前，半掩在他斑白的灰鬍後方。儘管有鬍子又有書，他身上的T恤標語還是沒被擋住：「女性主義者就長這樣」。

他穿著抽繩束口棉褲，褲管捲起，蒼白又有皺紋的腳浸泡在塑膠臉盆中，水熱得冒煙。臉盆旁邊有一條摺好的浴巾，待命著。

他手邊有張價值連城的小桌子，上頭的透明玻璃瓶內盛裝著深琥珀色雪利酒。一只頂針大小的玻璃杯內，有他上一輪殘餘的金色液體。

賈邁爾和可尚溜進房間，欣賞它歷史悠久的裝飾。他們知道這些奢華是用數不清的人文科學生的汗水和夢想破滅堆疊出來的。蕭邦的旋律出自一張閃閃發亮的縞瑪瑙色蟲膠唱片，它在古老的傳家寶級的留聲機上緩緩旋轉著。

備受尊敬的學者，艾密特．布洛利博士眨眨眼醒了過來。「什麼風把兩位吹來啦？」他問。他溼潤的眼睛凝視著可尚那件合身的便褲，顯然被迷住了。

這兩個學生沒膽開口，扭扭捏捏地盯著自己破損的網球鞋。賈邁爾突然抬起頭來，結結巴巴地說：「先生，你還記得華特．巴因斯嗎？」

可尚在這優秀男子的注視下覺得自己毫無防備，頓了一拍才把話說下去，「我們認為他有麻煩了。」

博士皺起眉頭，慢慢合上書，放到一旁，「什麼樣的麻煩？」

賈邁爾望向可尚，兩人憂心忡忡地對望。賈邁爾對布洛利說：「跟名單有關……」

可尚接了下去，幫他把話說清楚，「網路上的名單。」他告訴布洛利那個傳言的事，還有小華特已掌握的事情。狀況似乎很單純：如果你認為某人對社會構成威脅，你就可以把他的名字貼到某個網站上。如果你的提案沒收到任何覆議，那個名字在幾個小時內就會消失，但如果有幾個人覆議，那名字就會保留下來，吸引更多人投票。他得到的票數愈多，面臨的危險就愈大。

賈邁爾說：「那就像是一個討厭鬼票選活動！」

他突如其來的歇斯底里令所有人都嚇了一跳。三人陷入沉默，壁爐內燃燒的柴火畢剝響，嘶嘶嘆息。

最後，布洛利博士笑了，由衷、發自體內深處的咯咯大笑，輕蔑，散發雪利酒的味道。他露出每一顆抽大麻抽到變色的牙齒。身為一個思想自由的學者、年輕心靈的指南針，他顯然在漫長的職業生涯中面臨過許多類似的獵巫行動。他的手伸向透明玻璃瓶，斟了滿滿一杯酒，彷彿是要藉此冷靜下來。他啜飲黃湯後盯著那液體看，露出冷笑。「是的，孩子們。」他說：「那清單總是陰魂不散！」

賈邁爾和可尚聚精會神地聽著，眼睛瞪大，恐懼充斥他們的靈魂。

博士用他的小杯子做了個大動作。「坐吧。」他吩咐他們。

兩名年輕聽眾在地毯上盤腿坐下，靠近他的腳邊。

布洛利低頭對他們說：「那清單**總是**陰魂不散。喔，人類有多麼熱愛清單啊！」他高高在上地說：「從十誡到好萊塢黑名單[8]，從尼克森政敵名單到辛德勒名單再到《紐約時報》暢銷書單，從聖誕老人的名單到上帝用以區分綿羊和山羊的名單。」他接著將族譜學也視為名單，還有分類學、存貨清單。他喝完手中的雪利酒，再倒一杯，再喝完，再倒一杯。「我們大受誇耀的權利法案也是清單！馬丁・路德在狂歡節時釘到教堂門上的九十五條論綱也是！」

賈邁爾和可尚面無表情地盯著他，他於是大吼：「如果你們兩個乖乖讀路易士・海德和維克多・特納，而不是在那邊吸浴鹽、玩寶可夢Go的話——你們就會聽懂我在說什麼了！」

他一下子進入了授課模式，這些他已經在課堂上教過無數遍了。他拋出名詞，「權力翻轉儀式！」

---

8 此名單列出美國四、五〇年代疑似為共產主義同路人，或甚至只是不願協助政府調查共產黨活動的演藝人員。

賈邁爾和可尚堅定心志，準備迎接他沒完沒了又帶說教意味的布道。

布洛利滔滔不絕地開始發表他的學術演講：大多數文明社會都靠這種儀式來維繫現狀。在每年的某一小段時間，有時是某一季，最低階的公民會被賦予優於上位者的權力。在現代社會，這種模式在萬聖節時仍然可見。十月三十一日的夜晚，夏季與秋季的分歧點，理論上也是生者與死者的分界。在這一天，無權力的兒童會扮裝成外來者——動物、死者以及牛仔或遊民之類的局外人。男孩扮裝成女孩，女孩扮裝成男孩，而這些外來的他者都有權隨意遊蕩，要求坐擁房產的社會上層成員交出貢品。如果沒收到貢品，喊出「不給糖就搗蛋」的人就會確實讓對方蒙受財物損失。

「哎，」博士口沫橫飛，「到了一九二〇年代，有許多人家被放火燒了，有許多輪胎遭人劃破，報社與保險公司、零食公司於是串通起來，創造了給糖果的習俗！」他讚嘆，「你們想像一下！窮人燒掉了富人的房子。他們前一年受到冒犯，這時報了一箭之仇！」

就連聖誕頌歌——溫馨、傳統的聖誕節頌歌，在過去都是一項血腥的行動。窮人聚集在富人家外面，用歌聲作為一種威脅。只有給他們黃金當作賄賂或盛餐款待他們，才能讓他們去騷擾其他人家。我們在葬禮上獻花的習俗源自一個古老的儀式：地方上的窮人搜集野花和芳草，然後到死人的棺材旁送禮給致哀者，以交換金錢和麵包。

他赤腳濺起水盆裡的水，幼稚的熱情表露無遺。

他斷言，「軍中也充滿這類傳統，軍官在短時間內向下屬臣服的傳統。」在核子潛艇上，每次出航都會有一個主廚咖啡之夜。這天晚餐的節慶感是這樣營造的：軍官將大食堂布置成高級餐廳，然後親自烹飪、供應佳餚給應徵入伍的士兵。南北戰爭前的美國也有一個類似的權力翻轉儀式，叫農神節。在聖誕季，農場主人會給奴隸禮物，允許他們短程旅行，去拜訪鄰近農場的親戚。所有奴隸都會獲得幾天的自由，會收到真的、可以喝的蘋果白蘭地和真的、可以吃的豬肉。根據弗雷德里克・道格拉斯[9]的報導，這些黑人會狂吃狂喝，不斷大開宴會，直到病倒為止。這失去節制所導致的病痛每年都會使奴隸陷入悲慘之中，他們因而深信自己意志薄弱，需要主人來控制他們、駕馭他們根本性的衝動。狂歡個幾天過後，他們就會開開心心地回去當奴隸。

到目前為止，博士的演說顯得又臭又長，酒味濃厚又放縱。

「對阿米許人而言，」布洛利呆板地說下去，「他們奇特的**遊歷期**（Rumspringa）也是一種權力翻轉儀式。這裡的遊歷可解釋為**奔走**或**四處亂跳**。在成人期前夕，阿米許青少年可以在一段時間內外出享受世界的美好。就像在農神節縱情的黑奴那樣，阿米許青少年也無可避免地沉溺於毒品、性愛中，靠乏味低薪的工作過活。他們在外頭把自己搞得悲慘無比後，」布洛利幸災樂禍地說：「就會開開心心地回去過他們平凡簡樸的阿米許人的生活。」

賈邁爾看了一眼手錶，可尚想看訊息但忍住了。教授顯然一發不可收拾。

博士暫停，調整呼吸。酒精在他的嘴唇上發亮，紮起的馬尾上有一撮撮沒被束好的灰長亂髮，這使他看起來簡直就像個巫師，喋喋不休的異教徒之流。他炯炯有神的目光鎖定極少數的聽眾，提問：「這

9 政治家。逃離奴隸生活後，成為廢奴運動的推手之一。

個國家理應是最明智、最成功的人類實驗成果，卻不施行權力翻轉儀式，你們知道原因嗎？」

兩名年輕男子都沒答話，博士於是大吼：「嘉年華！」咆哮：「狂歡節，Fasching！」後者源自德文的「最後點餐」，相當於現代說的懺悔星期二（Mardi Gras），也就是進入受苦、自我否定的大齋期前，最後一次進行肉體放縱。在十七世紀，巴伐利亞的權力翻轉儀式允許農民在教會、大教堂內吃飯、設宴，有時還准他們交媾，僧侶、牧師則會坐上馬車（相當於我們的遊行花車）參加慶祝遊行，並朝旁觀者丟糞便。褻瀆者化身為聖者，聖者化身為褻瀆者。不過這只會維持一小段時間。

然而，馬丁．路德就是趁這小小的法律空窗期展開行動。他發表了對天主教會的異議，藉此創立了新教。

「美國徹頭徹尾是個新教國家，這你們同意吧？」布洛利問，然後又補了一句，「至少在一開始是。」

由於新教創立於權力翻轉儀式的期間，他們對該儀式的施行總是抱持戒心。

布洛利胸有成竹地點點頭，「教宗，我們高貴的聖者還是會繼續在濯足節清洗、親吻窮人的腳，但新教徒不會冒險讓自己陷於相同的險境。」

他推測：這就是這個偉大國家的致命缺陷。這國家不允許最弱、最窮、公民權被剝奪得最嚴重的國民享受儀式性的權力，連一個小時都別想。對，我們確實為兒童刪改出專屬的萬聖節與聖誕頌歌，但沒有機制可以銷磨下層階級成人的力氣，讓他們甘心再當一年的窮人。

賈邁爾任時間流逝了一大把才試圖把話題拉回正軌，「那那份名單呢？」

可尚陷入絕望，苦苦逼問：「那是真的嗎？」

昏昏欲睡又有點醉的布洛利博士發出嘖嘖聲。他伸出一隻蒼白的手，撥弄幾綹亂髮，「身為一個文化人類學家，我早就聽說過那份鬼扯的名單了。」他向他們保證，「那是個都市傳說，完全是虛構的。」

兩名學生不禁表現出喪氣的模樣。他們來這裡是為了問華特的事，想知道教授能不能幫上忙。結果他不能，或不願。這是一條死路。

布洛利博士似乎察覺到他們的失望，稍微在椅子上挪動了一下身體。也許是為了安撫他們，又或者是為了耍嘴皮子，他提出問題。「說到這神祕名單，」他恪守人類學立場提問：「如果受提名者收到太多票會怎樣？」

可尚低著頭，往前移動，直到他蹲到布洛利腳邊。塑膠臉盆裡的水早就沒在冒煙了。可尚伸手拿起摺好的浴巾。「會像這樣。」他開口，然後從溫水中抬起一隻蒼白的腳，用浴巾擦乾它，放到地毯上。這位學生對另一隻腳重複了一次步驟，然後依序抬起兩隻腳，親吻冰冷又有皺紋的肌膚。

艾密特．布洛利瞪大眼睛，毛茸茸的下巴大開，驚愕失聲。

可尚完事後，一隻手伸向自己的後腰，從腰帶抽出一把槍管短小的左輪手槍，朝教授那合不攏的嘴開了一槍。

沒有奔跑的腳步聲傳來。這孤立的建築物已遭遺棄。賈邁爾大膽放話，「你太早射了，這不是雙關語喔。」

布洛利癱倒在椅子上，一個破碎的窟窿取代了他的臉，裡頭盛滿血。他被炸開的氣管頂端露了出來，血液汩汩湧出。他現在不無聊了，將來也不會有人被他的無聊騷擾了。他所有的學識和所受的教育都潑濺到椅背的胡桃木鑲板上。他的雙手顫抖了一會兒，血液沿著他的灰鬍子流下，他正式死亡了。

可尚把槍塞回腰帶上。「幾天後，事情就不重要了。」他揮手示意賈邁爾拿走桌上的高級拆信刀。「他值多少？」

賈邁爾正盯著手機看，不斷捲動一份長長的名單。他還沒罷手。大家都趕在截止前紛紛提名，因此那名單每天都在變長。最後他說：「你不會相信的……」

可尚愣住了，「說吧！」

賈邁爾抬起頭來，眉開眼笑，「一千六百票……」

他的朋友倒抽一口氣。這等於他們將擁有自己的政黨了。可尚雙手摀嘴，發出不成聲的喜悅尖叫。

賈邁爾用拆信刀割下死者的耳朵時嘆氣，「感謝上帝，華特把這事告訴我們真是太好了。」

可尚無助地聳聳肩，臉微微發紅，孱弱地說：「可憐的華特。」他掀起死者的T恤，露出下方的貼片，撕下它，貼到自己的頸後，品味即刻湧現的大量芬太尼。

賈邁爾將耳朵遞給可尚，耳垂上的鑽石依舊閃閃發亮。兩名年輕男子在殘缺不全的艾密特・布洛利屍首上方互擊拳頭，然後擊掌。離開前，可尚走向裱框的國旗，某個被遺忘已久的抗議或示威行動所留下的半焦殘骸。他拿下它，崇敬地望著它，然後將它正掛回去。

賈邁爾彎腰撿起阿林斯基的書，冷靜地審視它的書頁，然後說：「花言巧語的年代已經過去了。」接著他將脆弱的紙張交付給壁爐內貪婪的火舌。

派普爾的聲音變得刺耳。他的喉嚨又啞又乾，覺得累壞了。選角小組打發走其他演員後，一直要他念一些沒頭沒尾的字句。這起先是一次試鏡，後來變成了馬拉松，他們彷彿在測試他的耐力。克蘭？還是奈勒？總是那個選角導演一再露出苦惱的表情，然後說：「他們還沒有完全篤定你就是正確人選。」並引派普爾上鉤似地說：「這角色需要更多的魄力才能撐起來。」

他們一再拿出寫著胡言亂語的字卡，某些派普爾打死都不肯念：

高索邦和同志亞正處於戰爭狀態。高索邦和同志亞總是在打仗。

他還沒讀到的字卡還有厚厚一疊，跟老式電話簿不相上下。有人拿起另一張字卡，派普爾大聲念出：

吞噬我城的火焰是舊政權的支持者點燃的。

他們舉起一張又一張的字卡。

這世界要求的是一個統一理論、單一理論，可以解釋一切的說法——給他們吧。

衡量一個男人不該看他靠什麼賺錢，而是要看他怎麼度過閒暇時光。

一個偉大的軍事專家將會奪回滿目瘡痍的波特蘭市！

虛構的樂趣在於，它只需要散發出真實的氣味。

全都是胡說八道。徹頭徹尾、完完全全由陳腐寫手編出的蠢話，這種劇碼根本不會有任何電視網看得上。然而，派普爾還是魄力十足、熱情洋溢地念出每一句台詞。他知道自己的領結已經從領扣上鬆掉了，有一綹頭髮垂了下來，正要橫亙他的額頭。但他不會罷休。布滿血絲的眼睛灼痛著，但他不會罷休。魯法斯？柯爾頓？還是布拉什？總之連那個選角導演都拿起新的字卡了。

❖

在這本書成書之前……在掩埋用的坑洞開挖之前……華特想了一個發大財的計畫。

他走在紐約市的街上，用手機叫出一些色情影像。只是隨便看看一些圖片，卵蛋裡還沒裝滿精液。只是為了讓血液流到他那話兒去，他就能用無所畏懼的小頭進行思考。硬起來的老二不知道什麼叫害怕。色情影像之於他，就像菠菜之於大力水手或憤怒之於綠巨人浩克。這樣的狀態下，要他看著西斯汀教堂玩「威利在哪裡」，他也找不到上帝之所在，因為所有天使的屁股看起來都很好幹。

色情影像令華特成為冷血無情的孤狼。他在手機上用谷歌搜尋：

泰德．邦迪
韋恩．威廉斯
迪恩．科爾
理察．拉米雷茲
安吉洛．布奧諾
大衛．伯克維茲[10]

10 皆為連續殺人魔。

安分守己，走在正道上，沒人會管你是活是死。要華特餓死，或跌入車陣被輾成肉醬，他都行。要把他送到某個戰場上去被刺刀強暴也行。他不是誰的小寶貝，他已經長大了。沒人在乎他是死是活，不過他要是殺死幾個跟自己一樣的無名小卒，社會就會以排山倒海之勢追蹤他，數十億納稅人會給他食物和容身之處度過餘生。讓他穿乾淨的衣服。他要是不吃飯，他們就會塞一根管子到他嘴裡，灌食到他胃滿為止。他告別胎兒階段後就不曾享有這種待遇。

在那刻來臨前，他會不斷在紐約街頭徘徊，有如羔羊園地內的掠食者。

他在學校學的那些只能讓一個人走到現在這個局面，要不然他的代數老師應該能搭私人噴射機在天上飛，用鞋子喝香檳才是。學校傳授的東西大抵上只能讓大家走入相同局面。他們說你得成為某號人物──律師、記帳員、馴獅人，拿你的技能去換其他東西。華特不只是想當一種人，他什麼都想當。但他若要擺脫那些競爭，就得先找個明師才行。找個億萬富翁之類的人物，接受他的庇護，學習讓金錢像兔子一樣自行繁殖的法則，像是內線交易、以槓桿操作商品期貨，進入一個不見血的世界，這裡有企業接管，有堆在避稅天堂銀行帳戶裡的天文數字基金。

今天，華特已告訴自己該如何辦到。首先，他做功課。讀報紙財經版，記住喬治·索羅斯或柯克兄弟之類的人物。大名鼎鼎的避險基金富豪或投資沙皇。他瀏覽了《城裡城外》雜誌和財星世界五百大名人錄。幫自己找一些點石成金的米達斯王。

從華特的觀點來看，他並沒有在偷懶。他只是拿時間當籌碼，節用資源，準備等待獨一無二的重大機會出現。他做了一張表，列出他相信的事物：

聖誕老人
天主教的上帝
浸信會的上帝
佛教的神
異教徒的神
撒旦
復活節兔子和牙仙
西雅圖超音速隊和奧克拉荷馬亡命者隊
蓋里．哈特和華特．孟岱爾和艾爾．高爾
割禮

到目前為止，他相信過民主和昭昭天命[11]。他也相信過資本主義、道德相對主義和社會馬克思主義。如果他能相信這些，他就什麼都能相信了。也許相信那些荒謬的抽象概念就是一種相信的練習，句號。

他唯一的信仰，他這陣子唯一的宗教，是夏斯塔。他伸了兩根手指到褲子口袋裡，捏出一個粉紅色的小團塊。看起來像棉花糖，只是體積比較小——是耳塞。每天下午上工業設計工具課時，夏斯塔拿它

11　十九世紀美國人相信向西部擴張至北美大陸另一頭是他們的天命。

來阻斷鑽床的噪音。後來她拔掉它們，放到一旁。華特趁她出去講電話時偷走了一個。如今他走在紐約街頭，把那耳塞拿到鼻子前嗅聞，將夏斯塔的皮膚和腦細胞形成的甜蜜生態系深深吸入體內。

就算他爸不是什麼世界級人物、大魔頭，無法賺一大筆信託基金給他，他還是有辦法補救。一個父親可以有不只一個孩子，為什麼一個孩子不能有不只一個父親呢？家長可以領養新小孩，為什麼華特不能領養一對新父母呢？而且是有錢的父母，會塞一根金湯匙到他南方山區貧苦廢渣白人的嘴裡的父母。他走在街上，懷著祕密武器，即將成為某個大財主的兒子。大財主根本沒聽說過的兒子。

精心挑選一個托．布恩．皮肯斯[12]型的人物。像是玩「夢幻總教頭」那樣，只不過對象是他自己的家系。

金錢是萬物最純粹的靈魂，是萬物轉生成其他事物前必定會採取的形式。華特視自己為最原初的華特，也就是意見、教育、戒備湧入他體內前的華特。色情影像召喚出的那個華特。

他，華特的新老爸，混跡麥迪遜大道那一帶，有冷硬派的表情，彷彿油畫畫出來的臉，裝數字用的腦袋。就算不是「地產大亨」裡那個戴高帽、穿條紋褲和燕尾服的有錢老兄，也會有一定地位。如果華特能在街上撿到流浪狗，那這應該也很簡單才是。他不斷對自己說：「惡意收購。」**惡意收購**。從正確角度切入的話，這也等於是一種恭維，他這麼對自己說。同時，他像馬克．大衛．查普曼[13]一樣到紐約市去，用信用卡訂了一間市中心的旅館，好在擁擠的街頭四處閒晃，希望邂逅他的新老爸。不知道自己還有一個兒子的老爸，他還不知道唷。

他拿出手機用谷歌搜尋：查普曼想殺的公眾人物清單。

強尼．卡森
馬龍．白蘭度
華特．克朗凱
喬治．C．史考特
賈桂琳．甘迺迪．歐納西斯
約翰．藍儂
伊莉莎白．泰勒

華特以飽受色情影像刺激的小頭思考，帶著這張名單潛伏街頭，風衣口袋鼓脹，監視著其中一個有可能當他老爸的傢伙。乞丐沒得挑嘴。他預想的某些明師甚至不是男人，而是女性證券經紀人或手腕高明的房地產仲介，只要他們能傳授他賺錢巫毒就夠了。華特在人行道上走啊走，四處跟監，手機上列著一份完備的名單：有照片，還有堵這些金融家的建議地點。他總是想著夏斯塔，想著他帥氣地出現在她宿舍時，她臉上會有什麼表情。他會駕駛私人噴射機前來，帶一隊打馬球用的那種小馬來誘拐她，而且還要找碧昂絲來當她的伴娘。他打開手機用谷歌搜尋：查爾斯．曼森的名單。

12 知名資本家，曾併購許多獨立的石油生產商。
13 殺害約翰．藍儂的凶手。

史提夫・麥昆
李察・波頓
湯姆・瓊斯
法蘭克・辛納屈
伊莉莎白・泰勒

他大衣口袋裡裝著大力膠帶，走在華爾街上。他彎進萊辛頓大道，來到布魯明黛百貨，瞪大眼睛，不確定真正的近距離接觸來臨時該怎麼動手。該如何在億萬富翁的原生地追著他們不放？也許他會跟著他的新老爸走過一個又一個街區，最後碰上紅燈，站在五十七街街角等行人穿越道的綠燈。他將悄悄走到他的麥克・彭博身旁，問：「你是不是華倫・巴菲特？」

他高貴、霸氣的皮膚顯得蒼白又乾燥易碎，彷彿是老舊的捲菸紙。他會對華特露出彷彿有霉臭味的眼神，而華特會用這句話反擊，「有件事你可能會感興趣。我口袋裡有一把格洛克15。」然後放肆地讓對方看他凸起的大衣口袋。

這會擄獲那個男人的注意力。此時此地，華特會叫他攔一輛計程車，兩人一起坐進去。華特會給司機一個皇后區的地址，從那裡過幾個路口就能到他停放出租車的地方。兩人在車內共享著沉默。華特那個凸起的口袋抵著男人的腎臟。他的飯票就在這裡，這男人將帶他進入新的人生，他不用再把自己的生活塞在一個個星期六夜晚了。為了堅定自己的意志，華特看了更多色情影像。他掏出一包吸滿臭鼬大麻脂的口香糖，遞了一片給司機。司機收下了，儘管他不太確定那是什麼。華特也遞了一片給貝爾納・阿爾諾[14]，對方不收，於是華特將它丟進自己嘴裡，開始嚼。他說：「我不會傷害你。」

這個阿曼西奧・奧蒂嘉[15]問他，「為了不傷害我，你弄來一把槍？」

華特說：「我只需要借你的頭腦幾天。」

在紐約的雄偉建築環伺下，這個卡爾・阿爾布雷希特[16]說：「你給我的口香糖上沒有毛球嗎？」

華特回問：「什麼？」

「口袋棉絮之類的。」他對華特說：「在你好心提供給我的口香糖上。」他雙手一攤，對著計程車車頂發出懇求之語，「我都這把年紀了，寶貴生命有限，為什麼我要相信一個年輕的混混？這混混還慷慨地送我棉絮包著的便宜糖果呢。」

華特感覺到某種毛茸茸的線段卡在齒縫。羞恥使他的臉頰發燙，不過他不願將口香糖吐出窗外，讓那男人覺得他說中了。他反而說：「你瘋了，這口香糖超棒的！」這種時候他很需要掏出手機，但他不希望自己的新老爸看到他補充色情影像的場面。

計程車司機將口香糖吐出窗外。華特對他們兩個人說：「這口香糖很好吃耶！」

14 法國商人，頂級奢侈品公司董事長。
15 西班牙服裝業富商。
16 德國企業家，與弟弟一同創立連鎖超市。

為了不讓司機看到他租來的車，他們提早下車。接著，華特和那男人步行於皇后區，找到出租車後，華特打開後車廂，撇頭示意那個卡洛斯．史林[17]爬進去。華特向他保證：「一個禮拜，最多就一個禮拜。」

華特用手機叫出夏斯塔的照片，將螢幕拿到新老爸面前。他拉了一串照片：微笑的夏斯塔，睡著的夏斯塔，不理他的夏斯塔。華特說：「她就是我的動機。」

男人的視線飄向後車廂的解鎖拉桿。華特任他看，任他在爬進去的途中看。他以為自己在車子停第一個紅綠燈時就能跳出來，就讓他那樣想吧。他，這個英格瓦．坎普拉德[18]嘆了一口氣，肩膀垮了一下，口齒不清地說：「一個禮拜，恐怖分子先生說一個禮拜！」他在華特後車廂的備胎旁蜷縮身體，急急忙忙地將手錶、手機、錢包都交出來，但華特拒收。他斟酌了一下又決定收下手機，這樣才能關閉它的定位系統。華特向他表明過了，「你並沒有完全掌握我的動機。」還說：「我不要你的錢。」

華特也說了，「我不是恐怖分子。」然後他甩上後車廂蓋。

蓋子鎖上後，華特才把那可怕的口香糖吐掉，從大衣口袋挖出一口菸斗，讓肺吸飽菸，憋住，然後神遊。可憐的伊莉莎白．泰勒，竟然連續兩次被盯上。她在J．G．巴拉德的小說《超速性追緝》中，不也是精心擬定的假車禍、真謀殺計畫的目標嗎？歹徒預定駕駛一輛轎車衝下高架橋（英國叫跨線橋），撞死她，象徵性地強暴她的豪華轎車，不是嗎？還是說，這麼多謀害她的計畫其實是她電影明星地位的終極指標？

華特對後車廂蓋另一頭說，他為這一切感到遺憾，對大屠殺等等的也感到遺憾，不過這件事不會往那個方向發展。華特自從在中學時代做了一個「猶太人問題最終解決方案」的微縮模型後，就不再是那種會歧視別人的人了。網路上有些人滿心憎恨、否定納粹大屠殺的存在，他是為了反駁他們才製作了那個微縮模型。他還周到地焚香，使樂高方塊煙囪不祥地冒煙。燒的是檀香，因為他那裡的沃爾瑪超市就只找得到這個。他放了一台東加牌玩具推土機，讓它將裸體的芭比娃娃推入地洞裡，以免被進逼的盟軍發現。他在那微縮模型上投注的努力值得嘉許，但也因此被送到諮商師的辦公室，被迫收看一個執迷不悟的文化廢渣的影片。此後，他總是費盡九牛二虎之力、掏心掏肺毫無保留地尊重其他宗教信仰，保有對他們處境的敏感度。

他將一口菸斗放回口袋時摸到了那個鐵圈。絞刑鐵環。

他其實沒有槍。藏在大衣裡所謂的槍是一大袋加州產大麻「紫外線」。還有，他忘了拿來用的大力膠帶。他低聲對上鎖的後車廂說：「沒人會用毒氣毒死你。」

到了這時，華特才敢冒險補充一些色情影像。他從頭到尾都不知情，還沒掌握全局。

他將輕而易舉地完成整起綁架行動，過程安靜，毫無痛苦。順利到他應該要起疑才對——一定是有某個環節出了大包。

後車廂內的人回話了，「毒誰？」他說：「我嗎？我是路德會信徒，恐怖分子先生。」此時此地，金屬板後方傳出宏亮而模糊的、得意洋洋的大笑。

---

17 黎巴嫩裔墨西哥商人，墨西哥電信的最大股東。

18 ＩＫＥＡ創辦人。

❖

接下來的六十天，名單凍結了。獲得票數不足者遭到剔除，留存下來的人的獎勵價值也鎖定了。這些措施確保玩家不會認出彼此、提名彼此、互給好評。革命的那一天，名單將被撤下。這份名單並不存在。

他們要求派普爾一說再說，每次都要一模一樣的語調，彷彿當他是機器人。

「『審叛日』就要來臨了。」他盡責地背誦。

再一次。「『審叛日』就要來臨了。」

「我再說一次，『審叛日』就要來臨了。」

他不斷念，念到每個字聽起來都不像字為止。每個句子都化為真言，或一段鼓點。為了避免舌頭打結，他慢慢學會控制三個間隔相等的齒擦音。每一個鏡次都很完美，但站在鏡頭旁的助導不斷伸出手指要他再來一次。

派普爾向他們討一罐礦泉水。有人在保麗龍盒的碎冰中東挖西挖，結果找到的最接近水的東西是低卡啤酒。

重複：「『審叛日』就要來臨了。」

重複：「這份名單並不存在。」

重複：「任何戰爭的首位受害者都是上帝。」

重複：「如果人在二十五歲能面對現實，到了六十歲就能支配現實。」

那個選角導演，叫克蘭或魯法斯或奈勒的傢伙盯著寫字夾板看，點點頭，然後抬頭。「幹得好。」他說：「現在我們需要所有錄台詞的西班牙語版。」

派普爾不能發火，他承擔不起。他需要這份工作。最後克蘭保證會和派普爾的經紀人保持聯絡。選角委員會的成員一一上前，伸出他們粗糙又有污漬的手和他相握。每個人都以一句粗啞的「謝謝」向他致意。攝影師柯爾頓塞了一個牛皮紙信封給他，陪他走到停車場。派普爾坐上車，等到四下無人後撕開信封。裡頭有一疊百元鈔票，一百張束在一起。派普爾不知道這是預付金還是賄賂。他今天下午經歷的一切，都符合他想像中的拍A片的感覺。紙束帶上印著：$10,000。

在工作站的查理擺了一個橡膠防撞墊到液壓機上，在上頭排好一個鋼鐵安裝盤，鎖上螺絲，腳踩踏板。機器發出嘶嘶聲，將零件壓成一體，查理再加裝防鬆螺母，轉到符合規格需求為止。他鬆開踏板，拿走完成的止軸，扔到標有零件編號的鐵絲筒內。伸手再拿一個橡膠防撞墊、一個鋼鐵安裝盤、一個螺絲。這重複性的工作原本很乏味，如今他滿懷歡喜地做著。每一項工作都是迎向未來的倒數計時。告別男孩時期後，他就不曾像現在這樣期待未來了，彷彿期待著平安夜。

不可能的狀況發生了。賈瑞特．道森說：「你。」大拇指一撇，要查理過去。賈瑞特．道森，工廠之王。

查理的人生就這樣得救了。

工廠內滿是大嗓門、愛霸凌人的鬼扯藝術家，而賈瑞特從所有人裡頭選中了他。這是一種恭維。查理覺得自己成了《聖經》中的受膏者，受訪者，受天使的造訪。他們的班結束後，賈瑞特・道森走向查理，告訴他他和其他人不一樣，他有比組裝作業更遠大的天命。在賈瑞特・道森走過來之前，查理彷彿沒有真正地活在世上過。

沒有人，沒有任何老師、牧師、運動教練曾經直截了當地說，他有能耐成為統治世界者的左右手。

查理是個男人，二十七歲，在組裝線上工作，他的文件夾內有三封警告信，如果他又遲到打卡一次，就會收到第四封，遭到開除。他的工作根本是坨屎，他也憎恨緊巴著這屎缺不放的自己。離開學校後，他對生命就沒有什麼期待了。不會有什麼特別的事情發生，世界對你行禮如儀。他想要別人好好看看他，不要畏懼他。不需要仰慕他，只需要把他放在眼裡就夠了。他希望別人認可他，他們才會在糾纏他、污辱他前三思。

如今他被選進一支隊伍裡了，人類史上最排外的隊伍。如果他的隊伍表現良好，他們也許會一起拿下勝利。如果他們拿到的票數夠多，也許會在新的國家裡成為立法者的領袖。而他們統治的國家將會統治世界。這未來的藍圖令他在夜裡輾轉反側。

賈瑞特・道森邀請他的那天，就用手機讓他看了名單，告訴他如何連上它，告訴他網址。道森看他有種英雄氣概，預料他能在「審叛日」的革命來臨時有所貢獻。他誇讚查理，說過往某些男人採取的行動能在一天之內大大改善社會，而查理有這方面的特質。

這可是來自賈瑞特．道森的評價。他本人在七年內不曾打卡遲到，文件夾內沒有半封警告信。道森是活生生的證據，證明辛苦工作是高尚的行為。他有妻子、小孩，走錯一步會失去的東西太多了，卻冒著失去一切的風險邀請查理加入。

查理不會辜負他的信賴。這男人說，全KML工業的組裝工人中，就只有查理獲選。賈瑞特．道森發掘查理，遠遠觀察他，看他安靜、自制地管理自己的工作。他認為查理能保守祕密，不會到處說嘴，危及他們的大業，這判斷也是正確的。他察覺到查理潛在的力量，解放查理的潛能。這些特質沒人看得出來，就連查理的老爸也無法，但賈瑞特．道森鎖定了它們。

賈瑞特．道森審視查理，知道他會去買必要的武器，他會去練習打活靶。他會證明自己在「審叛日」來臨時是寶貴的人才，往後數十年都會是統治階級的一員。

道森冒著被當成星座狂的風險談起人類生命的土星循環，說查理的循環始於二十七歲，等他三十一歲時，就會變成自己也認不出的人。道森向查理解釋人類的腦部生理機能，引用各種研究，它們都證實人腦的重大變化會在三十一歲左右發生。在這一年，人的經驗和教育會融合在一起，以一加一大於二的形式。如果人可以活過二十七歲（許多搖滾巨星都死在這一年），那他最大的願景就會在三十一歲那年獲得實現。

在道森看來，上天並沒有賞賜他擅長解決問題的大腦，所以他無法一輩子過上班打卡、組裝零件的生活。那些抉擇睿智、工作辛勤的千禧世代，最終的下場就是變成他們兩個，他和查理。道森認為這事很滑稽，所有天才以及所有野蠻肌肉棒子的進化頂點就落在這裡。在KML工業，查理和他的同志使用著極爛的裝備，打著人類從命運之神手上接過來的史上最爛牌，卻還要擔心受怕，怕被開除，祈禱接下來的四十年都能繼續把螺帽轉到螺絲上。

道森說，他們的祖先都在看著，他們不在乎查理在一個小時、八個小時、五十年內能組裝多少小機件。往生的祖先想看查理展現出他遺傳自前人的勇氣。他們為他奉獻生命，並期待查理也為未來做出貢獻。

賈瑞特．道森用「他們的祖先」來譬喻他邀請查理加入的世家。這年輕人全神貫注地聆聽他解釋整個系統：每個世家都是從部落會議的其中一個成員往下延伸。這七個成員創造了名單，招募了第一批人員。在他們的精心挑選下，只有穩定、高明、堅毅的人成為了組織的一分子。而每個獲選者都邀請了一名士兵。如此一來，你可以從下線追溯出部落會議中的世家創始者。其中一個士兵犯錯，就等於世家當中的所有人犯錯，其中一人成功也等於其他所有成員的成功。

如今，他們已塑造出一個獲選者的祕密網絡。成員都是有工作在身的一般人，普通人，安靜低調，繼續養家活口、繳稅、以刻意營造的高尚態度應對他人，同時非常清楚一個事實：他們很快就會脫韁，扭轉社會上所有的瑕疵。

查理擔憂的是自己的下一步，他想招攬自己的堂弟，讓他加入自己的世家。每次家族聚會，他們都會一起縮在電視前面坐著。為了保有平靜，他們過活的方式就是不說話。感恩節也好，聖誕節也罷，每個假日都是某些家族成員的回聲室，他們像鸚鵡一樣嘎嘎叫個不停，反覆敘述他們對這世界的看法，而且是他人認可的想法。冒險提出不同意見可能會害大家掃興，因此查理和他的堂弟總是保持低調，垂著頭，以免引來批評的炮火。他們拿起火雞或復活節火腿狼吞虎嚥，假裝他們的人生並沒有逐漸流逝，化為過去。

查理知道他的堂弟在革命來臨時會是個珍貴資產，但他就是不確定這傢伙能不能守口如瓶。還有，如果風聲走漏到查理的妹妹那裡去，一切就完了。她肯定不會保密。再說，她也屬於鸚鵡之流，相信世界就該維持某種程度的現狀。她會拚了命向老師討好寶寶貼紙，而那些老師，以及老師的老師，也都是熱愛好寶寶貼紙的那種人。

她的大嘴巴會害他們所有人沒命。風聲不只是風聲，世家的規定當中有這麼一條：只要有人走漏風聲，玩家就會遭到處決。更糟的是，延攬該玩家的玩家也會遭到處決。這代表查理、他妹、他堂弟都會在革命來臨前被盯上，他們之中的任何人都無法留下遺產給後代，沒有王朝可以統治，他的家人將永遠被排除在國家權力圈外，而賈瑞特・道森，可憐的道森，會覺得自己實在太蠢了，竟然招募了一個背棄理想的蠢廢柴。道森觀察查理，評估查理的人格特質，以自己的生命為賭注去相信查理，認定這人可靠又值得信任，在光輝的新未來中將占有一席之地。如果出了錯，道森的整個世家將會踉蹌一步，其他人的世家將會擴張勢力。

已經有好幾個前例像這樣絆了自己的腳，最後失去動能。某人告密，導致他們必須排除兩個人，不過第三個人再次做出選擇，讓世家維繫了下去。另外還有一些線完全零失誤，擴增到好幾百人，他們將打倒最多目標。

不過查理得完成他的第一個任務才能去想之後的事。他的第一個測試。賈瑞特・道森一直在走道對面看著他，就連現在也不例外。查理放了一個橡膠防撞墊到液壓機上，加上鋼鐵安裝盤和螺絲。壓緊，組裝，用螺帽鎖緊。

住在城堡裡不會使人自動封王。就像是搭私人噴射機沒讓他變成太空人，收縮肌肉也沒使他變強壯。娶一個花瓶美嬌娘不會讓男人成為贏家。查理花了一輩子在尋找的是權力的裝飾品，他從沒想到只有權力本身是權力。

只有勇氣算是勇氣，只有行動才算數。這是那本書上寫的。賈瑞特．道森也給了他那本名著。如今查理得邀請別人加入他的世家了。

其他人的世家一天一天、一小時一小時增長，但查理的卻卡住了，熄火了。如果選到一個告密者，他會丟掉性命。不做出選擇會使世家殘廢，妨礙信任他的人繼續前進。更糟的是，如果他不敢冒這個風險，那在「審叛日」來臨時又能有什麼表現？

那本書的藍黑雙色封面探了出來，像顆禿頭。它太大了，無法完全收進口袋。燙金的標題對帶著它上街、在公車上讀它的人而言，就像是一枚勳章，將他們標示為英雄。在此，閱讀是掩飾革命的一種幌子，光天化日下進行，但只有其他擁有書的人才看得出名堂。

比方說，假如有個巡邏員警攔下超速車輛，結果看到對方的副駕駛座上放著那本書，他就不會開罰單。假如有女人注意到男人在讀那本書，問那是什麼，而他拒絕形容，那麼他在她眼中的魅力就會瞬間大增。

根據布洛利博士的說法，每個激增青年世代都共有一份文本，都有一本書支撐他們行動的正當性。西班牙征服者有《聖經》，紅衛兵有《毛語錄》，納粹有希特勒寫的《我的奮鬥》，美洲的激進分子則有索爾・阿林斯基。

爸媽和老師看到男孩拿起書總是會感到振奮。平時不會心甘情願地讀完一本書的男孩和青年，花了好幾個小時盯著那些書不放，毫不間斷。

只有受邀加入世家的人才會拿到書，只有擁有書的人可以彼此討論，直到所有人都對內容滾瓜爛熟。

在公共場合閱讀它可說是一種公然而魯莽的政治行動，每一張藍黑雙色的書皮都是一只狗哨，是地位的指標。閱讀它，就是向想法相近者宣揚意識形態。

沒有任何圖書館借得到這本書，沒有人和書店賣這本書。這是陶伯特・雷諾茲的著作。

它就像是萬綠叢中一點紅，讓持有者成為知情者眼中的英雄。讀者會帶著它，好吸引路人的眼光。這藍黑書皮徽章會展示他們的數量，強化他們的信心。它代表有勇者中的勇者中的勇者，認定這個持有者和他平起平坐。這些人每一天、到任何地方去都會帶著書，像帶旗幟上戰場那樣。

所有重要的著作都只對它的信徒產生意義，而這本書也不例外。一如《可蘭經》、《摩門經》、《共產黨宣言》，非信徒打開它只會感到困惑、挫敗，很快地就把文本拋到腦後，擺到一旁。外人永遠讀不完它，皈依者卻能從封面讀到封底，讀個幾百萬次，而且每隔一段時間就會萌生新的體悟。

帶著它的人，厭倦當消費者了。他們想要被消費。

他們不選擇使命，而是接受聖召。他們當中的每一個都受到了召喚。這個徵兵制度的規模比政府主導的兵單樂透還要大。

泰倫斯的媽媽總算逮到他了，他在床上，看書。自從最後一個住院日起，他就一直在讀那本藍黑雙色書皮的書，是他爸託一個富同情心的護士送過去的，後者答應要瞞著泰倫斯的媽媽。他爸沒親自現身過，沒進過泰倫斯的病房，但他在書名頁上寫了題詞：「給我的兒子。幾天後，世界就會變得非常不一樣。你要堅強。」

書中有幾個畫線的段落。泰倫斯夠懂事，知道應該要把陶伯特．雷諾茲的書藏好，不能讓他媽發現。他趁出院時把書偷偷帶回家。主治醫師沒檢查出任何問題，完全無法解釋他發病的原因。他們每次都檢查不出個所以然，這次只增加了舍曲林、康速龍錠、β腎上腺素阻斷劑、膠質銀的劑量，以求保險。

泰倫斯不知道他爸有什麼意圖，但這本書還是成為了他的聖經。他每天起床時讀它，因為他只有天亮時這個空檔。吃完早上的藥後，他的思緒會變得模糊，連跟著電視卡通劇情走的專注力都沒有。

比方說今天，他讀了這麼一段：

> 快樂的過往使人殘廢。大家會緊攀著它，沒有更好的地方可去。不知從何改善現況。

他挖掘記憶，抽取出的細節中，只有一個和他爸有關：百利髮油。百利髮油的氣味，就像羊毛脂和舊式打字機色帶的綜合體。在禮拜天，他爸會以梳子梳過泰倫斯的頭髮，分出一條側分的髮線，複製自己的髮型到兒子身上，然後出門去和上帝致意。泰倫斯在記憶中打撈不到父親的臉。沒別的了，就只有百利髮油的味道，以及梳子滑過頭皮的觸感。

梳子分出的髮線，有書上鉛筆線條的質地，像一條犁溝。泰倫斯想像父親在這些字句下方畫出長而穩定的線條，感到無比振奮。他仔細地、周到地為他畫了這些句子，專為他的兒子。每個句子都是一個啟示。在許多段落旁的書頁外緣處，他用跟題詞一樣堅定的字跡寫著：「告訴小泰。」那男人為他掛心的證據，就懸浮在書頁外緣。下一個畫線的段落是：

請假定沒人希望你發掘自己的所有潛能。弱者不想待在強者身旁，駑鈍者無法忍受迅速成長者的陪伴。

他輕聲念給自己聽，試圖透過反覆念誦記住它。

痛苦和疾病總是會降臨到人身上。選擇你自己的吧，看是要身體勞動帶來的痛苦，或是施力過度造成的疾病。安排它們，品味它們。運用你的痛苦，你的痛苦才不會利用你。

事情來得毫無預警。也許他忘了鎖門，不然就是他媽趁他沉浸在書中時，用她的鑰匙偷偷開了門。門旋開了，她就站在那裡，手中托盤盛著他的早餐，有完美的半熟蛋、全麥吐司、切半的葡萄柚。她的目光聚焦於那本書，變得熾亮，但只維持了一小段時間。接著她的眉毛放鬆了，瞇起眼睛，透露出不友善的疑慮，並問：「你在讀什麼？」

她當然知道那是什麼。陶伯特的書在電視上、網路上引發熱烈討論，造成轟動。大家看待它的方式就跟看待《聖境預言書》、《天地一沙鷗》那類神祕文本相同，喜歡的人崇敬它，不喜歡的人鄙視它。她屬於後者陣營。她彎腰放托盤到床邊桌上，偷瞥打開的書頁。

他沒回話，於是她擠出一個笑容問：「今天幫你切了一個粉紅色的葡萄柚喔！」

床鋪上，清晨的第一道曙光照亮字句。泰倫斯默默讀著：

弱者要你棄絕自己的命運，一如過去他們逃避自己的宿命。

她肯定知道這本書是什麼時候冒出來的，也知道是誰給他的。多年來，她一直不許他的父親接近他，對護士、也對泰倫斯說他爸是個偏執、迫害異族的瘋子，執著於對跨性別者的微歧視行動，向醉醺醺的女大生灌輸強暴文化。自從泰倫斯得了怪病後，她就成了他唯一的照護者，他每天唯一會接觸的人類。

她揮手示意他挪動一下屁股，她才能坐到床緣。她的大腿緊貼著他棉被下的大腿。她湊近，朝他頭旁邊的枕頭吹氣，趁機偷看翻開的書頁。她大聲念：

我們必定要允許每個個體堅持己見，或讓他們在選擇中消亡。

她臉一沉，嘴角歪斜。「垃圾。」她宣判。她的語調透露出噁心感，以羞恥強暴他。她伸出一隻手按住書封，輕拉它。「書給我，你才能吃飯。」

他緊握著書，拒絕從書頁上挪走視線。她問：「你在躲什麼？」她又輕拉了一下書，「你以為我打算燒了這鬼東西！」

她發現他態度堅決，於是坐了回去。冷靜地打量他、床單、書，淡定而面無表情，像戴著一張狡詐的面具。她換了作戰方式，湊近一些些，把身子探到他上方，伸出一隻冰涼的手掌，按住他的額頭，說：「你的眼神很朦朧。」那隻手輕撫他的臉頰。「你的身體熱熱的。」那隻手撥開他太陽穴上的幾綹頭髮。「你又快發作了，對不對？」

每次都是這樣開始的。她撫摸他的臉，哄他。他的母親會盯著他的眼睛深處，說你看起來很蒼白，皮膚感覺很黏膩。她會低吟、柔語，「我可憐的、病懨懨的寶貝……我脆弱的病男孩……」泰倫斯的臉會開始流汗，眼神失焦。她還會提點他，「你在耳鳴對不對？」他的耳朵就會開始耳鳴。

接著，像詛咒一樣，她會召喚出頭痛、偏頭痛、畏寒，它們全都顯現了。

這一次，她又用手指梳過他的頭髮，召喚出將送他回醫院的復發症狀和抽搐。這一次，泰倫斯的眼睛緊盯著書頁，閱讀著：

黑人混混組幫派逞凶，同性戀沉溺於雜交，因為兩者都展現了政治認同。移除外部觀察者，就會消除他們從事行為的動力。

她以充滿輕蔑的嗓音逗弄著他，「你知道有理性的人都怎麼稱呼這本書嗎？」他沒上鉤，她便凶巴巴地說：「他們說這是《我的奮鬥》再世！」

泰倫斯感覺到發病的威脅過去了，出神狀態被打破了。他的呼吸穩定下來，變得深沉。他的心臟不再狂跳了。

她發現自己的照護沒像平常那樣奏效，便坐了回去，再次提問：「你到底在難為情什麼？」他沒回話，她又問：「你不會又夢遺了吧，是嗎？」她的手伸向被單和毯子下面，同時要求，「我們來看看你的導管！」

為了保護自己，泰倫斯使勁翻身，背向她。他緊抓著書，提出抗議，「媽！我十九歲了，我不想戴導管了，我受夠了！」

她找出集尿袋，一個透明的塑膠球，裝滿他夜間排出的尿液。她舉高袋子，還搖了搖它強調，液體潑濺的聲音可怕極了。「我們可以拆掉導管啊，」她發出責難，「只要某人不再尿床！」

尿床只是藉口，泰倫斯很清楚。自從他有記憶以來，她總是會測量他膀胱和腸子排出的東西並加以記錄，一年又一年地延續。他從來沒質疑過她為什麼要這麼做，直到他讀了陶伯特的書。

他媽放下沉甸甸的集尿袋，突然惡狠狠地抓住他咆哮，「書給我！」

泰倫斯將書緊揣在懷中，而她的手鉗住書背，拚了命想將它搶過來。

她滑下床，蹲低身體，雙腳在地上打馬步，以全身的重量去拉扯。她單手拉著書，另一隻手伸向泰倫斯看不到的東西。她心不在焉地搏鬥，真正的注意力放在另一個動作上。他看不見她在做什麼，床沿擋住了。

「你爸，」她用氣音說：「不知道你病得多重、多虛弱！」

泰倫斯視線落向翻開的那一頁。上頭的字句：

你抗拒的事物會持續存在。直接的反對只會強化你的敵人。

她得意洋洋地高舉沒抓書的那隻手，將長長的導尿管捲到拳頭上，如果他不乖乖交出他爸的禮物，她打算殘酷地猛扯那條管子。他被吃得死死的。

「交出來！」她咆哮。

泰倫斯苦苦哀求，「媽，不要！」但他的手還是牢牢抓著書皮，完全沒有放鬆。被子掉了，露出他蒼白、無毛髮的手腳，手腳之外的身體部位就只罩著一件白色棉T和三角褲。

她拉了一下管子，表示警告。整段管子抖了一下，探入他內褲正面隆起部的那段繃緊了。

泰倫斯感覺得到那預警性的拉扯，發出大叫：「媽，不要！」他的嗓子破了，「妳會扯下來的！」然而他還是緊抓著他的寶物。

她媽用一隻手繼續跟他搶書，另一隻手狠狠地一扯。導管鬆開了，長長的管子像趕牛鞭般劈啪響。滾燙的尿液灑過他的早餐托盤，溶解了他珍貴的當日份苯二氮平，滴到他的半熟蛋，還有塗了薄薄一層奶油、麵包邊一絲不苟、切得乾乾淨淨的全麥吐司。

一股疼痛流竄開來，不只他柔軟的那話兒痛，整條尿道也感覺像是撕裂了。劇痛使他的手一抖，失去了抓握力道。書滑開，而他媽往後倒。導管在空中揮舞，噴射出鹹鹹的琥珀色內容物。藍黑雙色的書將早餐托盤從床邊桌上重重撞飛，翻倒的盤子拋出蛋和果醬。

她跌倒的同時，泰倫斯瞬間鬆開的那本書不偏不倚地砸中她的臉。那衝擊力道製造出巨大的悶響，她媽粗啞的痛苦呻吟緊接在後。

她往後癱倒，手肘撐住地板。不久前還深深插在她兒子尿道裡的管子，此刻仍在潑灑冒著煙的黃色排泄物。她在這地獄噴泉的腐臭水滴中尖叫：「你看！你害我幹了什麼好事！」

書的衝擊撞斷了她的鼻子，鼻梁往一側臉頰歪去。血液與黏液形成的血沫從鼻孔湧出，她說的字句都帶著噗嚕聲。這房間簡直是個屠宰場，四處都是尿、血、培根。壁紙沾著橘子汁還有半溶解的血清素再吸收抑制劑。

泰倫斯伸出一隻手，痛苦萬分地握住他受傷的男性生殖器。這創傷幾乎要讓他的內臟都外翻出來了。羞恥與震怒使他沾滿淚水的臉頰發燙，他的另一隻手同時撲向自己的嘴邊，他開始狂熱地吸吮自己的拇指。這時他聽到了一個聲音，他相信那是他爸的聲音，囑咐他：「要堅強。」

為了回應它，他將瘦巴巴的雙腿旋下床，無視他媽的咒罵和啜泣，赤腳踩上地毯，蹣跚地朝廁所走了一步，接著忽略身後的吼叫，搖搖晃晃地進門，雙手拉扯內褲時後方又傳來尖叫：「看在老天分上，給我掀坐墊！」

他沒動坐墊，跨到馬桶上方，雙腳大開得像是亞特拉斯機器人[19]。有生以來，泰倫斯·威斯頓第一次站著尿尿。

我們都看過這個小小的儀式。當你在某家商店支付五十或一百美元鈔票時，收銀員總是會把它拿高，對著光，瞇眼看它的浮水印。收銀員還會拿出一支簽字筆畫過鈔票表面，因為懶惰的偽鈔製作者會使用木漿做的、磨損嚴重的紙當原料，含碘酒溶劑的筆尖會和纖維中的澱粉漿產生化學作用，留下黑色污漬。真鈔印在棉纖維或亞麻纖維造出的布漿紙上，材質更接近纖維而非紙張。因此真鈔進了洗衣機也能保住形體。碘酒溶劑在真鈔上無法留下痕跡。

梅西願意率先承認自己是一個錢幣宅。她細看並感受鈔票上的防偽線，愛死浮水印和變色安全線了。

這就是梅西今晚在這裡操作印刷機器的原因。她懂印刷，懂錢幣，不過她這次接案面臨的是新狀況。特殊訂單，新的作業模式。

她拿起一張還沒印的紙。就連說「印」都不是很精準，這次的製程比較像是讓感光紙曝光，像是沖洗照片。

每張薄片都跟手臂一樣寬，滑而亮，比紙還硬。她收到的指示是，將一張張薄片放進裝配架，再放模板到紙上，那是某種印刷版。接著她要啟動紫外光，照射模板和薄片一分鐘，然後拿出薄片，用切割機將它切成三十六片硬又薄的……優惠券，一定是優惠券。

是宣傳花招吧，梅西猜。客戶也向她說明了，完成的優惠券只有六個禮拜的效力。五十幾天後，上

19 美國波士頓動力公司主導開發的搜救用機器人。

頭的圖案就會徹底消失。

根據客戶的說法，這是一種新科技，原本開發它是為了製作會自行銷毀的最高機密軍事文件。薄薄的膠片內夾著金或銀的奈米粒子，照到紫外光後就會在曝光區域連結形成圖案，因此會創造出模板所制定的模樣。富含金粒子的薄片是紅色的，當某部位充滿連結粒子時就會轉變成藍色。富含銀粒子的薄片黃黃的，曝曬後的粒子圖案會變成紫羅蘭色。

梅西拿起一疊做好的優惠券，顏色是鮮明的紅配藍或黃配紫，上頭有些旋繞的細節，花樣很接近紙鈔。有花邊，背景有複雜的交叉陰影線。一個浮誇的男人占據一側。根據上頭的說明標示，他叫陶伯特．雷諾茲。那說明是這樣寫的：「部落會議所指派的絕對君主。」他看起來很眼熟，過目就忘的電視廣告演員就會給你這種眼熟感。

黃色優惠券上的標語是：「囤積食物，食物會腐爛。囤積金錢，人會腐爛。囤積權力，政府會腐爛。」

現在還看不出來，沒那麼快，不過這些小粒子已經開始在分解、游離了。優惠券上的字現在還可辨識，不過六個禮拜後就會變成一片空白。

這是內建的毀棄機制。梅西喃喃自語，「艾茲拉．龐德[20]會愛死這個！」

她數了數切好的優惠券，用紙條將它們捆起來，一百張一摞，然後裝箱準備寄給客戶。工作人員交班後，她啟動印刷機——事實上那是個真空架，它會吸出內部空氣，將模板緊壓到膠片上。如此一來，印上去的影像便會清晰又銳利，儘管維持的時間不長。

身為一個錢幣宅，她知道詩人艾茲拉．龐德曾主張用植物當貨幣。作為一種腐爛的很快的金錢，它將迫使持有者盡快將它花掉或投資掉。沒有人坐擁一大疊現金，錢的生命也不會比人長久。它就跟一條麵包一樣容易腐壞，跟短短一小時勞動一樣容易消散。梅西知道，龐德就是懷抱如此極端的想法才受法西斯主義吸引，他尤其推崇墨索里尼，還有金錢理論家席爾瓦．格塞爾。格塞爾強烈主張所有面額的貨幣都應該要有過期日，富人才無法囤積它們，害窮人無職可求。在龐德的夢想中，銀行和有錢人無法靠金錢部隊的力量奴役國家。

這些瘋狂的想法導致他在監獄和精神病院度過大半人生。

對梅西來說，這些想法並沒有那麼違反理智。對她來說，金錢應該要像是超人的電話亭——一種允許轉變發生的途徑。金錢是洋菜，是以太，是無顯著特徵的玩意兒，不快點轉化成新的形態就會消滅。

梅西往紙盒裡塞紅色鈔票，塞著塞著產生了好奇，這些到底是做什麼用的？背後主導者是哪家思想進步的廣告代理商？不管用途為何，它們都得盡快被使用。幾個禮拜內，它們就會失去所有價值。再次用紫外光照射的話還是可以回復原貌，但只有它們的原始製造者會有模板。擁有這些印刷版的人才有辦法製造更多類似的東西。

寄件標籤指出，這些盒子會被寄往全國各地的城市。她的店也很有可能不是唯一一個製造者。她不知道部落會議到底是什麼，不過這祕密很快就會揭曉了。

20 美國意象派詩人。

那名單原本是個笑話，一篇「清單體」廢文，騙點閱數的農場文。這個後資訊「腥」聞時代最容易被消費的一種資訊形式。沒人知道文章是誰發的。當深夜脫口秀嘴炮王開玩笑說他們沒其他節目的嘴炮王惹人厭，其他人會認為這是他們將自己重新塑造成惡人或受害者的手段。恨是一種熱絡的情感，被人討厭似乎比無人知曉好多了。

於是感到被忽視的人便提名自己，若無人覆議便感到受傷。恨取代了愛，成為人氣的指標。因為你要付出一切才能被愛，被愛就是成為奴隸。恨展現的是一種自由，完全免於取悅他人的自由。就像野火一樣，幾乎每個活人都被提名了，但沒幾個人收到投票覆議，沒能維持位階。榜上剩下的，是背棄大批支持者的公眾人物。媒體人、演員、記者拿到了驚人的總票數，而最受憎恨的，是老師、教授，大家紛紛爆料說他們灌輸學生**特定想法**，而不是教他們**如何思考**。

然而，最劇烈的怒火都燒往政治人物身上。這些洋洋得意的公僕不斷製造問題，愈來愈大的問題，卻稱自己是問題的唯一解答。

上那網站的群眾為狂飆的數字感到驚嘆，捲動「全美最受鄙棄者」名單，尋找跟自己最相近的人。這是以群眾憎恨為對象的色情片。

普通人的名字逐漸減少的同時，名人得到的票數如滾雪球般增加。後來，新的文章冒出來吸走大眾注意力，大多數人都忘了那名單，把它拋到腦後，就像他們曾經對待塔麻可吉……豆豆娃……瓶蓋標[21]那樣。

然而，那名單暗中膨脹著，剩下名字的得票數飆到數百萬。除了創造出名單的神祕團隊之外，沒人把這件事放在心上。網站訪客下載了最終版本的名單。一如它某天神祕地出現，後來又突然消失。

名單並不存在。

查理打定主意不要去看，起先他是這樣想的。

後來他看了，並且再次打定主意不要再去看，結果他又去看了。而且他最害怕的事情成真了。那兩個人的名字都在名單上。

他記下兩人的名字被貼上去的日期，兩者只間隔了幾天。過去三個禮拜都沒有獲得足夠的票數，還沒確定會留在榜上。查理每天都查看，每天都祈禱他們的名字因票數不足遭到剔除。

就在安全下莊的幾個小時前，兩人的累計票數都多到無法挽回了。他們都成了獵殺目標，都會死。

他們兩個人不歸查理管，但還是會成為某些世家的攻擊目標。儘管這麼做一點都不道德，他還是採取了行動：星期天開車在外繞一整天，最後找到一個夠與世隔絕的電話亭，沒人偷聽得到他說話。它位於火車站附近停車場的外圍。查理買了乳膠手套，以免在按鈕上留下指紋。他拿起裝零錢的密封罐子，倒出內容物，挑出所有二十五分硬幣。戴上太陽眼鏡、棒球帽，壓低帽簷。他在電話亭的幾條街外停車，在附近幾個街區繞來繞去，不斷確認身後有沒有人在跟蹤，最後才鬼鬼祟祟地鑽進電話亭，彷彿溜進賣成人書籍的書店內。

---

21 Pogs。類似尪仔標，原本是利用果汁瓶蓋設計出的遊戲，後來大受歡迎，開始單獨販售。

口袋裡裝滿二十五分硬幣，那重量將他的褲頭拉低到屁股附近。他雙手戴上乳膠手套，然後撥打他已背起來的長途號碼。

「喂？」一個男人說。

查理說：「爸？」

他爸問：「查理？」他把話筒拿開然後大吼，「親愛的，你用分機聽，浪子打電話回來了！」

查理掃視了一下停車場四周，然後問話筒另一頭，「你和媽可以在多短的時間內抵達加拿大？」

喀一聲，然後是他媽的聲音，「你在加拿大？」

「不，」查理堅持地說：「妳和爸得去加拿大，快點！」

他爸咯咯笑著，「大戰快開打了，該躲兵單的人是**你**！」

他媽補了一句，「如果你還在大學裡用功讀書，就沒有接兵單的資格了。」

查理不想和他們爭論，但也不想讓他們看底牌。「媽，越戰的時候是妳說的那樣，但這次不一樣了。」他緊張的手指鑽回褲子口袋，然後又從口袋伸向電話，持續投一個又一個、一個又一個的二十五分錢硬幣到投幣孔內。每個硬幣都發出叮噹聲，他們的交談間彷彿不斷有鈴響。

他不能透露太多，不過他們兩個人都在名單上。就算他向他們說明整體狀況，他們也會跑去報警，而警察很有可能宰了他們滅口。唯一的希望就是逃離這個國家。就算他們躲起來或窩在家中，某人還是會在某天盯上他們。

查理試著和他們講理。他問：「爸，如果你和我還有我的兒子在一條救生艇上，我只能救他或救你，你覺得我該救誰？」

他媽倒抽一口氣，「查理！你有兒子？」她聽起來既震驚又欣喜。

「媽，我只是打個比方。」他回答：「我該救你還是我的小孩？」

對查理而言，接踵而來的屠殺將會讓他和他所有後代都享有皇族地位，但它同時也會殺死他的父母。這是個難題。他們兩個人都是短大的教授，涉入地方城市與郡的政治體系，旁人多得是想要除掉他們的理由。但他們仍然是他的爸媽。要他權衡「他對父母的愛」以及「他將來會對兒孫付出的愛」實在太困難了。他對他們懷抱的愛是很矛盾的，而對尚未出生的兒子懷抱的愛則是無條件的。

「好，」他換個新方向談這件事，「假如我被徵召入伍，你們會希望我殺人嗎？」

他爸毫不猶豫地說：「為了救國，我希望你這麼做。」

銅板不斷叮噹響。

查理一邊將二十五分硬幣餵給電話一邊問：「如果我死了呢？」

他媽說：「老天啊！」

又一個二十五分錢叮噹了一聲。

查理問：「如果是為了救國，你們也會希望我殺死別人的父母嗎？」

乳膠手套內，他的手指流著汗。他的手伸進口袋，發現口袋空了。

他爸遲疑了一下後說：「會，如果那就是你的任務。」

查理又問了一次，把事情搞清楚，「你會希望我殺死某人的爸媽？」

他媽問：「那是什麼聲音？」她問：「你在哭嗎？」

對，他在哭。查理在哭。淚水滑落他的臉頰，他吸著鼻子。

他爸問：「這跟藥有關嗎？查理寶貝，你嗑藥了嗎？」

查理掛斷電話前哽咽地說：「我愛你們。」

他爸說：「那你為什麼要哭哭啼啼的？」

這時電話斷線了。

格里高利．派普爾一面看電視一面等待試鏡的最終結果通知。電視比網路好多了。如果他看電視時意外看到自己，還是會感受到血液中被注入讓人陶醉的化學物質，為之震顫。網路上太容易搜尋到自己了，太容易看自己的作品、追尋自己的靜態攝影，就這麼耗掉一生。太「紅樓金粉[22]」了。在網路上，人可以花一輩子的時間進行自戀的自我崇拜。

他坐在沙發上，想到錢的事。那一萬美金。他在想，該不該向經紀人提起這件事。他的手捏著遙控器不斷轉台。約翰．韋恩出現在其中一台，從容步入白色空間的中央，用他招牌的怒目瞪著鏡頭。這顯然是用數位編輯的方式從經典電影中截出的橋段，它被插入新的脈絡中。公爵摘下他的斯泰森帽，砸向他髒兮兮的皮褲褲腳。「呸，清教徒。」他慢聲慢氣地說：「這次我來不及跑廁所了……」

派普爾按下遙控器，畫面定格了。

那是賣尿布的廣告。

他震驚地看著那畫面。韋恩的遺產管理人顯然願意將這位演員的影像授權給任何人使用，這是少有演員會預見的事。他們的電影重播分身竟然可以在電腦後製下成為一名奴隸，永生不死的數位殭屍。第一個在遺囑中禁止後人恣意以數位科技誤用其影像的演員，是羅賓．威廉斯。至於較無先見之明的明星，例如數位板的奧黛莉．赫本還在繼續工作，誘使大家購買銀河巧克力。佛雷．亞斯坦賣吸塵器，瑪麗蓮．夢露兜售士力架巧克力棒。

就像鬼魂一樣，派普爾心想。

有一句話卡在他腦袋裡揮之不去，像一首歌。

「『審叛日』就要來臨了。」他看著電視，向自己複述。他們要他念這句台詞實在太多次了，它八成會永遠卡在腦袋裡，不會消失。

裝現金的信封，他塞在廚房櫃子裡的空麥片盒中。他將花一些錢找律師，他終於要寫自己的遺囑了。他要確保自己死後沒人可以運用他的影像。而他的死亡應該會來得平靜又無痛，在很久遠、很久遠的以後，他心想。

在「審叛日」前……在你希望它至今仍存在的那個世界裡……華特曾開車往西穿過伊利諾。他曾誇口說，愛的力量很強大，支持這論點的最有力證據是它無法被省略為字句。愛不是可以複製的科學實

22 五〇年代美國黑色電影。

驗，你不用是個天才也能辨識出愛。就跟那首詩說的一樣，什麼「愚昧的軍隊在夜裡交戰」那首。就是**那**首。沒有喜悅也沒有痛苦解方之地。

華特綁架來的新老爸可能在聽，或睡著了，或死在後車廂了，而他向對方描述夏斯塔。夏斯塔的所有細節。

他推測，愛就是男人每天都要執行的任務，也是到死都無法完成的任務。從這角度來看，真愛就是自殺任務。

道森打定主意不去看。但後來他看了，並且打定主意不要再去看，結果他又去看了。這時他發現名單上有那個名字。

那名字已經拿下了令人印象深刻的高票。道森的世家不會出手，但某個世家將靠它拿下一大堆票。道森知道他還是得做點努力，儘管那努力感覺是徒然的。將來某天羅珊問起時，他才能解釋，才能告訴她他試了哪些招數。

道森在7-ELEVEN買了一支拋棄式手機，帶它來到莫里森橋的中央段，這裡沒人偷聽得到他說話，車水馬龍太嘈雜了。他憑記憶撥出一個號碼，電話鈴響期間，他低頭看著威拉米特河的黑色水體，祈禱這支電話還會通。鈴響了好久。

「喂？」是一個男孩的聲音。

道森問：「昆丁？」

他兒子問：「爸？」背景音樂震耳欲聾。「爸，我聽不太到你說話。」

道森大吼：「把音樂關小一點！」

他兒子在樂聲中大喊：「媽還好嗎？」

道森大吼：「你媽很好，但你得滾到加拿大去！」在公共場所吼成這樣是很冒險的行徑。車子不斷從他身旁經過，不過人行道上空無一人。

他兒子大吼：「你是要說戰爭的事嗎？我要參戰。史泰格—迪索托博士說我身為一個泛性別個體，有責任向世界表示勇氣無性別之分！」

道森不確定他兒子這番高談闊論是什麼意思。他大吼回應，「不會有戰爭！」

他兒子大喊：「史泰格—迪索托博士說為了保障人權，戰爭是有必要的！」

道森大吼：「我是想要救你一命！」

他兒子喊回去，「史泰格—迪索托博士說我不是一個小孩子了！」

道森大吼：「把音量轉小一點！」

他兒子的吼叫壓過音樂，「史泰格—迪索托博士說我是她最看好的研究生，我應該要開始為自己打算了！」

道森賭上了一切。如果把事情告訴昆丁，昆丁去報警的話，他們兩個人都會被幹掉。羅珊就得一個人生活在即將來臨的新世界。沒人有好處。不過道森還是說了，「你的名字被列在某份刺殺名單上！」

他兒子笑了，笑啊笑個沒完。「爸，」他氣喘吁吁地說：「我知道！這不是很棒嗎！」

道森不懂他的意思。

「我甚至投了自己一票！」他兒子笑著說：「那沒什麼。」然後嘆了口氣說：「爸，別擔心，那就像……就像新的臉書！」

道森試圖向他解釋真相，一個嗶聲打斷了他。

他兒子說：「爸？」

嗶聲打斷了他。

他兒子說：「爸，史泰格—迪索托博士插播。」

嗶聲打斷了他。

他兒子說：「爸，我愛你，戰後見！」然後電話就斷了。

道森想起陶伯特書中的一段話：

我們必定要殺死使我們互相殘殺之人。

道森讓手機從指間滑落，墜入河流深邃水體的最深處，幾乎不曾濺起半點水花。

賈邁爾打電話給他媽，說禮拜天來不及回家吃晚餐了。這通電話是從奧爾巴尼的旅館套房打的。他四周有人在進食，他們窩在各種椅子和沙發上，也有人坐在地上，吃的是客房服務送來的餐點。這些人是他的隊友，每個人都在等著要用電話。在場者還不包含世家的全體成員，只是他那個小隊的一部分人馬。他們安靜地喝著小吧台的紅酒和啤酒。每個人打電話回家時，其他人都在聽著。他很想告訴她那個祕密，很想告訴她獨立宣言的存在，說它將應許一個家園給他們，在那裡沒有種族活在其他種族的壓迫之下，像接受占領軍統治那樣。每個種族都會在自己的家園內運籌帷幄，再也不會有弱勢族群被群眾的敵視眼光支配。思想相近者將能主宰自己的文化。小孩再也不用去學校受教育，屈居於外來文化霸權的殖民對象。

她在電話上質問：「你說你不過來是什麼意思？」

他好想和他分享這個世家的事蹟。這一個個世家是人類有史以來第一批不以血緣或聯姻為基礎打造的權力集團。賈邁爾看著邀請他加入的人，再望向受他邀請而加入的人。他們的世家遍布全國，今晚聚集在此的一幫人只是其中一小部分。這些男人吃著客房服務送來的披薩、總匯三明治和迷你漢堡，假裝沒在偷聽別人講電話。他們的兄弟情誼是以相互信任、信賴與仰慕為基礎。在這裡，他是人際鏈的其中一個環節，沒有其他環節是他的敵人。每個人都預料他會成為英雄，對他的期許不低於此。

他想對她朗誦陶伯特書上的一段話，是這樣寫的：

黑人最不想成為的人
是假冒的白人
同性戀者最不想成為的人
是假冒的異性戀者

白人最不想成為的人
是假冒的完人

他媽在電話上問：「賈邁爾？」她的聲音沒像先前那麼刺耳了，「你有什麼事瞞著我嗎？」

如果他告訴她任何事，她就會倉卒行動，把自己也捲進去。她就是這樣的人。

今晚，舊政權的最後一晚，世家紛紛集結在政府機構和法院外。這些一一受邀加入世家、以信任為連結的人們首度與其他同袍會面，歡喜地驚嘆己方勢力之龐大。這些獲選菁英（而非弱者）的部落聚集在市政府等地，那些被選出的叛國者明天早上會回來辦公。

如果刺殺目標的票數是天文數字，他們甚至會派一個小隊埋伏在對方家外頭。其他人則分組紮營，做好出擊的準備。沒有人監控他們的任務。練習與規畫期已經過去了。他們接下來的行動必須像穿鞋前得穿褲子那樣自動流暢。

大多數人都很安靜，為隔天的任務保留氣力。

在他看來，旅館套房內的這群人很像那張畫，教堂裡的壁畫，耶穌基督和他們的門徒在吃飯那張。**最後的晚餐**。不過他們還傳著一支手機，一人傳過一人，打電話回家道別。不是為了表明己志，只是要圖個內心平靜。

他們是孤狼軍團。

對賈邁爾來說，權力這個概念不能轉譯成性愛與毒品。他的看法是，這些短期的愉悅是男人得不到真正的權力時會追求的，幫助自己分心的工具。要駕馭權力，真正的權力，就必須取得內心平靜和滿足，而不只是靠毒品和妓女所能提供的麻木和昏昧。

掌權代表的是和任何事物、所有事物產生連結，代表不需汲汲營營和囤積聚累，代表不被備案計畫搞得寸步難行的人生。沒有替代道路、次要選項。

陶伯特的書說得很好：

> 每個集團都應定居在他們的家園，形成自身的規範。否則，自毀、自我憎恨或藉攻擊他人所達成的自誇行動都會不斷發生。當文化被迫共享公共空間時，酗酒、用藥、傷身性行為的頻率就會上升。沒有文化應該要去滿足他者的期待，屈從於他們的挑剔目光。

生活在自己城邦裡的年輕人，將可脫離外來歐洲文化設下的大學預備教育基準，獲得解放；這外來文化的目標是標準化所有個人，無視他們的天賦和稟性。擺脫現下加諸在所有人身上的、泛用型的人類行為準則。掌握權力，就代表賈邁爾不需要表現得像某某人的不完美複本，而且是他打從一開始就不想當的人。

他所屬的世家排斥法律與學院中一切剝奪人權、標準化的事物，排斥規則與稅金構築的蛇梯棋，玩家得一直爬、一直爬，但一失足就會跌入貧窮的深淵，或進監獄。

賈邁爾感覺得到其他人等著要打電話。他聽著母親憂心忡忡的呼吸聲，還有來自她後方的廚房嘈雜。他想告訴她，明天開始世界就會煥然一新。透過他的努力，她的生活會大為改善，她會成為顯貴。

他們，他們所有人，都會成為獨立宣言允許範圍內最接近皇族的存在。

所有人的成功都仰賴所有人。因此，沒有人會想辜負彼此的遠大期待。每個人都力求良好表現，使自己不愧於同袍加諸於己的榮耀。部落給他的榮耀。

賈邁爾好想告訴媽媽一切，想說他愛她，但所有人都會聽到的。他沒說那些，反而問：「餵我的狗了嗎？」

她聽起來鬆了一口氣，「你要我餵跳跳？」

他聽得出她在考慮。她似乎想要刮他一頓，叫他滾回家餵自己的臭狗，但她同時又不想亂吼，彷彿這是他們在地球上的最後一次對話。他和他邀來的男人交換視線，這男人知道賈邁爾的媽媽失控起來是怎麼回事。最後他提出請求，「拜託嘛。」

他聽到他從未聽過的聲音：他媽在電話那頭開始哭了。儘管旁邊有人在聽，他還是說了，「媽，我愛妳。」他吸了一下鼻子，無法克制自己。「餵我的狗就是了，好嗎？」

他媽也抽泣著，用小到他幾乎聽不見的聲音說：「好。」她的聲音充滿恐懼。

賈邁爾掛斷電話，交給下一個人。

❖

等待天亮的人當中，有前任記者。最後幾小時，他們在大報社的遺跡外逗留，在電視台總部四周的人行道上遊蕩。堅定他們決心的，是他們所知的一項事實：少數記者還能保住飯碗，靠的是對謊言加油添醋，藉此恐嚇、激怒大眾。訴說真相並沒有足夠的力量。

為了自我安慰，仍在崗位上的記者說服自己，絕對的真相是不存在的。他們將新的非事實當作新事實傳播。娛樂價值，也就是其挑逗或挑釁的能耐，成了任何新事實的石蕊試紙。

如今他們的目標是操弄人心，為了實現目標不惜扭曲情報。中立報導對民主社會中的公民而言就跟呼吸一樣必需，但它不再是第四權的首要目標了。無法同流合污的記者，就會被拋棄。

他們用手機向彼此展示照片作為一種測試。手機上的照片都是知名男性或女性的大頭照，頭髮梳得很整齊，笑容燦爛。頭髮花白，或染了色。別領帶，或戴珍珠項鍊。受挑戰者必須說出照片中人的名字，以及他或她在名單上的得票數。照片中的人也可能是無辜的人，從來不曾出現在名單上，不是獵殺對象，接受測試者必須看出來。

他們是臉頰瘦削、眼神堅定的前新聞工作者，他們聚集在電台、有線電視台外，準備使客觀性重返那些公共頻道。

同一天晚上，艾斯特班和賓找了十幾個最親近的朋友一起聚餐。該世家的地方分隊一邊用紙盤大啖咖哩肉湯和巧克力醬雞，一邊完成他們最後的目標名單。儘管他們已演練了好幾個禮拜，憂慮還是瀰漫在空氣中，就像氣味刺激的咖哩。

聚集於此的男人們進食著，而艾斯特班大聲朗讀陶伯特書中的文字：

生活在異性戀之中使同性戀感到自己異常，黑人唯有生活在白人之間才會感到格格不入。只有置身於同性戀和黑人群體時，白人才會感覺到受威脅、懷抱罪惡感。來自他人的智性期待以及道德標準是一種摧殘，沒有任何群體該承受。

他站在那群人中間，雙手攤開書，念道：

藝術不該是社會工程，意圖修復人心的藝術肯定扎根於社會中。

下一句，賓已經讀到背起來了：

記住了，我們一定要允許每個人定義自己的幸福。

賓和艾斯特班交往前，曾和他的皮條客有過一段不健康的關係。儘管奧黛莉．赫本是賓的終生偶像，他自己的人生卻和《第凡內早餐》的內容相差十萬八千里：沒有時髦的夜店，他不曾從一個超大號蛋糕裡跳出來，接受被愛沖昏頭的兄弟會混混的如雷掌聲。沒那回事，實際上賓的前皮條客只要一開口，吐出來的往往是：「那些雞巴不會自己吸自己啦，賤人！」

因此，當艾斯特班來追賓時，嬌小而年輕的後者接受了。這年長、世故的古巴人邀請他加入他們的世家，挺身作戰，而賓從中看到改善自身處境的曙光。

艾斯特班合上陶伯特之書，小心放到一旁，然後宣告，「酷兒身體始終是西方文明的突襲隊。」

他說，當過去優雅的舊城區住宅腐爛到只剩焦黑骨骼時，是酷兒身體重振了原本犯罪肆虐的地區。酷兒農莊主人膝下無子，不須冒險讓小孩進入失靈的學校教育體系。這些腰桿強健、性格開朗的酷兒沒什麼能失去的，就只有命一條！這些大膽的開拓者在腐朽的薩凡納荒野和巴爾的摩、底特律的無主荒地定居下來。酷兒移居者抑制了各地稅基的死亡螺旋，他們懷著酷兒的決心馴服了無法紀可言的城鎮開拓前線。他們靠著酷兒勞動增值，提升了土地的價值。

艾斯特班慷慨演講的過程中，不時有人以輕聲呼喊為他標示句讀，「阿們，兄弟。」

「在那個沒人敢採取行動的時期，」他疾呼，「是酷兒的勇氣將屋頂釘回那些房子上！是酷兒的決心根除了乾腐病，將貧民窟轉變為白人銀行家的安全投資標的。」

他描述增值地產是如何引來洪水般的異性戀。教育品質改善的學校和鄰近都市的地理位置又引來了更多人。顯然他才正要立論。

他的視線掃過一個又一個聽眾，讓沉默維持了一段時間才重回正題。

「各位覺得好也好，壞也罷——」他拿起塑膠叉子往前戳，作為一種強調，「——酷兒身體在新興政治中也總是扮演先鋒角色。」

他引述最近的學術文章作為證據，描述麥爾坎・X暗中服侍有錢白人，日後再回來打劫他們的行徑。「但我們會讚美這男人的破壞性酷兒能量嗎？」他逼問：「我們會讚美一個用盡各種手段顛覆權力的英雄嗎？」

在場的一小群人一起唱和，「不會！」還有，「會才有鬼！」

「可別逼我提起詹姆斯．鮑德溫啊！」艾斯特班泣訴，「這男人……這預言家……這桂冠詩人為他所有族人寫下了禱告文，但他的同胞卻不讚揚他的酷兒精神！」

艾斯特班不只燉了超好吃的印度咖哩雞，還滔滔不絕地發表激勵士氣的演說，散發出賓從未見識過的能量。

大家開始忽略吃的、喝的，放下手中香辣美食，舉起雙手搖擺，展現他們的團結。小賓不禁咧嘴笑了，能見證這男人以詞藻呼風喚雨是他的榮幸。

「我接下來要講的事對大家沒什麼幫助，但它同樣是一段歷史，同樣遭到忽略。」艾斯特班泣訴，「這是一個酷兒小男孩的故事！」

他以捉弄聽眾的語氣，描述一個小男孩如何瘋狂愛上討厭他的人。這男孩長大後成了一名受動軍人，結果卻一貧如洗。他的青春肉體為他打開了富裕男性愛慕者的家門和錢包，接著他很快成了一個政黨的領袖。不久後，他統率一整個國家。

「他有可能是二十世紀最強大的領袖。」艾斯特班恨得牙癢癢地說：「但沒有人會說是他的酷兒之心使他偉大。」

這個煽動者、這個患相思病的蓄鬍小白臉打造了一隊隨從，成員都是思想跟他相近的酷兒領袖，他推出的視覺風格至今仍被仿效。但當他政治運動的酷兒性受到世界媒體的揭露和揶揄時，這個領袖便將他的酷兒權力結構徹底斬除。

「一夜之間，」艾斯特班叫嚷著，「所有人都遭到處死。那領袖成了唯一的倖存者，被迫隱藏他身為酷兒所受的屈辱，那痛苦最後導致他自殺。」

大家都屏氣凝神地聽艾斯特班的那番驚人言論。

「那個男人，」他咒罵，「懷有酷兒能量和懦弱的男人，不是別人，正是——」他望向賓。

這年輕人開口回應，「阿道夫．希特勒！」

艾斯特班點點頭，無言地表示肯定。

他的聽眾倒抽一口氣。他向大家透露，小阿道夫在文法學校愛上的男童就是路德維希．維根斯坦，一個才華洋溢的猶太人，長大後成為希特勒的反對者，他也是個優秀的哲學家和教師，大膽隱瞞其同性戀身分。鴨兔錯覺的發明者。至於希特勒諸多同袍遭到屠殺的那一夜，就是傳說中的長刀之夜，納粹黨肅清了創黨酷兒元老。

來聚餐的同志都聽到入迷了。在他們耳邊展開的是禁忌的歷史，在今天之前他們都不被允許接觸。

「沒錯，」艾斯特班繼續四平八穩地說下去，「就連高貴的女權運動……」

在貝蒂．傅瑞丹的著作問世後，在苦撐過六〇年代、一整個時代的酷兒女性流血流汗後，運動領袖放逐了她們的酷兒姐妹，好將解放運動包裝成主流、中產階級女性也能接受的美好行動。異性戀女性也會支持的那種。歷史總是不斷重演：酷兒步兵披荊斬棘，完成重責大任後就被打發走人。

有一樣東西已被發派給所有人——給所有部落和世家，那就是一本書。因為所有偉大的行為都需要宣言。每一本書都有最鮮豔的藍黑雙色書皮，書名與作者名燙金。要視之為《共產黨宣言》、《聖經》、《可蘭經》、《女性的奧祕》[23]、索爾．阿林斯基的書都行。

「想想那些假文青。」艾斯特班嘆了口氣，一隻手揮呀揮的，表示那些人的惡行是言語難以形容的。他搖搖頭，彷彿大感疑惑，「他們滿身刺青，穿了一大堆環，但少有人聽過尚．惹內[24]的名字。沒人了解七〇年代舊金山酷兒社群中的都市原住民文化，是它使人體改造這門原始藝術復興起來的！」

他任由話語中的能量在房間內沉澱，每個人都感受到失敗之沉重了。群眾的態度恆久不變：拒絕讚頌、甚至承認酷兒歷史上的事件。許多人吸了吸鼻子，吞下眼淚。他們的團結餐會開始變得像葬禮了。艾斯特班偷瞄賓一眼，安撫他，讓他知道一切並沒有失控。

「明天開始，」他用輕柔而高亢的聲音說：「歷史不會再忽略我們了。」他的聲音愈來愈激昂，「我們的世家將會證明這點！我們將會取得許多標的物，而且會比其他世家還要多上許多！」四周發出如雷的贊同聲，他最後得用吼的才能讓其他人聽到他說話。

賓接續他的激勵戰吼：「我們將會證明我們的酷兒力量，贏得控制這個國家的力量……控制世界的主宰者！」

所有個人的言語在此刻都受到了漠視，豐沛的歡呼聲填滿了頂樓。

查理和他的夥伴低下頭去，為沒能發掘自身天命的那些人的靈魂禱告。他們乞求死者庇護，邀請祖靈加入。生者和死者雙雙壯大他們的作戰小隊。賈瑞特・道森邀請查理加入後，他最終邀請了馬丁，而馬丁去邀派崔克，派崔克邀麥可，麥可邀崔佛，這連鎖橫跨大洋，從一座城市延伸到另一座。在那天晚上，大酋長線完成了。

他們正在舉辦一個停車場餐會，空氣中充滿炭火和烤肉醬的味道。粗鄙的男子戴著有帽簷的帽子，身穿一整套迷彩狩獵服。

州議會大廈聳立在他們後方，姿態和所有雄偉建築物相同，設計上就是為了使外頭的人感覺到無力，使裡頭展示的事物散發出全能的氣息。那誇大而無用的大理石圓頂就是他們準備要攻占的城池。新巴士底監獄。賈瑞特・道森仰頭怒瞪著它，彷彿那是個荒謬的舞台布景。他的淺藍色眼珠充滿蔑視。聚光燈打亮的大理石圓頂，看起來就像地平線上凍結的滿月，像是專吃屠宰兒童但永不饜足的摩洛[25]，聳立在他們上方。沒有警官來找他們問話，甚至沒有人多看他們一眼。

到了明天，他們將不再以紅燈測量時間，不再以小廠啤酒的品脫數來丈量喜悅。

查理將兩根手指的指尖放到嘴巴上，吹出又長又刺耳的口哨要大家安靜下來。道森有話要說。

道森身材不高，但體格健壯，在工廠工作了一輩子，因此體態精瘦。他謙遜地接受眾人沉默的關注。

---

23 貝蒂・傅瑞丹的著作，一般認定它是美國第二波女性主義的濫觴。
24 法國當代小說家。
25 Moloch。地中海東南岸至北非的民族皆有信仰紀錄的神明，古代文獻提及摩洛神，經常會伴隨燒獻兒童的記載。

「酷兒……」他開口，然後動搖了。

他重新吸了口氣，再說一次，「酷兒之所以會成為藝術家，是因為他們在公共場合的行動都不是出自本能。」

他進一步解釋：從他們產生自覺的那一刻起，他們就開始學習、模仿其他人基於本能採取的行動。為了存活下來，他們必須觀察、背誦，在這過程中化身為學者、藝術家、文明的神官。

基於相似的原因，黑人建立家庭。為了存活下來，他們打造自己的生涯、創辦事業。黑人建立教會，以士兵的身分奮戰，使自己成為美德模範，讓自己的光芒壓過與自身立場相近的白人。

「然而，身分政治，」道森接著說：「將同性戀簡化成一種性方面的偏好，除此之外什麼也不是。身分政治也將黑人簡化成一層皮膚。兩者原本都是有尊嚴的主體，現在卻被扭曲成誇張的形象。」

像道森和查理這樣的男人不是為了拯救同性戀和黑人，才拋下液壓機和車床的。他們結合成的陣線要對抗同樣腐敗的身分政治，後者如今也將白人塞入駭人的刻板印象中。

他們的形象也許是所有人當中最扭曲誇張的。

他們捨棄機器技師與木匠的工作，告別社會中堅的位置，受當代政局的驅使，集結於一面大旗之下，成了踢正步的納粹賽車突擊隊。

同性戀被迫進入扁平的認同之中，並因此被簡化為性欲亢進者，而那行為又重挫了他們的群體規模。黑人則一直被灌輸「不成為幫派分子便得不到力量」的觀念，於是任何構成「不尊重」的行為都會導致他們彼此殘殺，此狀況層出不窮。

「白人，」道森鄭重宣告，「將不會衝動地建立與上述族群雷同的自我形象。」

相反地，他們採取的行動，所有世家採取的行動將會摧毀當今政治的意識形態奴隸，讓一個新世界取而代之。在那世界裡，證明過自己實力的人才能領導眾生。

在烤肉煙霧的遮蔽下，男人們開始祈禱。祈禱自己配得上此時此地大量生物的饋贈，也就是死去的牲們所獻出的生命力。他們將自己交給命運，請求它賜予他們完成任務所需的氣力。

他們呼喚祖先的同時，也將手伸向尚未出世的孩子，冀望他們借自己一點力量。

當晚的深夜，荷爾布魯克・丹尼爾斯議員叫自己的保鑣小隊下去休息，自己一個人沿著國家廣場慢跑。他暗自以苗條體態為傲。室內文書工作和輕量級肌力訓練將他轉化成活力充沛的男子氣概範本，他又認真思考了一下自己在華盛頓菁英之中有何優越地位。他輕輕鬆鬆就能活到一百歲。

當美國議員實在太划算了。明天他可以在國會理髮廳免費理髮，接著還有大規模午餐會等著，他們怎麼挑都是城裡上等餐廳，他要去不去都行。還有源源不絕、眼睛瞪得老大的國會聽差等著被他招募為實習生，儘管他已經編列了性感的大學實習生來提供他性的歡娛。還有（他可不能忘記），有個戰爭議案正等著他蓋下橡皮圖章。

兩百萬個冗餘的男人，平凡的年輕男子——明天他得一筆勾銷他們的性命。這是他例行工作的一部分。

他暗自咯咯笑：這是很艱難的工作，但總得有人來做！

他慢跑穿過黑暗，夜風捎來烤豬肉的氣味。一排烤肉架透出搖曳的橘焰。議員經過時，一群面目猙獰的工人階級男子沉默地盯著他看。啤酒瓶與他們毛髮濃密的拳頭相比，顯得好小。一名留鬍子的惡煞別過頭去，打了一個響亮如雷的嗝。他們無聲的注視使丹尼爾斯惶惶不安，害他的腳絆到一個坑洞的邊緣，差點墜入那無底深淵似的大洞中。

是它，深陷於國會階梯下方草皮、工人開挖出的巨穴。他曾在辦公室窗邊看著它一點一點擴張。丹尼爾斯要是再跨一大步，便會跌入深淵之中。沒人用圍籬將它圍起來，太瘋狂了。真是危險。丹尼爾斯感覺到那些喝啤酒的人的視線，轉身過去面對他們。

他侷促不安，突然覺得自己毫無防備。他很想對他們說，這樣的行為是非法入侵，國家廣場禁止烹飪和飲酒。但他們眼神中的冷酷使他閉上了嘴。許多人拿出攝影機拍他，還有人開始牛飲啤酒。牛排滋滋作響，吐出肉汁和一團團滾燙的脂肪，火焰於是像間歇泉般從烤網下冒了出來。男人們表情陰沉地盯著他看，一面將肋排和雞腿往嘴邊送。他們巨大的牙齒發出駭人的聲音，齧咬骨頭，扯下軟骨。

徒勞的怒火中燒，議員站在深邃洞穴的邊緣，指著那片空無大吼：「這什麼時候才會填起來？」沒人回答，他又大喊：「這太危險了！」一個看起來很癡呆的莽漢放了屁。丹尼爾斯議員決定要撇下最後一句話，於是尖聲說：「可能會有人摔死的！」

他並不是在接受CNN採訪。少了大理石室的聲響效果，少了一整排麥克風和音響，他的聲音在空曠的黑暗中聽起來飄渺又尖銳。

有幾個老粗的視線從他身上飄到附近的某物去，他的視線也跟著望過去。

有了，大地洞某一側整齊地擺放著東西，是一個個袋子。堆得像磚塊一樣平整的白色帆布袋，高度跟那些人的身高差不多。丹尼爾斯瞇起眼，想讀袋子標籤上的字。但在燃燒脂肪所得的搖曳火光，以及烤肉的濃密煙幕下，標籤上的字幾乎完全無法辨識。

一輛車經過第一街，大燈掃過這場面。有一瞬間，所有人與物都被照亮了：議員、喝啤酒的人、不平整的大洞，以及堆在一旁的袋中物品。

在那瞬間，議員看到標籤上的字了。

它寫著：**石灰**。

突如其來的恐懼使他頸後寒毛直豎，他用上所有健身房鍛鍊出的精瘦肌肉與自律能力，轉身背對那場面，拔腿就跑。丹尼爾斯一步步拉開他與那些暴徒之間的距離，疑惑與憤怒在他胸中翻騰著。他向自己發誓，明天一定要打幾通電話。

媽的，明天會有人被慘電，而那個又髒又危險的坑洞會被填起來！

格里高利．派普爾的電話叫醒了他。螢幕顯示來電者是他的經紀人，但他知道事情沒那麼容易。他接起電話後，會是一個年輕的嗓音對他說話，而且是最菜的那種小夥子，一個小助理，「萊文塔爾先生來電，請稍候。」一個響亮的喀聲顯示他的通話保留中，他得等他的經紀人先講完另一通電話，或兩通。派普爾知道自己在事務所中的地位。

他看了一下床邊的鐘，太平洋標準時間五點半。紐約的銀行員甚至還沒上班呢。電話那頭的嗓音問：「格里高利？」

派普爾在床上坐挺，被經紀人的嗓音嚇壞了。外頭一片黑暗，他幾乎聽不到高速公路傳來的聲響。

那嗓音接著說：「你看電視了嗎？」

派普爾用沒握電話的那隻手翻找床單和毯子間的遙控器。「哪一台？」

他的經紀人凶巴巴地說：「任何一台。」而且還重複一次，「任何一台！」

派普爾找到了遙控器，打開床尾附近的電視。占滿螢幕的人，是他自己。身穿薩佛街單排扣西裝，直視鏡頭，然後說：「我是陶伯特．雷諾茲……」

派普爾轉台，他又出現了，然後說：「……部落會議……」

派普爾再次轉台，他還是在，他說：「……所指派的絕對君主。」

他的經紀人在電話那頭質問：「你簽了**什麼東西**嗎？」經紀人沒等他回答就說：「我們還在等合約。」

派普爾不斷轉台，在自己一閃而過的身影間找不到比賽轉播、MV、廣告。他在第四個頻道上說：「El dia de ajustamiento esta sobre nosotros.」[26]

他想到那個裝滿現金的信封，難道收下它就代表雙方達成合約協議了嗎？收錢是件蠢事，但他還沒告訴任何人。繳稅這種事能逃則逃。他在下一個頻道上宣告：「在我們創造出恆久流傳的價值之前……」

那是他即興出來的台詞。這下那些猛灌啤酒、大嚼花捲甜甜圈的製作團隊非得明白列出他寫作方面的貢獻不可了。

他在另一個頻道上說：「……我們得先創造出自己。」

他床邊桌上時鐘收音機響了，不過它並沒有報導早晨路況，而是播放出他的聲音，「……我們得先創造出自己。」

他的經紀人在電話上怒罵，「我們已經發停終信函過去了！」

門鈴響了。

電視上，肅穆又英俊的派普爾正在全力模仿隆納．雷根，並攙入一點甘迺迪的調調。他宣告：「『審叛日』就要來臨了。」

派普爾用肩膀和耳朵夾住手機，下床找他的浴袍。他綁腰帶時，門鈴又響了。

電視一再複述，「『審叛日』就要來臨了。」除了他之外的任何人，都會覺得這是上一個鏡次的重播，但他聽出自己對每個字的強調方式有些許變化。

他的經紀人對著他的耳朵咒罵，「每個電台，全網路都在播！」手機的小小擴音器送出多層次的聲響，每層聲音都與前一層差了幾微秒。「『審叛日』就要來臨了。」整個合唱團都由陶伯特．雷諾茲構成。同步的聲音如聖歌般回響著。

「『審叛日』就要來了。」

26 西班牙文。「『審叛日』就要來臨了。」

派普爾穿過客廳，瞇眼望進大門的窺孔。

那句話從臥房的電視、手機、鄰居公寓傳入他耳中，「『審叛日』就要來臨了。」站在他門口的，是那個耳朵像花椰菜、脖子側邊刺了一個卐字的男人。派普爾絞盡腦汁回想那男人的名字。那個蹩腳的攝影師。他對電話說：「他們來了。」日出時刻，晨光從訪客身後升高。早晨尖峰時段慢慢逼近，一〇一號國道的喧囂也愈來愈響亮。

他的經紀人問：「誰來了？」

那句話的大合唱似乎漸漸變得微弱、模糊了。「『審叛日』就要來臨了。」它變成了聲音構成的壁紙，新的、平凡無奇的白噪音，像是高速公路上的那種。

派普爾打開門，他想到名字了，「你是拉曼利對吧？」

電話另一頭的人追問：「誰是拉曼利？」

四面八方傳來同一句話，「這份名單並不存在。」

那男人，拉曼利，伸手進外套中，取出一把手槍。他不發一語地舉槍瞄準派普爾的胸口。

鄰居家的窗戶傳來，「這份名單並不存在。」

不僅衝擊力道，那槍響也發揮了相同作用，癱瘓了派普爾的行動。他的浴袍掀開，露出了白色的內褲，斑白的胸毛。手機從他手上滑落，但他沒倒下。起先沒有。

他自己的聲音，圓潤而迴盪不已，如今發自他的手機，重複著一句話，「任何戰爭的首位受害者，都是上帝。」隔壁房間的電視也唱和著。他的視野愈變愈窄，最後只剩一條狹長的隧道，槍手在上頭逐漸走遠，沿著人行道來到停靠路邊的車旁。他耳邊的呼嘯聲比高速公路的車流聲還要巨大。那男人在車子附近含糊地「靠」了一聲，以掌根拍自己額頭一下。他快步走回公寓門口，伸手抓住門把帶上門。門把喀啦喀啦地轉動，彷彿他在確認門是否鎖好了。在關上的門後方，他的腳步聲迅速消失在遠處。有個聲音，派普爾的聲音宣告：

願每個人都奮力追求他人的憎恨，因為對愛的需求會將人轉變成怪物，而且速率比什麼都快。

演員被獨自遺留在自己的客廳裡了。他自己的聲音，錄製、複製、疊錄出的、陶伯特・雷諾茲的不朽嗓音仍在持續放送，儘管格里高利・派普爾已跪倒在地，在電視播出的、他自己的影像之前，血液不斷流到地毯上。

議會內的多數黨領袖要求與會者進行最後一次投票表決，結果全體一致無異議。當他宣布戰爭決議法案通過時，旁聽席上有人發出呼喊。

「各位朋友們、羅馬人、同胞們，」一個男人大喊：「請把你們的耳朵借給我。」是查理，而他說話的這刻將會成為嶄新未來的重要史料，被記錄在所有歷史書籍中。這是他借來的字句，查理的世家商討出來的。這段談話將會和內森・黑爾[27]的發言一樣有名。

27 美國歷史上第一個間諜，獨立戰爭期間被英軍俘虜。

多數黨領袖敲擊木槌，要求眾人安靜。他要求警衛隊隊長把這個打斷議程的年輕人轟出去，警衛卻沒有反應。旁聽席上，第二名男人站了起來，肩上扛著德拉古諾夫狙擊步槍，雷射瞄具的小紅點落在那位議員的額頭中央。那個狙擊手是賈瑞特·道森。

這一年，國家自始至終都沒開放獵松雞。

尼克已經熬過更糟的狀況了。起先他擔心警察會追捕他。他聞到一絲煙味，走到窗邊往外看。發現有火舌吞噬了同街區另一頭的連鎖服飾店的磚牆，沒有警鈴聲。更令人擔心的是，沒人站在街上圍觀。而最令尼克害怕的是，沒人在趁火打劫。

他打緊急求助電話，結果沒訊號，打通了也都是預錄訊息。

他前幾個晚上都躲在夏斯塔最後打工的地方——一家咖啡廳。他們犯了一個錯，就是在開除她前給了她鑰匙和保全系統密碼。他離家時帶了他藏的一批貨和身上的衣服，除此之外就沒了。他吃了所有的義大利脆餅蘸巧克力，有點好奇早班經理何時會跑到店裡趕他出去。就在這時，他聞到了煙味。風使火勢往他的方向延燒了。

他打了一些奶泡，加入十幾小杯的濃縮咖啡和一些香草糖漿，稱之為早餐。沒人動過那些奶油噴罐，於是他調整了每個噴嘴，擠出罐頂的氮氣。他確認了一下烤雞麵包的銷售日期，然後用廁所洗手台洗臉，用手指梳整頭髮。他再次望向那團火，發現它已燒向31冰淇淋。想到他吃掉的庫存，以及他到處留下指紋這點，便覺得烈火壓境也不是一件壞事。沒什麼大問題，他又找回安全感了。

總而言之，大麻藥房差不多該開張了。手上的貨夠他撐到午餐時段前往第一衛理公會教堂參加戒毒匿名互助會，那裡最容易搞到貨了。

就在這時，第一部廂型車停靠到路邊。建築物正面的窗外，第二輛廂型車煞車急停。第一輛車立起一個碟壯天線，對準天空。一個眼熟的女人站到攝影機前，開始描述火場狀況。像這樣的馬戲團場面理應會吸引好奇的群眾圍觀才對。這就是可怕的地方，沒有任何人跑過來看好戲，沒有駕駛人放慢車速、探頭張望。路上沒有車。除了記者之外，街上空無一人。

又一組採訪團隊到場，架設器材開始轉播了。然後是第四組。火焰前方築起新聞播報員的人牆。

尼克的屁股振動了一下，源頭是牛仔褲的後口袋。他的手機，有人來電。他眼觀火場，將手機拿到耳邊問：「華特？」對方沒立刻回話，他又試了一次，「夏斯塔？」一個男人的聲音說：「『審叛日』就要來臨了。」是自動語音電話。

來電顯示為「未知號碼」。那嗓音又說了一次，「『審叛日』就要——」但尼克掛斷了。電話再次振動，又是未知號碼來電。

最後到場的是緊急應變人員。一輛警方的巡邏車，後面跟著一輛單引擎消防車。消防員和警官沒拉長水管或從消防栓引水，他們在鏡頭範圍外就位。攝影機轉過來拍他們了。尼克在咖啡店窗邊盯著一切，內心深處很清楚接下來會發生什麼事。他在看的不是報導內容的製程，而是歷史的製程。事情的發展和華特跟他講的鬼扯故事如出一轍，華特一直想要他買單的那個故事。就是它了。他非得找到他的死黨不可，前所未有地迫切。華特可以解釋這一切。

就像華特預測的，警察抽出了配槍，消防員脫下了防水衣，扛起步槍。就像華特說的那樣，這缺乏真實感的行刑隊射出了一片槍林彈雨，放國慶煙火似的，時間跟放鞭炮一樣短，空氣中瀰漫陣陣火藥白煙。在最後一聲槍響的回音止息前，穿制服的男人們已在倒地的記者間穿行。

他們抓住一綹綹梳理整齊的頭髮，抬起一顆顆頭。緊跟在後的男人拿著發亮的物體，還拖著一個麻布袋。他用亮晶晶的工具朝每顆頭揮了一下。是刀子，尼克想通了。男人的手往後伸，扔了某物到袋子裡。

是耳朵，華特說他們會割下耳朵。沾染粉紅色化妝品的耳朵，撲了爽身粉的耳朵，仍塞著小耳機的耳朵。

持刀的男人有個名字，尼克聽過他的名號。不，跟割耳朵無關的事蹟，是更普通的事。某個男人的聲音在尼克的記憶中反覆訴說：「嗨，我的名字是克蘭……」重複著，「我是克蘭，我是個毒蟲……」

「審叛日」這措辭並不恰當，人類歷史的改變只花了短短不到一小時。

警察袖手旁觀。多年來政客與媒體不斷將警察定位為邪惡的一方，於是他們在公民拖著圓筒包進入所有州議會、法院、市政廳、大學行政大樓時，選擇視而不見。當天早上，警察知道火災或謀殺案的通報電話都只是給媒體的誘餌，他們到場後就會遭到伏擊。

每一年都有投票者和納稅人死於犯罪者之手，警察也會死於犯罪者之手。今年，犯罪者將會找上立法者。

置身此地，參與「審叛日」，賓和艾斯特班就能撤銷他們身上背負的罪名和逮捕狀，賈邁爾則能免去學貸。

當然了，如果有離群的標的，他們就得追著對方穿過緊急逃生門、停車場，從車子下方揪出那些哭哭啼啼的傢伙。有的人躲在上鎖的辦公室門後方，那就得拿消防斧破門。儘管有些人脫隊落單，舊政權還是會在午餐時間結束前遭到根除。

從前老師說過的話浮現在賈邁爾心中，某個教授的授課內容，那是好一陣子的事了。布洛利教授提過希臘化時期的希臘文化，說希臘人把喜劇看得比其他任何類型的戲劇都還要重要。他們的喜劇劇本遠比悲劇還要來得多，因為他們相信，人類的所有努力在高處俯瞰的諸神眼中都是瑣碎而可笑的。諸神認為人類可笑到了極點。

不過基督教文化取代希臘文化後，基督徒銷毀了大多數喜劇。悲劇能強化基督教觀點，因此教會保存了《伊底帕斯王》、《美狄亞》、《普羅米修斯》，然後根絕所有不讚頌基督教受難、殉教理念的劇本。

對古希臘人而言，荒謬比悲劇更有深度。當賈邁爾如奧林帕斯山諸神般俯瞰腳下時，這些念頭占據著他的腦海。

在旁聽席欄杆的下方，受傷、眼盲的議員正展開一場喧鬧的嘉年華會。這些有錢有勢的人嘶聲哭嚎、手腳亂揮，有如馬戲團成員，這些小丑被血塊噎著、氣喘吁吁，立於人類愚行的巔峰。他們滑稽地前傾身體，試圖將爆出體外又發臭的腸子聚攏在懷中。有的蒼白雙手捧著破碎頭骨內灑出的腦漿。這些搖筆桿的官僚正是不久前投票通過議案的人，他們打算將他和他朋友送上戰場，用類似的方式消滅年輕人。

賈邁爾瞄準一個又一個目標，每一發槍口閃焰都代表一個隕落的老人，這時他腦海也閃過一個念頭。他的教授，教人類學的布洛利博士曾告訴他們一個理論，跟跌跤搞笑有關，就是某人突然絆到腳、跌倒所產生的笑料，笨拙身體的喜劇。根據人類學家的看法，我們看了會想笑是基於一種歷史悠久的反射作用。

在原始人仍是獵物的時代，他和他的部落同胞看到劍齒虎或類似的掠食者會嚇得拔腿就跑，跌倒的人會被吃掉。對其他人而言，死者的死會帶來極大的慰藉。布洛利表示，所有的幽默趣味都來自逃離死亡。

多年來，賈邁爾一直行走在不間斷的恐懼之中。早在他接到……**軍隊徵召令？**不對，他和他朋友稱它是**死亡的徵召令**。早在那之前……早在又一次世界大戰的可能性浮上檯面前……他就知道自己會早死了。他的神經將在戰場上被毒氣強暴。

然而從今天起，狀況不一樣了，他將成為劍齒虎。

對賓而言，按扳機那根手指的疼痛，比眼前這些被射成蜂窩、爬行在染血大理石地面上的老人還要有意義。他手上步槍的爆裂音，比他們的尖叫還要讓他心煩。後座力一再使步槍槍托撞擊他的肩膀，比滿嘴屁話的政治祭司還要令他疼痛，他們爭先恐後地爬過彼此，試圖多活個一口氣。

他和同世家的夥伴站在旁聽席，他們已占領、拍攝數週的有力觀察點，掌握了每一個標的可能會採取的逃生路線，進駐到可避開地面上所有障礙物的射擊位置。

尖叫聲讓事情變得更容易。尖叫聲讓賓更恨他們（如果真的可能更恨的話），恨這些不肯說真話的老太太、老先生。他們的所有話語都顧左右而言他、有所保留、有附加條件。這些尖叫是他們成年後首度發出的真誠之聲。

好個奇觀呢：有錢的老人急跳腳，推來擠去，翻過別人尋找安全之處。

他們像慌亂的肥貓般竄逃，扭打，擠在上鎖的出口前。有人縮在桌子底下啜泣，有人打開厚厚的法律條文書倒扣在頭上當頭盔。賓預見過大批野生動物被趕在一塊撲殺劣種的場面，這對他幫助很大。有支影片曾在他的部落流傳，拍的是一群海豚被網子圍起，遭到棍棒毆打，而海水漸漸化為血沫。扭動不停且滑溜的死物與垂死之物。看那些美麗的海豚死去，比看這些穿西裝的議員死去還要令賓難受。他在網路上還看過野兔被趕進畜欄裡，洶湧的兔浪一下往這邊高起，一下又捲向另一邊，因為有個跋涉其中的男人拿鐵鎚要敲爛牠們的頭骨。賓看過袋鼠和小海豹的影片。撲殺立法者跟亂棍打死小豎琴海豹根本沒得比。

因後座力往後彈的槍托搗著賓的肩膀，疼痛使他的怒火燒得更旺，他開始朝下方任何移動的跡象開火。

這前哨戰是在警察的祝福下展開的，因為警察早已成為政治正確的犧牲品。而透過奪取相對少量且已垂死者的性命，年輕人的大滅絕得以避免。這些一腳踏入棺材的人已養大了自己的小孩，也已經被款待過了。

法院、議場、現場轉播站、演講廳，每個地方都充滿煙硝和屎味。

等到狙擊手做出「前進」手勢，收割者才開始在死者之間挺進。有個看起來像死屍的人對著刀尖尖叫，另外還有個標的裝死被發現了。這時旁聽席上的賓被叫了下去，標的發出懦弱無比的尖叫，看他受死實在太愉快了。

❖

事情發生得太快了，無法思考。有東西移動，查理就扣下扳機。神色恍惚。他搜尋動靜。尋找著掠過視網膜的動作。尋找著活物。任何動作彷彿都會繞過他的大腦、良知，使他陷入打電動時的出神狀態，變得像盯著松鼠的狗，或在老鼠洞旁等待的貓，或他老爸，那個在河邊盯著同一顆紅白相間的浮標、等著鱒魚咬餌上鉤的老頭。

那出神狀態使他免於想像自己爸媽在同一時刻的必然遭遇。

他上一次思考已經是很久以前的事了。在內心深處，查理已細思過他參與行動的所有理由。他對所有尋常的、漸進式的自我成長手段都失去信心了。他花了一輩子的時間在部落格發文、拍下自己一舉一動和情緒流轉上傳到社群網站上，結果迎來的，幾乎是一種自我認同的疲乏。再也沒有嶄新的開始了。他已建立自己的品牌，而且做得如此全面徹底。為後代子孫記錄自己。自從他學會打字後，邊境就不存在了，不管在什麼地方，網路都已經把他的一切訴說給全世界了。

「審叛日」給了他一個全新的開始。無論有沒有作用，至少會是個激烈的轉折。他會死，或入獄，或成為革命英雄。不過不管他下場如何，都是一種進步。他不用再當一個快樂又悲傷、懷抱希望又深深恐懼的平凡人了，不用再讓網路世界看著他變老、變高，卻發現他實際上只能原地踏步了。

查理憋住歇斯底里的笑，朝有錢男子和富裕的老女人開火，只在充填彈藥時暫停。他招呼他們的後腦勺，致命的一槍。射入孔開在脊椎頂端，射出孔則貫穿尖叫的嘴巴。這樣比較不用清理。蛋白質是很驚人的鳥玩意兒，他清楚得很，它就像膠水，會黏到到任何東西上。你用AK步槍把人射成兩截，你的世家還是得把所有碎塊刮乾淨。

某樣東西從他體內深處湧現，某種情緒，某種巨大的事物。只有一個字可以形容：歡騰。這是他有生以來第一次不用把徵兵令放在心上。他從未思考過自己的未來，因為徵兵和核子戰爭總是蟄伏在那裡。他一滿十八歲就會死，這是無可避免的。但在這關頭，他第一次得以預見自己的未來。從此之後，他有一些掌控權了。

他一輩子都被灌輸一個道理：男人是保衛者、是守衛，他所能獲得的最高貴的命運，就是為了保護他人的性命而死。如果幽默感有源頭，那就是無邊的寬慰。查理現在感受到喜悅了，因為死亡遠離了他，就這麼一次遠離了他。

他腳下的場面醜陋到不能再醜陋，血腥到不能再血腥。但那還不是理論上最惡劣的狀況。

陶伯特之書指出，歷史永遠不會明白自己最大的錯誤是什麼，因為能記錄過錯的嘴巴不會被留下。他現在執行的工作看起來像是腥風血雨，但可以阻擋一場核子戰爭。一場全球性的飢荒。抹殺數十億人的傳染病。

查理一輩子都在聽人說：他和他的同伴是邪惡的父權迫害者，是殖民全球的憎恨化身，奴役了羅梭天堂中的溫和野人。謝囉，學院。查理承受得住，就讓「比希特勒更糟」這個標籤貼到他身上吧。今天他會證明，他們說的都沒錯。

就像新聞報導都會訪問連續殺人魔的鄰居、終生好友，而每個人都會向天發誓，說兇手是友善的普通人，地球上最好心的人。「審叛日」後，世界會得知Charliegoodguy144的全新面向。他受夠歷史課了。他要成為歷史。他要自己成為未來的歷史。

丹尼爾斯議員靜靜在躺在死去的同事之間。他在鉛灰色的屍體之間又鑽又扭，直到他們的鮮血浸濕他訂作的西裝。他在第一批目標之中，遭屠殺的同事倒地、踉蹌、跌落，落在他身旁或身上。他感覺到生命逐漸自身體流逝時引發的抽搐。他們的血液將他的頭髮糊得服服貼貼，黏住他的眼睛。血使褲子緊貼在他的腿部肌膚上，血在他指間結網。他的呼吸急促而淺，發出裝死兔子的吸氣聲。他趴在自己手上，掩蓋它們的發抖。

槍聲停了。尖叫也停了。聲音在房間內移動，那是男人的說話聲，以及使力時的吆喝聲。他背上的重量被挪走了。他旁邊的屍體被拖走了。一隻手鉤住丹尼爾斯的上臂，他感覺到自己被翻成臉朝上的姿勢。他憋住呼吸，同時讓一隻手拖行他，在沾滿黏膩鮮血的鋪石地面上滑了一段路。那隻手鬆開了，而他讓自己的手無力地癱下，繼續憋氣。他躺著，因震驚而石化，但那張血面具上還著流著汗，他怕身體的顫抖會掀他的底。

有指尖捏住他的耳朵，銳利的劇痛咬住耳朵頂端和頭皮的交界處。議員先是發出尖叫，睜開黏膩的眼皮，然後又把嘴唇緊緊閉上。

手指鬆開了。一個男人站在他上方，一個原始人，穿著迷彩吊帶褲，手拿一把獵刀，是前一晚聚在一起烤肉的工人之一。他的乳膠手套沾滿紅色，但那不是烤肉醬。他的眼睛和議員的視線相接了一會兒。綠眼珠，驚訝地瞪大。

丹尼爾斯低聲懇求：「拜託。」求對方可憐他，求這個野人離開，拋下他和其他死人。淚水湧出眼眶，在他臉上沖出幾條乾淨的水痕。

男人沒放過他，而是轉頭向其他聲音發出呼喊：「抓到一個還活著的！」

行蹤敗露了，丹尼爾斯倉促坐起身。他四周有幾個渾身是血的野人，原本在死屍中跋涉，這時都抬起頭來。一堆堆一坨坨屍體，和半截屍體，以及無頭屍體，桌子碎成了木片。附近有個野人用兩根手指夾著一個血淋淋的東西，之後把它塞進了口袋。另一個人用喊叫回應：「把他帶到剩下的那裡。」那男人拿著淌血的獵刀，指著廳堂的另一頭。

那裡，有一群啜泣男人蹲在牆邊。禿頭，啤酒肚。瘦巴巴，駝背。他們就跟他一樣，是泡在其他人鮮血中的老頭。

第三個野人在幾步之外，正彎腰用刀割某人的身體。他拿起某個小東西，那東西下面還拖著細細的電線，電線抬起一個小盒子。當電線和小盒子從男人手中滑落時，丹尼爾斯認出那是一個助聽器。男人拿在手中的，是一隻割下來的耳朵，他隨後將它塞進口袋。

站在丹尼爾斯上方的男人微笑了。那是個陰險、歪斜的笑，但並非毫無憐憫。「你還記得那個洞嗎？外頭那個。」他朝那群渾身是血的倖存者撇了一下頭。「你們的工作……」他用刀子大略地指了一下那些被宰殺的人，「就是把這一團亂堆到那洞裡。懂了嗎？」

丹尼爾斯的手指爬向耳朵，依然灼痛的部位，溫暖的血液仍在流淌，還是溫的。不是死的。

「現在快去吧。」微笑的野人下令：「去跟你的朋友們待在一起吧。」

丹尼爾斯議員緩慢地點頭，然後才慌亂地起身。

在「審叛日」尚未來臨……在那些坑洞被填滿之前……華特開車返回奧勒岡州的波特蘭，並和陶伯特・雷諾茲輪流叫喊。這是他們發明的遊戲，目的是要證明後者還活著。坐在駕駛座的華特大喊：「A-1牛排醬。」

後車廂內陶伯特會大喊：「配方409[28]。」

華特接著大喊：「七喜。」

陶伯特，他會大喊：「五號頻道。」

華特：「WD40[29]。」

短暫的平靜會降臨車內，只有愛達荷州的聲響不斷在他們四周急馳而過，彷彿一條隧道。華特的夢想全在這裡了，用金錢攻勢追求夏斯塔的夢想，在淹沒大多數人的神祕經濟現象中發跡的夢想。他的夢想，搞不好死在後車廂了。他的腦中曾經浮現一個念頭：掉頭回去，獵捕另一個明師來代替他。對，埋了這個死者，並尋找替代品。

---

28 美國清潔劑品牌。

29 美國清潔劑品牌。

接著，那嗓音會大喊：「我大可弄個V8引擎！」

愉悅。世界上所有的事情都會有道理可言，不會再是一團龐雜的混沌了。死者被帶回我們身邊了。滿心歡喜的華特會忘記這是一輛出租車，忘記他剛才狠狠傷害了一隻肥貓。

這感受會吃掉好幾英哩的路程，直到陶伯特．雷諾茲大喊。「夠了！」他在後車廂深處喊道：「希望你會喜歡白種肥納粹的屌味⋯⋯！」

開始清點了，一袋袋倒出來的耳朵。口袋裡挖出來的耳朵。黑人的耳朵，白人的耳朵。塞著助聽器的耳朵。垂掛著耳環的耳朵。年老的長了毛的耳朵，沾到一條條橘色助曬劑的耳朵。

在每個議會內，都會有一個賈瑞特．道森或賈邁爾．史派瑟對發抖、染血的一小群倖存者說：「你們可以保住性命。」他念出陶伯特之書的批准頁，「你們會存活下來，執行投票世家的命令，處理所有必要事務。」獲准保命者必須埋葬死者。「你們將無法制定新法或施行新法，只能當我們的文書處理員。」在法院和大學演講廳內誦讀這些段落的男人說：「你們的職位為終生職。如果怠忽職守，全體選民可投票處決你們。」

陶伯特之書讓事情聽起來很容易。收集名單上的人的耳朵，你才會有投票權。將每個標的物代表的籌碼加總起來，就能決定每個世家分配到的票數。這麼安排是因為擁有票數的人曾為他們的理想做出犧牲，可以確保沒人會收割行動，因為取得高票數的人會和彼此結盟，選出自己的領導，只有這些人有魄力把持住權柄，就像他們奪權時那樣。

根據官方規定，遭到解放的資產應該要交給新政府。打造正確政治系統需要成本，充公的資產不無小補。為了將公民遷移到正確的管轄區去，他們的資產也會遭到充公，而從舊政府扣押來的財物也能用來補償他們。

「屍體掩埋完成後，」每個人都對他們的俘虜朗誦，「你們的第一件新政事務就是擬定家園遷徙法案。」

在這本書成書之前……在開回奧勒岡波特蘭的路上……陶伯特．雷諾茲被鎖在後車廂，一直碎嘴，「你最好要習慣當監獄裡的公車，賣屁眼賺菸錢！」

就像陶伯特說的，他在自己身上裝了一枚追蹤晶片，在他不肯說的某個地方，但總是是在皮膚下面。它會發出衛星定位訊號，而ＦＢＩ會利用訊號找到他。車子一旦停下來，探員只需要花一、兩個小時就能三角定位出晶片位置。

他引述林白之子那個年代的綁票罪刑，然後說：「你將會在監獄裡吃到納粹屌、黑人屌、混血兒屌，品味出它們的滋味有什麼微妙差別。」

就算華特押著他走進某間空屋的地下室樓梯，把他綁在某張沉甸甸的椅子上，他身上還是會有個小裝置嗶個不停，透露他的所在位置。大門隨時會被踹開，而他會遭到逮捕，等待判決，定罪，判處無法與夏斯塔共度的一段刑期。

遊戲會結束，除非他能找出這個追蹤器，解決掉它。把它從它的藏身處，從男人身上的埋藏處挖出來。只需要甩開剃刀，抹一下消毒酒精，稍微挖個幾下，用鞋跟踩碎就行了。然後縫合傷口，數個傷口，紙割千次應不致死。

為了執行心中的計畫，華特去弄了一瓶消毒酒精，還有剃刀、繃帶和快乾膠。他準備好要尋寶了。

他切開老頭身上的衣服，尋找小疤痕，晶片可能就埋在那裡。他切開縫線，撕開對方的西裝袖子、衣領，像在剝橘子似的。從手腳末端開始，然後是手腕、腳踝，一路往內側移動。他在其中一隻前臂發現了一個突起，然後問：「是這個嗎？」

陶伯特繃緊身體，然後說：「你自己看啊。」

華特以繃帶蘸消毒酒精清潔肌膚，然後將剃刀一角刺入皮膚中。他的手指變滑了，黏膩的血液使刀子在他手中位移，他沒戴乳膠手套，指甲染了一圈紅，眼神流露同情。他從未料到自己會成為這樣的人：凌虐一個被綁在椅子上的老人，用剃刀在他手上挖洞，仔細避開大動脈與肌腱挑動刀尖。

結果他找到的是個囊腫，事情還得繼續。

華特持續剝開褲管，直到發現一個皮膚下的硬塊，位於枯槁的小腿肌肉上。他抬頭看著苦瓜臉、退縮、咯咯笑的陶伯特問：「在這裡嗎？」

而咯咯笑的陶伯特——這個瘋癲的怪老頭——看到華特痛苦到想吐的模樣，顯然很樂在其中，他說：「你在監獄裡會很受歡迎。」

這逼得華特在他身上塗抹更多酒精。他揉按老頭的身體，試圖定位那小硬塊，接著試圖捏住它，將它固定在原位，從旁入刀。結果那硬塊滑開了。它四處移動，在體毛濃密的皮膚下方滑呀滑的。如今血液使他的皮膚變得非常油膩。這逼得華特用刀尖追那硬塊，將小小的切口劃得更長一點，朝目標物橫移。最後他終於中獎了，但挖出來的只是又一個假警報。一團脂肪。

儘管新老爸已經把尿撒得到處都是，華特的刀子要是錯誤地通過某些部位，他的血還會像番茄醬色的洨那樣亂噴一通呢。而那味道會像是挖出死了十年的小嬰兒壓爛加進去。

老陶伯特一直在發抖，接著他笑了，整個人靜不下來，臉頰上掛著兩行淚水，每條皺紋都繃緊了。他扭動雙手，試圖掙脫將他固定在扶手、椅腳上的繩子。紙割千次並沒有殺死他，反倒削去、剝去、刮去了華特的人性面。他挖出下一個硬塊時比較不費力了，再下一個更是完全不費力。噴出來的血起先令他驚恐，現在那驚恐萎縮成一種不耐，而他原本抱持的同情也變質為憤怒。移情作用已耗盡了，華特開始折磨這老頭，誰叫他不打從一開始就報上晶片的位置。把他切成一條條魚餌，他就會開口了，就會呼天搶地了。結果他只讓陶伯特笑個不停，咒罵華特的笨拙，而剃刀同時刨挖著，探索老男人的頭皮、沿著背往下走。華特開始潑灑冰酒精到割開的切口上，清洗它，這樣他才不會切第二次。陶伯特的頭無力地垂掛胸前，臉色蒼白，笑聲漸弱成氣音，像是在睡夢中的笑法。

華特又用手機瀏覽了一下色情影像，好堅定意志。他最喜歡的影片，是只有死人互幹、幫彼此口交的短片。他們拍的時候還活著，但現在死了。他們儘管躺在墳墓裡卻還是能帶給他刺激，他認為這就是人類有靈魂的最有力證據。這些淫蕩的聖人，這些祖傳的美貌使他有能力切開已化為一攤血肉的人類。

然而，華特的指尖還是找不到晶片。沒有兩極真空管，只有一團團疤痕組織。那些只是一團團脂肪塊和溫暖的囊腫，但他還是得捏出來仔細查看，做確認。癌變前的細胞叢。鈣化的異物，砂礫，安全玻璃的小碎塊，上半輩子的汽車車禍或騎腳踏車摔車時留下的紀念品。

華特切開T恤、四角褲，不斷用潮溼的手指在他身上畫圈，尋找那異物，此刻也不斷將他所在位置（這棄屋，這血腥的犯罪現場）洩漏出去的異物。他滿身大汗，心懷同情地蹙眉，讓刀刃游移，卻只發現大團的脂肪、變大的淋巴結……硬又穩固的異物，或是內生毛髮。老頭臉上有個爆開的癰散發異味，那是他不小心切開的。他的新老爸身體一縮一縮的，害刀子劃歪，他歇斯底里地笑著。

警察大概正追蹤著訊號，那無聲的遇難呼叫。每個安靜的「嗶」都將警察與他的距離拉近了一丁點。

革命之後，那本書無所不在。如果沒帶那本藍黑書皮的書在身上，會有遭人通報的風險。被通報後會有什麼下場？沒人敢說。

儘管泰倫斯那本曾砸斷他媽的鼻梁，她還是准許他將書留在身邊。尿液和膠體銀沾溼了書頁，但他仍然讀得了他爸留給他的筆記。當中有個清單，寫在最後一頁空白頁，標題是「但願你」：

極為健康
地位崇高
有智慧
有勇氣
成為偉大的治癒者

泰倫斯躺在床上，持續以閱讀開啟他的每一天。例如今天，陶伯特之書便斬釘截鐵地告訴他：

> 前邦聯的美國人不斷在接受檢視。
>
> 他的教育由不斷反覆的敘事模式構成。在大多數經典美國虛構作品中，也就是評論家和學校體系最推崇的那些作品中，同樣的命運總是不斷降臨到三種主要角色身上。溫順、聽話者自毀，最具侵略性、公然反叛者會遭到謀殺，最後往往只有寡言但總是保持警戒的角色會留存下來敘述故事。
>
> 自殺。謀殺。見證者。

自殺總是最先發生，這是幼稚的天真。在《飛越杜鵑窩》當中，最聽話的兒子比利．畢比特為了取悅母親而住進精神病院。和妓女發生關係後，他選擇自殺而非面對母親的否定。反叛者隨後遭到殺害。同一部小說中有個自以為是的愛爾蘭人藍道爾．派崔克．麥墨菲被悶死在床上。見證者是無言的酋長，他逃離戒備森嚴的病院，進入外面的世界，向大家敘述這件事。同樣的，《大亨小傳》中絕望的梅朵．威爾森衝向行駛中的車子。她進入故事的那一刻起，費茲傑羅就將她描述成一個自殺者。很快地，傑．蓋茲比便在泳池內遭到射殺。敘事者尼克．卡拉威（發音近似「帶走[30]」）隨後逃到中西部，講述那故事的關鍵教訓。

這不是唯一的模式，但對美國人而言是個理想典型，一本書的內容與此模式的相近程度將會決定它

30 卡拉威為 Carraway，「帶走」為 carry away。

能否獲得長久的成功。

直言不諱的女性角色往往不會遭到殺害，而是會被流放或閃避。《飄》中溫順的衛美蘭選擇走上死亡之路，打算生一個小孩，儘管醫生說她會因此喪命。她想打造一個大家庭來取悅丈夫。接下來，大膽放肆的郝思嘉被逐出社區與家族，低調的白瑞德告別查爾斯頓，就像酋長和尼克．卡拉威那樣逃離現場。《娃娃谷》中也有類似的變體。美麗的珍妮佛．諾斯不斷取悅母親，但最後選擇自戕，因為她怕乳癌會摧毀她的美。野心勃勃又坦率的妮莉．奧哈拉（這個虛構角色選用一個年代更久遠的虛構角色之名作為藝名）很快就在娛樂圈踰矩，遭眾人遺棄。故事結尾時，性格溫和、散發仙氣的安妮．威爾斯受的罪最少；她是一個局外人，脫逃自與她關係疏遠的新英格蘭家族，那環境和大酋長的部落有幾分相似之處。

在《春風化雨》中，有個學生害怕父親的否定，選擇自殺，有個老師違反教學傳統而遭到處罰，局外人倖存，成為一個見證者。

就連《鬥陣俱樂部》這種看似破格的小說，也遵循同樣的敘事模式。這部作品的創新之處，在於它壓垮三種主要角色的方法。透過自殺，烈士謀害反叛者，藉此創造出一個積極／消極態度一體化的口吻，由它來當一個新的敘事者，而且是帶著高度自覺性的敘事者。

美國人一再、一再學到同樣的教訓：不要太消極或太好鬥，努力避免受他人注目。你要逃跑，倖存下來，把故事流傳下去。

若陶伯特的說法為真，那麼前合眾國的半數人口總是被迫在另外一半的奴役下過活。這主從關係幾乎每四年就會改變一次。根據選舉結果，投票者將被迫扮演奴隸或暴君，暴君或奴隸。而該國文學的種種校正，都是為了讓人民在瘋狂的權力反轉過程中維繫理智。

泰倫斯合上書，放到自己的大腿上。如果只是要保住小命，泰倫斯想這麼做：徹底逃離這套公式。正因如此，他知道自己必須找出其他選項。他這輩子看過的所有書、所有電影都不曾提點他的選項。

❖

只剩半條命的陶伯特承認了，沒有追蹤器那種玩意兒。那是他掰出來的。他只是想測試華特，想知道他為達目的會使出什麼手段。他會多殘忍無情。

那老頭面白如骨，唇白如灰，結巴又氣喘吁吁地說：「我好以你為傲。」

華特不再是以前的華特了，他變成了自己不認識的人，身上沾滿老頭黏膩的血。手指僵硬。

他的新老爸嘶啞地說：「我好以你為傲。」他的眼皮顫動，身子愈來愈衰弱，彷彿要死了。不過他振作了起來。他用沾了一圈血的眼睛盯著華特。「仔細聽好了。」他說：「我同意把成功的祕密全部傳授給你。」他艱難地吞下口水，咳了幾聲清喉嚨。「寫下來。」他命令華特，「寫下：獨立宣言。」

華特在老人的催促下拔腿狂奔，找筆和筆記本去了。

夏斯塔看了一眼手機上的電池符號，然後按電源鍵關機。電池就快沒電了。這種感覺她很熟悉。她看著電視上的陶伯特．雷諾茲，嘗試放下心中的大石。並不是所有人都嚇壞了。送柴火的男人，她學校裡那些沒被射殺、沒被埋進足球練習場上大坑的教授們，還有大多數人似乎都為社會的重塑感到雀躍。老方法一向無效，只會讓社會問題惡化。大家似乎願意嘗試全然不同於以往的招數。

陶伯特之書並沒有提出全新的概念。有些政治領導者，例如凱斯．艾里森，老早就呼籲合眾國分割國土了。事實上，陶伯特的計畫與艾里森極為相似，他要求南方各州組成一個合眾國，只准非裔美國人居住。剩下的各州只有歐洲後裔的美國人可落腳。加州例外——這個陽光之州另有特殊用途。

古怪的新聞主播出現在電視上，取代了那些被懲治的標靶，他們向觀眾解釋全國人口普查和大學申請書如何為種族識別作業打頭陣。接著為了提升精確度，政府將向網路上的基因檢測服務供應者調閱資料。反基因歧視法呢，當然就暫緩執行囉，廢話。利用過該檢測服務的人口構成了現成的名簿，參照它就能找出各地區有誰需要接受重新安置、領取補償金。

夏斯塔不想被撒網行動逮住，不希望基因的祕密突然攻其不備。為了保險起見，她找了一個還願意收比特幣的網站，用假名送唾液樣本過去。測試結果出爐後，他們會以簡訊通知，而那封簡訊會發到她在馬丁路德金恩大道上跟某個衣衫襤褸的遊民買來的手機。那個陌生人開價五十美金，現金支付，不附充電線。上頭有乾掉的血指紋，可見手機過去有段暴力史，不過夏斯塔很快就到喜互惠超市用抗菌紙巾擦掉它們。她拿到手機時，電力只剩不到一半。

等待的過程比驗孕還忐忑不安。她提醒自己爸媽都是白人，試圖安撫自己的神經。她的祖父母和外祖父母也都是白人。然而，等待的過程仍比愛滋檢測還煎熬。

在獨立宣言頒布後的新世界裡，有極為多數的人承受相同的磨難。其他人（主要是跨種族伴侶與家庭）則直奔加拿大邊境，試圖尋求庇護。還有一些人主動流亡到歐洲或墨西哥，不過根據陶伯特之書的裁定，這種行為等同放棄大半財富與資產。只有願意交出家園、放棄原有工作、遷居到適切地區的人，才能獲得對等互換式的國家補償。

電視上的陶伯特·雷諾茲平息著眾人的恐懼，反覆聲明暗殺小隊已完成任務。當初解放美國的同一批人將會負責監督強制遷徙行動，且只會在遭遇抵抗時使用適當的武力。

夏斯塔將關機的手機帶在身上，等著用剩餘的電力接收終將到來的簡訊，同時為即將到來的種族隔離主義陷入苦惱。沒有任何群體可以看作一顆獨石，就連同志族群也不例外。應該說，同志尤其與這種觀點不相容。酷兒認同的分裂比子宮內的細胞分裂還要快速。夏斯塔抵抗著想要打開手機的衝動，並回想黑人歷史月讀到的優秀作家卓拉·尼爾·赫斯特。她說非裔美國人的膚色可分為：

高黃
黃
高棕
凡士林棕
灰棕
低棕
深棕

夏斯塔不想敗給哈林文藝復興的精妙，於是系統性地將白人膚色拆解為以下幾階：

米白
白脫奶

坐過牢
吸血鬼
剝皮馬鈴薯
米色
購物袋
一般芭比

就她所知，她的白人度色階沒高過剝皮馬鈴薯。

她無從判斷時間過了多久，但再也忍不下去了。她打開手機電源。叮，新的訊息。

陶伯特在電視上、在電台上公布各種臨時措施。所有公務員必須繼續擔任公僕，得忘了他們早早退休的夢想。對，他們得延後那些夢想，換取人身安全和承諾：年輕人總有一天會放他們一馬。但如今，年輕人掌權了，權力使他們目眩。這些男孩原本不期待自己能活到合法飲酒的年齡（如今他們獲得了未來），最不想做的工作就是當郵差或開停車繳費單。因此陶伯特暫時取消了公部門人員的退休申請以及公假、度假申請。嚴格來說是一個短期、過渡性的措施，但到底會實施多久，沒人說得準。軍警不受此限，因為他們曾幫助過部落。

國家繼續顛簸前行了一段時間，如無頭馬車。原本負責送信、開停車繳費單的單位，繼續送信、開停車繳費單，因為他們無法團結起來反擊——根本沒人知道當初發動攻擊的人是誰，因為他們不想引來注意，成為下一個被開刀的對象。

間接後果所產生的威脅性促使公僕收起壞心情。這種威脅性給的甜頭很少，全靠鞭子驅動人。為了防堵進一步暴力行動，陶伯特出現在告示板上，臉上掛著燦笑，旁邊還有一個標語：

微笑就是你最強大的防彈衣！

同一張照片和標語也出現在海報、公車站、員工餐廳內。大家都看得出那是一道官方命令，不笑就等著吃子彈。但他們又能怎麼辦呢？

郵局職員嘴角高高上揚但額頭上掛著汗珠的畫面，不再罕見了。他們脫身的策略只有一個，就是鑽過滿是石灰的地洞。公務人員構成了一個新的奴隸階級，被綁在工作崗位上，有如私家財產。

根據陶伯特之書的記載，人民被迫處於困惑狀態太久了，生活只差一步便會墮入混沌的深淵，因此他們會心懷感激地接受任何新的治理主體。說**感激**還不夠貼切呢。死亡威脅不再如影隨形了，他們感受到寬慰，令人歡欣、愉悅的寬慰。只要能長保這份安詳，他們會願意和任何新秩序立下盟約。

金錢不再等同於權力，只不過是一種短命的工具。

陶伯特宣布，美金廢止，新錢幣得透過世家往下傳遞，由成員遞交給家人或心愛之人。儘管如此，新錢幣也很短命，不到一百天就會變成普通的塑膠片。金錢無法囤積，所以必須換成麵包和酒；麵包和酒的需求量上升，因此受雇種麥子、葡萄的人也會變多。

冒出新名單的可能性永遠存在，有的針對不受歡迎的公車司機和交通督導員，有的促使公僕擠出恐懼的微笑、端出近乎卑微的謙遜。其他人低調度日，有生以來首度慶幸自己不捧政府的鐵飯碗。對千禧年的激增青年而言，清道夫跟議員的罪孽一樣深重，前者跟後者都等著看新生代青年成群上戰場。在法國恐怖統治時期，他們先是砍下貴族的頭，接著把斬殺對象擴大到神職人員、文官、僕人，同樣地，「審叛日」也有演變成年度活動的危險。

那人影自突破遠方地平線的那一刻起，看起來便像幽魂了。沙漠高溫中，它單薄而閃爍，火焰般搖曳，若隱若現，沿著公路步步逼近，每踩出一步就抽長一些。它令人聯想到棄養動物，像是窮人帶到鄉下丟掉的狗。他們希望這些家庭寵物可以自己活下去。不過餓了幾天後，這些小型寵物犬和純種蠢狗總是會靠吃其他動物的糞便維生。那些糞便鑲有黑蠅卵作為裝飾，卵皆已準備孵化。最後的結果是，遭棄養的動物餓得比平常更快，吃更多屎，生出更多嗷嗷待哺的崽子，接著終於找到一個樹叢、一棵樹、一道籬笆，總之是陰影足以容納這頭可憐動物的地方，牠將倒在那裡，氣喘吁吁，死去。

那道鬼影令人聯想到的就是這些畫面。

賈瑞特．道森只需要轉個頭就能目睹陌生人的行進。這個前工會代表如今是高索邦最強大世家的王子，此刻正躺在路邊沙地上，上半身埋到卡車下方，雙手試圖扭下傳動系統萬向接頭上的軸承蓋，雙腿直放在鋪了碎石的路肩上，完全暴露於熾熱的陽光之中。他感覺牛仔褲像被熨平在腿上，靴子裡的腳趾快被烤熟了。

他取下軸承蓋上的滾針軸承，用嘴清潔兩者，然後吐掉燒焦的油污。往旁邊一瞥，陌生人又靠近了一些。他倚靠手指觸覺，將軸承塞回座圈。差動輸入軛已經燙到幾乎無法觸摸了。他的工具箱有半截在陰影中，伸長手他就能拿到套筒組和加長桿。

他正在收聽廣播。音量開得很大，他在車底下才聽得見──是陶伯特。沒音樂，沒球賽轉播。所有電視台和電台只播陶伯特．雷諾茲的談話，除此之外什麼也沒有。這個新的統治者很可能住在城堡內，好個幸運的雜種，有正值青春年華的處女可以伺候他。他儀錶板的小喇叭傳出沙沙的說話聲：

創造出天堂的，不是壯麗的建築或絕美的風景，而是定居天堂者的靈魂質地。

這偉人的嗓音迴盪在沙地上，在灌木蒿之間。自從道森聽到軸承燒壞的那一刻起，還沒有半輛車經過此地。他看得出那個不速之客是個娘們，消瘦到沒屁股肉可遮屁眼，只穿著髒兮兮的衣服。太陽曬得她皮膚起水泡，並在她頭髮上散發兩倍的威力。風使一綹綹頭髮打結，汗水再將它抹平在頭上，和入沙塵。陶伯特的聲音宣告：

如果人在二十五歲能面對現實，到了六十歲就能支配現實。

她看起來不太像是要「那個」，不過保險起見，道森還是拔下了婚戒，塞到牛仔褲口袋裡。他以舌頭翻動口中的滾針軸承，吸掉燒焦的油脂，吐出黑色唾沫。

他的手探入口袋深處，手指感受到一片東西。一張紙。時間使它縮成一團，變得軟爛，上頭列著他答應帶回家給妻子羅珊的東西。她的字跡如今已無法辨識了，紙張皺巴巴的，還被他的汗水泡過。但他把清單上的東西都背了下來：

咖啡濾紙
三號電池（廚房遙控器用）
酪梨（不要哈斯鱷梨）
衛生紙
孔雀舌

生命流逝的速度並沒有減慢，他心想。差別在於，如今他們改用孔雀舌作為往日時光的度量衡。心跳一拍後，那個遭人拋棄、腳步蹣跚的女子來到咫尺之外了。她站到他的裝備旁，腳下就是他的工具箱。

女人緩緩推進到聽得見電台廣播的位置後遲疑了一下，彷彿被那嗓音嚇住了。它在空中布道：

他們逃跑，就獵殺他們。把離群者從躲藏處揪出來。他們的羞恥來自於揮霍權力，他們的父執輩代代積攢出的權力。

對道森而言，日曬色細分成許多程度。首先是「屋頂工的曬色」，鋪防水紙、將屋頂板釘到夾板襯板時曬出的膚色；夾板襯板擺放的角度會使屋頂工變得像一塊滾燙的牛排，任太陽炙烤。更深的日曬膚色還有：

船難者搭乘救生艇漂浮於汪洋上曬出的豬肝色
抹熱帶夏威夷SPF5防曬油窩在臭氧破洞下方的邦代海灘自找死路曬出的紅
聖特羅佩太陽浴橘
阿諾·史瓦辛格抹滾珠瓶助曬劑所得黃銅色
精神錯亂、隨身帶著大包小包行李的土桑市女遊民曬出的棕色

這個陌生人的膚色不符合上述任何一項。她曬紅的皮膚有水泡，脫皮的部位露出一塊塊百合白，橢圓形的。這是一輩子待在溫室裡的人，第一次曬傷。

道森發現自己的嘴唇沾滿黑色油污，而她的嘴唇上頭有一堆乾皮屑，彷彿結霜。她的齒列方正潔白，簡直像是電影明星。

人人都知道名單上的許多目標逃過了「審叛日」，這是常識。躲開暗殺小隊的大都任職於高教界，因為高等教育的授課時程表難以捉摸，惡名昭彰。有傳言說這些逃亡者以破爛的衣物為偽裝，試圖使人誤以為他們是普通百姓，同時想法往加拿大邊境移動。墨西哥不要他們，不過加拿大還沒完全關上門。華盛頓州二十一號公路往北延伸，橫跨東華盛頓州的硝石礦惡地，直通國境，但只有天生的白癡會在大熱天步行其上。

道森不怎麼了解學院派人士，唯一可以確定的是，他們腦袋不怎麼靈光。

往她那個方向去，最近的城鎮是卡洛特斯，整整十二公里外。她湊近他的工具箱，蹲下來望向車底。「嘿，先生。」她慢條斯理地說，聲音聽起來像是別人幫她配的，彷彿挪用自重播的《嘻哈》[31]或《豪門新人類》[32]。

道森側翻，面向她。他掏出上衣口袋裡的手機，將螢幕對準她長著水泡的臉。就算這個陌生人知道臉部辨識軟體的存在，她看來也已經累到懶得管了。他拍下一張照片，傳送出去。他伸出手，掌心朝上，為了測試她。「可以給我加深八分之七英寸的套筒嗎？在那個偏頭延長桿上。」

她淡藍色的眼珠轉向工具箱頂層的那排鍍鉻工具，視線閃動在螺帽起子和實耐寶扳手上。

如果是羅珊，她一眼就能認出正確的工具。

道森讓滾針軸承在雙唇間滾動，彷彿那是一根牙籤。他還彈了一下油膩的手指，表達不耐。

大概又過了心跳一拍的時間，她將金屬材質的熱燙物體甩到他手中。他拿到眼前一看，發現是八分之五吋閉口扳手。

他的電話響了，資料庫揪出她的身分。蹲在這裡的挨餓可憐蟲穿著不合腳、啪啦啪啦響且嚴重磨損的籃球鞋，雙手雙腳都消失在東一塊、西一塊大力膠帶補起的寬鬆工作服內，膠帶邊緣都翹起來了，卡著黑黑的塵垢。她的名字叫拉曼莎，當初在奧勒岡大學失蹤，原本是選定性別途徑系的系主任。但現在

---

31 *Hee Haw*，六〇年代末綜藝節目，以鄉村音樂為焦點。

32 *The Beverly Hillbillies*，六〇年代情境喜劇。

只是行屍走肉，徒留學者的空殼。一票賞金獵人正在逼近，速度極快。最近的一批就在她折返一小段路後會經過的地方，而她卻在這裡闖入道森的生命。意外的收穫。她只有死路一條。

她的票數只有一千一百多。無法給他一個王朝，但每次選舉時，他都可以把票灌給出價最高者，換得一小筆財富。至於他殺不殺得了她、如何殺？則是另一個問題了。

也許她從他的眼神解讀出想法了。她說：「我猜你準備殺了我？」她那鄉巴佬的鄉音消失了，變得都會，有教養。如今，文化涵養是件壞事，它會害死你。

陶伯特在貨車駕駛座那頭用最大的音量發表訓話：

「審叛日」不是一種復仇行動。獵人並不恨他獵殺的麋鹿。他對他的獵物抱持極大的敬意，但他也知道對方必須受死，才能讓他存活。

這番話令道森感到羞恥。看看她，潦倒成這樣。砂礫如痂般覆蓋乾裂的鼻孔四周，凝結在她嘴角，化膿的脖子上有蚊子叮的包和剛抓的痕跡，不過他看得出來，那沒洗澡的體臭和荒唐的政治意識形態背後潛藏著一個相當貌美的年輕女子。

她轉頭望向身後，瞇眼確認地平線上有無追兵。她開口說話，但沒以誰為特定對象，「結果那並不是偷內褲惡作劇之類的老招……」她的嗓音小得幾乎聽不見，嘶啞而悲慘。「他們有槍。」她說暗殺小隊留她一命，命令她將死去的同事拖到掩埋坑去。「在我底下工作的所有人……」

接著不到心跳一拍的時間，她的膝蓋彎了，原本的蹲姿垮成了挫敗的跪姿，跪落在尖銳的碎石子上。她低下頭去，糾結的頭髮掩住臉龐。活人祭品。她從他的工具箱挖出一把地毯切割刀遞給他。「拿著。」她說：「我求你。」她的另一隻手將油煎過似的頭髮往後撥，露出耳朵。「切掉它，但拜託你帶我去邊境，求你了……」她跪在沙地上，彷彿已經累到無法再逃跑了。如果他不下手，其他人也會下手。

要不要折磨她由他決定，總之她要他謊報她已經死了。他會得到票，而她，她劫後的殘骸，可以逃到加拿大。看起來是雙贏。

道森再度彈響手指，但這次他指了一下他需要的套筒。第一批賞金獵人八成會在轉眼間到達這裡。「莎曼莎？」他說。

「拉曼莎。」她糾正他。她剩下的自尊還夠她採取這種行動。她放下刀子，拿起套筒。她似乎接收到訊息了。

在他裝好傳動系統之前，沒人會挨刀，沒人去得了任何地方。

普通的筆記本沒用。在名單出現前的世界……在你認為非常安定的那個世界之前……華特沒辦法用那麼快的速度寫字。沒人辦得到，不可能寫得和陶伯特．雷諾茲說話的速度一樣快，他太狂熱了。剃刀切痕和挖出的孔洞仍在滲血，他因失血而暈眩，垂頭，眼皮跳啊跳的，因疼痛帶來的狂喜而微醺。他仍舊裸體，被綁在椅子上，椅腳立於一大攤汗血尿中。他瘋癲地發出連珠炮的同時，嘴角有一長串口水不斷在畫圈。一具喋喋不休的屍體。因腦內啡分泌過量而譫妄的神諭使者。

筆記本派不上用場，因此華特換成了一部筆記型電腦。他的手指飛快敲打著，與陶伯特吐出的話語並進。這要怎麼幫他賺到錢，讓他可以跟夏斯塔求婚？華特沒頭緒。

他敲打鍵盤，指尖留下紅色指紋，使鍵盤變得黏膩。陶伯特的血畫出一道道螺紋、渦紋。

陶伯特下令，「同性戀永遠會是財富生產的引擎，因為他們不會為養兒育女的支出受苦。」他暫停，看了一下華特，確認他沒漏聽。「新一代的同性戀，」他接著說：「總是由異性戀產出、扶養長大，然後才離家，加入同類行列。因此，異性戀產業因育兒成本面臨財富虹吸效應時，同性戀產業仍能累積財富，這最終使同性戀社群受益。」

華特打完這段字，大聲複述，「同性戀社群。」表示他已跟上。

「此外，同性戀的時間成本，」陶伯特訓斥，「不會因生兒育女短少，因此可挪用來精進技能，或單純拉長工時，這麼做也不會付出『忽略家人』的代價……」

華特敲打鍵盤，大聲唱和最後幾句話，「……同性戀邦將永遠享有零成本的新人口挹注。」

如今，這富豪給了華特所有建言，要他頒布一個模型，讓其他人去實現它。華特將啟動一個沒人可以關閉的機器，它會維持自身運行。就連華特也阻止不了。

這要怎麼讓他發財？華特還是沒有半點想法。他就跟大多數作家一樣，忙著打字，無暇思考。

「異性戀邦與同性戀邦互相排斥。為了維持其一體性，」陶伯特接著說：「女同性戀的異性戀子嗣，以及異性戀的同性戀子嗣，必須……」

華特大聲念完那個句子，「等量交換。」

陶伯特倒抽一口氣，傷殘的肉體扭動著，拉扯他身上的束縛。「如果要進行不等量交換……」

華特邊念邊打字，「……沒獲得孩子的父母將會領到嫁妝或贖金作為賠償。」

他們就這樣一天一天下去。老人吐出字句，華特忠實地收集記錄。陶伯特唯一要他做的工作，唯一一項實際工作，是架設網站。每當老人入睡時，華特就開始他拙劣的建造作業，如今網站接近完工了。

老人狂躁地盯著華特，露出無道理可言的獰笑，彷彿已經精神錯亂。他咆哮，「微笑就是你最強大的防彈衣！」

胡言亂語也好，不是也罷，總之華特將它打在檔案裡頭了。他相信，總是忠誠地相信，這老呆瓜的鬼扯最終會扯出點道理來。他不是在記錄一個瘋子的垂死囈語。

舉陶伯特要他做的那個網站為例吧，那看起來實在不像什麼高科技生財工具。

它沒上線，還沒上線。不過華特從頭到尾都遵照陶伯特的指示去製作，連那個蠢名字都照用。乏味，一點也不機靈的名字。這個哀叫、表情猙獰的神經病老頭，要求他把網站直接命名為「名單」。

郵局人員把手伸到她那側櫃台的下方，抽出一張表格。三四六號表格，遷居適切家園申請書。她將表格遞給櫃台另一頭的蓋文，同時微笑，舔舔嘴唇，「怪了，你看起來不像黑人。」

蓋文接下表格，說：「我不是。」

她的視線停留在他的頭髮上，多麼紅的頭髮啊，然後是他寬闊的下巴線條和胸膛。她說：「真是天大的恥辱啊。」

他能說什麼？他沒做錯什麼，他只是要遵守新法。蓋文謝過她，接過表格，帶到窗戶下方的櫃台填寫。有人排隊寄包裹，有人排隊將舊貨幣換成新的、效力會消失的薄皮錢。

表格第一行要他填名字。他寫：蓋文・貝克・麥因。

他填寫居住地，他現在所在的家園。他爸媽的姓名。

年齡欄，他填十八。

工作技能，他猶豫了一下。他精通許多事，但沒有一件可以填進政府官方表格。

最高學歷，他填高中畢業，並列出日期。昨天。

在「審叛日」之前，在大家還沒順應時勢談起家園、重新安置國民之前，蓋文在九年級的課堂上領悟了一、兩件事。比方說，他知道老師會教大家很多事，但只教他們希望小孩懂的事。至於重要的事，他得自己去發掘。

蓋文曾聽他的老師，一個從未離開北美的女人，介紹歐洲和亞洲。他也曾聽另一個老師，一個連短篇小說都沒寫過的男人，分析福克納、費茲傑羅、多恩，並做筆記。當他應和他們蒼白無力的誤解，他們就會稱讚他，認定他很聰明。聰明，對，聰明到產生自知之明，知道自己什麼事也不懂，知道他的老師是白癡。沒有什麼能教育他，唯有在真實世界中展開他自己的狩獵。

遷居原因欄，他又猶豫了一下。

蓋文渴望一種快樂，他爸媽看了會吐的一種快樂。他嚮往一種愛，而那種愛會徹底摧毀他們對他的愛。他的人生是一個「非此即彼」的命題。他總有一天得做出選擇：要讓自己快樂，還是讓他們快樂。

犯罪紀錄欄，他說謊，寫「無」。帳面上他確實沒犯過罪。他不希望自己的遷居程序因為任何原因遭到取消。

他心想，不知道「抹去某人的生命來換取自己的存在空間」是什麼感覺？他一直訓練自己降低物欲。聖誕節和生日是最糟的，這些場合都以物欲為中心。當蓋文爸媽要他開一張願望清單給聖誕老人時，他還得請同學給些意見。他調查男孩子們得到什麼會很開心，彷彿在做人類學研究似的。樂高組或任天堂，或任何得票數最高的項目都會被他寫入清單，假裝是自己想要的東西。拆開禮物後，他還得假裝自己很開心。他不允許自己思考真正想要的東西是什麼。

下一個問題：你有沒有接受過專業心理諮商？

他祕密生活的起點，是偷店家的衣服。他會走進西爾斯，試穿新衣，然後把自己的舊衣服罩在上面，走出店外。要偷大衣就以大衣掩蓋。偷完西爾斯，他改挑傑西潘尼或諾德斯特龍下手。但是，他如果帶著一整袋真皮外套回家，根本無法向母親解釋。解決辦法是，帶著贓物到百貨公司辦公室交給失物招領中心，並確實留下自己的姓名和聯絡方式。三週後，沒人現身領走這些非遺失物，商場就會打電話說東西歸他了。問題解決。

這是一個完美的漂白計畫，但它跟不上他犯案的速度。商場工作人員和爸媽也只能接受他剛好發現那麼多袋名牌鞋和皮帶，發了橫財。而且這些衣物剛好都是他的尺寸。他以這項技藝為傲，儘管他永遠無法拿出來和爸媽分享。

再說，擁有這些衣服不是重點。發現獵物、悄悄逼近才是令他快樂的部分。繞著它轉，在帶著色欲的出神狀態中等待。做好猛襲的準備。某種無法控制的衝動箝制著他，而他耐心等候。他偷的衣服往往是他根本不穿的，甚至是他討厭的款式，但別忘了，他感到刺激不是因為可以永遠擁有它們。

真要說起來，擁有那些衣服或牛仔褲反而使他心中充滿羞恥。它們提醒他：你有狡詐獸性，你多麼輕易就能捨棄奉公守法的生活。因此，蓋文開始用他家地下室的壁爐燒贓物。趁爸媽還在工作的下午拿起衣服，伸長手，讓火柴的火焰沿著紅通通的佩斯利渦旋紋花呢遊走。燒掉衣服幾乎就跟偷走它們一樣讓人愉快。他會把褲子披到薪架上燒，然後不斷添上衣和厚衣進去，直到它們，所有衣服，都燒成灰色粉塵。

他栽在一件真皮飛行員外套上。紅色真皮，牛血紅。綢緞內襯燒掉了，針織領和袖口也是，不過皮本身冒出刺鼻黑煙，散發出燭火烤頭髮的味道。正當他瘋狂地對那堆悶燒的布料搧風時，他媽走進地下遊戲室了。

他全招了。好吧，只招了一半，他覺得她能夠理解的那一半。去人家店裡行竊的事。她問他願不願意去做心理諮商。

亞尚提醫師登場了。每週二下午，蓋文都會搭公車去城裡的地下辦公室，這是郡設的精神健康療程的一環。費用會根據幾個級距浮動計算，但他媽還是得加班幾個小時才能負擔。他和其他長著青春痘的同齡男孩一起在候診室坐著，有些人的爸媽陪在身旁，有些沒有。

每週二，蓋文都會坐在那裡一小時聽亞尚提醫師解釋：偷商家的東西是一種前性期衝動。照本宣科罷了：蓋文悄悄湊向那些衣服，是在練習誘惑的技巧。接著是捕獲他的對象，然後終於剝奪欲望客體。很有道理。

不過蓋文該怎麼處理這種衝動，又是另外一回事了。

在這個地下辦公室，在掛滿軟木塞板（以圖釘釘起四角的海報裡有劇烈傾斜的帆船，搭配「找到那陣風，吹往你心之所向的風」之類的標語）的牆面包圍下，蓋文終於崩潰了。他癱在懶骨頭沙發上。坐在旋轉椅上的醫師從桌旁退開。

蓋文盯著桌面上的沙蠟燭。最後他總算開口了，卻無法看著任何人的臉說這話，「我想我是同性戀。」他用氣音說，以免等候室的小孩聽見。

亞尚提立刻回答。「不，」他搖頭，「你不是。」

蓋文大驚，想不到該如何反駁。對方的否認並沒有消解任何事情。蓋文冒險看了他一眼。醫師的手指搭成一個小金字塔。「我定期和你談話了幾次，所以可以向你打包票，這狀態只是個過渡期。」他閉上眼睛，輕哼了一聲，彷彿被什麼逗樂了。

蓋文覺得既感激又惱火。位於他自我認同核心處的恐懼，被直截了當地否定了。

亞尚提用信仰治療師的篤定態度說：「你不是同性戀。」

他媽花了那麼多時間加班。她為了解決這個危機，投注了那麼多金錢，結果醫師打算否認他有任何問題。金錢和時間白費了，而蓋文將退回起點。

亞尚提醫師瞥了一眼桌上的鐘，這一節諮商還有二十分鐘才結束。「感覺有沒有好一點啊？」他沾沾自喜的上揚嘴角和抬起的眉毛，都像在嘲弄蓋文。

蓋文並沒有感覺好一點。接下來發生的事，與其說是性行為，毋寧更接近政治行動。他參加了這個膽小鬼賽局。他緩緩翻下懶骨頭沙發，走在地毯上。亞尚提沒阻止他。當蓋文跪在他雙腿之間，發現他已勃起時，他也沒反應。蓋文鬆開他的皮帶，褲子的第一顆扣子，然後小心翼翼、偷雞摸狗地拉下拉鍊，彷彿他只是打算偷走男人的褲子。

蓋文嘴角上揚。亞尚提的表情變得呆滯，呼吸變淺了。他和蓋文四目相交，就連這個高中新生握住他的傢伙（它腫大得像房間裡的第三者）、褪下包皮、露出溼黏的紫色蘑菇時，他也沒別開視線。蓋文含住它。當第一道生蛋白色液體激射而出，酸奶油、鹽、洋蔥口味的熱漿擊中他喉嚨深處時，他也沒瑟縮。接著又一波液體灌向他的鼻竇，使他的鼻孔吹出泡泡。

他不再是處男了，至少他的喉嚨不是了。這感覺不像性行為，而是某個罹患重度鼻竇炎的人在他嘴裡打了個噴嚏。

蓋文讓醫師成了錯誤的一方，證明自己比較聰明。至少他了解自己。時鐘顯示，這一節諮商還有十一分鐘才結束。

醫師氣喘吁吁地、渾身無力地倒在椅子上。他鼓起的陰囊上有一點一點的棕色斑點，虛脫的陰莖根部長著一大叢堅韌的灰色陰毛。他沒紮進褲子裡的衣襬垂下來蓋住圓肚腩。從這麼低的角度看，他脖子附近的垮肉都聚攏在一處皺褶了，看起來像是剃過毛的女陰，懸在他領帶結上方。

他的外貌一點吸引力也沒有，但他仍是蓋文的第一個男人。蓋文知道自己會永遠記得這一刻。算不算勝利先不管，這件事感覺比偷竊還要刺激，不過只多一點點。

接下來的幾週，他媽加班賺來的錢被拿去付性質不同的帳單了。每週二，亞尚提醫師會鄭重否認蓋文的性傾向，而蓋文會證明他說錯了。他學會為每次經驗製造變化，拉出間隔，將它當成驚悚電影般布局，最後在諮商結束的幾秒鐘前迎來高潮。

蓋文再度精通了一項無法與爸媽分享的技藝。

他首度聽聞名單的存在時，上去貼了安東尼．亞尚提醫師的名字。這感覺是宣洩憎恨的安全管道。大家都認為它是個笑話。

結果幾個小時內，一千七百多人對這名字投下一票，令蓋文瞪大眼睛。他漸漸掌握了那男人的工作量，以及漫長職涯背後的祕密歷史。突然間，辦公室外的候診室裡那一票票悶悶不樂的少年產生了新的意義。那是他的後宮。他的精力低估不得。

亞尚提的**諮商師**（therapist）身分裡，顯然藏著**強暴犯**（rapist）。

早在「審叛日」取走他的性命前，蓋文就已經不去他那了。

在「有無受過諮商」那欄，他寫下「無」。

❖

第一衛理公會後面的巷子裡擠滿癮君子。大家都在等門開，好參加定期聚會。人人都嗑得超掛，嗨翻天。尼克上下打量一個大嘴巴小鬼，問他有沒有維他命V可賣。

「我肏，**真的假的**。」那小鬼讚嘆，還邊做刮碟動作邊跳舞。

每個人都認識一、兩個戒毒成功的前罪犯。

「那傢伙試圖招募我。」另一個人愁眉苦臉地咒罵：「要是當初乖乖聽話就好了，我現在就發財了。」

尼克回嘴，「我想要一些維他命H。」

小鬼回嘴，「你有新錢嗎？」

尼克知道他想說什麼，但他沒有，半張新錢都沒有。

教堂的門還沒開。

大家都很餓，飲用水愈來愈少了。社會秩序大亂，沒燃料，電力中斷，食物強盜頻傳，據說有人吃貓狗，還有人吃人。不過尼克知道有種魔法子彈可以立刻舒緩活在這狗屎災難片中的痛苦，讓你感覺OK一點——那就是一大袋氫可酮。只要給他一年份的維可汀，他就不用苦苦揮汗找食物和找地方撇條了，可以平安熬過這一切悲慘。

那個大嘴巴小鬼，他和他的癮君子同伴，正要分頭閃人。其中幾個人顯然想去另一個聚會，看普世宣教會開門了沒。一個牽著狗的黑人男性迎面走來，一手握著牽繩，另一手拿著藍黑雙書皮的大書。那隻狗全身都是白的，只有一隻眼睛四周帶著一圈黑，某種混了比特犬血統的米克斯犬。雙方近到可以交談時，男人說：「尼克。」

尼克問：「那啥？」

男人搖搖頭，微笑。「別管這爛狗了。」他叫賈邁爾，原本固定參加這裡的教會聚會，幾個月前才退出。大家都以為他死了，但他現在冒出來了。他手伸向褲子後方口袋，掏出一樣東西。看起來像撲克牌，顏色配置很詭異的撲克牌。他遞給尼克一疊，說：「拿去，我還有很多。但你得在幾個禮拜內把它們花完，知道嗎？」

卡片很光滑，是硬硬的塑膠薄片，每張上頭都有一個男人的臉。看起來像電視上的老爸型角色，臉很帥，電視廣告上賣金幣的演員會有的那種帥。尼克接過卡片，攤開成扇形，清點數量。這就是他聽說的那種新錢。沒人有這種錢，除非你是某個義警隊員的屬下。他單膝跪下，將卡片塞到襪子上方的開口，還有一些放進口袋。這段時間有很多人挨餓，冒著被盯上的風險沒好處。

賈邁爾向那條狗點了一下頭。「跳跳和我幾天後就要搭飛機離開這裡，去過新生活了。」他指的是黑托邦，該地專門劃分給「以撒哈拉以南人種基因為優勢基因」的國民。他說：「過去是一場有趣的實驗，但已經結束了。」

尼克猜他指的是黑人、白人共同居住，還有合眾國體制那些事。

賈邁爾問：「你在學校讀過《憤怒的葡萄》嗎？」他反感地搖搖頭。「那些角色跑來跑去，說他們得反擊，得修正體系。但他們從來不曾真正做些什麼，只幫人挖水溝找硬幣，生一些死胎。」他吐口水到地上。「整本書都在鬼扯。」

尼克的一隻手塞在口袋，觸碰著他的意外之財。「是啊，我們讀過。」

賈邁爾問：「你覺得讀那些廢人的故事有什麼意義？」他轉頭對著狗問：「你有沒有想過，那本書真正教導我們的事是什麼？」他把那本藍黑雙色書皮的書遞到尼克手中。「陶伯特說，你要嗑藥嗑到掛也沒什麼不行，不過他還說，沒有什麼比殺死壓迫你的人還要爽的事了。」他的一邊耳垂上鑲著一顆大鑽石，閃閃發亮。

尼克問：「你殺了布洛利嗎？」

賈邁爾問：「你聽過皮波蒂農園嗎？」他轉頭對狗說：「那是我們的了。對不對啊，跳跳？那是一個有森林和農地的山谷，中央還有一棟亮眼的希臘復興風大宅。」

尼克猜那應該是在以前的某個州，喬治亞或北卡羅萊納。「你身邊有人以前在那當奴隸？」他無意說什麼刺耳的話，只是覺得，一個前癮君子把那種鳥地方的房子掛在嘴邊似乎挺怪的。很難想像賈邁爾務農的樣子。

賈邁爾把手伸進口袋，又抓了一把卡片錢給他。「收下吧，我沒辦法在過期前花完。」他用同一隻手將書和新錢遞給他，彷彿兩者是綁定在一起的。「法律規定。你不帶著這本書會被逮捕的。」

尼克收下兩者。眼前老兄是號人物，他沒親眼看過的那些大人物之一。

「走吧，狗狗。」他拉拉牽繩，比特犬便跟了過去。他們走遠了。

現金在手，尼克邁開大步往反方向奔跑，心臟狂跳，汗水淋漓。他要搞一堆可待因酮或氫可酮，讓自己鬆到根本不會理會這個世界的狀態。他要追上那個大嘴巴小鬼，以免他把他的貨賣給別人。

對賈邁爾而言，「審叛日」採取的，是跟《憤怒的葡萄》完全相反的行動。在那本七年級英語課指定讀物中，白人遭到霸凌、被趕出自己的地。一輛拖拉機輾過他們的屋舍，而他們什麼也沒做。某個信貸員跑來叫他們搬走，這家人還是沒做什麼。對，他們說要弄槍來，襲擊銀行，殺掉銀行家，但從來沒動手。

結果這個白人家庭夾著尾巴跑到加州，在那裡被警察惡整，然後為了幾個臭錢工作到死。但他們還是沒採取任何行動。他們一直說，總有一天，要拿起武器對富人發動革命，結果搞了老半天什麼也沒做，只讓他們的長輩死在路上，埋進亂葬崗。他們讓小孩挨餓。賈邁爾讀了幾百頁，期待他們發動革命，結局只有一個死嬰兒被扔進溪裡，一些垂死的老人開始吸年輕女孩的奶。作者約翰．史坦貝克是個娘炮，他不敢製造任何事件，他遺棄筆下的角色，任他們受苦。

就像上帝那樣。

只有白人才會有膨脹成那樣的自信，才會寫下那種書，也只有白人會偷偷懷著自豪去讀那種書。只有白人男性會緊抓著罪惡感不放。亞當墮落之罪惡，讓基督犧牲之罪惡，奴役非洲黑人之罪惡。賈邁爾很清楚，白人的罪惡感構成了一種獨特的白人式吹噓。他們的捶胸頓足，只是一種假謙虛真炫耀：我們辦到了！我們在伊甸園挫了神的銳氣！我們殺了他的兒子！我們白人會用我們覺得適切的方式對待其他種族和自然資源！

偽裝成 mea culpa[33]的誇示。

對白人男性而言，罪惡感就是展示成就的一枚大勳章。只有白人致使地球暖化、戕害這顆星球，也因此只有白人可以拯救它。他們永遠不會停止自捧。

白人騙局：他們製造出問題，好讓自己成為所有人的救星。

當學校強迫孩子閱讀悲慘的《憤》書時……他們自願拿起的書是艾茵．蘭德的《源頭》，他們都渴望當站上證人席的霍華德．洛克。學校認為只有少數人受天才眷顧，輕視這件事。天才則識破老師的二流作戰，知道他們要把平凡人教成庸才。孩子們也排斥「終生受苦、受挫」這種觀念。

史坦貝克光說不練，但《源頭》的角色起而行。所以孩子們才喜歡蘭德的書。

賈邁爾認為，「審叛日」產出了《憤》書無能供給的快樂結局。

今天，賈邁爾和他的三個同伴，就要以勝利者之姿重返州議會了。

但這不代表賈邁爾的心情一點都不複雜。

大家問他，那是什麼感覺。他們指的是「審叛日」。他說他的行動感覺像是走進世界上最破爛的公車站，像走進一個惡臭世界，水泥地鋪上了一層嘔吐物，倒了一群醉鬼。像是費力地穿過這團惡臭尋找男廁，一個茅坑，裡頭有漏水的管線和備用排水管。蟹行涉過積水進入廁所，然後光著屁股坐上依舊溫暖又黏黏的馬桶座，呼吸的空氣不過是一堆屁。接著低下頭去，發現地上有個東西。

仔細一看，在布滿一條條污漬的馬桶弧面旁，灑了精液的水泥地上，卡著一顆看起來完好如新的八百毫克奧施康定。

你幫自己一把，告訴自己，那是顆藥。而藥本質上就是會殺菌。那是某地的醫生開的藥，實驗室裡的科學家做出來的，儘管公車站內那群生病的怪胎噴濺了一點嘔吐物在上面。

你只需要彎腰挖起那顆藥丸，快速、下流的一步。然後將藥丸扔進嘴裡、吞下就沒事了。不只沒事，一切會變得超完美。你無法想像的完美。

在賈邁爾的回想中，「審叛日」就像是那麼一回事。如今他回到了……不是犯罪現場，是勝利現場。州議會的管理員已經把血跡刷洗乾淨了，因為他們想不到別的應對選項。遺孀們在某處哭泣，不過那些死人不是死在賈邁爾手下。那些寡婦的人數根本就不算什麼。如果美國當初真的宣戰，而他這一代人都被運到海外面臨官僚籌畫的大屠殺，為他們哭泣的母親和寡婦絕對遠比現場這些人多。

代表他所屬世家的男人站在大房間的前方。每個人都拿著一本藍黑雙色的書，每個人都在微笑。法律沒有規定，但大家公開露面時總是會帶著這本書。驅使他們這麼做的，是比法律還要可怕的力量。

畫作上的彈孔無法修補，子彈自大理石柱和嵌板上彈開時留下的痕跡也叫人束手無策。未來的遊客將會為這些細節讚嘆，拍下它們的照片。剩餘的少數幾個議員到處跑來跑去，按大家的吩咐辦事。這些老頭看起來萬分憔悴，彷彿全身細胞都遭到銷磨。耳朵上緣刻了一道疤的男人逼近過來，頭低低的，左閃右躲。他將一份卷宗放到賈邁爾桌上，然後退開，頭一直沒抬起。

33 拉丁文，意指「我應受譴責」。

講台上的男人湊向麥克風，宣告：「我們的首要之務……」他們沐浴在電視攝影機輻散出的溫暖之中。

賈邁爾依照指示站了起來，雙手捧著打開的陶伯特之書，開始大聲朗誦：「一號法案，獨立宣言第一條……」

他念著念著，寂靜降臨室內了。他冒險地抬起視線，尋找旁觀席上的熟悉面孔。時間無限延長著，沉默持續靜候。他尋找著某個女性的臉，在等待、觀禮者之中。有了，她站在好高好高的地方，就在「審叛日」當天他的所在位置。

這時，賈邁爾才回頭看書，繼續朗讀，「不動產遭強制充公且必須遷居到適切的家園者，將獲得與損失財產相當或更高額的補償……」

她燦爛的微笑照亮他，眼神好驕傲。站在那裡的人，是他的母親。

大家在電視上看過新錢：有點硬硬的塑膠片，硬到無法摺起來，顏色是紅、藍或黃、紫的鮮豔組合。統治階層給它的官方名稱是陶幣，不過大家都叫它薄皮錢。有傳言說，第一批錢取自遭獵捕者身上，是將他們的皮膚延展、漂白後精製成的，不知用了什麼工法。這個說法似乎帶給群眾某種歇斯底里的喜悅。

這錢不是由黃金或人民對政府的全然信任之類的事物支持，而是由死亡背書。這代表的意義永遠是固定的：如果有人無法接受新幣或承兌其面額時，可能會成為攻擊的標靶。當局沒有做出如此宣告，沒有明說，不過有個訊息不斷出現在電視、看板上：請舉報不承認陶幣者。錢幣能維持其價值一季的時間，但在強光和日光下褪色的速度會加快。錢幣邊緣的記號變得愈難識別，價值就變得愈低。不過就算薄皮錢完全變成了白白的、有點透明的塑膠片（確實有那麼點像漂白、乾燥過的羊皮紙或羊皮，這也因此幫傳言火上加油：這些錢都是從新聞主播或大學教授身上剝下來的紀念品），它們還是有一丁點價值。你還是可以將這些褪色的空白錢幣（大多數人稱之為**白錢**）繳還給政府，換取一點退款。小孩子會挖垃圾桶，遊民會從水溝中收集白錢，就像將鋁罐或玻璃瓶拿去回收那樣。一百張白錢值五陶幣，相當於往日的一個五分鎳幣。這足以鼓勵孩子們回收白錢。

如今世家已花了相當長的時間深入社會，一吋接一吋，一個人接一個人，像主根那樣抽長，成了一條長長的鍊子，貫穿所有社會群體。政府利用這個新的人鍊，使新貨幣擴散到新社會的每個角落。

查理的上線賈瑞特．道森給了他一個瓦楞紙箱，裡頭裝著十萬陶幣，要他盡量花，然後把剩下的錢傳給同世家內的下線。查理買了一條領帶，打算留著剩下的錢，但道森隔天又帶了一箱錢來，第三天則帶了第三箱來。陶幣在這過程中不斷以極微小的幅度褪色著，查理於是在良知的壓力下將錢轉交給下線，讓下線花他所能花的錢，然後再轉交餘款給其下線。就這樣，金錢沿著世家往下流，讓這些人獲得遠超過夢想的財富，也讓這些人的朋友發財，朋友的朋友也變得有錢了。就這樣，新的經濟開始流動，並漸漸穩定。

新錢像瀑布一樣往下奔流，從一個人傾倒到另一個人身上。

金錢無法囤積，因此許多人試圖將它們換成金子或鑽石，但金子和鑽石的持有者拒絕販售，結果金子和鑽石掉出交易的循環之外，徹底失去價值。它們開始變得像繪畫傑作，在富人之間轉手，作為財富的象徵，但它們對大多數人一點意義也沒有。舊時代的富翁失去了財富，因為他們無法用錢滾錢，也不知道其他營生方式，於是他們的所有物便流入了市場。

喔，還有女人，她們令查理無法呼吸。她們一群群移居到他身邊，有的年輕，有的是代表女兒的年長女性，她們知道自己的美貌和青春活力在市場上有何價值。查理，瘦巴巴的查理，高中差點無法畢業的可笑小鬼，在過去只會被她們冷眼相待（前提是她們得先看出他是個活人才行呢），如今她們彼此爭鬥，只為了博取他的注意。

每逢週一、週二，查理會坐在一桌張子的主位上，瀏覽桌上散落的照片。那張桌子原本屬於某個中世紀國王，而椅子的原主是文藝復興時期的伯爵之類的，查理記不得他們兩個人的名字。不重要就是了。如今這桌椅、走廊上那一整排手拿長槍的盔甲、塔樓上翻飛的旗幟，都屬於查理了。爐火燒著，不斷有查理雇的人運柴火來添置。同時還有人拿孔雀羽毛扇為他搧風，還有人送上燉孔雀舌和剝好的葡萄給他（他都提不起勁吃），但就算把養這一班家臣的開銷也納進來，他還是無法把世家供給他的錢花完。大部分的錢都傳給了下一個人，以及更下線的人。

每逢週一、週二，他雇用的代理人就會帶一票精選的女人進來，每一個都從大批應徵者中挑出來，都填過非常詳細的申請書。她們有電影明星的臉孔，色情片女星的身材，坐在外頭的房間打量彼此，由代理人一個一個護送到迎賓廳，而裡頭的查理多少算是在接待客人吧。

查理會瞥她們一眼，以彬彬有禮的「謝謝」打發掉大多數人。有些人會在他的邀請下湊近一些。當中一部分人會跟他談生意，也有一部分人希望獲得新政府的職位。不管是哪一種人，查理都認為她們背後有同樣的意圖。

舊秩序在一季之內凋零了。新的世家成為加冕的騎士，打贏了漂亮的一仗後獲得戰利品的王公貴族，他們的家人連帶受益；至於懂得侍候這些（剛獲得古老大宅的）新權貴家族的人，靠勞力、食物、娛樂將他們照顧得無微不至的人，則跟著雞犬升天。最後是操縱舊貨幣的本領高強，能限制其流向、靠放款來賺錢，但除此之外沒有其他技能的階層。他們的技能已過時了，因此只能在街上遊走，尋找白錢，然後用一個個髒兮兮的紙袋裝起來（就像過去裝耳朵那樣），帶到計數站。

不管薄皮錢抵達計數站的過程如何，在那裡都會有人清潔這些錢幣，並固定到模板下方，接受紫外光照射。這些陶幣會重新獲得三個月的壽命，再度從世家的頂端往下循環。

大家接受新錢幣以及它所有的缺陷，因為他們別無選擇。就像藍黑雙色書中說的：

先使自己變得卑劣，然後變得不可或缺。

作為替代的新經濟模式，就像以水龍頭灌水的氣球。愈多錢湧入，氣球就會膨脹得更大、變得更沉重。但在它裝滿之前，沒人能確定它能變得多大，最終會是什麼形狀。

如果有人問喬瑟芬．皮波蒂女士的意見，她會說迷途的政客都是炫耀狂，愛搬出萬靈丹唬人的騙子，哪天被就地正法也是活該。舒爽喔，上帝保佑。安息吧你們。不對，如果人類遵循美與管理的經典模式，那麼自然秩序就會是：不動產所有人應獨力做出最有利他人的決策，因為他享有適切的既得權利。耕作者，尤其是奉行哲斐遜平均地權傳統者都這麼想，他們不受猶太人的腐敗觀念影響，更不受天主教左右。

如果有人問，意思就是沒有人問。不，要等到某天早上，阿貝拉從廚房過來建議她打開那台愚蠢的電視機，事情才有變化。她會那麼說是因為同一個男人出現在每一個頻道上。晚餐前看電視是個令人憎惡的習慣，但阿貝拉很堅持，她站在喬瑟芬女士的椅子旁，聽男人宣布：

家庭不等於家園，因此我們需要將過去的美國國土劃分開來，創造彼此分離、明確享有自治權的家園，讓隸屬該地的人民在該地營生。一個文化不該透過行動或期望對另一個文化施壓，這是錯誤的行為。因此每個人都應該要在免受他者需索的狀態下生存。

喬瑟芬女士執權杖似地拿起遙控器，想驅除這個男人，但他的身影還在，還在大放厥詞。

每個族群必須定居在他們的家園，形塑該地的文化準則，否則就會有自毀、自我憎恨，或攻擊他者以彰顯自我的情況發生。當異質的族群被迫共享公共空間，酗酒、嗑藥、性行為成癮的狀況就會增加。沒有一個族群應該接受他者檢視，不該承受他者的輕蔑視線。

阿貝拉穿著圍裙，手中扭擰著一條擦碗巾。她問：「那是什麼意思？」喬瑟芬女士說沒什麼大不了，然後要她去剝豆子。阿貝拉似乎沒被說服，離開房間的動作慢得像蝸牛，而且是倒退著走，眼睛才能盯著螢幕。螢幕上的男人口若懸河：

> 如同大多數體育競技會依性別分組，文化群體也應彼此抽離，才不會有單一文化永遠居於支配地位。

而這件事有個令人不快的結尾：路易士，也就是阿貝拉的男人，認為自己有責任現身在她客廳門口（他來到門檻前就沒再前進了），試圖宣稱喬治亞不再是美國的一州了，它和佛羅里達、路易斯安那、密西西比、阿拉巴馬一同被送交出去，準備創造某個馬丁．路德．金恩王國，黑人的指定住居地。喬瑟芬女士的回應是親自推輪椅到門邊，當他的面甩上門。

儘管她的眼睛和耳朵提供了世局變化的證據，但皮波蒂農園仍會是她的財產，她的家園。在她的家族成為主人前，它屬於馬斯科吉溪和亞馬科洛部落。亂劃分選區、胡搞瞎搞也改變不了事實的。

在此，她會展現她的高度。如果她乖乖讓人連根拔起，運到北邊或西邊去，哎，那她就會縮水成一個平凡無奇的老太太，擁有整整三十六套皇冠德比餐具的老處女。

有些樹太老、太獨特，承受不了移植。為了避免阿貝拉和其他人忘記，喬瑟芬女士要聲明：她擁有的是農園開墾者的靈魂。除了她之外，沒人知道深井幫浦的特性，沒人知道如何放掉儲水槽的水。只有她知道要用什麼頻率輪耕蜀黍和菸草。哎，沒有她的專業，柴油燃燒機、風扇會在一年內燒掉整棟房子。他們等著瞧吧，阿貝拉和她的男人路易士，還有他們的兒子切斯特、小路易士，他們的女兒露芮，讓他們等著瞧吧。讓他們試著在沒她指揮的情況下營運這地方吧。

這些知識是她不可分割的地盤，且專屬於她。他們大致上基於類似的原因，認定主屋的閣樓是唯一適合她遷居的空間。那是個窄小、滿是灰塵的套房，幾乎收納不下她堅持帶著一起隱居的家族寶物。砂鍋和劍，老爸和他親戚的油畫。不過她只需要待到瘋狂的政治情勢收斂的那天，之後她將重新恢復女主人的地位，全面掌控此地。

每天早上，阿貝拉都會端托盤上樓。喬瑟芬女士會問她，「妳有沒有照我的交代打電話給伊夫家和寇德威爾家？」

阿貝拉放下托盤，整理床鋪。「我打了，」她說：「但沒人留下來。他們搬走了。」

如果阿貝拉的話可信，那代表所有歐洲後裔家族都撤離喬治亞州了。

在固執這方面，連騾子都得向喬瑟芬女士請益。她，不會輕易離開這裡。

為了避免形跡曝光，她總是在夜裡溜出來。全家人上床後，她會踮著腳尖走下閣樓階梯，再沿著後樓梯走到廚房。某些夜晚，她可能會偷襲天然氣管線，將壓力螺絲轉鬆一點；只有她知道這類故障要怎麼維修。其他夜晚，她會將空氣灌入總水管，直到幫浦失去系統壓力。這些惡作劇不會累積成破壞，只會是溫和的提醒：她的心靈，就是這個家園的心靈，是這屋子裡的隱士兼魂魄。她一個人就能發動祕密儀式，重新啟動逆滲透過濾器；她如果不那麼做，家裡的水根本不能喝。

儘管這些人想把喬治亞變成馬丁・路德・金恩王國，這個農場仍是個賺錢機器，而她是確保其利潤的關鍵。

那個男人總是占據著電視和電台。那個叫陶伯特什麼的，不斷鼓吹：

我們允許每個文化擁有自己的法院，允許它們各自在隔離狀態下進化。不同族類的人們被混進同一個池子裡太久了，而這池子愈來愈乏味。這個共享平庸的文化不過是個較為寬闊的場域，容納的消費者樂於接受同類型廣告，在它們的引導下以大量低異質性產品為欲望對象。發展超過千年的文化在相對隔離的狀態下，受其氣候、環境條件驅使，創造出獨有的圖像與儀式，而這些全被全球化標準取代了。為了保持各文化的完整性，我們必須指派居住空間給各文化，讓它們與異文化的影響保持距離。

在某人誤導下，阿貝拉的男人展開自以為好心的努力。某天下午，他踩著沉重的步伐上了閣樓樓梯，拿一本書給她。他以雙手奉上，說：「現在世界是這樣運作的。」她不肯接下禮物，他便放到椅子旁的桌面上，離開了。

那算是一本磚塊書，書封有藍黑兩個顏色，理應是那個叫陶伯特的男人寫的。電視上的那個男人都是一些半弔子觀點的大雜燴，思考的都是些顯而易見的事。比方說，上頭寫了一頁又一頁類似這樣的話：

群體的犯罪僅會是該群體須處理的問題。同志透過疾病害死大批同志，黑人透過暴力犯罪消滅黑人，白人在白人同類眼中看起來比較不構成威脅，但想想二次世界大戰、一次世界大戰、美國南北戰爭、百年戰爭等戰禍吧。因此，一個群體的犯罪將由該群體成員進行審判。

像她這種見多識廣的人，一眼就能看穿這是猶太人幹的好事。猶太人跟天主教結盟了，他們都想激化既存的黑鬼處境，奪取此地蘇格蘭裔愛爾蘭人與生俱來的古老權利。在她祖先到達前，這裡是一片荒野，若他們不在了，這裡也會恢復原狀。讓阿貝拉和那掛人營運這裡啊，看看她不在會怎樣。除了她之外，沒人知道為什麼某些水坑和地穴可以儲存一整個夏天的水，另一些卻不行。

那天晚上，她躡手躡腳走進地下室鬆開每一罐蜜餞的蓋子，好讓食物壞掉。

隔天早上，阿貝拉帶著早餐托盤上樓，放到小沙發前的飲料桌上。她將原本摺起的餐巾抖開，披到喬瑟芬女士的大腿上，說：「根據新法規定，妳會獲得適當的補償金……」阿貝拉倒了咖啡，放到她伸手可及的位置。「妳一天到晚一個人住在閣樓，太不健康了。」

喬瑟芬女士不會讓步的。她要是靠雙腳或那鐵盒子離去，這塊土地就會衰亡，這是理所當然的。真是謝天謝地啊。

阿貝拉深情地看著她。阿貝拉在這裡出生長大，也難怪她會想接掌這裡，成為新的女主人。喬瑟芬女士簡短草率地打發掉她，「謝啦，我話說完了。」她一個人沒辦法吃飯。一個念頭在她腦海中揮之不去：如果阿貝拉那班人打算毒死她怎麼辦？誰會知道這件事？鄰居不會知道。長年定居這裡的家族都搬走了。他們可能會毒死她，埋了她……或更糟，把她的屍體拿去餵豬。那會是完美的禪讓。

但她要怎麼自衛？她如何證明自己是不可或缺的存在，好讓他們繼續養她、照顧她？

隔天，阿貝拉帶她的早餐上樓，取下蓋住蛋的保溫罩，一邊倒咖啡一邊說：「妳應該要慶幸這裡沒被同性戀拿下。」根據阿貝拉的解釋，政府特別保留加州做男女性變態的家園。阿貝拉想到這裡就嘆了一口氣，眉頭深鎖。

喬瑟芬女士對這件事的骯髒細節沒半點興趣，但阿貝拉接著說了下去，「人民應該要和同類共居……這就是背後的理念。」她看著喬瑟芬女士，彷彿在等待一個回應。她的嘴角抽了一下。「喬瑟芬女士，妳得理解這點，繼續過妳的人生。」

喬瑟芬女士隱藏自己的怨恨，對她露出燦爛的微笑，「好了，阿貝拉。」

等到四下無人後，她立刻採取跟前一天相同的行動。她將蛋、煎火腿排、吐司切成一口大小，然後帶著盤子進入窄小的閣樓廁所，將食物倒進馬桶沖掉。

到了晚上，她餓壞了。她坐輪椅一直都只是為了方便，不是基於必要性。午夜過後，她溜下樓梯，在購物袋裡裝滿鮪魚罐頭（真糟糕的東西）、罐裝牛奶、撒鹽餅乾，提得動多少就塞多少。

就算阿貝拉曾經把消失的東西記下，她也沒向喬瑟芬女士提過。她每天早上都會帶托盤上來，每天傍晚都會帶晚餐。喬瑟芬太太將每一口食物都沖下馬桶。

史書上記載了許多類似的故事：心智正常者隱匿行蹤，直到暴政風暴遠去。他們受困在邪惡的意識形態中。哎，以色列國根本是建立在一本日記之上啊，作者是個可愛、遭迫害的女孩，她也躲在一個類似這樣的閣樓公寓中！

主啊，不會的，喬瑟芬女士不會逃跑。湯瑪斯．哲斐遜之國仍與她同在，而她父親，願上帝保佑他，她父親那一代人仍是她的基督徒典範。哎，你要是問她父親，他會說這地方的局勢要到後來一八九〇年代波羅的海移民潮到來才產生動盪。一八九〇年，國內的猶太人還不到五十萬。到了一九二〇年，就有數百萬了。

每逢入夜，若下起雨來，她就會冒險到花園中撒岩鹽。或者，她會在黑暗中吃她偷來的鮪魚。讀那本藍黑雙色皮的書。她上一次讀完的書是《梅岡城故事》，而那對她來說算得上是個錯誤了，真是謝謝喔。這個找她麻煩的陶伯特先生是誰？沒有什麼政治巫毒或公民權之類的狗屎屁話說服得了她。

每逢白天，路易士就會踱步上樓抱怨。他會苦惱萬分地說地下室有多臭，充滿蒼蠅，化糞池幫浦也不聽使喚。花園裡的作物幾乎在一夜之間枯萎死去，因此他們現在所有的東西都得去小豬商店買了。他拿出長得像撲克牌的玩意兒給她看。上了紅黃兩色的塑膠片。

「這是新貨幣。」他告訴她，「但它的效用不會持續。」他說現在大家隨時都得工作，因為錢沒辦法存起來。「賺來的每一毛錢都得在它消失前花完。」

四下無人時，喬瑟芬女士會跟著他下樓到穀倉去。她會叫他去拿這個工具或那個家私，支開他，然後趁機將她前幾個晚上從打穀機或拖拉機上偷下的小零件裝回去。她讓每部機器都復活了，一旁的他讚嘆不已。

某天晚上，她坐下來讀陶伯特之書。她已經把晚餐——醃豬肉和菰米——沖掉了。她在吃撒鹽餅乾、喝自來水時，讀到了這一行：

舉報未依規定遷居至適當家園者，可獲賞金。

她沒再繼續往下讀半個字，立馬溜下樓弄壞廚房的瓦斯爐，撬開雞舍的門。

早晨捎來阿貝拉和她的托盤，以及一個消息：他們沒蛋了，因為浣熊宰了所有母雞。他們也沒有培根或燕麥，因為爐子壞了。她只帶了花生醬吐司。這也被喬瑟芬女士沖進了馬桶。

隔天晚上她讓烤麵包機失靈。

她拆下洗衣機後面的金屬板，偷走一個零件。

她弄壞電視和廚房的收音機，讓洗碗機運轉不順。

恐懼不斷捕食她、侵蝕她——她怕阿貝拉和路易士可能會出賣她換取獎金。她必須使自己的寶貴程度高過任何獎金，以確保留她活口比毒死她更有好處。

隔天，在阿貝拉的請求下，她冒險下樓去修瓦斯爐。她請對方去找螺絲起子，然後把先前扔進烤麵包機的電線裝回瓦斯爐。

「我看到妳修好它了。」阿貝拉雙手盤在胸前，並沒有像平常那樣露出欣慰的微笑。這一天的種種麻煩像烏雲一樣散去了，這女人半瞇著眼凝望她，然後將螺絲起子放到桌上，說：「真有趣是吧？東西就這麼壞了。」她沒有挪開視線，「還好我夠靈光，不然我會以為有小精靈在作怪呢。」

喬瑟芬女士呸了一聲，笑中帶著嘲弄：阿貝拉那票人總是把事情怪給鬧鬼。

阿貝拉沒跟著笑，「妳不舒服嗎？」她的語氣不是帶著好心人的憂慮，而是刺探。

喬瑟芬女士假裝沒聽見。

「我只是問問，」這僕人說：「因為某天我聽到妳在沖馬桶，肯定連沖了十五、二十次左右。」

喬瑟芬女士聽到這話，下定決心不要在白天沖馬桶了。她可以把那一天的食物存放在縫紉盒裡，等到半夜再沖，那時阿貝拉和她的男人路易士已經回到他們的小屋裡。她笑了幾聲，拿起桌上的螺絲起子，一跛一跛地準備離開。

她身後的阿貝拉問：「妳要去哪？」

喬瑟芬女士回答時根本懶得掩飾惱怒，「修洗碗機。」她倒抽一口氣，彷彿想把這些字句吸回去。她開著嘴，合不攏。

阿貝拉起先什麼也沒說，她不表態的沉默充斥著整個廚房。接著她以刻意放慢的速度和壓低的語調問：「洗碗機壞了嗎？」她的嗓音矗立著巨大、寬闊的勝利。

喬瑟芬女士轉頭過去看她，笑了幾聲，擺脫情緒，「沒壞嗎？」

阿貝拉說：「我不知道。」她發出嘖嘖聲，歪著頭，彷彿要從一個新角度打量那個老女人。

喬瑟芬女士感覺到臉頰滾燙。她的視線飄走，搖搖頭，彷彿對那年輕女子的健忘束手無策。她偷走的零件沉甸甸地壓在她的居家服口袋底部，螺絲起子從她手中滑落亞麻地板，喀噠喀噠。

尼克很聰明，不是書呆子的那種聰明，他爸媽家以前都被塗鴉龐克仔噴漆簽名。尼克他爸將最新的簽名蓋掉或刮掉沒多久，又會有人深夜搗亂，噴出新的大師之作。他們沒裝監視器或請地方政府正視問題，事實上，是尼克解決了問題。

某天晚上，他趁著一個簽名塗鴉客離去、下一個還沒來的空檔，拿自己的噴漆到戶外，朝屋子兩側噴了大大的納粹卐字，手伸得了多長他就噴多遠。接著他噴了「殺死酷兒」、「黑鬼吃屎」的字樣，整個工程連一罐噴漆都沒用完。尼克不是納粹，只是有個計畫。

他上床睡覺去了，沒向爸媽提起這事。

隔天早上，門鈴響了。電視台採訪組在門外，街上擠滿拍照的人。他爸媽困惑又火大，但他看得出來，他們不排斥這些同情。他們被忽略、獨力對付塗鴉這麼長的時間後，這問題終於成為整個市鎮的問題了，他們為此感到開心。波特蘭市長召開記者會譴責仇視言論，加派員警巡邏。再也沒有簽名塗鴉客敢碰他們家了，碰了，他們可能就得背起這個黑鍋。媒體將他爸媽封為長期受苦的勇敢英雄，而尼克從未告訴他們真相。

尼克的聰明是這種聰明。

一家人都入睡後，喬瑟芬女士無聲地走下閣樓樓梯。她不需要光，每片嘎吱作響的木板都是她的老友了，沒有哪一道陰影會令她吃驚跌跤。跨出五十七步，便會來到窄小的廚房門口。她手掌平貼門板，輕按著，轉動門把時，門閂才不會發出喀一聲。

門推不開。門把轉得動，但有東西擋在門板後面，她推不開。她用睡衣綢緞包裹的肩膀抵住門板，雙腳張得開一些。喬瑟芬女士用全身的重量去壓門，壓到老木料都發出裂開的聲音。上鎖了，鎖舌伸出來了。從門的另一頭鎖上了。

廚房空調呼出微風，當中夾雜著呢喃。她猜她聽到了正門玄關那座鐘的滴答聲，如整齊的心跳。不過她不敢篤定地說那絕對不是回憶中的聲音，她聽了一輩子的聲音。黑暗中，她聽到有人在說話，她年紀還很小時就已經死去的那些人。

她謹慎地彎下腰，最後坐到最低的那一階樓梯上，抱膝，豎耳傾聽門外有無動靜。當第一聲鳥鳴提示早晨到來，她折返閣樓，躺回床上。

在「審叛日」之前，華特曾閉上眼睛，提升他指尖的視力。他的手指在筆電鍵盤上敲打、戳刺。陶伯特編織字句，舞動的手指使之成形。

拍照舉報未隨身攜帶陶伯特之書至公共場合者，可獲獎金。

陶伯特口述，華特記下：

提供證據揭發偽裝殘疾者，可獲獎金。

老人頒布命令：

舉報未依規定遷居至適當家園者，可獲獎金。

事實證明，華特根據陶伯特指示架設的網站非常成功。「全美最受鄙棄者」名單。大家登入網站，登記政客、學者、記者的名字，人名多達上百個。登記好的名字不斷累積票數，幾百萬張票。這要怎麼讓他發財？華特還是一樣沒頭緒。他只是個學徒，還看不清全局。他就只是把新老爸的瞎扯記錄下來。

根據陶伯特．雷諾茲的說法，國家需要貴族階級。歐洲和亞洲王族的權力不是透過投票獲得的。他們的雙手都曾沾血，誰沾的血最多，誰就獲得最大的權力。英國女王和瑞典、西班牙的國王都站立在屍體山的頂端，踩著被屠殺者。受縛於椅子上，血珠從幾百個小切口滲出、模樣狼狽的老頭叫嚷著，「如果一串子彈就能成就你的加冕典禮，何必去端什麼盤子？」

民主是短命的畸變體。他堅稱美國需要一個用老方法獲取權力的統治階級。採取行動者就會成為新的王族。學個一技之長是好事，不是每個人都適合讀大學。不過搭房屋骨架、牽電線牽三十年，你的身體會有什麼下場？人的膝蓋或背部一旦老化，他要怎麼賺錢維生？「審叛日」的革命是解決此問題的一次通力合作。

華特打字打到一半抬頭看他，「這就是像《鬥陣俱樂部》嗎？」

他的新老爸搖搖頭，問：「你是指那部小說嗎？」

「什麼小說？」華特問，他的手指懸在鍵盤上方。

陶伯特歪嘴一笑。「差得遠了。」他說：「《鬥陣俱樂部》透過一系列活動為每個角色培力。」凝結的血液在他慘白的臉上反光。「《鬥陣俱樂部》告訴每個角色，你的能耐永遠超過你對自己的最佳評價。於是它解放了每一個人，讓他們去實現自己的天命：蓋房子、寫書、畫自畫像。」

華特至少想得起這些電影片段。

陶伯特輕蔑地搖搖頭，含糊地說：「帕拉尼克，他所有的作品都在談閹割，閹割或墮胎。」

陶伯特解釋：審叛日，將會成為典範，人們會學習它組織軍隊，以獲取永久的高社經地位。它將徵召眾人，使他們採取行動，而且是搶在社會徵召他們之前。他們將代表自己展開殺戮，為自己的利益行事，而不是鞏固已掌權、有資產者的利益。

「人們想要的，」他說：「是個共同體結構。」

在陶伯特看來，人口統計學上的一波激增青年正要成人。他們受過良好教育，身體健康，營養充足，父母的教養方式使他們期待自己的美好未來。但前方等著他們的並不是那種未來。資本主義下的民主制度確保一件事：只有最平庸的人，也就是思想最溫和、長相與才能最容易被欣賞的那些人才有機會讓臭名遠播。只有萬中選一的人能到達那境界。

華特停頓了一下，不確定這值不值得寫下。「那我們呢？除了他們之外的人呢？」

陶伯特微笑，嘆了一口氣。他眨了眨眼睛，視線飄向染血的水泥地，陷入沉思。「其他人的下場一如過往。」

他接著宣稱美國政府一直都知道日本人將攻擊珍珠港，堅稱政府早就知道世貿中心將面臨毀滅。沉沒的戰艦都是些該汰換的老船，雙子星大樓的損失是一種必要支出。國家在這兩個案例中的處境都相同：急需一場戰爭來淘汰即將成年的新一代青年。這戰爭將會削減勞動力，確保倖存者可享有相當可觀的工資。它將許多國家的冗餘青年投入戰鬥，刺激各地經濟。

「最重要的是，」陶伯特說：「這衝突將會致使人力短缺，鞏固父權制度。」

華特不想接受這個理論，他考慮反駁他的明師，但警察和軍隊確實會發動陶伯特描述的基層叛變。

「大家羞辱警察，指責他們應為犯罪負責。一旦這些抨擊累積到一定程度……」陶伯特回覆，「一旦軍警發現他們將面臨屠殺……」兩者都會在「審叛日」來臨時袖手旁觀。有些軍警人員甚至會參與攻擊行動，如果你保證他們的子孫在未來幾代都能掌權。

如果得利的只有自己，人未必能下定決心殺人，但如果他的行動能榮耀子嗣，還有子嗣的子嗣，使他們成為新社會的貴族，那他必然會參與別人發起的戰爭，動手殺人，他別無選擇。他將透過殺戮，愉快地建立一個菁英社會。

說到這裡，陶伯特沉默了。他的視線停留在華特大腿托著的那台筆電上。討論時間顯然已經結束了，他宣告：

除了警察和軍人，所有公務員的退休機制全部暫停，直到另行公告。

華特按部就班地打字記錄下來，徹底地忠於這份工作，儘管他還是不知道這一切的盡頭是什麼。在陶伯特看來，全世界的政府辦事員和官僚都交出不安定的青春時光，換得安全和穩定。如今，這就是他們唯一會擁有的了。太遲了，他們已經來不及飛到托斯卡尼淺嘗畫家生活。太遲了，他們成為不了別人，只能當自己了。

長篇大論到一半，陶伯特問：「你有沒有讀過福樓拜的《布法和貝居榭》？」在這部小說中，有兩個辦事員繼承了一筆財富，拋下工作去涉足藝術和文學領域，結果發現自己沒有悠哉度日的天分。到了最後，他們還是去當辦事員，過他們無聊、穩定、有組織的生活。嬰兒潮世代也得接受同樣的命運。在新政權下，他們必須持續工作、支撐千禧年世代，直到全新的政經系統就位。

賈邁爾在新家裡漫步，懷著敬畏穿過一個又一個房間。他的比特犬跳跳在幾步之外的前方蹦蹦跳跳，聞一張椅子的後側，伸爪撥弄櫃子的門，彷彿想將裡頭躲藏的動物趕出來。每個房間都通往一個更大的房間，牆上有一排排白人的照片，一排排壁爐及塞滿書的書架。耀眼的陽光照亮一扇乾淨的大窗和白漆。這是他從一長串充公房地產申請到的屋子，照片都貼在網路上。這是他有生以來第一次沒跟老媽一起住在同一個屋簷下。

俯瞰著下方的一張張畫作，畫著舊世界的名門一家。神氣的嘴臉長在那些位高權重的死人身上。畫可以移走，他會留下書。「審叛日」過去了，賈邁爾真正想做的是寫作，以作者的身分推動一道謹慎、穩定的文字流，將一個充滿象徵和意象的世界送入讀者心中。就像陶伯特那樣。就像陶伯特說的：

> 父母在世的期間，沒有人可以真正成人。在他們死去之前，人都只是在表演，藉此取悅或懲罰他們。
>
> 長久以來，白人一直在扮演對黑人頤指氣使的家長。而異性戀一直在扮演以同性戀為恥的家長，扮演的歷史還更長。

賈邁爾覺得，旁人似乎總是期待他讓步，要他永遠聽話、低聲下氣。他總是扮演一個順從的好孩子，因為除此之外他就只能扮演惡棍了。他做的一切都是為了取悅別人。殺人不是他心目中的理想行為，但那是他第一次不嘗試使所有人都喜歡他。殺人的感覺主要是很怪（很怪但不糟），因為他並沒有在取悅他們。只需要開槍射他們，不用擔心他們開不開心，感覺很不錯。這份寬慰使賈邁爾快樂。

他們似乎不太可能碰到反對勢力。過去，受壓迫者總是轉向教會求援，不斷往那裡聚集，直到領袖現身，組織他們的力量。這一次，歷史偏移了，公民權遭剝奪的人早已把「神」這個概念視為笑話，他們的教堂是大學和政府辦公室，而他們的牧師在這陣子都被埋到巨大的墓穴裡了。新的農民階級或許有高學歷和豐富的得獎經歷，但他們沒有教堂可以作為避風港，提供他們慰藉。

也許還有更聰明的人、更強大的人。但賈邁爾是扣下扳機的人，因此他們會為他辦事。

這房子曾經的主人是誰不重要，他們早就搬遷到適切的家園去了。看起來沒帶多少行李。他們沒動家具，甚至連衣服和鞋子都留在衣櫃裡。那無所謂。從今天起，這是他的屋子，他的土地，他的農場了。賈邁爾的母親被安置在城裡的房子，那裡比她這輩子住過的任何地方都還要高級，但跟賈邁爾這裡相比可差得遠了。看起來有三層樓，正面有希臘神殿般的柱子，唯一適合的形容詞只有**雄偉**。就跟他想像的一樣。他打開一道道門，發現更多房間，更多門和樓梯。他打開某道門，發現那是廚房。有個女人站在瓦斯爐邊，年紀跟他媽差不多，穿著舊時代的制服：一件灰色洋裝，上頭綁著一條白色圍裙，頭髮緊緊束起。

「不好意思。」他說。可能有人搞錯了。她也是黑人，網站也許錯把這房子分配給兩家人了。當然了，他在世家內的地位使他保有較高的階級，但對方視這裡為家，他卻得把她趕出去，感覺不是很好。

「我要繼續住在這裡。」她提案。水沸騰的聲音傳來。「我和我家人是這裡的管家。」跳跳從賈邁爾身旁擠過，溜達上前，將鼻子抵在女人的粗腿上。

他沒說話，她便問：「你是新主人嗎？」她看著平底鍋說話，彷彿痛恨自己正在烹調的食物，恨到近乎悲傷。

他呼出一口氣，沒意識到自己將它憋在嘴裡一段時間。就連她身處的廚房都是個奇觀，那些球形把手、抽屜、掛在牆上的鍋子、黃銅洗手檯和各種機器，都是他的。他得花上幾個月，甚至好幾年，才有辦法融入這個地方。想到自己不是一個人獨居此處，他鬆了一口氣。跳跳離開女人身旁，開始去嗅聞、撥弄一道門。一道窄窄的門，上頭有個黃銅圓門把。狗發出哀鳴，聞了聞鑰匙孔。

女人隨著賈邁爾望向那道門。「它鎖著，」她說：「我們弄丟鑰匙後就沒開過了。」

狗繼續沿著門鎖下方的裂縫嗅聞，一隻腳爪刮著木門。

「也許他聞到老鼠了。」女人說，然後轉頭回去面對瓦斯爐上的平底鍋，她悉心看管的對象。「樓梯上面沒什麼，就只是一間閣樓。」她哼歌似地說話，語調輕盈，「沒啥，就是一個空著沒用的閣樓。」

賈邁爾上前逮住跳跳，將牠拖離門邊。「我真失禮。」他伸出空著的那隻手，「我叫賈邁爾．史派瑟。」

她的反應慢了半拍，抬起一邊眉毛緩慢打量他，彷彿現在才初次看到他。「你是電視上的人？」

她的意思是，來自第一世家。家園媒體最近一直在做小小的傳記性報導，讓人民認識未來統治黑托邦的權力系統。他那個部落的每個人都會大聲朗讀陶伯特之書，日夜輪流。看到電視上的自己後，賈邁爾為現實中的自己的有限性感到不適，他的齒列不整，耳朵太大了。不過「別人認得出他」這點，漸漸使他以自己的新身分為傲。

女人的手抹了抹圍裙，與他握手。「很高興認識你。」她呼吸急促，語氣透露出驚嘆。接著一個笑容使她的表情鬆懈下來，一個喜悅的微笑，並不像是她被迫穿著的制服的一部分。「我叫阿貝拉。」

這裡有人幫他煮飯打掃，感覺像落腳在一個現成的家庭。「牠是跳跳。」賈邁爾拉拉狗的項圈，以微笑回應那女人。

等待仍是唯一的選項。蓋文登記為外來居住者，去郵局填了申請表格，宣告自己是同性戀，發誓自己所言不假。受理宣誓的辦事員嚴厲地盯著他看。

「你要知道，你將沒辦法工作。」她提出警告，「無法做合法的工作。」

蓋文在陶伯特之書中讀過同樣的說法。

「你也無法投票或駕駛交通工具。」辦事員說。

蓋文說：「我明白。」

辦事員從一疊紙當中抽出一本小冊子，念出內容，「當局批准遷居申請前，外來居住者必須向主管單位申報現在居住地，有任何變更也須告知。」

現居地就是他爸媽家。他搬出去的機率微乎其微，沒工作也沒駕照的話根本辦不到。獨立宣言確保各種族與性向彼此尊重，但每個族群都與彼此隔離、每個人都窩在自己的家園時，要談尊重比較容易。蓋文是個外來者，困在異性戀族群之中。沒人知道他會受困多久。

更糟的是，時間不斷在流逝。當一個酷兒……至少在「審叛日」前，當一個酷兒等於將近二十年的折磨。被別人叫「gay文」，每個禮拜都被關進置物櫃，爸媽完全不知道要怎麼教酷兒小孩。不過滿十八歲時，你吃的虧就會得到回報。十八歲生日會將社會中最弱小、最容易被犧牲的人高高捧起，使他成為最強大的族群之一。

女人對這種變化很熟悉。此刻她們是禁區，是野馬般無拘無束的小妞，沒人管，沒人理。某一天她們就開始牽著男人的鼻子走了，而且是有權有勢的男人。世界上最有魅力的男人都在爭奪年輕女子的目光。那是一種效力非永久的權力，但畢竟是一種權力，可以是獲取金錢、教育、人脈的籌碼，最終可換成持久力更長的權力。當然了，有一天蓋文會成為律師或工程師，但他現在只想把自己打扮得美美的，每次進入一個房間就成為全場焦點。他被揶揄、被推去撞牆這麼多年了，他夠格待在聚光燈下。

青春之窗在十八歲那年開啟，而青春是有保存期限的。蓋文愛他的爸媽，但他等不及要搬到他可以當正常人的世界了。

在那之前，他多少算是個人質。

進度緩慢是補償條款所致。根據陶伯特之書的說法，同性戀累積財富與技能的速度較快，因為他們不需扛起養兒育女的責任。同性戀小孩就像杜鵑那樣誕生在異性戀家庭，翅膀硬了之後就會去組他的同性戀家庭。因此，異性戀付出的部分時間和資源最終會使同性戀世界受益。黑人和白人不斷輸出成人勞動力，等於是一種極殘酷的貿易不平衡。年輕、活力旺盛、受過充分教育的後代被虹吸到適合他們居住的家園，他們的父母卻不會獲得補償，或在年老力衰的時期面臨無人扶持的窘境。

那並不理想，蓋文很清楚。

政府制定補償條款便是為了保持情勢平衡。根據規定，異性戀撫養長大的同性戀成年人，要在同性戀家園那裡也有異性戀成年人申請遷居時，始得遷居。蓋文希望有某處的小孩向拉子雙親承認自己是異性戀。那他就會像蓋文一樣，被送到郵局去，從辦事員手中接下蓋文才剛填寫完的那種表格。不友善又愛呱呱叫的辦事員會警告那個異性戀小孩：別找工作，別開車，也別想去投票。那個小孩，那個蓋文的反面將會回到有兩個媽媽或兩個爸爸或天知道到底是什麼組合的家，祈禱電話早日響起。

在學校的最後一年，他們修了一門關於「審叛日」與新城邦的課。倖存的老師，沒被埋進法蘭克林高中足球場球門區的老師，都輕浮地褒獎著世家。根據他們的說法，世家裡的人都是英雄。要不是有這些英雄，蓋文這一代的人都會被送到海外打一場掛羊頭賣狗肉的戰爭，死在異鄉。蓋文也包括在內，因為當年有平等公民權這種蠢規定。

他的老師不是在大聲朗讀陶伯特之書，就是在講解這些人的行動有何正當性。學生們拿著手機試圖拍下別人沒隨身攜帶藍黑之書，或不向新秩序示好的證據照片。據老師所示，世家存在具正當性是因為過去有行割禮毀損男嬰生殖器的慣例，因為法庭針對監護權案或和平離婚訴訟進行判決時總是歧視男性，因為監獄裡擠滿男性，男囚自殺率是女囚的四倍。

在課堂的空檔，他們會看教育影片：推土機推著一座腐敗物小山，那不是常見的小公雞大屠殺後的死屍。尖啼的海鷗在空中盤旋，繞著推土機和它們正在掩埋的垃圾。一隻海鷗俯衝抓走某物，然後掠過鏡頭前。鳥爪攫住的是耳朵。推土機壓爛、攪入泥土中的那一堆堆灰色稀泥，是無數人的人耳。

學生每被叫到就得背誦陶伯特之書的一段文章。例如：

提供線報協助當局逮捕非法貨幣使用者，可獲獎金。

身為外來住居者，蓋文沒有資格領取獎金。

理論上，蓋文應該要感到開心才對。只不過沒人提到那些血，以及咖啡廳牆上的彈孔，「審叛日」的狙殺對象曾在那裡排成一列。是啊，同性戀家園在蓋文聽來是很棒，但他的感覺很矛盾。彷彿他見到了一個穿短袖的年輕牧師，但他身上有性感刺青，但他明明是個牧師，但那刺青上有一大堆納粹卐字。就是那種好壞參半。

他們還沒要求蓋文配戴粉紅三角臂章，但感覺也快了。他沒什麼選擇。新世界就是這樣運作，他只能回家坐著等電話響。

時間回到「審叛日」前，華特的手指速度變慢了，變得像行走在陶伯特的嗓音後方。華特正在書寫，那老頭的話語拖著的影子。他詳述面額會消失的金錢的運作機制，解釋它如何創造出劇烈的經濟環境，人會怎麼賺錢跟花錢。這種金錢將會成為媒介，而非資產，它不會再使人類的時間和能量擱置於上鎖的保險櫃中了。

速度變慢了，不知是因為失血過多還是年事已高。老頭漫天瞎扯：

自掘墳墓的逆向投資者認為，社會的運作總是會損害特定個體的利益，而且這情況維持了長久的時間，導致這些人永遠不信任社會。他們永遠會站在社會的對立面，無論社會有何目標。就算這些目標最終對逆向投資者有益，他們也不管。

陶伯特倒抽一口氣，清醒了過來。他低垂的頭掛在懸絲般的脖子上，乾掉的血液在他的皺紋、他額頭上的溝痕上結塊，還鴉爪般地從兩邊眼角輻散開來，肩膀上有斑斑血跡。他口述：

人們會頌揚美貌或天才，但不會讚美才貌雙全之人。一個人兼具兩種特質，是一種無人能忍受的不公不義。當這種情況發生時，你必須摧毀該人的任一項特質。

華特每小時都會看一下名單。出現又消失的名字，還有不斷收到驚天票數的名字。尤其是政客的名字。陶伯特在說話的過程中會打盹，頭會倒向一側，這時候華特就會黏在名單網站前。他的新老頭不時會發出響亮鼾聲，身體一抖便醒過來宣告：

嗑藥會流行是因為藥物賦予使用者可控制的瘋狂期或不適期。嗑藥和疾病不同，前者能使身體受的影響、心智錯亂、團體的凝聚同步發生。

老頭做完宣告又癱軟了，陷入另一次口水直流的恍惚。

華特還是不知道名單是做什麼用的，裡頭只有一組組姓名和票數、姓名和票數。根據陶伯特的指示，如果某人貼出一個名字，而它在一個禮拜沒得到至少三千票的話，華特就得刪掉它。網站上的數字似乎每天都成長一倍，過一天就多一倍，看來網站可能是靠口耳相傳擴散的。

一時衝動下，華特將他最討厭的教授的名字貼到網站上。他不願將教授的所有授課內容視為福音，結果就被當了。華特拼出艾密特．布洛利博士的名字，按下輸入。整份名單依字母順序排列，此刻網站自動捲到那名字的位置，它夾在一個州議員和有線電視台主播之間。

就在他的注視下，布洛利的名字旁出現了一票。數字二取代一，接著三取代二。

沒有爸媽會把自己的小孩取名為黛麗雪．巴士底，那是她在遷居申請書上填寫的名字。新家園，新名字。自「審叛日」起，每個移居者都利用這機會展開新的人生。一個個阿里斯提德、亞里斯多德。一個個巴卡拉、百佳。而有件事毫無疑問，那就是黛麗雪不該穿酪奶黃縐棉料的衣服，既然她都懷疑會下雨了。如今套著一件緊貼肌膚的洋裝，沒有大衣或外衣可以披在身上。沒有鬆緊帶和鋼圈可以改善她搶眼的身體曲線，所以她索性就不穿內衣了。她走離停車處，半路上下起傾盆大雨，每顆雨珠都使衣物纖維變得更透明，最後根本蓋不住她的咖啡色肌膚，遮蔽效果跟在身上塗融化奶油差不多。

每隻拉子的眼睛都偷瞄她。看她隆起的乳房，它們鼓得高高的、高高的，彷彿要彈離黛麗雪．巴士底的胸口了。緊身馬甲下的乳頭無比顯眼，像兩個紫色的標靶。陌生人用目光強暴她褐黃色大腿的結實肌肉、碩大臀部的可口裂縫，溼透的裙子使它們的輪廓清楚浮現。

讓他們看吧，她告訴自己。那些瞪視使她免於在餐廳內東張西望。如果她和那些挑逗的媚眼對望，肯定藏不住自己的挫敗感和憤怒。

她坐在那裡，幾乎跟全裸一樣，漫不經心地吃著沙拉。她不斷將視線鎖定在眼前的物件：黑皮諾葡萄酒，麵包盤，桌面中央那一朵粉紅玫瑰。她將滿屋子鬧烘烘的拉子和男同志阻絕在感官之外。不過在這裡，他們並不是男同志和拉子。在異性戀者完全缺席的情況下，坐在她四周的人不過是男人和女人。女人和男人。

她將注意力放在共進晚餐的伴侶身上，幫助自己忽略那些視線。坐在她對面的女人頂著一頭威風的火紅髮絲，遷居後使用的名字是金吉兒・普雷斯蒂，這家航太企業幫她安排的最新交友對象。她的同事都無法忍受同位階的人之中有未婚者，於是不斷撮合黛麗雪和一個叫凱莉絲或艾斯緹的單身女子。黛麗雪懷疑：對一個成雙成對、重視家庭生活的社會而言，單身者是種威脅。

紅髮女子舉起修長的手指，撥弄垂在臉旁的鬈髮。她和黛麗雪四目相交，說：「這麼說，妳是航太工程師？」

黛麗雪啜飲杯中紅酒，穩重地點了點頭。

那個女人，金吉兒，羞怯地看著黛麗雪的透明洋裝，蓋住腰部的地方繃得緊緊的。她說話時眼神中閃爍著崇敬，「妳做這些事，根本是個大英雄。」

她指的是火星任務——一個耗費巨資的全國性活動，目標是團結初生的家園，占領（至少是象徵性地占領）整個火星，團隊名稱是王爾德。黛麗雪是這個家園的頂尖火箭學家，他們能否贏得太空競賽、成功將同性戀太空人送到紅色行星，關鍵可說在她身上。

黛麗雪只啜飲了一小口紅酒，為了避免其誘惑，她揮手請服務生將幾乎全滿的酒杯拿走

金吉兒修長的手指和豐唇引人遐想。黛麗雪想像金吉兒那長著粉紅色雀斑的臉在她可可色雙腿間幹

活的模樣，不禁打了個色欲的冷顫。優秀的航太工程師隨後打住，將誘人的幻象拋到腦後。為了當一個忠於伴侶的人，她單身太久了。與其說那個性幻想道出金吉兒有多性感，不如說它顯示黛麗雪真的太久沒發生性關係了，躲太久了。

金吉兒揮手請服務生幫她斟滿酒，說：「我連妳的份一起喝。」然後問：「妳是什麼星座？」

黛麗雪將她細瘦大腿上的餐巾重新鋪好，說：「我五月底出生。」

金吉兒微笑，「雙子座。」

黛麗雪接不下去，紅髮女郎便問：「那麼，妳身為一個航太界智者，對於金字塔會飛這種觀點有什麼看法。」

黛麗雪單身五個月了。她在這個奇怪的國家已待了二十個禮拜，寂寞的時光壓垮她的靈魂。她開始用叉子強暴沙拉碗中的綠葉，尋找朝鮮薊心。她抬起視線，準備點一杯橘子汁。又一杯乏味的橘子汁。她真正渴望的是一杯伏特加馬丁尼。伏特加馬丁尼加上三顆塞大蒜的橄欖，還有某個金髮男子硬如石頭的陽具，讓她高潮到縮起腳趾……當她抬起視線尋找服務生時，那個金髮男子映入她眼簾。

他遠遠坐在房間另一頭的狹窄雅座內。一個瘦白人，瘦削，頂多只有網球員的體格，但實際上八成只有皮包骨。她認得他的金髮，如今剪短了，梳了一個淘氣的劉海，蓋住他乳白色的寬額頭。他的側面對著黛麗雪，因此她看得到他的完整身形。一個肌肉發達的巨漢坐在他對面吃飯。黑人，勉強塞在一件過於貼身的針織套頭毛衣裡頭。她看得見桌子底下他那雙穿牛仔褲的腿，眼睜睜看著他將結實的兩隻腳塞到瘦白人男子乾巴巴的雙腳間，慢慢將它們撐開。

稍微有在練身體的男子退開，不過雅座限制了他的行動範圍，使他無法完全擺脫肢體接觸。黛麗雪看著身形龐大的掠食者扳開男人的細腿，不顧其意願。金髮男人紅著臉，噙著淚水，這時似乎感覺到黛麗雪的視線，轉過頭來看她。

她別過頭去，心臟撲通狂跳，撞擊著她的肋骨。在這裡，女人盯著男人看太久會有風險，可能會失去一切——她可能會丟掉工作，可能會被趕出家門。政府可能會接收她的監護權，而她會被趕到別的家園去，白人的也好，黑人的也罷，總之是男女擁有親密關係並不反常的家園。

不知道紅髮女子有沒有注意到。就算有，她也沒說什麼。她啜飲一口紅酒，發表她對增產競賽的高見。異性戀每個小時都會生下同性戀，同性戀根本跟不上。他們永遠無法提供足夠的異性戀小孩來和異性戀家園交換，也就是說，固定會有一批同性戀小孩受困在異性戀家園內。她向黛麗雪解釋，她主管此事的辦公室會記錄這些小孩的數量。為了平衡帳面，他們會替那些無法跟人互換的小孩支付等值的金錢。這就像某種嫁妝，付給異性戀父母，彌補他們養兒育女的辛勞，也幫助他們儲備養老金。這叫「解放基金」，數目高達幾億，不過可以透過捐款籌措。

黛麗雪心不在焉地聽著。她使出全身力氣鎖死自己的肌肉，不讓自己轉過頭去看金髮男子。她感覺到他的目光了，落在她柔軟的胸部弧線上。她咬緊牙根，以免眼淚流下來。

瑪麗希爾城堡之於西北太平洋，就像聖西蒙之於加州孤立的那段海岸線。兩者都是富豪留下的鋼筋水泥遺產，充斥舊世界建築細節，家具都是從窮困的皇族手中買來的寶物，而且是以火災搶救品拍賣價入手。這兩座雄偉的建築物都矗立在高地，俯瞰下方綿延數英里的壯闊風景。它們從各自的建築師那裡得到的暱稱都是「大農場」。

所有輝煌在一開始都顯得像愚蠢的畫面。一八八七年，艾菲爾鐵塔大膽地立於巴黎，法國大文豪雨果斥之為醜陋的鑽油塔，說它有損市容。帝國大廈也有類似的遭遇。它在一九三一年落成，整個經濟大恐慌時期都沒有房客，紐約人開始嘲弄他們的新地標，說是「蚊子國大廈」。時間使那些謾罵一一成立。

瑪麗希爾城堡，這豪華得有如蜃樓的義大利宮廷風建築，並不會遜色於它的加州勁敵，因為它的周遭環境令人生畏：坐落沙漠之中，不遠處有狂風大作、貧瘠不毛的火山地帶。文藝復興風格的青銅窗花罩住窗戶，使這裡顯得像城堡也像監獄，因為裡頭藏有斯拉夫人的王座和皇冠、帝制時期獨裁者的肖像和從東方掠奪來的無價瓷器。查理於是在這個現成的王國內建立了他的皇族。他的收入等於是這一帶唯一的陶幣來源，因此方圓百里內的窮人都會出現在他家門口，手捧著帽子，請求他提供庇蔭。查理會挑選當中最秀麗的人納入隊妻，長相還算標致的人當家僕，美貌度更低的人就當田妻。所有女人都穿著可脫的馬甲，男人則得因應不同天候狀況穿上蘇格蘭裙或緊身格子呢褲。

查理自己則喜歡穿袞尼克衣，上頭有密密麻麻的金色刺繡，穿了可以遮蓋他那件袖子寬鬆的亞麻襯衫。天鵝絨拼布緊身襪褲修飾他的下半身，交叉的皮帶將布料緊緊固定在他的小腿和腳踝上。如此裝扮與剛萌芽的高索邦國家認同是相符的。

艱難的待辦事項有一長串，其中一個是重新命名一切。所有山峰、每個水體都需要新的、適合新社會的名字。此外，查理還命令屬下建造一棟堅固的石造釀酒廠，生產蜂蜜酒。他從奔騰的哥倫比亞河（從今以後改名為「查理川」）引來充足的灌溉用水，宣布這些水多到可用管線加壓輸送到高地去，造福廣大農地。查理著手打造的，著實是一個巨大的企業，他的宮殿原本位於大片綴葉苦苣種植區的中心，如今那些田地被狹長的甜菜、香菜、蕪菁甘藍田取代。

為了奉行高索邦的文化價值，漫步鄉間的普通男人會穿上束腰外衣、法衣、斗篷，並依季節套上靴子或涼鞋，戴上表明其階級的頭飾。許多人穿著中世紀的道布萊特上衣，三角形剪裁的紅寶石色綢緞衣袖無比耀眼。他們肩膀上鑲嵌著寶石，是從不少博物館搜括來的，珍珠可用一顆蛋的價錢從以前的有錢人那裡購得，黃金對挨餓者或死者都沒用處。

就這樣，查理和他的家臣所能發掘到的所有年輕貌美者，都成了他們捧在手掌心獻殷勤的唯一對象。而透過古裝打扮，查理和他的高索邦酋長們重新認識了他們祖先的高貴遺產。他們套著威尼斯短褲，手拿裝滿麥芽酒的白鑞杯，碰撞彼此手中的容器，喧鬧地敬酒。女傭無比忙碌，有一大票妾在縫毛皮袋。

證明自己是個英雄的階段過去了，現在查理改為管理邦內事務，忙到沒空問自己到底滿不滿意現在的生活。儘管他會盛裝遊蕩，穿著罩袍、鎖子鎧、加內襯的軟鎧甲、無袖短上衣、寬袖長外套，這種時候他還是受到空虛襲擊。查理的回應是，任命一個「正統文化復興委員會」。他們復興了小步舞曲，復興了無畏精神和朝臣吻手禮，強制規定所有人奉白人說話方式為正統。為了讓意義遍布國土，他還恢復了索爾和奧丁的信仰；為此，他改造了一棟古老的天主教堂，添上飛扶壁和中殿，使其完整。然而，就連他跪在扶手前體驗新發明的古老聖禮時，還是會感到不滿。

忙碌又從中獲得滋養的人，是他的臣民。他們查閱無人聞問的文本，尋找染料配方以及眾人已遺忘的蕾絲圖案編織方式。隨著袞尼克衣愈變愈短，家臣中最大膽的那些人穿上了鍍金真皮鑲真珠而成的下體蓋片。而置身在這些蓋片附近的隊妻總是做好被糾纏的心理準備。求愛者有可能會脫掉他的都鐸帽或有羽飾的三角帽，不過他們的騎士精神往往會在這個階段畫下句點！

上述空虛感令查理的心境重回高中時代。他在英語課上聽老師傳道授業，讀福樓拜那篇沒寫完的《布法和貝居榭》。引誘人去獲取性愉悅的那些描寫讓活潑外向的同學無比雀躍、竊竊私語，少年查理則把整本書讀完，記住了它的基本設定：兩個辦事員獲得一大筆財富，放棄自己的普通生活，打算追求更高貴的激情，從中獲得更大的滿足感。兩人將生吞活剝美酒、藝術、賽馬，結果都沒有從中獲得足夠的充實感。最後他們回去過原本的生活，運算數字、塗寫帳本。

如今，這個寓言卡在查理的胃裡，彷彿他吃花生醬三明治吃得太快、太大口。他會不會無能力享受君王生活？他所在的這個地位，是不是比他匹配的位置高太多了？他原本只會是一個工廠低階黑手啊。

他聽過一些菜鳥搖滾樂手的故事，那些跟科特．柯本像是同一個模子刻出來的前衛樂手。一旦他們賺到一筆財富，必定會去買一座莊園大屋，只因為這就像是一個儀式。不過幾年後，他們通常會搬進同一種大房子裡的一個房間，往往是最小的房間，或只是大一點的衣櫃。

想到那些前輩，查理決定不要逃避自己的命運。他要慢慢蛻變成大人物，融入他的新角色。他家臣當中的女子都很順從，也有懷他種的殊榮，但他需要一個人來分攤他治理國家的重擔。

他恍然大悟了。他的下一個挑戰（也許是最大的挑戰），是平衡領土上的男女人數。為此，他要找出一名優秀的女子，控制她，將她打點成一名得體的、檯面上的妻子。如今，女人在田裡幹粗重的農務，維持瑪麗希爾城堡的整潔，男人則痛飲拉格啤酒，吹捧自己如何播下一個世代的種。如果查理賜予某個女性財富與權力，將她捧成一個女神，就能勾銷她所有女性屬下的卑微。

派普爾細胞中的酵素開始自解了，意即開始自毀的過程。它消化細胞壁，使裡頭的液化物質流瀉出來。細菌出現在他的肺、嘴、鼻竇中，琥珀色的胺基酸洪流塞滿他的消化道。蒼蠅在他眼睛、直腸、生殖器、鼻孔四周飛舞，開始產卵。幼蟲在他皮膚底下孵化、鑽孔，吞食皮下脂肪層。

他的眼睛塌陷了。

他的腸子也已軟爛，實質上封住自己的開口，也將細菌產生的氣體囤積在裡頭，使他的肚子開始膨脹。困在體內的細菌使他的臉、生殖器腫脹起來，舌頭也腫了，伸出肥大、被撐大的嘴唇間。陰莖細菌的副產物脹大，成就最後一次假性勃起。這裡唯一的聲音是蛆在蠶食人臉的聲音，窸窸窣窣，跟上雪鏈的輪胎緩慢壓過未鋪路面的聲音一樣。

腹腔破裂了，氣體洩出，軀幹垮成一攤惡臭爛泥。嘴裡的細菌消化上顎，攻擊腦部，後者很快便分解了，從耳朵流淌而出。食肉甲蟲 Anthrenus verbasci 與 Dermestes lardarius[34] 前來吞食肌肉。

---

34 兩者分別為小圓皮蠹和火腿皮蠹的學名。

最後可能只剩皮和骨頭。更可能的結果是，甲蟲別無選擇，只能連皮都吃了。

這段期間，電視一直開著。正被甲蟲和蛆吞食的那個男人面朝自己剩餘的肉身，說：

懦夫才會因別人的處境而感到被冒犯。讓每個人自己去採取反應，為自己負責。

蛆發育成熟，化為蒼蠅，產下更多卵。電視上的俊男對他屍骨上爬來爬去的蒼蠅說：

把救人變成一項職業，就等於是永久創造一個需要被救援的階級。

蒼蠅在共享公寓的窗戶上停了好幾排。死蒼蠅鋪滿窗檯，不過有更多蒼蠅產下牠們的卵。蛆，還有更多的蛆隨之孵化。身穿薩佛街訂製西裝的男人對著牠們說：

我們必須讓個人做選擇，不堅持己見寧可死亡。

蒼蠅的每個新世代接連產卵、發育成熟、死亡，不斷試圖觸及上鎖窗外的陽光，直到皮下脂肪消耗殆盡，最後一代蒼蠅落到窗檯上，死去。到了這個時候，電視上的男人，有帝王或聖人或總統面相的那個男人，仍俯瞰著下方自己的骷髏，對它說：

討喜的人得不到他人的喜愛。

她幫他在遷居申請書上填的姓名：紳特利・泰特。他幫她選的名字：黛麗雪・巴士底。他們用香檳敬他們的新名號，但喝不多，因為她極度想懷孕。躲躲藏藏的日子讓他們得以相守，但遲早有一天會有人來敲他們的門。

他將被送出境外，送到專屬白人的城邦去。而她將留在這裡，留在原來的路易斯安那州，現改名為黑托邦。如果她懷了小孩，小孩就會接受檢測，然後被送到適合他居住的家園去。他們起先計畫逃到加拿大，但有數以百萬計的跨種族伴侶抱持同樣想法。為了堵住人流，渥太華關閉了國境。

他們只剩一個方法可以繼續在一起。不是結為連理，以丈夫妻子自居的那種在一起，也不是要維持偶爾見面一小段時間的密友、朋友關係。

不，他們的唯一選項就是偽裝成同性戀度日。酷兒城邦接納黑人和白人，而他們真正的性傾向是任何基因測驗都測不出來的。不過同性戀並不是沒料想到這點。有傳言說絕望的跨種族家庭會暫時四散、遷居，之後再偷偷摸摸重聚。墨西哥早就停止接收難民了。

黛麗雪曾經有個女朋友在移民政策主管單位的偽報偵查組工作，她很清楚地表明，移民如果偷偷從事異性戀行為被逮到，就得坐牢。高索邦有許多同志青少年在等出境簽證，因此酷兒邦非常積極地在搜捕未出櫃的異性戀，好拿他們跟自認是同志的人交換。

如果被抓到，黛麗雪會在最短的時間被移送境外。紳特利也是，不過他們會被送到分屬不同種族的城邦去。這確實是個難題。

他們開玩笑說以後要趁夜深人靜在髒兮兮的性別友善公廁碰面，偷偷在暗巷接吻。這些情境令人覺得沒尊嚴、有失品格，但至少黛麗雪和紳特利將能保有連結。他們的愛，他們未來的小孩。在他們的小孩宣告性向的那天來臨前，他們可以是一個小小的家庭。也許他們甚至可以共同照顧這個小孩，可以趁幽會時把他交到父親手中。碰頭地點在蒙塵又骯髒的成人書店，在可悲到無以言喻、地板黏膩的色情片長廊間。那裡會有隱瞞異性戀身分的同類去宣泄禁忌的熱情，會有可悲的夫婦在齷齪的凹陷處相會。

那幅活人畫令黛麗雪忍不住聯想到破爛馬廄誕生的救世主，他算是否極泰來吧。

她厭惡政府把她的小孩當作棋子，當作城邦政治下的人質。不過那孩子在十八年後才會做出決定，到時候法律可能已經變了。如果他的孩子選擇當同志，說不定還可以成為一個靠山，讓她和紳特利都留在同一個家園。

橘子汁的其中一個好處是，她可以不斷藉口說要去小號。她用餐巾擦擦嘴角，對她的約會對象露出親切的笑容。「我去一下洗手間。」她從椅子上站起來，刻意不望向紳特利和他那個激烈求愛的猛男。她敢把他視為紳特利的「對象」嗎？她穿行在公然投向她透明黃色洋裝的眾多視線間，刻意慢步穿過餐廳，故意繞來繞去、經過一張張桌邊，假裝自己搞不清楚廁所方向。她只希望，這些對她有利的條件能讓她丈夫注意到她，快步追上來。

夏斯塔找到那個網站了。網站橫幅寫著「王者新娘」，下面列出目前正在評估未來新娘人選的世家，以及該世家的成員。其中一個人叫布拉什，以前是開叉架起貨機的，現在在西雅圖附近建立了一個島上城邦，和隊妻後宮住在那裡。網站說他要找更多妻妾。

布拉什有個持續成長的連鎖餐廳品牌，夏斯塔曾看過它的旋轉招牌聳立在公路出口上方，發亮的背景上印著粗體黑字：**限白人**。這到底是吹噓還是反諷式的屈從呢？夏斯塔無從猜測起。菜單上有納粹筆管麵、三K黨漢堡、希特勒素食塔可沙拉。

布拉什和他的同類，自稱是王子和男爵。上個月他們還是黑手和寵物美容師呢，前管線工人和垃圾收集員組成的貴族階級。他們拿槍轟掉了文明的腦袋，他們讀陶伯特之書，靠它維生。讀了它之後，她便能猜測自己作為隊妻一分子的生活會是什麼樣子。繁殖用的母馬，負責生出白人寶寶，為新城邦添丁。一年，或更短的時間內生一串寶寶，生她媽媽以前掛在嘴邊的「愛爾蘭雙胞胎」。

小開墾地和營地的人會聚集起來投票，選出他們之中最具魅力的年輕女性，將所有資源投注到她身上，為她梳妝打扮。而這些選美皇后會在造型師、幫手的陪同下前往各世家的王宮。因為只要讓女兒嫁進世家，就能確保社區不受忽視。身為世家王子之妻，妳可以運用影響力來造福出生地。

她們繼續旅程，她們三個年輕女子，每個都有成為皇后的潛力，身邊有女僕同行。她們在一個又一個王宮間來去，資助她們的是村莊的希望和夢想。她們是前任啦啦隊員，返校日舞會舞蹈冠軍，牛仔競技公主。

每支隊伍會傾團體之力讓領袖華麗亮相，增加她締結強力聯姻的機會。等待會面的過程中，每個小姐都在纏頭髮、脫衣服。拔毛、梳髮。

根據陶伯特之書指示，人類應該要中止進步。接下來的百年內，應該要停止發展科技，也不要再創造工程奇蹟。長久以來，白種男人一直透過科學昇華他們的自然衝動，太久了。從今以後，這些能量將被導回自然的方向。白種男人需要從工業革命、資訊時代或隨便你愛怎麼形容的世界狀態抽身。白種人需要放鬆下來，喝喝啤酒，在戶外找點樂子，除了健康的寶寶之外什麼也不製造。「性世代」是他們的座右銘。

這些公爵和伯爵極愛他們的運動術語。隊妻令他們聯想到外接員、近端鋒、後衛，田妻則令他們心中浮現塞滿全美運動汽車競賽協會競爭者的賽車場。從輪胎工廠到蔬菜農場，各方打拚的勞工如今都蒙受某個地方王子封邑的恩惠。人人都得迅速賺取、迅速花掉新錢幣。陶伯特說，新錢幣廣為眾人接受後，使用期限會再延長一些。不過在這個當下，你必須用薄皮錢購買麵包、汽油、牙膏、一些葡萄、電影票、一雙襪子，讓錢在一天之內被許多人經手。

夏斯塔爸媽的婚姻得以倖存，因為她媽有時候會把結婚戒指放在浴室洗手台，然後出去晚餐，一放就是好幾天。有時候則換她爸丟下戒指，外出吃晚餐。

網站上，查理酋長這幾個字吸引了夏斯塔的目光，因為他是少數沒宣稱自己幹掉美國總統本人的頭目。

她上傳了幾張自拍照，一張拍臉，一張是全身照。她依照提示填寫資料。應徵位置：正妻。她會願意當隊妻嗎？願意。身高：五呎九。體重：一百二十五磅。有無遺傳性身體疾病或心理疾病：無。髮色：金。眼珠顏色：淡藍色。種族：高加索人。

她按下輸入鍵，又一個提示訊息跳了出來：申請者須接受基因檢測，證明上述身心健康與種族情報為真。

夏斯塔在「同意」兩個字旁的小框框打勾。

任何大小的房間內，都有鑲著閃亮水晶的銀托盤托著酒，美酒。賈邁爾為自己斟了一杯，邊在新地盤上繞邊品嘗。他細看幾乎觸及天花板的大幅油畫。畫中人拿著凶狠的劍，別著勳章，在他們的時代是活躍的大人物。他從他們仁慈的後代子孫手上拿走了這個地方，他們能體諒的。這些軍人都曾奪走他人的性命，好在這裡活下來，立起圍牆，和女人結為連理，而她們在這裡堆滿浮誇的裝飾品。

阿貝拉和她的家人回去他們的住處了。那是個小屋子，坐落在莊園內，從這間主屋出發過幾個路口便會抵達。這間房子，這個大宅，由他獨享。

不過房子無法帶給人力量。

賈邁爾拿出他的陶伯特之書，和他那杯金黃色的美酒，走向家中最大壁爐旁的最大椅子，坐下來。讀陶伯特之書，就像是進入自己的心靈格局。感受你自己的思考依陶伯特的典範進行布局。那就是力量：住在其他人的心靈之中。重新組織他人的心靈，讓它與你產生同步。對賈邁爾而言，那就是最強大的力量。

坐一整晚，在無聲的黑暗中閱讀作家心靈所羅列的文字。他不記得上次這麼做是什麼時候了，但那就是他今晚採取的行動。玄關壁爐架上的老鐘滴答響，像是年代久遠的炸彈。

陶伯特寫道：

無論是養兒育女或傳道解惑，背後都是同一種行動：不斷散播自我。

看看今天的白人，某些活力在他們人工繁殖的過程中被消除了。這些人，這些維京人、諾斯人，曾乘著他們的長船，溯萊茵河、窩瓦河、聶伯河、多瑙河而上，燒殺掠奪，讓大多數歐洲大陸居民長出金髮藍眼睛——他們怎麼會消失得如此徹底？他懷疑對大多數白人而言，「非黑人或酷兒」本身就是一件值得驕傲的事。而這是執行分割家園的充分理由。它強迫人，強迫所有人，去為你的優越感掙來一個理由。

畫中這些留著羊排式落腮鬍、山羊鬍，身上有金色繐帶的男人並不是一出生就含著金湯匙。他們賭上一切，就為了尋求更好的生活，為了成為踩在一百名或一千名敵對死者屍體山上的勝利者。無論是勝利者或落敗者，他們都已經死了，都在讚賞彼此曾經展現的勇猛。

他就在那時，首度聽到那個聲音。在那個深夜，在無人的屋中。賈邁爾不想接受鬧鬼這種想法，但他的內心已攫住了它。想到他幹掉的狙殺目標，想到那些被清算、掩埋的人，一股恐懼便使他的想法跨入盈滿罪惡感的小徑。

不過那不是通常會令人聯想到鬼的聲音。他將空杯放到桌上。他的杯子放在他的桌上，他的桌子擱在他家，而他不會被深夜的雜音嚇跑。尤其不可能栽在那種聲音上。

某處傳來隆隆水聲，還有某物通過舊管線的震動，而且是一再傳來。

那聲音稍縱即逝，但絕不會聽錯。是有人在高樓層沖馬桶的聲音。

黛麗雪坐著，在濃密的氣味和飛濺到附近的水花之間，鎖在餐廳的性別友善廁所內。有人敲了門，接著呢喃：「蘇珊？」

她前傾身子，悄悄說：「紳特利？」她解開鎖，甩開門。潮溼的洋裝仍貼合著她的身體曲線。她沒脫掉半件衣物，在隔間內等著。

瘦巴巴的白人男孩站在半開的門邊說：「別叫我那個名字。」

那原本不是他的名字，在移民前不是。他在廁所隔間外左右張望了一下，快步跨入裡頭，關門，上鎖。他的雙臂立刻環抱住她，嘴唇按上她的嘴唇。黛麗雪感覺到他的手指一點一點將她溼掉的裙子沿著大腿往上推。

他以雙唇磨蹭她的脖子側邊，包覆在斜紋棉褲下的勃起陽具頂著她。

黛麗雪的思緒飄向與他共進晚餐的那個黑人壯漢，但願那個魁梧的種馬老兄沒搞她老公的後庭，他只是個瘦巴巴的白種男孩啊。她叫自己冷靜下來，她對自己說，男人要當同性戀比較艱難。女孩子可以跟人調情、可以忸怩，但大家都認為尼哥（尤其是同性戀尼哥）會夙夜匪懈地搞人或讓人搞。紳特利的嘴唇在她的胸部上流連，但她還是得問。

「布萊恩？」他以前的名字是布萊恩。她問：「那個尼哥有沒有上你？」

他的嘴巴仍在探索她，他的手指笨拙地將洋裝往下扒，露出她的肩膀，同時口齒不清地說了一句話。他舉手，張開手掌擺了擺。一枚戒指在他的手指上閃閃發光，是他的婚戒。不是他們結婚時她給他的婚戒。

黛麗雪凶他，音量在廁所隔間裡顯得有點太大了，「你和他結婚了？」

當然了，她知道避免性愛的最佳方法就是結婚。說到殺死美好時光，沒什麼比這速效。但他有必要和他遇到的第一頭雄性怪物勾搭上嗎？還是說，同志亞就像關男人的監獄，如果你不當某個牢友的床伴就等著被所有人肏？

紳特利抬起頭來呼吸，氣喘吁吁地告訴她，「都沒有。」

「都沒有什麼？」黛麗雪質問。

紳特利解釋：對，他確實和那個老兄結婚了，但他們誰都沒搞誰。

黛麗雪感到困惑。紳特利跪到地上，頭埋到她的洋裝內，往上頂而非往下移動。紳特利的白色大呆頭在她肚子附近撐開裙子，讓她看起來像是懷孕了。他熾熱的鼻息朝她的陰部噴出含糊的字句。

黛麗雪問：「什麼？」她想要答案，但他們時間有限，她不想要他停下來。

有人敲門，紳特利的舌頭在她大腿間的舔舐停了下來。

外頭有個嗓音問：「黛麗雪？」是那個紅髮女子，金吉兒．普雷斯蒂，她問：「妳還好嗎？」她靠近門邊低語，「妳在廁所生小孩嗎？沒有吧？」

紳特利笑了，嘴巴罩在黛麗雪身上笑，將空氣灌入她體內。這樣下去，他會讓她的屄發出屁聲。她握拳，以指節敲了敲他的頭，讓他停下來。她用核彈級的招數回應那個愛管閒事的紅髮女子。她用氣音說：「別種族歧視！」

這是同志亞地區最嚴重的指控。放在這個情境下不怎麼說得通，但還是發揮了效果。

對方說：「抱歉，我錯了。」腳步聲似乎遠去了。

紳特利那該死的頭還在往上撐她那件潮溼的裙子，他說：「賈維斯不是那種人。」根據紳特利的說法，那個誇張又刻意地在公開場合撐開他瘦皮猴老公的腿、羞辱他的健身房肌肉猛男，是異性戀。他移民後和白人老婆失散，已經找她七個月了。目前他和紳特利結婚，這樣他們才能假裝是彼此的伴。他頭埋在她的小妹妹前還解釋這麼多，不過他聽起來很誠懇。那誇張的性羞辱是一種演出。其他時候，他們會指控對方和座位附近的某人搞上，然後尖叫互巴對方。

紳特利站起來了，他輕柔地堅持地將她轉向另一頭，掀起她後方的裙子。他掏出他的傢伙。在同志亞，公然扭打和性霸凌不是真正的同性戀會採取的行動，那完全是兩個異性戀從局外人的立場做的解讀，但可以讓旁人跟他們保持距離。

黛麗雪想知道他們是怎麼認識的，她自己也想找一個異性戀乖女孩。不過現在紳特利從後方挺入她體內了，於是她在廁所小隔間允許的範圍內盡可能把腳張開。她倚著馬桶，屁股回頂他的衝刺。

蠟燭折騰著她們。燭光不會一直亮著，它們會搖晃、傾倒、落下。夏斯塔看著一名年輕女子戒慎行走於人行道上，踩出藝妓般小巧的步伐。女孩的頭完美挺直，戴著沙沙作響的冬青葉和有毒的槲寄生漿果花圈。六根長長的白色蠟燭挺立在花冠上，尖端各有搖曳的焰光。

夏斯塔親眼看到其中一個女孩的蠟燭傾斜了，融化的蠟涓流而下，沾到刺繡繁複的村姑裝上衣。偏離正確位置的蠟燭掉了。燃燒的燈芯使她的亞麻裙襬起火，女孩雙手並用撲打那小小的火焰。突如其來的動作導致剩餘的蠟燭全數從她頭上掉落，有幾根滾到街道上。還有一些掉進水溝，點燃用過的保險套和被人丟棄的舊時代紙幣。

蠟燭、荊棘冠，是儀態測驗的一部分，也是高索邦時尚宣言。夏斯塔是這樣看的。做這種俗麗的狗屎打扮與其說是一種古怪的潮流，不如說是一種服從。

穿村姑裝的女孩無聲地咒罵，並且剝下裙子和襯裙上的冒煙渣滓。夏斯塔專心操作她的核心肌肉群，將脊椎打得筆直。練瑜伽多年終於有了回報，每根蠟燭都很穩。她緩緩經過這不幸的場面，展現出雍容氣度，宛如受訓中的君主。

某處有人發出呼喚。「小妞！」是男人的嗓音，「蠟燭維持得真棒！」

夏斯塔轉頭去看，彷彿花了幾百萬年的時間（永遠都得掛念著蠟燭）。她認得迎面走來的年輕男子。他一手捧著一個旅行袋，另一手拿著厚如磚頭的平裝書。他的兄弟是她學校裡的朋友艾斯特班，男同艾斯特班。她拚命回想眼前這張臉的名字。

「札維爾。」他提點她。他是艾斯特班的直男兄弟。「妳打扮得這麼**白人女孩**是在嗨什麼啊？」

她懶得解釋基因鑑定出包的事。說這些是廢話啦，兩個來自金塔納羅州的祖父母害慘了她。她不是純正的拉丁裔美國人，也不是流著高級的血，像是西班牙來的那種。她問他有沒有看到華特。

札維爾搖搖頭說：「妳有一根蠟燭熄掉了。」

「靠。」夏斯塔打開她的凱特．絲蓓托特包，裡頭露出爛掉的一大團丹麥麵包和果醬甜甜圈。她的手指探入攪在一塊的泡芙餅皮、巴伐利亞奶油、糖粉中摸找，過程中一直眉頭深鎖。

札維爾看到那一團壓爛的美食便往後彈，露出作嘔的譏笑。「那妳這到底是什麼打扮啊？」她緩緩抬起視線，尖銳地望向在場形形色色的其他女子。她們小心翼翼地啜飲拿鐵，或牽繩遛狗，同時讓頭頂點燃的蠟燭保持平衡。「斯堪地那維亞風之類的。」尖尖的葉子和滴落的蠟刺痛她的頭皮。「斯堪地那維亞風髮辮。」

札維爾翻了個白眼。「嗯，看起來很蠢。」

夏斯塔怒刮他，「這是法律規定的。」她的手指摸到她要找的東西了。她抽出一個香菸打火機，上頭有卡士達醬，是從那攤黏糊沾過來的。她遞給他說：「幫個忙好嗎？」

札維爾接下那個黏黏的打火機，稍微聞了一下，彷彿打算把那舔乾淨似的。他拇指一彈，打火機吐出一絲藍焰。

夏斯塔壓低身子，使蠟燭進入對方伸手可及的範圍。藉此機會，她抓住對方手腕一扭，看他拿著的那本書是什麼。結果是《阿特拉斯聳聳肩》。布洛利博士上學期教過的書。

札維爾將火湊到每個燈芯上，然後開始唱：「祝妳生日快樂……」他打住後說：「我們都要主動離境了，所有離散的墨西哥人都要參與不合作運動。」他指的是所有拉丁裔美國人、拉丁人、奇卡諾人都南下往國境移動了。「這些白人muy loco[35]。」他笑著說：「等他們全餓死或自相殘殺死光光後，我們就可以出來撈好處了。」

---

35 西班牙文，意指太瘋狂了。

根據札維爾的說法，墨西哥到時候將會「大放光彩，宛如義大利文藝復興的產物」。

夏斯塔保持微微低頭的姿勢，盯著自己的木屐問：「我的頭髮上有蠟嗎？」

「歐洲考古學，」札維爾接著說：「將他們偽造的敘事套到哥倫布抵達美洲的所有歷史上。」比方說，大家普遍認為某些繪畫或雕刻是在描繪阿茲特克的活人獻祭，他們挖出心臟的過程。他知道，這些作品其實是在側寫中美洲人成功執行了心臟移植手術。立於金字塔頂端的石板高台其實是手術台，設置在那裡是因為日照有益健康，而高處的日照最強烈。

「更驚人的是，」札維爾說：「有些畫畫的是部落成員砍下人頭，舉在空中，血亂噴，血管垂在切口下方……」

夏斯塔嚇得一抖。

他解釋：那些軟骨外露的場面，其實是他們成功完成頭部移植手術的證據。

「白人科學家，」這年輕人幾乎是用吼的了，「沒辦法有樣學樣，所以他們得否定這種事！」

他們附近有個年輕女人湊上一家商店窗邊，窺看其內。她頭冠上伸出的蠟燭點燃了雨棚的條狀色塊。不遠處，另一名女子正在人行道咖啡館喝咖啡，沒注意到燭焰正緩慢地點燃她頭上的琴夏洛傘。

札維爾將香菸打火機遞給她。「跟我走吧。」他提出要求，「讓這些瘋白鬼害死自己吧。」

這句話很有吸引力，夏斯塔絕對稱得上心動了。她的爸媽已經主動離境前往猶加敦半島了，更別說札維爾看起來充滿陽剛的雄性魅力，白色牛仔褲沾得夠髒，不會令人聯想到同志。他的同性戀兄弟八成去同志亞了。難怪他想要陪伴，此時他孤單一人。

她接過打火機，喀一聲打開皮包。「我原本要分一些糕餅給陌生人的。」她把打火機丟到甜膩的爛泥中。「這是一個古怪的儀式，跟戴蠟燭帽是成對的。」夏斯塔在拖延時間，她不想傷札維爾的心，但她得找到華特才行。為了轉換話題，她將打開的皮包遞向對方，「有個巧克力閃電泡芙看起來沒那麼爛。」

札維爾聽懂了，他接下變形的閃電泡芙。鮮奶油上插著頭髮，最精華的層層酥皮上撒著皮包的棉絮，還有不知哪跑來的薄荷糖。「謝啦。」他嘆了口氣，看起來很受傷，但還是很可口。

「謝謝你幫我點蠟燭。」她蹩腳地說，然後慢慢轉身，謹慎地跨出一步又一步，不忘保持火焰光環的平衡，朝人行道挺進。

那是國恥。在查理看來，絕對算是一種羞恥勳章。黑托邦最近宣布他們成功發射了新的飛行金字塔，它倚賴的反重力科技遭遺忘多年，據說是因為有歐洲中心主義的利益勾結壓迫著它。就在白人否認了數世紀後，黑人證實埃及法老建造的金字塔其實是飛行器。

白人雇用知名導演史丹利·庫柏力克於新墨西哥沙漠拍出以假亂真的登月影片，但就在這同時，黑人知道真正可行的太空旅行方法，而且保密整整十世紀。

嗯，那個祕密公諸於世囉。查理趴在電視前看著黑托邦的新聞影片，畫面清楚拍到一架基奧帕斯級的龐大金字塔從軍事基地起飛。這些毫無真實感的石船升上藍天，其中一艘已平安降落到月球上。美國太空總署於六〇年代晚期完成那虛構的特技演出後，宣稱的降落地點就在那附近。幾天內，黑人太空人就會出船探勘該地點，然後發現那裡沒有美國國旗，沒有高爾夫球，也沒有月球車的輪胎痕。

高索邦即將面臨全面的羞辱。

為了分心，為了不去想無可避免的結局，查理打開一本陶伯特之書。就連他的手下帶著一群秀麗的年輕女子進入王座廳讓他選妃時，他仍繼續讀著那本書。

電視持續播出刺激性的畫面：巨大金字塔飄浮著，下方聚集著一群驕傲、貌美的黑人，形成壯闊的景象。他們身上的大喜吉裝閃動著鮮豔的色彩。他們──男人、女人，還有小孩，都呈現出高貴的儀態，背打得好直，抬頭挺胸，彷彿每個公民都是貴族。

根據陶伯特之書的解釋，最聰明、意志也最堅定的一派黑人，早在一六〇〇年左右就發動了罷工。「審叛日」的概念像種子一樣，在他們內心埋藏了好幾個世代。為達目的，他們先是挑同胞下手，好磨練自己的凶殘度。他們知道當權者不會把黑人兄弟鬩牆放在心上。而根據陶伯特的說法，白人透過校園、職場槍擊案來為「審叛日」排練。同志透過愛滋病削弱同志，他們上健身房學習用美貌消滅他人。這些派系都在培養冷血行凶的能力，為未來接管國家預作準備。

如果他們適應了殺戮，對自己的兄弟姐妹下手也不會遲疑或自責，那他們當然可以屠殺他們在政治界、媒體圈、學院內的主宰者。時機來臨後，他們將停止自相殘殺，將怒火朝外宣泄。

圈內的附帶損害會使每一支軍隊的怒火燒向人身安全無虞的、不食人間煙火的、所謂的領袖人物。他們出人頭地是靠優秀的講稿撰寫人抬轎，靠親吻小嬰兒，他們在世界上從未展現過實在的、物理性的力量。

吸鴉片吸到腦袋糊塗，熱愛全國運動汽車競賽協會賽事的土包子……朝小妞獰笑、像混混的黑人……性愛中毒的酷兒……他們會在自己的社群內挑軟柿子下手，為「審叛日」做排演。沒人懷疑這些殺戮行為會跨出社群之外。熟能生巧，黑人的槍法變好了。酷兒學會靠俊美的微笑贏得他人的信任。白人掌握了恐慌群眾在彈雨中會採取什麼樣的逃亡模式。

根據陶伯特的說法，這些事件不是巧合。每發生一起飛車槍擊案、每發生一次病毒傳染、每當有郵差發飆，「審叛日」就會多靠近我們一步。這些群體完全擺脫自己的人性後，必定會拿他們共同的壓迫者開刀，大屠殺。

電視上，一個巨大的飛行金字塔飄浮在陽光普照、萬里無雲的藍天，下方是黑托邦人民，群眾舞動歡呼著。黃金飾品閃閃發亮，一如他們的微笑，展現著純然喜悅與無盡驕傲的微笑。

他覺得白人種族彷彿迷失了。他們不再使黑人和酷兒感到低人一等，因此他們自尊的關鍵根源消失了。白人曾經像是富裕的家族，在一群愚蠢又墮落的家僕面前不斷誇耀他們具道德又巧妙的行徑，折服對方。失去酷兒和黑人後，查理以及他的白人同胞也就失去了過優越生活的動力。白人城邦失去了讚賞他們的下等人，似乎處於張皇失措的狀態。

他將電視切成靜音，看著黑托邦那些歡喜舞動的人民。

白種人就像活得比小孩久的父親，沒有人可以聽他高談闊論，也沒有人為他動容了。弱小版、瑕疵版的自己離開了，沒有人可以聽他說教、接受他的救援了。他就像眼睜睜看著自己最後一批創造物死去的神。在這個白人城邦，這個工整有序的新世界，等著他們的未來到底是什麼呢？白人種族面臨著莫大的挑戰。他們有沒有辦法讓綠草更綠，讓火車更準點？

這種時刻令「審叛日」感覺像是一次大倒退。在過去三百年冒險施行完一次社會實驗後，白人只能退回騎士與貴族的年代。活在諾曼．洛克威爾風的堡壘，美得像《讀者文摘》插圖那種。

有人在查理耳畔低語，是他的大管家在提醒他，「先生，來了些女賓要給您挑選。」

鞋跟踩得喀喀響又低聲下氣的馬屁精來了，他厭惡到想吐。任何未參與屠殺、弄髒雙手的人都讓查理感到噁心。查理嶄露頭角，證明了他的勇猛，這代表弱者會在他下半輩子不斷躲他。懦夫會憎恨、鄙視他的成就。他接下來的大半輩子都會是孤單一人，只有自己的心聲為伴，因為幾乎沒有地位與他對等的人。這就是為什麼挑選伴侶如此見鬼地重要。重要，但一點也不容易。

查理放下書，以遙控器關掉電視。他的屬下將一批適婚的年輕母馬趕進房間內，而他幾乎不用轉頭便能將她們的身影收進眼底。她們穿著令人聯想到復活節彩蛋的粉色系短裙，忸怩不安。她們雌鹿般的雙眼試圖捕捉、留住他的目光。睫毛眨呀眨的，帶光澤的嘴唇噘起，有些人深呼吸，挺起胸。他沒被唬倒。她們除了當女人之外還懂什麼？她們過著極為物質性的生活，除了可見的、有形的物體和明白道出的話語之外，什麼也不信。

在這一片搔首弄姿的混亂中，有人吸引了他的注意力。有人威嚴地靜立在人群裡，細如柳條的四肢一動也不動，有稱后的資質。她身穿刺繡繁複的村姑裝，蜂蜜色的頭髮流瀉到肩上。查理可以想像她在豐饒的金色小麥田中揮舞鐮刀的模樣，她的下體將會產出新一代的眾神。查理將在她體內播種，讓她生下一大群發明家、藝術家，幫助白人種族找回活力。

他盯著她象牙色的手臂，依序看了一眼她胸前純潔的兩個梨形隆起。她的小腳套著款式簡單的皮涼鞋，其他部分都裸露在外，她淡藍色的眼珠透出順從的、動物性的智慧。查理用小到不能小的幅度朝她挑了一下手指，吩咐她，「小寶貝……」

看起來，她頂多小他一、兩歲。他用他最威嚴的嗓音提問：「請問小妹芳名？」

她回望他一眨眼的工夫，沒說半句話。也許她已經聽說他這幾個禮拜以來是怎麼對待那一長串妻子候補人選了，他不只是瞄她們一眼而已。他會從大量的美人當中挑人出來，跟她們直接對話，任何人都可能被挑到。她的沉默提升了她的吸引力，查理想到自己很快就要擁有她了，內心升起一股性興奮。

她沒開口，於是大管家插嘴了。「先生，」他說：「她叫夏斯塔。」

夏斯塔，皇后夏斯塔。

她將變成他的人，他完美的亞利安配偶。

喬瑟芬女士過著靠餅乾和琴酒維生的日子，她心中沒什麼念頭是自己的。她不敢吃阿貝拉端上來的食物，奮鬥不懈地將它們弄成好入口的大小，倒進馬桶沖掉，但只能在深夜做這件事，以免別人聽到。她開始沒日沒夜地開著電視。她需要陪伴，儘管能陪伴她的人總只有陶伯特。根據他的說法，白人開開心心地撤離了密西西比的傑克遜，一如黑人歡天喜地地拋下底特律。他說歐洲人三百年來不懂得自己揮汗耕種稻田、收割自己的菸草或甘蔗，這是一種恥辱。密西根只比一堆雪和生鏽擋泥板加起來的荒野還像樣一點。陶伯特說，白人需要冬天，需要強制的休息，否則他們會被勞動逼瘋。黑人則痛恨荒謬的雪。

你可以想像陶伯特說這些話時的舉止儀態，他的演出躍然紙上。喬瑟芬女士稱這些是喪心病狂的洞察，是這種洞察力的例證。這喪心病狂如今成了一種新的理智。

他說南方白人不敢在北方侵略戰爭結束後立刻搬走，因為他們不想證明《紐約時報》的看法是正確的。他們在喬治亞或密西西比或路易斯安那沒有事業，但夾著尾巴逃跑、把南方交還恰當的居住者，就等於是讓懸著的戰爭之斧正式落下。歐洲人不會想念葛藤和水蝮蛇形成的地景。留住佛羅里達就像是在一具屍體旁裝笑。那是小女孩的屍體，旁人幫她穿上蕾絲受洗袍，戴上小珍珠項鍊，假裝她總有一天會恢復健康。佛羅里達對白人而言，是死亡。

陶伯特彷彿直接對著喬瑟芬女士說話似地大放厥詞，談沼氣，談沼澤地不斷將事物拉向腐壞和腐敗。地球上沒有任何東西可以支撐美國南方的白人，除了他們自己的特質：蘇格蘭裔愛爾蘭人的頑固。惡毒的微風和冒著水汽的溼地只帶給白人皮膚癌和瘧疾，沒別的了。在北方，生活在芝加哥或費城這類都市的黑人深受缺乏維他命D、營養失調、凍傷所苦。

喬瑟芬女士高踞在這個擁擠的套房內，房間像二手賣場般塞滿銀杯、獎盃、證照、日記、記憶、家族聖經，而她是事物之腦。是哨兵，駐紮在孤立的前哨。她是靈，隱匿在樓上的靈，有別於地窖財富的守護靈。為了保險起見，她當初已下令將所有白蘭地和馬德拉酒庫存都運上樓陪葬了。一箱箱，都是突圍船在脫離聯幫戰爭期間走私進來的。

一個酒後的衝動掠過邦喬女士的心頭，稍縱即逝。她可以燒掉這些寶物。過往時光安放在她手中，管理者之手或劊子手之手。她可以燒掉這棟房子，以及屋內所有不再光彩的紀念物。

❖

查理知道問題在哪裡。就那個啊，「白人種族應該要學會昇華他們的性衝動」啊，他們應該要延遲滿足感的到來，去發明電燈、胸部X光片、植物學，而不是看A片打手槍，或搞遍所有需要被搞的公車。這麼做的結果是，白人（主要是白人男性啦，老實說）創造了科技，贏得了完美文明的聲譽，文明中的一切機制都會正常運作。但是當其他種族不願跟進時，問題就來了。他們不斷打炮，管他有沒有愛滋，有沒有疱疹，不斷生下小孩。你看看，白人男性放棄小孩，換來各種好東西的專利權和權利金，這當然很重要，不過他們忽略了真正重大的競爭，人口數競爭。查理就是這麼看事情的。白人男性拚了命地不打炮，所以才有剩餘的能量去發明太陽能，但這導致他失去統御權。斯托達德都寫過了。看吧，放眼人類歷史，科技和嬰兒總是在尋求平衡。科技進步，出生率就下降。新生兒增加，文明發展就減緩。而目前，人類的進步即將被其他種族的新生兒人海淹沒，代表他們得放棄加硫橡膠和逆滲透了，因為那個社會區塊需要夠聰明的人來營運，但這種人即將消失。

要是白人可以放鬆下來就好了。要是他們可以放個假，不要想著對所有東西做陽極處理，然後也許去肏個屄，文明就有機會存續了。不過女人並沒有提供什麼幫助。不，她們只顧著玩一些新招，發明X光和eBay之類的，顯然不想放棄公眾的讚賞，不想張開她們的雙腿。這就是施行「審判日」的原因。它賦予僅存的少數公種馬機會，讓他們可以去增產白種人。它移除女性學位和其他狗屎的誘惑，不讓女人對著那些玩意兒流口水，流到她們寶貴的亞利安卵子都乾了。

「審叛日」給查理這種精蟲衝腦、「微積分二」成績不怎麼優秀的人率領白種人反攻的機會。就是這麼簡單。

道森無意割下那女人的耳朵，她再怎麼苦苦哀求也沒用，最後只好抄起地毯切割刀自己動手，最後淚流滿面地放棄了。

她跪在沙地上。他在前方俯瞰著她，看到她右耳頂端有凝固的乾血。顯然她曾試過切下自己的耳朵，還可能試過不只一次。

她談起「審叛日」那天，牽出一個又一個細節。首先，儘管她要求學生關掉手機，有一支手機響起了警報。接著又一支，然後合唱團似的，手機同時發出聲音，嗶嗶聲、尖鳴、狗吠，一片噪音。接下來的狀況可不是什麼大禮堂內的零星幾個學生把手伸進凱蒂貓或特種部隊書包裡抽出槍。在教授和她的研究生助理的困惑目光下，每隻手都伸向桌子側邊下方，無數條拉鍊發出震耳欲聾的尖嘯。**每個學生**都坐得直挺挺的，伸長一隻手，手上都握著槍。

「看起來，」她結結巴巴，其中一隻顫抖的手在空中揮舞，「像是有一座黑色針山指著我們。」短槍管的手槍，槍管較長的步槍或霰彈槍，還有長度居中的左輪手槍。

那些黑色棒狀物噴出火，槍口焰和煙霧形成一面牆，火藥味飄散開，一個研究生發出砰、砰兩聲倒在講台上。他們開第一槍後，她就什麼都聽不見了。

研究生爬向她。他的腳仍在它們倒下的原位，但他的軀幹和手臂悲慘地拖著自己朝安全處前進，傷殘的腸子拖在後方，彷彿油膩的流蘇。她蹲在演講台後方，而他爬向那裡。子彈和鹿彈炸開他們身後的螢幕，在灰泥牆面上穿孔。

唯一的聲音是持續不斷的槍響。她聽不出那個研究生實際上有沒有出聲，不過他那發青、垂死，不，是已死的手伸向她時，他的死者之唇擠出「救我……」的形狀。

倒在她四周的，是她寶貴的兼任教授團隊，每個成員都是她小心挑選，花了多年時間從其他單位召集、延攬來的。他們像擱淺的海豚般抽搐著，面目全非到了不似活物的程度，儀式降臨到他們的屍身時，他們傀儡般彈跳，猥褻地抽搐。

她冒險將手伸出演講台，手指與男孩冰冷的手指交纏，然後將他溼透的胴體拖到安全處。他的頭枕在她的大腿上，看起來像是睡著了。

道森咬緊牙根，不讓自己問那個研究生叫什麼名字。

如今女人和道森在一起，不再啜泣了。她陰鬱地看著地面，口齒不清地說：「只差幾天他就要完成博士論文了，談性別流動性的論文……」情感創傷彷彿使她整個人都在發抖。「他只不過是叫幾個大學生讀貝爾．胡克斯[36]啊！」

他們，查理和他未來的新娘，漫步在他的花園中。悠哉地穿過古羅馬鳥浴池，還有他從舊美國各大

36　女性主義者，關注種族、階級、性別的關聯性。

博物館搜括來的希臘風草坪裝飾。他指著一個巴比倫草坪裝飾品，是他在洗劫蓋蒂博物館時發現的。他要她注意一片黃色牽牛花，希望讓她感到驚豔。花種在某個美索不達米亞風石雕裡，是他從華盛頓特區國家博物館弄來的。孔雀耀武揚威地列隊行進，不過牠們的美跟夏斯塔比起來根本不算什麼。

她看著百萬年前的埃及某女士雕像，確實很讚嘆。查理要他的團隊將之漆為凱莉綠，好搭配新草地的家具。夏斯塔看著它說：「讚喔。」

他想讓她見識芝加哥藝術博物館弄來的浮雕，真的超古老的玩意兒。他希望她會喜歡。求愛篩選就會完成了。他們還是需要她的基因測試來證明她的官方身分為白人，但那只是形式所需。他看一眼就知道她是白人了。這晴朗的天空搞不好是模仿她的淡藍色眼珠造出來的，鳥語比不上她的笑聲。她多麼清純，甜美，天真無邪。她仍相信全球暖化和納粹大屠殺是真的。

查理懷疑自己強暴了她的耳朵，但他很緊張，一開口就停不下來。

他要她止步欣賞他從第五大道上的某家教堂弄來的燭台，似乎是純金還是什麼鬼材質，所以可以放在戶外使用，一年四季都撐得住。他要她蹲下來試著拿拿看，看那玩意兒有多重。她拿不起來。

「很酷耶。」她附和。

每天都有新垃圾送到這裡來，蓋蒂博物館裡生灰塵的舊物、紐約大都會藝術博物館的玩意兒愈冒愈多。有一隊人馬什麼事都不做，專門負責拆板條箱、試著找地方豎立那些東西。

走著走著，他開始說自己的生活有多難熬，試圖博取她的欽佩。貴族的生活需要一點時間才能適應。例如，有那麼多人全神貫注聽他的每一句話，更不用說那些豐盛佳餚了，他們期待全能霸主吃的那些食物。比方說今天早上，他覺得它的晨間腸道蠕動以大便強暴了他。

就這樣，他們正式開始婚前交往了，夏斯塔的教育也隨之開始。查理會讀陶伯特之書的段落給她聽。緩慢地，他說：女人在很早的階段便決定要愛自己子宮內的靈魂，或拋棄它。一旦她肚子裡的小孩自然出生，不論他的膚色是黑是棕、是不是亞洲人，她都會愛他、以他為傲，這傾向不是她能控制的。這種衝動解釋了為何許多女性藝術創作長那個樣子。

相對地，白人男性必須確認新生兒是健康的、他自己的複寫物，他才有辦法愛小孩。因為白人男性隨時面臨著圍攻，總是為低等種族的腐敗思想和可恥成就惱怒著，因此白人男性必須確定他的後代會是他忠實的盟友。

查理向她保證，在這個光榮的新世界，所有小孩都是有價值的。就連同性戀小孩也非無用的存在。等他到了性向宣告年齡，我們就可以拿去換誤生在同性戀國度、在那裡長大成人的異性戀男人或女人。

吟遊詩人在開滿雛菊的田野間對著他們演奏小夜曲，查理以他們的七弦豎琴和笛音為背景，大聲朗誦陶伯特之書的段落給夏斯塔聽。

只有神可以創造新事物。我們只能辨識事物中的模式，看出從前未見的，然後結合種種事物來創造小幅度的變體。

他朗誦道：

「審叛日」將會由心智最為堅定者來實行。

根據陶伯特的說法，科技和道德規範創造了一種環境：簡直只有死亡可消除事物的世界。仇恨會永遠存活在網路上，沒有人能逃離過去。沒有任何事情會被遺忘。反過來說，男人應該要把恥辱和羞辱視為暫時性的阻礙。沒有任何公眾人物可以長期消失在報章媒體上，不管他的形象墮落得多麼外顯。落幕階段的幕永不落下。「審叛日」的發生，就是為了瓦解「無任何事物會瓦解」的世界。

陶伯特在電台上播報新聞，「世家聯合議會指出，前合眾國總統的屍體尚未被發現。他在『審叛日』後下落不明，官員正在調查他是否接受外國勢力代理人的協助，逃離了政府。

「世家發言人表示，白人城邦……黑托邦……同志亞……的擁擠大街上發生了爆炸案，據信有兩人……六人……十八人喪生。

「與前合眾國總統結盟的恐怖分子宣稱瓦斯爆炸……縱火……破壞行動為其犯行……掌握相關線索的公民請即刻聯絡世家代表。」

藍黑色封面的書預言了這些狀況：

在倫理道德陷入重大危機的時刻，人們會支持擁槍數最多的高貴領袖。

陶伯特的預見是正確的，某種斯德哥爾摩症候群逐漸扎根。人民接受新領袖是因為他們需要領袖，而前任領袖已經死了。誰在使政府運作？運作的細節為何？對人民來說都是次要的，不如他們自己生活的詳情要緊。比方說，養兒育女，或完成工作或學業，或找尋伴侶。戰火原本快燒過來了，可能受其影響最劇烈的人，如今都鬆了一大口氣。人民懂得配合政府的要求，他們已經習慣這麼做了。政府本質為何，他們無所謂。

當然了，許多人被這種暴力手段冒犯了，但沒有人火大到拋棄自己的人生去抗議。人死了就死了。每個人都有上天賜予的一丁點才智，才智湊在一塊，共享彼此所有。根據陶伯特的說法，巴著身體的靈魂，就像是攀著泳池畔的不諳水性者。

飛機在空中交錯，每一架都載滿了要遷居到適當家園的人。當中的年輕人開心極了，因為他們參與了近代史上最大規模的社會改革運動。年長者則頹喪不已。一家又一家的人口被打包送上路。放棄財產的人上網挑選等值的新家，而那些房子也都是其他人遷居後被充公的。在機場，一戶戶人家小心不讓孩子跑遠，同時研究著手機上的照片，還有住家、農地、公寓的導覽影片，挑選他們夠格居住的地方。

稱這是社會實驗並不正確，失敗是不被容許的。參與者非得使它成功才行。

午夜過後又過了一百年，剛在公車站廁所內敦倫的黛麗雪和丈夫流連在彼此的臂彎之中。

「他們說賈維斯是『芬蘭湯姆大叔』。」紳特利說。

黛麗雪問：「那是什麼意思？」

紳特利聳肩，搖搖頭。「說他肌肉太發達之類的。」他說：「不是一種讚美。」他低下頭去，盯著廁所隔間地板上的髒污，視線停留得有點太久了。他問：「那是波考賽特[37]嗎？」

黛麗雪想知道他和賈維斯有沒有搞上，畢竟男人連泥巴都願意幹。但她不想聽到錯誤的答案，因此閉口不提。

也許白人懷疑過。近年來，白人的大眾文化跌跌撞撞地逼近真相，差點就要發現黑人隱藏多時的浩瀚智慧與力量了。白人創造了許多虛構角色，所謂的魔法黑人，他們具備超能力和靈性能力，暗示了黑人實際上抑制著多麼強大的天賦。然而，在黑托邦降臨後，過去扮演可憐毒蟲和病態過胖社會福利金米蟲的黑人姐妹們，甚至是把白人頭髮黏到自己頭上以嘲笑白人審美標準卻被自我中心的白人蠢貨當成恭維的黑人姐妹們，終於可以大器地拋下他們福斯塔夫[38]式的角色，站到真正適合她們的位置，扮演無人能擋的治癒者，大宇宙真理的掌握者。

黑托邦居民慵懶地闊步在他們環保城市的大道上，這是他們天生有權採取的儀態。他們的四肢發光，他們的女人婀娜多姿，皮膚泛著光，懷有自信滿滿的智慧。完美無瑕的尖塔優雅聳立於晴朗的天空，蔑視著落後的白人與其石器時代物理學。

黑人的移動與其說是漫步，不如說是在連續動作中滑移。不是高索邦公民那種一顛一顛的步伐。白人沒有語彙可以形容如此流暢、滑順到不能再滑順的動作。這些匱乏一再出現，白人的語言就更加遭到鄙棄，黑托邦於是使他們的古老語言復活了。

白人的歷史以文字書寫，黑人的歷史則以旋律書寫。

黑人弟兄們甩開瘋狂暴力殺人魔的偽裝，擺脫那種概略又粗糙、只騙得過殘酷白種人的角色設定。這已經變成了一個圈內笑話：這些弟兄能表現得多古怪？在白人壓迫者開始懷疑他們的出發點其實是為了造福黑人之前，他們能把黑人音樂發展到什麼地步？

如果他們大聲談笑，目的也是為了隱藏一項事實：他們的溝通主要是靠心電感應。

弟兄們如今自由了，可以承接精神遺產，當個博學的薩滿，於是他們歡欣地甩開鴨舌帽和打結的方巾、紅紅藍藍的衣著，不再假裝自己和幫派有關係。他們笑著向油滑的黑人英語道別，永遠將之拋諸腦後，不用再靠它來掩藏自己的天賦、提防白人。那些加密字句所遮蓋的，是將沙子提煉成寶貴鑽石的鍊金術公式。重新獲得自由的弟兄們召喚出大量鑽石，變出同樣繁多的紅寶石、無瑕的翡翠，形塑所有的珠寶，去建造一座座巨大的宮殿。它們受光，而光在其內部閃耀如天國的彩虹，白人那劣等的教堂彩色玻璃窗根本沒得比。

在黑托邦，人民繼續對大地誦唱讚美之歌，而鑽石懷著感恩之情鑽出土壤，大小如摩天樓，穿雲如宣禮塔。熔融的金子冒泡，頃刻間硬化、塑成圓頂宮殿，供忠誠的人民居住。

在彩色天堂的庇蔭下，黑人找回了他們在白人宰制時期遭剝奪的尊嚴。有史以來第一次，黑人的努力得以造福黑人，而不是豐潤敵人的金庫。過去人稱亞特蘭大、伯明罕、邁阿密的城市（全是白人都

---

37 Percocet，一種可能成癮的止痛藥。

38 莎士比亞劇中的人物名，常被用來形容肥胖的粗人。

市）閒置荒廢了，而威風凜凜的黑人，這肌肉發達的背部結著剔透、閃亮汗珠的族裔歌唱著，使輝煌的神廟現形，榮耀他們的祖先。雄偉的建築物以白人不可能預見的奇異形狀振奮天際，弟兄姐妹與動物們和平共處於這些宏大的住宅之中，與自然世界、精神世界達到完美的和諧。

少數白人獲准目睹黑托邦的奇觀，他們都流下敬畏的淚水離去了。但這些人仍固執地信奉白人優越性。為了保住這種穴居人的幻想，他們開始宣稱珠寶宮殿、跨星球金字塔飛行器都是謊言、徹徹底底是幻覺。當姐妹們根絕黑托邦境內的每一種癌症時，嫉妒的白人要求他們提出證據，但你要怎麼證明一樣東西不存在呢？姐妹們透過她們的智慧獲得了永恆靈體，借助其力驅除癌症、愛滋、疱疹，直到沒有任何黑人受其苦。

當白人拚命增加族群人口時，他們的科技發展停滯了。部分白人並不恥於潛入黑托邦，竊取才智。因為白人的科學與數學只用於建造原子彈，黑人的智慧卻天天創造可豐富生命的奇觀。他們尤其豐富了女人的生命，因為黑托邦視她們為最重要的寶藏。

許多人效法記者約翰・葛利芬之類的白人，用甲氧沙林和紫外光曬黑臉，悄悄竊占黑人的成就、黑人的經驗，把它們當成自己的事蹟寫入《像我這樣的黑人》之類的書，賺進大筆財富……同樣地，高索邦的白人也會偽裝成黑人，溜到邦境的另一頭。

這些蠢蛋！白人只懂得模仿那些荒謬的花式握手、操黑人以前愛用的垮褲族怪腔調，弟兄們一眼就看出這些支支吾吾的傢伙是冒牌貨。這些竊賊志願者，這些吵鬧、揮槍、擺臀、抓人下體的黑臉毒蟲因為旁人配合演出，相信自己成功滲透到黑托邦來了。弟兄們會教他們喝自己的尿治癌症，等到這些文化竊賊跑回老家後，幾乎所有白人都會採信他們的方法。

洗標明示：**只可用洗衣機清洗**，具**耐用性**。蓋文拿起他最喜歡的沙牌襯衫，拆下乾洗店塑膠套，解開鈕扣，從衣架上卸走。多麼合身啊，橘色和紅色多麼飽滿。他只穿過兩次，擔心弄髒它，或害衣服褪色。他用下巴夾著衣領，在胸前對摺衣服，袖子對好袖子。然後又摺了一次，再一次，將那平順整齊的布塊放到床上的空行李箱內。

有個嗓音開口了。不是他媽，是他姊查姆，「帶那件不對。」她站在他房門口，身體一側靠著門框，雙手盤在胸前。他想回嘴，但查姆舉起一隻手喊停，什麼都別說。她走向他敞開的衣櫃，肩膀垮了下來，宣告放棄。裡頭是一整排復古牛仔上衣，鑲著珠光扣。凡賽斯古著。在她面前排開的，是蓋文為他的成人生活打造的嫁妝。衣櫃可說是他的同性戀嫁妝箱。

他姊拉了拉自己身上的軍用剩餘物制服襯衫。「這個比什麼都耐穿。」橄欖綠厚呢，下襬沒紮，垂到她藍色牛仔褲的膝上。她在他衣櫃中所能找到的最類似的衣服，是二手商品店買來的卡其色綠上衣，料子很像帆布，在繡章的裝飾下散發活力——一件二手的童子軍制服，甚至連鷹級徽章都沒漏。

蓋文抗議，「這衣服做過免燙處理。」

查姆把沙牌襯衫丟到一旁，換成卡其色上衣。「你不是要去參加時裝秀，」她說：「那是一個集中營。」

陶伯特之書稱該處為存貨儲放中心。蓋文被指派去的那個地方在不久前，在「審叛日」前，是低度戒備的監獄。

第一遷居年快結束了，生錯家園的人（出生在異性戀家庭的同性戀，或體內亞撒哈拉、高加索基因占優勢但與其生活環境格格不入的人），都被出生家庭送交給政府監護，直到他們適合待的家園釋出一個同樣生錯地方的人來和他們交換。上帝幫幫忙吧，希望同志亞也有一個十八歲的異性戀正在收拾行囊，準備前往類似的收留營。將近二十年來，蓋文和他的同類都有爸媽供他們吃穿、上學，這麼大一筆投資是不能輕視的。如果他們打算非法移民或逃到加拿大或自殺，他們的城邦就會損失一批珍貴的出口貨物。

他的思緒天馬行空地跑著：不知國內有沒有地下鐵路，可以讓生錯地方的人更快遷居到適合他們的家園？有沒有什麼辦法可以跳過等待期，不用理會適當的交換人選到底出現了沒？那也許會是一系列藏身處，人口販運服務。也許他只要付錢給非法引渡者，就可以跟著他穿過邦境。

查姆拉開櫃子最上層抽屜，翻找蓋文的襪子堆，從中選出兩雙深藍色襪子，三雙黑襪，一雙素面綠襪，六雙白色吸汗襪，塞進他的行李箱，然後說：「至少你不會去某個酋長那裡當生小孩的機器。」

她最後很有可能會成為酋長之妻，不過憑現在那曬傷的臉和短髮是辦不到的。他自願接受監管和出口的另一個原因在此：如果對方沒人可以換，那收留他的家園就得支付超過五十萬陶幣的補償金。蓋文的爸媽將可運用這筆錢，查姆肯定也知情。他們可以買下一家小公司、一塊小田、玉米種子、牲畜，以及在這個新經濟環境自給自足所需的一切必備品。否則，他們就得跟所有前白領同事、前資工人員、前辦公室人員走一樣的路了：要存活下去，就得成為當地酋長的奴隸。

其他人也許會急忙逃向邊境，或在密閉的車庫裡引排氣管廢氣自殺。不過蓋文估計，只要耐心等候，最後應該會迎來雙贏的局面。他會歸化到同志亞，而他家人會有生計及自由。

他姊跪到床邊，手探往下方，撈出網球鞋和平跟船鞋，分別塞到裝食品雜貨的塑膠袋裡，再放進行李箱，安置在她挑的工作短褲隔壁。蓋文討厭短褲。而這些東西下面還擺著迷彩褲，她大力推薦的單品，因為上頭即使有污漬也看不出來。而在褲子之間，她塞了一個保鮮盒，裡頭有他的牙刷、刮鬍刀、牙膏、梳子。他的沙牌襯衫，那一團輝煌的橘色格紋美麗無瑕，但被她放逐到床上了。

他沒聽到他姊下一句話說什麼。

「我剛剛問，」查姆重複了一次，「你有沒有那個叫華特的人的消息？」

蓋文最後一次環視他的房間，看了好久、好久。「哪個華特？」

她提示，「以前在學校跟夏斯塔交往的那個男的。」

他搖搖頭，「為什麼問起他？」

他姊看著行李箱內剩餘的空間，從櫃子的最上層拿下一件厚重的羊毛衣和輕一點的棉製毛衣，揉成球，塞進去。她退回櫃子那裡，忽略安德魯．克里斯蒂安設計款超細纖維露臀運動內褲，很有風格那種，選擇他老派的合身三角褲。她捲起一條垮垮的鬆緊帶短褲，說那也可以兼當泳褲穿。

她問了他一句話。

蓋文問：「什麼？再說一次。」

他姊輕聲問，彷彿他下半輩子只是要去參加夏令營，「會想我嗎？」

他說他未來會有更好的衣服，什麼都會更好，比他被迫放棄的事物還要好。衣服和愛會多到讓他永遠不會再想起那個悲慘的衣櫃，他靠除草、遛狗的薪水買的爛貨。在外頭某處，有一份愛將會使他忘卻姊姊和親生父母。

行李箱裝滿了，查姆說：「別擔心，會很好玩的。」她說：「也許。」但沒出聲，只是以唇型訴說。他在櫃子上方的鏡子裡看見了她的身影。她趁弟弟背對自己，偷偷拿起那件美麗的橘色格紋襯衫，塞到所有講求實用性的牛仔布和帆布衣物下方。她關上行李箱，拉好拉鍊。

管家將她的一綹綹頭髮盤成緊實的小髮捲，而喬瑟芬女士前傾著身子，她的大腿上擺著一本封面布滿斑點又沉甸甸的《飄》，視線掃過瑪格麗特．米契爾寫的對話，嘴唇無聲地擠出方言。她用粗粒岩鹽抹嘴唇，嘴唇刺痛了起來。她的嘴唇刺痛、腫脹，到最後她的舌頭嘗到了血和鹽混合的味道。

面前梳妝台的桌面上，擺著她的假牙。一層又一層珠光指甲油幾乎使牙齒散發光芒了。在黑暗中，全然的黑暗中，指甲油會發光是因為喬女士加了磷光染料。

除了那本書之外，她在鏡中看到的影像也帶給她歡喜。甲氧沙林發揮了它的魔力，就像約翰．葛利芬寫《像我這樣的黑人》時那樣。它在雷．史普利格身上也發揮過作用，這位記者於一九四八年大量服用之，然後在南方東奔西走，為他的書《在實行吉米．克勞法[39]的土地上》取材。記者葛蕾絲．郝瑟不甘示弱，在一九六九年也弄黑自己的臉，寫出大作《靈魂姐妹》。好管閒事的美國狗仔總是愛扮黑人，然後把他們的魯莽冒險寫成書。

這花招不是他們發明的就是了。一九二七年的艾爾．喬遜，一九二八年的費曼．葛斯頓和查爾斯．柯雷爾扮成「阿莫斯與安迪」，茱蒂．嘉蘭早在一九三八年電影《大家唱》就玩過了，然後和米基．魯尼在一九四一年的《百老匯的小鬼》又玩了一次。你只需要三十毫克的甲氧沙林，然後在紫外燈下曬一段時間就行了。此刻，喬女士仍承受著不同角度打來的紫外光，光均勻地照在她露出的雙臂、雙腳、脖子、臉上，而她的細肩帶蕾絲睡衣內滲出小巧的汗珠。

副作用包括頭痛、暈眩、失眠、作嘔，但秀麗的愛娃．嘉德納在《演藝船》飾演的黑人美女歌手還是很棒。珍妮．克蘭的腎臟可能有些損傷，但她還是在一九四九年電影巨作《平姬》中順利化身為一個美麗的黑人小女孩。遲至一九六五年，勞倫斯．奧立佛還冒著健康惡化的風險扮演黑人奧賽羅。使用甲氧沙林可能會造成肝臟損傷，也可能致癌。喬瑟芬女士現在也覺得頭昏昏沉沉的，視線模糊。但要使用這種將白人變成黑人的神奇藥物，就是得付出小小的代價。

阿貝拉不懂就是了。那蠢女人又拉起另一綹頭髮，盤到一字髮夾上。她頭髮幾乎都緊貼著頭皮，形成一個個相似的小圈。接下來，管家會幫她抹燙髮液。她會等適切時機來臨後再過一會兒才抹止劑，會用鳳梨汁當止劑，因為它的酸度很完美。等稍微久一點，它們會使頭髮稍微燒焦。等髮夾抽掉，喬女士將打結、盤緊的頭髮撥鬆後，髮絲將會披散在她臉上，有如華美的縞瑪瑙光環。當然了，帶著染好的髮色。頭髮被拉扯的疼痛，以及腹部、抹了鹽而腫脹的嘴唇、汗濕的肌膚帶來的不適。在這些痛苦之中，

39 一八七六至一九六五年間施行的種族隔離制度法。

喬女士拚命地念出米契爾寫的那些陳舊語言。梳妝台鏡中回望她的人影不怎麼像愛娃．嘉德納飾演的迷人角色茱莉．拉孚恩，但這個鑄造出來的新身體將會成為她的逃脫管道，助她遠離乏味現狀造成的負擔。

華特完全按照陶伯特．雷諾茲的吩咐，將名單上傳到網路。大家一開始當它是笑話。不對，一開始大家忽略它。要等到他們注意到了，才開始揶揄那個網站。當投票數累積到幾百萬時，有些人感到被冒犯了，要求相關當局查禁它。這些人主要是得票數最高的幾個政客、學者、媒體名人。華特坐在廢屋地下室內，每幾個小時就更新一次螢幕，看著回應讚嘆不已。

他問陶伯特，「我們要怎麼賺錢啊？」他一直把買房子這件事放在心上，因為他編織了一個誘惑夏斯塔的大計畫。

陶伯特被綁在椅子上，一如往常。失血使他眼花，身上布滿點點結痂和刀疤。他說：「寫下那些名字……」他感染的傷口滲出液體，而他的嘴同時急切地背誦出十幾個名字，華特快筆抄到記事本上。「上網搜尋。」陶伯特下令，「聯絡每一個人。」

華特瀏覽了一下名單。「這可以讓我發財嗎？」

華特的新老爸語氣狂熱，眼神呆滯地問：「你？我該讓你發財？」

華特按下重新整理鍵，試圖隱藏自己的怒火。他曾考慮把陶伯特的名字放到名單網站上。現在他得追查這十幾個人了，很可能還得聯絡他們。最近陶伯特很像是在耍他，這整個計畫搞不好是那老頭的追日行動。

老頭振奮了起來。「要發財，」他建議，「就要買假皮毛。」

華特回應：「假的？」

老頭肅穆地點點頭。「皮毛……瑙加海德革。」他吟詠，「還有塑膠皮革。」頭往旁邊一靠，他睡著了。

華特按下重新整理鍵。

一個演奏者尾隨在一段距離外，吹出柔和的笛音。夏斯塔漫步經過一排孔雀，牠們正以異國風情濃厚的尾羽搧動著空氣，而她的手小心翼翼地勾著查理的手。花園的每一面圍牆都拆除了，裡頭種植的茴香與蘆筍排列出精巧的圖案。她想到她的口水，又來了，令人不悅的麻煩。在過去，在「審叛日」之前，男孩們會逼她口交。查理對她的霸凌只有一個：要求她交出基因樣本，證明她是白人。她已經拖延好幾個禮拜了，用口交和戀物癖味濃厚的護士裝撫慰他，但今天他惱火地嘟著嘴。

他們走啊走著，只有笛音和頻繁的孔雀啼聲打破沉默，這時夏斯塔突然想到了答案，是她在大學認識的女孩，她差點把那自由的靈魂忘得一乾二淨：查姆。

獨一無二的女孩，只有查姆像查姆。

在世界神話學的課堂上，布洛利博士講解過古希臘英雄貝勒羅豐的傳說，天馬佩加索斯就是他馴服的。他迎戰，且擊敗了亞馬遜女戰士軍團，還屠殺了惡龍奇美拉。天下無敵的他命令海神波賽頓以大水淹沒贊瑟斯國，但贊瑟斯的女人正面迎擊來襲的浪潮。這些魄力十足的女子掀起裙子，徹底露出女孩子的私處，面向大海。

從歐洲到印尼到南美，世界各地的古文明都相信裸露的陰部可以嚇退邪物。十八世紀前，城堡、教堂、大宅的入口及門戶上方都會刻女人蹲下露陰的塑像。據說，撒旦或任何邪惡的存在看到女人的性器官都會無法承受。

贊瑟斯以境內所有女陰迎擊，潮水嚇得縮了回去。浪退了，貝勒羅豐遭受了挫敗。就連佩加索斯也嚇破膽，一溜煙地逃了。

夏斯塔勾著查理的手走路，回想教授談古代世界那門課結束不久後發生的事。

查姆顯然將授課內容謹記在心。在「審叛日」的數週前，當原本注定死路一條的激增青年跑去把她時，她總是會活用最近學到的知識。有一次，大學曲棍球隊的幾個男生曾在幾乎無人的走廊上包圍住她。這些踰矩的大男孩鬧著她玩，試圖隔著衣服咬她胸部，還用自動鉛筆戳她屁股。查姆並沒有因為他們快變成炮灰了就同情他們，反而立刻把古人的教誨搬出來用。

面對四周猴跳的大男孩，查姆只用了一招：掀起布料單薄的啦啦隊裙正面。它沒有內褲遮蓋，全露了出來——她的陰戶。看慣色情片中無毛陰部的年輕人驚慌退縮。如同當年毛茸茸陰部大軍嚇跑了天馬佩加索斯，查姆的多毛生殖系統也嚇壞了那些有意求愛的男孩。嗤笑轉變為沉默，而她夾緊屁股，把陰部當成致命寶劍般往前挺。男孩子們驚慌地往後倒，急忙起身後溜走了。不過在他們狂奔撤退的同時，查姆仍沒放下裙子，讓盛氣凌人的草莓金陰毛刺向對方。那毛宛如凶猛非洲獅血盆大口周圍的鬃毛。彷佛為了加強這印象似地，她發出咆哮與怒吼，旁人聽了會覺得她的屄像是突然有了野蠻的叫聲。

夏斯塔見證了他們的潰敗。鬧著她玩的調情，接著是脫韁的陰部發動攻擊。她看著查姆追趕曲棍球隊的大男孩，一路追到教師停車場。等到那些嚇壞的年輕人消失在遠方後，夏斯塔才冒險接近那英勇的女孩。像那樣的女孩，肯定會成為一個自由思想者，儘管這時她已恢復平常的樣子，放下裙子順了順布料，補了粉紅色唇膏。她是究極的白種美人，此時梳著長金髮，以冰晶般的藍眼珠觀看這世界。當時她還很年輕，體態輕盈，但已有跡象顯示她將成為一個易怒的老婦。面對挑戰，她從不退縮。

夏斯塔和這樣的女孩獨處，並大膽地問她，「最近好嗎？」她們修同一堂神話學，除此之外就沒有交集了。

查姆有典型的北歐五官，那蒼白肌膚此時泛紅了，彷彿她突然在意起別人的目光。或許她也發現了，面對無害大男孩的鬼叫，沒必要動用恥部攻擊這種激烈手段。「嗨，夏斯塔！」她結巴。

夏斯塔沒說溜嘴，沒讓對方知道她一直在觀察那群無賴。她接著問：「妳最近有沒有看到華特？」

亞利安大美女困惑地歪了一下她小巧的頭，茂密的直順金髮往同一側傾倒。「哪個華特？」女孩問。

如今在瑪麗希爾，漫步於花園內的夏斯塔贏得了高索邦最崇高酋長的寵愛，她一定有辦法給那種女孩一些獎勵。如果她們能達成協議，也許兩人都會受益於夏斯塔的長遠計畫。

查理還是不吭聲，只顧著眺望他的領土。花園區再過去，地形轉變為土壤肥沃、果實累累的平原，一路延伸到地平線。遠處，日光曝曬下，田妻彎腰照料著初生幼苗。農地綿延不絕，夏斯塔認出當中有美味的小蘿蔔……密植的豆子……黃瓜藤的捲鬚，在那一塊塊寬闊的田地上。田妻生活艱苦，但比起在波特蘭睦鄰中心挨餓，已算是一大改善。不過她們和夏斯塔贏得的公妻地位又差了一大截。儘管田妻地位低下，仍有不少人挺著大肚子，那肯定是查理幹的好事。他的王國，任何酋長的王國都一樣，是由一個國王和一大群女工組成的。和蜂巢或白蟻丘正好相反。

在天空，她的正上方，噴射機組成的飛行隊正要將最後一批亞洲血統者載回他們的母國大陸。夏斯塔絕望地目送他們離去。高索邦擁抱肉餡羊肚，拋開魚香肉絲。

查理繼續沉默地看著他的田地。他們眼前種著一大片球莖甘藍，場面叫人屏息。根據繁複計畫種植的矮性向日葵，似乎正將蓬亂的頭轉向太陽。夏斯塔也繼續看著眼前的畫面，試著分享他的讚賞：營養的玉米多麼豐饒。她此時此刻來到此地，不是一種巧合。

太陽位移，指針般刻畫著高索邦的藍天，每一朵向日葵也隨之轉動亮橘色的臉龐。它們緩緩轉向夏斯塔，宛如體育館中動作完美同步、製造出「浪濤」的群眾。放眼望去是上千個懷孕的勞動者，是逐漸成熟的球莖甘藍，她看穿了這一刻背後的祕密。

她瞥了一眼查理，證實她的懷疑是正確的。他的嘴唇勾出一抹淺笑。

在他視線所及處，逐漸浮現的橘色影子排列出一個圖案。一般作物顏色較淺，呈現萊姆綠，向日葵在它們之中排列出字句。

這訊息妝點著開闊鄉間土地，橫跨整整一英里，只有從這個制高點才能看到全貌。轉頭面向他們的作物排列成：查理♡夏斯塔。

進入房間的不明形體，皮膚閃耀。那生物散發出微光，以及模糊的氣味，全世界的椰子同時被剖開的氣味。無數杯鳳梨可樂達的氣味。紅頭巾的碎布條打成結，將牠硬邦邦的頭髮紮成一團又一團的，顯然亂無章法。那一大坨油膩的鬈髮稠密無比，將牠兩邊耳朵往前推，推到它們變得像水壺把手。

牠拖行著赤腳進入客廳，一蹦一跳的。沒人知道朝賈邁爾前進的生物到底是什麼，總之牠邁著大步。

一條破爛的麻繩束著牠破爛的褲子，襤褸的褲腳不斷拍拂地面。牠以抽搐的步伐穿過客廳，披著破衣袖的雙手在空中揮舞，伸長贅肉層疊的火雞脖子，癡呆地望著家具和繪畫。牠就這麼踩上波斯地毯，眼珠轉動，紅腫的嘴唇咂巴個不停。「大人唷，」牠哭喊：「那個巧瑟昏女士以前都不浪我進客廳咧！」

這奇異生物將手肘舉到肩膀的高度，展示牠髒兮兮的白手套，手套下的手指不斷扭動著。牠每走一步膝蓋都抬得老高，動作飛快，彷彿是走在一片漿糊中。牠的臉似乎受到肌肉痙攣的侵襲，眼睛瞪得大大的，虹膜周圍露出許多眼白。眼睛不斷亂轉，打呵欠的嘴巴露出閃亮的牙齒，下巴左右扭動，一下往前突，一下又收回脖子下方。

褲子破洞所露出的赤腳、枯瘦的雙腿，以及這生物的脖子和臉，都黑得像炭。

這生物蹦跳前進，阿貝拉則在她門邊的定位觀望。「賈邁爾先生。」她語氣呆板，眼睛看著別的地方，「這位是巴拿巴。」她大嘆一口氣。

一只髒兮兮的白手套探向他。巴拿巴那腫脹、乾裂的嘴唇用唱歌般的語氣說：「很高星堅到你，賈邁爾先森。你都補知道咧！內個巧瑟昏女士，是惡謀啊！」

賈邁爾和管家對望一眼。阿貝拉聳聳肩，舉起一隻手，無謂地檢查著自己的指甲。

巴拿巴的膚色黑如油，黑過所謂的墨黑，他持續在房間中央敏捷蹦跳。「咿，那個巧瑟昏惡謀，一直把窩關在擱樓，關了窩大半北子！」

賈邁爾為對方的巴特福萊．麥奎因腔感到困窘，轉頭望向管家，尋求暗示，請求線索，但她雙手掩面，正在憋笑。錯不了的：不管這精神錯亂的黑玩偶到底是什麼來頭，總之他肯定不是被戲弄的對象。賈邁爾不情不願地將視線拉回搖頭晃腦又擺臀的怪誕生物上。「巴拿巴？」他問：「你知道喬瑟芬女士去哪了嗎？」

眼珠骨碌碌轉個不停的生物舉起雙手，框住自己滿是皺紋的臉，開始顫抖，彷彿害怕得畏縮了起來。「她易經滾到高餿邦去啦。」

阿貝拉清了清喉嚨，眉頭深鎖。

賈邁爾望向她。

「巴拿巴……」她說，朝那生物點了一下頭，「一直住在您的閣樓內。您前幾晚聽到的聲音就是他發出來的。」

這不算是個壞消息。賈邁爾最近開始受到一種恐懼的侵襲：他是不是太早完成畢生大業了？參與「審叛日」，晉升為地位崇高的黑托邦王子，而且可以在大位上坐一輩子——他也許太早登頂了。他獲得的獎勵，也就是棟大宅、這些財富，著實令人愉悅，但陶伯特之書明訓：

財物不過是真成就的渣滓。

「審叛日」的革命並沒有安頓他的靈魂。相反的，成就驅使他的靈魂去尋求更大的挑戰。他決定今後過的人生，要由功勞，而非物質堆砌起來。一如陶伯特之書的教誨：

只有不可能之事有一搏的價值。

參與過「審叛日」革命的人，無論現在成了王子或酋長，都不會將擁有的事物視為理所當然。賈邁爾查閱資產充公紀錄，得知這裡的產權人，也就是著名的喬瑟芬女士，從未放棄過此不動產的所有權。也沒有紀錄顯示她已遷居高索邦，或向該城邦申請過補償金。冷酷地，悠長地，他盯著眼前這個喋喋不休、活力旺盛的怪物。扣除掉燒焦的頭髮、襤褸的衣著、近似黑曜石的不可思議的膚色後，剩下的部分肯定就是她了。

管家搖頭還忍著笑意，更證實了他的想法正確。

這老太太顯然已經精神錯亂了。她鼓起臉頰，以口哨吹出吉格舞曲，手在瘦巴巴的大腿上打拍子，在優雅的房間內到處蹦跳。

口哨與蹦跳停止了，那生物瞪大眼睛，站在一張大油畫面前。那肖像畫上畫著一個留小鬍子的軍官，身穿南方聯盟的金飾帶灰制服，一把刀子繫在身側。超過一個世紀後，他的藍眼珠仍燃燒著堅定的目光。那生物咂嘴，低下頭去，斜眼望著那張畫，流露出戲劇性十足的怨恨。「賈邁爾先森？」牠說：

「我科以問您一間事嗎？」牠伸出骯髒的白色食指，「您搭算燒掉這些惡謀的畫麼？」

賈邁爾看到阿貝拉露出驚訝的表情，單邊眉毛抬起。「巴拿巴，你為什麼想要我燒掉畫？」

怪物巴拿巴露出牠閃亮、過白的牙齒，態度猶豫地對著那畫咆哮。畫中男人沒回應，巴拿巴便舉起白手套罩著的其中一個拳頭，朝那軍官搖晃。「窩一杯子都被光在這屋子裡，坤在遮土低上。」

賈邁爾吃力地解讀對方的胡言亂語。牠吐的每個字都是一項考驗。

怪物巴拿巴凶狠地瞇眼，環視房間，牠的目光特別針對水晶吊燈、黑檀木平台鋼琴、大理石壁爐、天鵝絨坐墊。所有流蘇和銅痰盂也沒放過。牠鼓起鴿胸，縮起雞翅般的手臂，彷彿準備要打拳擊似的。

「魯果您問我，」牠含糊地說：「我會縮，您應改要燒雕這整箇房子！」

賈邁爾平視那可憐的生物。「巴拿巴，」他說：「你有沒有想過，也許你的仇恨心就是喬瑟芬女士從不信任你的原因？」也許時機已經成熟了，他該拋下現成的、隨處可用的陶伯特政治意識形態了。賈邁爾自問：也許他應該把握這個麻煩，看它能產出什麼樣的洞見？

巴拿巴收攏手套下的手指，採取拳擊手的站姿。「您威什麼站在巧女士那變？」

賈邁爾並沒有膽怯。從白人黑鬼[40]，到電影《十》女主角寶黛麗將她的金髮綁成玉米辮，再到留髒辮的年輕白人組成的「信託塔法里」[41]，這些文化挪用無可避免地催生了這個巴拿巴。一個白人黑鬼老嫗，屬於最新一批靠禁藥強健體魄的桑搏高手。行徑類似變裝女王拙劣地模仿真正的女人，只是變成了跨種族的版本。

一個小說角色突然浮現在賈邁爾腦海中：桃樂西亞・威爾森，出自亞米斯德・莫平廣受喜愛的《城市故事》。一個叫桃樂絲的白人女子的模特兒事業極為失敗，於是她扮成黑人，成了一個成功、受追捧的「黑人」模特兒。鐮刀型貧血竟然成了百萬暢銷作品的笑點。除此之外，《超人》漫畫還有一期的標題叫「我很好奇（黑人）」，描寫大膽的記者露薏絲・蓮恩用機器把自己變成了嬌媚的黑人，效力只有二十四小時。不管白人稱之為報導或研究，跨越種族界線對他們來說永遠是一種玩樂和遊戲。

我們甚至有可能證明那是一種病狀，像多重人格或性別焦慮。

根據哈佛大學心理學系教授傑瑞麥・布羅亞的說法，有兩個人表現出所謂的種族焦慮或跨種族主義。偽裝成黑人的社運人士瑞秋・多札爾是一例，另一例是不惜賭上健康也要讓膚色變得更白的麥可・傑克森。佛洛伊德因研究朵拉而成就一番事業，同理，賈邁爾也可以輕鬆地剝削這個精神錯亂的白人女子，利用她的心理疾病來成就自己的名聲與財富。

他的新挑戰就在這裡。賈邁爾舉起一隻手，要管家看過來。「阿貝拉，能不能請妳幫我和客人準備薄荷冰酒？要很冰的。」

這幽魂到底是崩潰、解離人格的顯現，還是斯德哥爾摩症候群發作，起因是發現自己在過去掌管的國度成為了外來者？賈邁爾並沒有貿然猜測，還太早了。他突然驚覺，這件事，這個冒險故事中，充滿了有性格缺陷、精神殘缺的人物，而這些正是故事的本質。這巴拿巴怪物的體內，可能懷著他自己的書。

40　wiggers，採納黑人文化的白人。

41　結合信託基金與拉斯塔法里運動而成的詞彙，意指家財萬貫卻追求拉斯塔法里信徒生活的人。

他的書將會由黑人執筆，寫一個偽裝成黑人男性的白人女子。書名自己浮現了。這本文學傑作，他命名為《像你這樣的黑人》。

「審叛日」後的幾季之內，河狸的數量從谷底反彈了。人類的數量在失序中蒸發，都市成為飢荒的舞台，在此同時，數量激增的不只有河狸。水獺、山貓、麝鼠、兔子都回來了。還有水貂、猞猁猻、狼。天候洗去環境中的毒素，就連熊、豹這種食物鏈頂端的捕食動物都再次興旺起來。

到處都是皮草，因此，人造皮草一躍成為新的地位象徵。失去如今已停擺的石化製品產業鏈後，假皮草和假皮迅速滅絕。假皮草的常備庫存被搬光了，但沒有新貨替補。

於是，查理酋長如此炫富：身披淡黃綠色的美洲豹紋袍子，或稀少的壓克力斑馬大衣。闊步於宮殿長廊上的腳，套著高度及膝的瑙加海德革靴，瀕臨絕種物。他的朝臣會以萊姆綠假貂皮披風打扮他，搭配鑲嵌昂貴人造珍珠的流蘇仿皮手套。此刻，他正以如此裝扮君臨瑪麗希爾城堡的城垛，俯瞰豐饒的甜菜、甜洋蔥田，在種植計畫安排下交織出阿拉伯花紋的橡實南瓜與萵苣田，他王國的財富。

夏斯塔離開了，但她很快就會成為他的配偶。基因檢測一證實她是白種人，他們就會立刻結婚。

有人說話了。查理轉身背對城垛和下方的景致，視線落在一個身穿制服的男僕身上。他護送了一個年輕女子過來，是從廚房人員和女服務生中挑選出的家妻。她不美，但下半身看起來很健壯。他點頭同意，男僕便護送女孩離開。他準備好的時候，她會在他的寓所內等他。

一股惡臭開始充斥地下室了。臭味的源頭是老頭的血，因為血和牛奶一樣會發餿。失血的臭味滲入華特吸入的每一口空氣中。黑蠅兜圈，繞著華特和陶伯特，繞著擱在臭氣中沒吃完的食物，你彷彿會以為氣味本身發出了低沉的嗡鳴。

華特連自己的衛生問題都處理得不是很好，應對那個老階下囚的需求更是怠慢。食物在室溫下放太久了，散發出餿味，但被房間整體的惡臭掩蓋了。結果是，陶伯特的排泄總是來得又急又猛。華特每吸一口受污染的空氣都安慰自己：這是為了發財，而有的人為了發財還幹過比這更糟的事。到目前為止，陶伯特交代他辦的事都是在測試他，這些小事拼湊出的全景很快就會跳出來了，那畫面將無比鮮明。

名單網站上線，引來第一批提名與投票後，華特等待著他的下一個挑戰。他的新老爸一直在打瞌睡，垂著頭，不時因冒著血泡的鼾聲驚醒。他的頭懸在細細的脖子上，結結巴巴地低語說：「入睡抽動。」

他開始解釋：從清醒到睡眠之間，人類會通過入睡階段，而夢遊正是發生在此階段。幻覺也很常見，入睡者眼前往往會閃過絆到東西跌跤或從窗邊墜落的畫面，身體因而抽動驚醒。研究睡眠的學者稱之為入睡抽動。陶伯特表示，人類學家相信我們演化前的祖先發展出這種抽動，是為了避免抓握樹枝或母親毛髮的手鬆開。我們看到的墜落畫面，是他們掉到叢林地面時之所見。那是從我們演化成人前就存在，且遺留至今的恐懼。陶伯特闡述完入睡抽動的概念，艱難地吞了一口口水，舔了一下乾燥的嘴唇。

他的胸膛起伏，如風箱，撐開又縮皺他的胸廓，如一艘破裂的小飛船。沿著皺下巴流淌、黏在斑白胸毛上呈白色硬塊的嘔吐物顯示，那些腐壞的食物並非全是從他下半身排泄出來的。

「你知道匿戒嗎？」他指的是根據十二個步驟戒除毒癮的團體，匿名戒毒互助會。他說：「你去那吧。」

華特的訓練進入下一個階段了。陶伯特要求他：「找一、兩個一無所有，無後顧之憂的人來給我。」華特要傾聽他們的故事，留意那些放棄人生的人，年輕人，憤怒且內心幻滅的人。陶伯特要招募那些投向毒品懷抱的人，因為他們聰明又強壯，現實世界沒給他們發揮才能的空間。他要找那些恨毒品、但更恨社會的人。社會沒給他們管道去追求所有男人都渴望的地位。

華特要保證他們可以收入百萬，保證每個人都可以成為新世界的王子。華特不喜歡那計畫給他的感覺，因為他發現，他，他自己，一毛錢都拿不到。為了熬過這段時間，他拿起一碗冷掉的「頂級拉麵」[42]匆匆一聞，然後走近陶伯特，走近被膠帶綁在椅子上的老頭，拿起感覺既油膩又黏滑的湯匙，推送麵條到老頭洞開的嘴中。

在舌頭四周擠滿食物的情況下，陶伯特舉一九五〇和六〇年代的民權運動為例。在那運動之前，無依無靠、沒有力量的人民會上教堂尋求慰藉。被剝奪公民權的黑人因而發現，承受苦難的人不是只有自己。他們齊心團結，組成一支軍隊，而教堂領袖看出他們具備的能量，於是帶領他們上戰場。

噎到且噴著食物碎屑的陶伯特說：「那些團體……那些康復小組、互助會，就是新的教堂。」他說傳統的信仰之地已弱化為愚鈍的展演空間，讓信徒去那裡標誌地位和美德。真正的教堂應該要讓信徒去告解自己最低劣的一面，並保障他們告解時的安全。它的功能不該是讓人去自吹自擂、展現傲氣。參加康復小組的人，都是在重挫的狀態下入會。他們會分享自己的失敗經歷，分享自己的罪孽和缺陷。他們承認自己應受譴責，因而從其他犯了錯的同伴那裡領受情誼。華特要在這些非典型教堂中，從一群群酒鬼和毒蟲之中，找出新軍隊的軍官。陶伯特主張，世界上最強大的軍隊被閒散摧毀了。華特準備招募的這些人如果沒有獲得機會，如果缺乏外敵與戰場，就會自己化為傷亡人員。

陶伯特告訴華特，華特要向他親自挑選的人傳道，而那些人要往前挺進，將訊息傳播給一小群人。如果那些人是酷兒，就用同志亞這個願景來誆騙他們，說他們將來可以住在那個只有同類的地方。如果對方是白人，向他們證明高索邦可能會有什麼未來。如果對方是黑人，應許他們一個黑托邦，在那裡他們不用向其他種族卑躬屈節。

「把那些……」陶伯特下令，「博學的無能之人帶過來。」他的嗓音近乎嘶吼，「把那些產業外移趨勢造就的可憐蟲，那些被多樣性擊潰的無助之人帶到我這裡來……」

陶伯特隨後似乎陷入了狂喜狀態。他用近乎呢喃的音量說：「我來買單，世界是你的了。」

接著，他重回不斷抽搐、不得安寧的斷續睡眠之中，浸淫於史前的恐懼。

如陶伯特之書所述，美利堅「不」合眾國一直都像個國家組成的國家，其中某些是君主國，其他則極不起眼。一些教區、公會、協會、俱樂部與其分會。「審叛日」後，當中有能力自給自足的組織存活了下來，但其他財源仰賴政府或靠媒體阿諛奉承混飯吃的那些，在政府與媒體消失後也不復存在了。

42 泡麵品牌。

家庭也一樣。

一對兄弟約好見面吃年餐，最後一次碰面。一個巨大的看板坐落在路邊小餐館的屋頂上，建築物相較之下顯得矮小。隨便看也知道它的大小有飯館的兩倍大，黑色粗體字寫著：「限白人。」

裡頭有兩個男人坐在屋子正面窗邊的雅座，面對彼此，宛如彼此不完美的鏡像：一樣的鼻子，一樣的眼睛、嘴巴、頭髮捲度，兩人都以手肘撐著桌面。但臉上的表情不同。

身穿棉格紋裙和荷葉邊圍裙的服務生站到桌旁，手中的筆懸在一本簿子上，她複述：「今天的湯是寶拉．狄恩[43]白豆燉湯……我們的招牌是理查．史賓賽[44]八盎司白魚排，還有全白肉列斯特．馬杜克斯[45]雞肉沙拉……」

兄弟當中的一個發現她等著要點餐了。「再等我們一下，好嗎？」是艾斯特班。

另一個人說：「我們先點兩個寶拉．狄恩。」是札維爾。

服務生退開後，艾斯特班的手伸進口袋，取出一把白色小包裝袋，它們看起來就像一個個白色塑膠小墊子，沒比「審叛日」前曾經存在的信用卡大，四邊都做了熱封處理。他把東西扔到空盪盪的桌子中央，某些小包裝袋上用奇異筆寫了小寫p，有的則寫了小寫d。艾斯特班朝它們撇了一下頭，說：「你不需要移民了。」

札維爾拿起一個小包裝袋細看，以拇指和食指感受它的柔軟。

「黑市來的。」艾斯特班解釋：「『d』代表口水，drool，碰到種族檢測的時候就擠一包到嘴裡。這是實驗室檢測過的歐裔唾液。」

札維爾戳了一下寫著「p」的小包裝袋，問：「那這個呢？」

「尿，piss，應付驗尿用的。」艾斯特班說：「別弄混啦。」

札維爾翻看了一下。「你的字真是見鬼地醜。」從某些角度看，「p」和「d」完全長一個樣。

艾斯特班不理他，接著說：「留在高索邦吧，我們才能碰面。我有外交豁免權。身為第一世家成員，我可以基於工作需要在三個城邦之間自由來去。」

他的兄弟注視著那些小包裝袋，轉動它們，彷彿想辨識出內容物。音響系統播放著弦響嘹亮的鄉村音樂，窗外公路上，雙向都有電動車與馬車混合的車流。公路另一頭是一大片紅甘藍，數英畝的田地一路延伸到地平線。札維爾望向遠方，問：「你為什麼要那麼做？」

艾斯特班斜眼看著那些小包裝袋，從中撈出一包，「我想……這包是尿。」然後又撈出另一包，「但這是唾液，我猜啦。」毫無預兆地，他停下慌忙的手。「你不懂。」他含糊地說，然後用更大的音量、更堅定的語氣接下去，「國家以宗教為基礎，以政治體系為基礎，那都是抽象概念。為什麼不能以性向這種真實又基本的屬性當作立國基礎呢？」

札維爾沒回嘴，他的旅行包垂垮在旁邊的座位上。

43 美國名廚，節目曾因被控種族歧視而停播。

44 美國新納粹主義者，提倡白人至上、白人民族主義。

45 美國種族隔離主義者，曾為喬治亞州州長。

「我想要，」艾斯特班接著說：「幫助他們建立一個安全的空間，置身其中不會覺得自己是局外人的空間。」手機鈴聲打斷了他，聲音是從他外套口袋內傳出來的。他拿出手機，看著螢幕說：「國家大事在召喚我了。」他起身走向停車場。

「兩份白豆燉湯？」有個聲音問。女服務生將兩碗湯滑到桌上。位子上還有人，札維爾在那裡等著他兄弟。服務生瞄了一眼窗外，看著站在那裡講電話的艾斯特班。裝滿冒煙爛泥的碗把那些標示不明的小包裝袋撞開了，而且將它們徹底地混在一起，沒救了。她站在那裡看著外頭的艾斯特班，問：「我是不是在電視上看過他？他是大人物嗎？」她別有心機地問：「他結婚了沒啊，你知道嗎？」

札維爾看著兄弟發號施令的模樣，窗玻璃和遠處車水馬龍的嘈雜蓋過了他的聲音。服務生還沒離開。他笑著轉頭問她，「妳知道你們的音樂爛死了嗎？」

在服務生氣呼呼地轉身時，他開始撕那些小包裝袋。是p還是d不重要。服務生離去後，札維爾忙著將實驗室測試過的歐裔鬼東西全倒進他兄弟的碗裡攪拌。

華特思考了一下陶伯特那番話，並沒有錯失其中的諷刺。如果康復小組是這個年代的教會，那他們確實還在老教堂內活動。如同基督教會當初霸占了阿波羅和黛安娜的神廟，當地的匿名戒毒互助會一向在聖史蒂芬學院的地下室碰頭。地上的教堂內，那些良善公民沐浴在彩色玻璃窗篩下的陽光之中，身上穿戴著禮拜天的特別打扮。他們唱歌的音高很準，與其他人形成和音，也整齊地背誦讚美詩。而他們的腳下，地底下，是另一種面貌。

在不見天日之處，日落之後，天差地別的一群人拖著腳步進門了。他們零零散散，都是孤身一人，身上飄散出的不是焚香味，而是菸味。他們不喝聖餐葡萄酒，而是喝黑咖啡，果醬甜甜圈才是他們的聖餐。

華特願意跨入這個教堂地下室，完全是基於他對夏斯塔懷抱的激情，基於他想看看她得知他成為富豪時，會有什麼樣的表情。陶伯特教導他一件事，那就是創造性想像不會遏止熱切的心情。像安麗這種公司要激勵新進員工時，都會鼓勵他們去試開瑪莎拉蒂和愛快羅密歐。鼓勵他們去挑選灣流噴射機，約房地產仲介去看高爾夫球場上或私人海灘上的房子。真實的細節會帶給人動力。真皮坐墊的氣味，以及臥室窗戶下方的浪濤聲。他們需要知道，自己奮力爭取的生活有什麼樣的美好細節。像健康或金錢這種模糊的目標太難丈量了。抽象性無法振奮人心。但貂皮的柔軟和溫暖，或鑽石項鍊的光輝，完美鹹水游泳池那如絲般滑嫩的水體觸感——這些細節會撩動你。於是華特想像夏斯塔乘帆船航行於舊金山灣，並加入她身上的防曬乳液味，以及一八六九年拉菲古堡葡萄酒的味道，他們一起喝的酒。總有一天，他們會一起小口品嘗貝魯伽白魚子醬，笑談華特為了發財幹過什麼好事，聊他用剃刀剝陶伯特的皮、啟動名單網站、入侵戒毒匿名互助會尋找皈依者。在這些細節的支撐下，華特闖進這個新教團，挺入這悲慘世界。

來了，教區內的那些居民拖著他們的罪上門了。他們使用克蘭、T．J、可尚之類的名字，穿著西裝、運動服、髒兮兮的連身工作衣，等著要發言。這些男男女女準備要全面告解。在這個遠離人世之處，每個人都交代了自己幹過什麼極惡之事，並下定決心要改過向善。

該把誰帶進新世界？該激化誰？華特傾聽所有人的發言，拿失業退役老兵和美容學院求學之路坎坷的咖啡店員來比較。陶伯特警告過他，白人總是怪罪黑人，同志總是怪罪異性戀，黑人總是怪罪白人。而所有人都總是怪罪猶太人。華特等所有人都說完他們要說的。陶伯特曾明確地告訴他該對這些說什麼，而且要他不斷複述，直到謹記在心。所有人都說完之後，輪到他了。華特等到所有人的目光都落在他身上，才開口。

「我叫華特。」他說。又是新的一天，新的考驗。他想像夏斯塔驚駭地站在他偷偷買下的房子前，親吻他。康復小組還來不及阻止他，他就說了這些話，「我正在招募人才，可以和我們在一年內統治世界的人。」眾人發出抱怨的哀嚎，同時露出蔑視，搖搖頭。「如果有人對於成為新統治階級的一員感興趣，來外頭找我。」華特起身，告退，跨出門外，走上樓梯，在小巷中等待英雄或蠢貨隨後而來。

查姆翻看烹飪書，略過食譜的部分，但視線在紐伯格龍蝦和華爾道夫沙拉的全彩照片上逗留。她盯著加乃隆義大利麵，感覺到嘴裡湧出口水。她向小白菜拋媚眼，感覺自己快開口吞下書頁時，奔向廚房。

她媽站在瓦斯爐前翻著平底鍋內的某物，頭上纏著一條方巾。頭巾！她好「白人」，白到抿起的嘴唇薄如粉紅色橡皮筋。蓋文真幸運。夏斯塔也是，她應該要認命地被出口到黑托邦才對。查姆和爸媽則被困在、被監禁在這個父權、人人要槍的文藝復興節之邦，高索邦。忙著煮飯的她媽這時抬起頭來，「妳好啊，親愛的。」

查姆問：「在喝啤酒？太早了吧。」

她媽正用高高的馬克杯啜飲琥珀色液體。「這個？」她問，將杯子遞向女兒。「這是尿，喝了可以防癌。黑人認為這有神效。」

查姆哼了一聲作為回答。她嘴裡裝的口水太滿了，不敢冒險說話。她打開冰箱，取出塑膠試管，按壓式的蓋子上有手寫字母：別碰！查姆的口水！她剝下蓋子，臉湊到試管上方。裡頭的液體黏稠又混濁，而她又吐了駭人的一大口進去。

她媽眉頭深鎖，「噁心。」她又仰頭喝了一口醫療用尿。

查姆又吐了一口口水，扣上蓋子。這行為已經進行好幾天了，試管感覺還是空空的。「科展要用的。」她說：「巴甫洛夫的狗。」

她媽憂心忡忡地望向她，「妳知道科學碰不得。」

她指的是科學活動中止，將所有人推向資訊科技業職缺的宏大動力已經死滅了。根據官方飭令，白人應該要繁衍後代，而不是充實學識。查姆關上冰箱，試圖切換話題。「我一直在想蓋文的事。」

她媽的眉毛全擠成了一團，假裝自己聽不懂。「誰啊？」

「妳兒子。」查姆走向洗手台，用細長的玻璃杯裝一杯水。她吐口水吐到水分都流失了。

她媽在馬甲綁帶的允許範圍內，嘆了她所能嘆的最大一口氣。「我們沒有兒子，」她說：「妳沒有弟弟。」

查姆邊喝水，邊思量母親的話。她殘酷嗎？還是說，她只是個現實主義者？蓋文移民後，他們不太可能再聯絡他，頂多只能盼望一個代理者生下的兒子或女兒——由同志亞出口過來的、同樣令原生家庭失望的子嗣。感到被冒犯的家長太多了。當他們的小孩成長到性向宣告年齡（也就是十八歲），表明他們的性向與居住城邦不符，那感覺就像一種背叛。查姆知道爸媽曾要求蓋文延後宣告。人民有權延後一年宣告性向，這麼做就可以跟血親再當兩年家人。但蓋文提出了申請，他知道他想要什麼。他想滾出這裡。

她媽沒和她對望，而是繼續翻攪食物，說：「妳知道妳不能那樣出門。」不知鍋中食物是什麼，總之它滋滋響，噴著油。

她的意思是袒露頭部。高索邦的女子在公共場所必須遮掩自己的頭，又一個意在灌輸種族和諧的措施。因此她母親才纏頭巾。女孩子戴法式鄒帽是鋌而走險，還不如上空晃來晃去。髮網？算了吧。查姆知道她爸媽已經失去了一個孩子，但願上帝別讓誰把他們僅存的孩子踹進異教徒少年感化農場之類的地方。

學校今天打了電話來，校長威脅說要開除她的學籍。她母親從碗中捏起一小撮鹽巴，撒到她烹飪的食物當中。她說：「他們宣稱妳又露私處追著好幾個男孩子跑。」她用雙手轉動胡椒罐。「那些年輕男孩子被嚇壞了。」

查姆回想當時情景，露出微笑。她使練球中的大學籃球隊陷入恐慌的手法是，光著下半身從女子更衣室衝出來，幾個球隊風雲人物嚇得從火災逃生門逃之夭夭。火災警報大作。那感覺是相當光榮的一刻，作為女性主義者力量湧現的一刻。

她已經試圖在累積新的唾液了。「妳覺得蓋文是不是碰上麻煩了？」她指的是同志亞最近啟動的出口者增產計畫。他們起碼要花十七年的時間才能產出異性戀者，去和高索邦、黑托邦交換同性戀者。如果是這樣，蓋文可能要等到三十四或三十五歲才有機會移民到同志亞。當然了，也許會有好心人出五十萬陶幣贖他出來，但機會似乎很渺茫。並不是所有暫留營裡的青少年都能獲得這種待遇。

與此同時，異性戀城邦已經有小孩子在輸送帶上了，而接下來的十七年內，會有一小支等待出口的酷兒軍團卡在暫留營內。在生產競賽方面，異性戀的起步比同性戀早太多了，領先了整整一段人類歷史那麼長。

查姆口中盈滿口水，看著母親，努力不去吞嚥、說話。

目前，所有城邦都審慎地、一來一往地交換著「以高加索人種或撒哈拉以南人種基因為優勢基因者」，但大家都知道真正的賺頭在於出口「誤產」酷兒公民。那正是大家使用的新詞：誤產。它指的是出生、成長於不適切城邦的人。

此外，誰知道同志亞會不會優先出口最年輕的人？如果不這麼做，就會有更多世代的年輕人得耗費青春在等待歸化。如果更年輕的人才有優先權，蓋文可能會一輩子困在兩個城邦之間的靈薄獄。

蓋文在信中透露的不多，但他已經不再談論遠大的期望了。他過去常提到想要追尋愛情、安定下來、為建立新酷兒城邦貢獻一份心力……最近他開始抱怨暫留營中的食物了。食物很爛，燉牛肉吃起來很撐，蔬菜湯太淡。查姆知道，如同疾病往往成為長者的主要話題，食物也會成為囚犯最關心的事物。

她沒有把上述想法大聲說出來，就只是看著她媽翻攪那道菜。那是炸雞，油不斷噴出來。有個鍋子煮著馬鈴薯，烤爐裡烤著餐包，奶油已經擺到流理台上，讓它在室溫中解凍。

她媽伸手按下一個開關，瓦斯爐上方那片蓋子開始嗡嗡響，而煎鍋的油煙盤旋向上，消失其中。那氣味，濃厚的脂肪、肉塊、帕馬森起司味，她知道它們將和玉米粉酥皮融合在一起，而這香味使查姆嘴裡的口水再度氾濫。下一分鐘，她又得打開冰箱了。她弟是個人質，而她愈快在那個塑膠試管中裝滿口水，解放他的機會也會來得愈快。

打電話來的人不是克蘭也不是可尚，不過他們說起話來都一樣唐突省字，「找陶伯特。」碰到這種情況，華特就會將免持話機套到陶伯特那結滿痂的頭上，然後離開房間。在陶伯特的催促下，他開始將他記下的老頭發言整理成一份包山包海的文件。為什麼要這麼做？陶伯特猜不到。這有可能是寫到一半的書，有可能只是一項新的考驗。畢竟他的第一項考驗可是剝開新老爸的皮，尋找他信以為真的追蹤器，如今打字整理筆記只是小菜一碟。

新成員在做什麼，華特只能用猜的。兩個海洛因成癮者，他們可能成天無所事事，主要靠陶伯特的錢過活。他們甚至可能在全國各地的康復小組傳播陶伯特福音給他們的廢人夥伴。邊緣人社群網絡開枝散葉、覆蓋全國，這種事並非全無可能。或者，那兩個人已經死了。

新聞網站上一直都沒出現陶伯特失蹤的消息。警察也許在刻意保密，延遲調查工作的展開，不過這只是華特的猜測。也就是說，ＦＢＩ也許隨時會包圍這裡。他們也許在一條街外盯哨，已做好攻入前門的準備。華特繼續打字。

陶伯特以喊叫呼喚他。那老頭說：「你得打我們之前說的那通電話。」華特著手從那蒼老、長斑的頭皮上取走電話。老人身上滲出的液體，舊傷口上湧出的血珠將電話牢牢黏在定位，感覺根本不需要耳掛了。可怕的是，華特必須從鬆弛垂垮的老人皮膚上剝下電話，就在那當下，黑色塑膠上仍有未乾的污漬和硬殼般的痂，數量多到華特忍不住拿起除菌溼紙巾擦拭。與此同時，陶伯特高談闊論。

「告訴他們代碼。」他在椅子上發牢騷，「別讓通話時間超過一分鐘。」

華特聞了一下電話，就只有擦拭用酒精的味道，沒別的了。他撥出熟記在心的那個號碼。

有人接電話了，一個女人，「丹尼爾斯議員辦公室您好。」

華特說話時盯著老頭，「我是代表——」

對方打斷了他，「議員正在開會。」

「十秒鐘。」陶伯特大喊。

華特採用了核子選項。「此事涉及代碼 4C247M。」電話線沉默了一會兒，接著另一頭傳來宏亮的男性嗓音。

「我是議員。」對方宣告。

「是。」華特繼續盯著陶伯特，看他有沒有流露出肯定或否定的跡象。「你得提出戰爭決議案。」

陶伯特向他解釋過情勢，說激增的冗餘青年將產生動搖國家的風險，而其他國家面臨的狀況也相同。在這項法案的催化下，國家將徵召上百萬名年輕人入伍，而他們將上戰場和其他國家召集的同等戰力廝殺。華特並沒有漏看一項事實：每當世界情勢出包時，被派去擦屁股的永遠都是跟他同齡的年輕人。華特對議員說：「陶伯特先生希望戰爭開打的時間不晚於松雞狩獵季首日。」

「當然了。」那男人似乎氣喘吁吁，彷彿是狂奔過來接電話的，要不然就是華特搞錯了。

陶伯特曾解釋，世界大戰能削減多餘的勞力，使全球製造業爆發性成長。華特總算可以想像，這長長的隧道盡頭有一大疊鈔票在等著他了。他對議員說：「陶伯特先生向您太太問好。」

「當然了。」議員說。

「三十秒。」陶伯特在椅子上咆哮。

為權力感到陶然的華特，在電話上折磨那個男人，「議員太太還好嗎？」

議員猶豫了一下。「她很好，先生。」

在這之前，從來沒有人以「先生」稱呼過華特，聽起來意外舒爽。趁膽子還在，華特報上夏斯塔全名，要議員撤銷她的違規停車罰單。

「一分鐘了。」陶伯特怒吼，「掛電話！」

華特問了他一個問題，作為最後一波嘲弄，「議員，松雞狩獵季是什麼時候？」

議員問：「今年的嗎？」他的嗓子很緊繃。

「今年的。」華特給予肯定的答覆。

「會在第三次世界大戰的隔天開始。」議員說，然後加了一句，「先生。」

在此時，試驗完成的此時，陶伯特的炯炯目光射了過來，他才緩緩地、滿足地掛掉電話。

賈邁爾花了好幾個晚上，一邊啜飲薄荷冰酒，一邊研究那頭怪物。其中一晚格外突出。他看得出來，在那青黑膚色的偽裝下隱藏著一個上了年紀的美人，一些蛛絲馬跡還在。這美女燙了一頭鬈曲的亂髮，日日自閣樓闊步而下，腳抬得老高，柏貞格爵士踢踏舞手勢散發活力，黑臉秀的妝容斜視旁人。那怪物偶爾會停止演戲，因肖像畫中人陷入追憶。在那些時刻，琴酒會消抹掉那怪物的搖擺和扭動，使他滔滔不絕地談起田地另一頭的家族墓地。賈邁爾實際到大大小小的墓石間遊歷，而怪物會介紹每一個人的生平。

他細看每一座墳墓，然後問這裡有沒有一個女人叫貝琳達。

「拿個在奴哩區。」巴拿巴說，這怪物走向家族墓園外圍的樹林。賈邁爾在生鏽的十字架和下陷的墓地之間，找到了那個小小的墓石，一顆被雨水侵蝕的白色大理石。上面唯一可辨識的字只有「貝琳達」。

其他時候，怪物陷入沉默，賈邁爾則大聲朗誦陶伯特之書的段落，報新新世界的福音。在客廳，以壁爐中柴火的劈啪響為背景，他大聲念道：

> 我們喜歡爭鬥，但厭惡勝利。我們挑戰權威、製造衝突、與權力較量，不是因為我們想要成為支配者，而是因為我們知道勝利只會帶來更多爭鬥。我們喜歡爭鬥，因為我們知道：只要有某種無可抗衡的力量最終擊垮了我們，我們就能歡慶，並視我們的敵人為神祇。

他發現那怪物喝醉、裝笨時，似乎能感受到貨真價實的喜悅。他會扯開嘶啞的嗓子，大唱年代久遠的靈歌。賈邁爾觀察著這一切，憐憫和讚嘆在他心中交織。這個跳梁小丑，以幽魂之姿顯現，是這個荒涼之地的靈。這畫面使他想起更多陶伯特之書的段落：

　　對白人而言，黑人最令人嫉妒的特質，是他們享受快樂的能力。他們展現的優雅決心與良善本性，白人無法企及，只能垂涎。經受過去數世紀的迫害之後，黑人演化出令人眼紅的精神和內在喜悅。為了摧毀那份喜悅，白人創造出憤恨產業，企圖毒害黑人的快樂，具體手法是將他們的快樂替換成憤怒和憎恨。白人在黑人心中播下不安全感，摧毀他們曾經享有的最強大力量。白人教黑人感受他者的冒犯，成功地詛咒了黑人。他們給黑人的悲慘，比任何白種人的鬱悶都還要強烈。

那怪物癱坐在紅色天鵝絨椅上，眼睛眨呀眨的，大感意外。他張合著腫脹的嘴唇發問：「賈邁爾住人，那奔書……鎮的拿樣寫嗎？」

賈邁爾點點頭。

怪物點頭回應。「聽七來很對。」那老邁的雙眼緊盯著銀製冰酒杯的晶亮側面，盯著自己倒映在上頭的身影。「賈邁爾住人。」他問：「尼想信神麼？」

賈邁爾有點喝多了。他回答：「我愛上帝的創造物，但我承認我不把功勞計在祂頭上。」他湊近那怪物，意有所指地補充，「如果我念祈禱文的次數有我上網找A片的一半，我肯定早就被拯救了。不用懷疑。」他淘氣地笑，「那些創造物，多麼美啊，我多麼愛他們。真希望我對上帝的愛有那一半。」

天知道那怪物到底算什麼樣的存在，但總之他似乎懂賈邁爾在說什麼。在這一刻，他很有可能就是原本的自己：一個塗黑臉的白人老太太，擔心被趕出祖先傳下來的房子。賈邁爾看到那怪物的表情柔和下來，突然驚覺一件事。他最大的恐懼是，眼前這個駝背的古怪地精有可能會煙消雲散，變回一個滿心恐懼的老太太。這女人到時候就會離開這棟房子，帶走它的歷史。他不只擔心書因此寫不成，也擔心到時候就得孤單一人掌權，當一座城堡之王，卻沒有荒唐的弄臣陪伴。這個蹦蹦跳跳的可笑丑角，是他展開新生活以來唯一一個相處自在的人。

他從未料想到掌權是這麼孤單的事。

沒人會相信這個蠢蛋說的話，因此賈邁爾可以向他訴說任何祕密。他多麼需要這瘋子當他的密友啊，這份依賴嚇壞了他。到底是他比較需要賈邁爾，還是賈邁爾比較需要他呢？

為了打斷這一刻，國王伸手拿起邊桌上結滿小水珠的酒壺，不顧對方並無請求，直接就幫他斟滿了酒。

黛麗雪又幫自己倒了一杯紅酒。看起來喝醉，比看起來擔心受怕還安全，因為警察不會逮捕醉到腳步不穩的女人，但會跟蹤笑容狡詐的人、走在街上速度太快的人，或者躲在暗處、被路過車燈照亮臉孔時就別過頭去的人。她對著浴室鏡子檢查了一下自己的妝容，抹掉其中一顆門牙沾到的口紅。有人敲門了。

「請等一下。」她的酒杯放在浴缸旁的小檯面上，旁邊是一罐空酒瓶。香水，她差點忘了。她沾了一下膝蓋，然後沾了兩邊耳朵後方。紅酒一飲而盡，手伸到短裙下方，沿著大腿扭下內褲，扔到洗衣籃裡。她看了鏡子最後一眼，重拾自信。就跟酒的效果一樣。

黛麗雪打開浴室門，說：「換你囉。」

在走廊上等待的是菲力克斯—貝兒和丈夫生下的孩子，不過同志亞法律不會承認他們之間的關係就是了。如今黛麗雪的丈夫紳特利和賈維斯共組家庭，黛麗雪則和貝兒結婚，並在壯麗的哈維米爾克教堂舉辦了盛大婚禮，放出幾百隻白鴿，宴會上還找了一支二十四人管弦樂團。菲力克斯在婚禮上當戒童，他知道他們冒著什麼樣的險。

一旦走錯一步，他們當中的任何人可能都會被拘留，當作出口籌碼。他們會被送到暫留營，最終移交給黑托邦或高索邦，永遠無法與自己心愛之人重逢。更糟的是，他們現在還得擔心菲力克斯。他跟其他男孩不一樣。在他那個年紀的男孩子應該要對嘴唱著葛洛莉雅．蓋諾組曲，他卻會盯著街上路過的一大票女孩子看，目光停留得有點太久了。他看起來一點也不想和其他男孩子約會，興致缺缺，這讓他母親相當憂心，不過她堅信這只是他的過渡期。他即將達到性向宣告年齡的幾週前，她求他不要公然誇耀自己的異性戀性向。這種冒險行為有可能害他被自以為是的惡棍痛扁。最糟的結果是被驅逐出境，此後爸媽都再也見不到他。

菲力克斯笑笑地朝黛麗雪勾起一邊嘴角。「妳看起來很辣嘛。」他說，並將她光滑的雙腿、嵌入高跟鞋的腳盤收進眼底，還有那高高的裙襬，大大露出的頸部線條。他以微笑對她的新髮型以及乳溝上的丁點亮粉表示讚賞。「今晚要約會？」他朝她手中的空酒瓶、另一隻手中的空杯和塗了指甲油的長指甲撇了一下頭。

對，約會之夜，但對象不是他媽貝兒。

黛麗雪忽視男孩的嘲弄，從他身旁鑽過去。「你不是要參加打手槍大會嗎？」

「不，」他搖搖頭。「今天學校有盛大的取精行程。」

黛麗雪知道他不是在開玩笑，但並不想知道細節。她拿起玄關桌上的皮包，檢查了一下裡頭。當天下午收到的掛號信安放在內，於是她走向公寓前門，說：「跟你媽說不用等我了。」

菲力克斯不是蠢蛋，他知道現在是什麼情況。「別被逮到啊。」他呼喊。

黛麗雪闊步穿過夜色，在街道上溫暖的氣溫中放鬆心情，任臀浪蕩漾，每走一步裙子就往上縮一點。幾個圍觀者，外型很有男人味的那種，向她吹口哨表示讚賞。穿著法蘭絨褲的女性跟在她後方，以狼嚎恭維。一輛警車開到她身旁，配合她的速度前進，而她不敢望向車子。儘管稍早灌了酒，她知道她的眼神仍會流露恐懼。她聽到無線電傳來沙沙話音。那警車彷彿過了一個世紀才打開警燈。黛麗雪知道，此時此地，她就要被捕了。她的想像力編織著劇本：同志亞警方一直都在她的公寓盯哨，監視她的一舉一動，而她將被驅逐出境。

紅光與藍光打在她身上，警笛如哭聲。輪胎對著人行道尖嘯，接著警車便揚長而去，去應對其他人的呼叫了。

嚇到腿軟的黛麗雪，跌跌撞撞地穿過黑暗、無任何標示的入口。那是一家小酒吧，鐵架上擺著「審叛日」前的色情刊物，看起來都被翻爛了，書角摺到，裡面描繪著健全的男男或女女性行為，標題都是「女同志採鮑魚」、「希臘玻璃」之類的。沒人想要這種古董級的自慰配菜，從幾百年前的迪斯可時代流傳下來的貨。這些只是布景、門面。

櫃台後方有個哭喪著臉的瘦皮猴坐在凳子上。她付了他一些陶幣，換得一把金屬代幣。有個簾子遮起的入口隱身在雜誌架後方，就在擺有粉紅色假陽具和錄影帶的蒙塵玻璃櫃後，跨進去便會來到一條昏暗的走廊。黛麗雪撥開硬邦邦的纖維，走入裡頭。濃厚的性愛氣味撲鼻而來，她站在原地一會兒，讓眼睛習慣黑暗。她踩在黏膩的地板上，鞋跟發出劈哩劈哩的聲響。這個地方，這個同志亞的庸俗暗面，是供大家沉溺於非法欲望的場所。

她遊走在黯淡的光線中，四、七、十三這幾個數字看似懸在眼前，後來她才想通：那是粉紅色螢光漆，一筆或兩畫撇成的。這些數字間距相等，標示出一扇扇破舊斑駁的門。有動靜吸住了她的目光。是一個金髮男子，牙齒晶亮，「嘿，巧克力小姐……」

男人和女人，黑人找白人，白人找黑人，全都是異性戀，全都犯法。他們在昏暗的走廊上列隊，有些人還裸露下體，希望能釣到炮友。

她舉手，亮出婚戒。

他也亮出婚戒。

她繼續在這摩肩接踵的狹窄空間內前進。打開破舊的門板，後方是衣櫃大小的隔間，裡頭的螢幕有一跳一跳的雜訊，上演著同性戀A片。黛麗雪挑了一扇門，有人以螢光漆漆上編號十的那扇。用過的保險套被隨意扔在地上。保險套，或更糟的東西將她的鞋跟卡在地面上，就快把鞋子從她的赤腳上扯下來了。積滿一層層污垢的塑膠椅立在角落，她原本打算坐上去，後來才想到她在裙子底下沒穿任何東西，保護不了自己。她走進隔間，關上門。

發光的螢幕上有兩個俊美到令人驚駭的男子，一個是黑人，一個是白人。他們浪漫地在堂皇宅邸外的豪華泳池旁交合。在同志亞，跨種族來往時被允許的，但不同性向者不得往來。

有人敲門了，一個男性嗓音低聲說：「嘿，巧克力小姐……」

黛麗雪惱怒地將門打開一小縫，準備咒罵陌生人。

黑暗的走廊上，有一道駝背的身影。不是稍早搭訕她的帥哥，是她熟悉的人。她抓住他纖細蒼白的手腕，將他拉入隔間中。兩人都進到裡頭後，她關門，然後將骯髒的塑膠椅卡到門把底下。她碰到的每個表面要不是黏黏的，就是油油的，雙手在裙子上抹了抹。就連此刻，她的嘴也在追尋他的唇，她的屁股磨蹭著他的臀部。他的雙手在她身上遊走，沿著她的腿往上滑，發現她已溼透，已準備好了。

沒人催促，她便彎下膝蓋，蹲低。她的雙手奮力地將他的褲子從乾癟的屁股上扯下，嘴巴尋找著四角褲的開口。她豐厚的嘴唇完全沒考慮後果，直接犯下同志亞境內最令人髮指的罪。

應該立刻就會有成果的啊，他的陽具卻沒有反應。她用手套弄它，以便開口問：「紳特利，親愛的？」

她丈夫發出輕聲哀嚎，「我沒辦法。」

黛麗雪朝手心吐了口口水，繼續套弄。「怎麼啦，寶貝？」

紳特利的臉高懸在她上方，隱沒於陰影中，五官模糊。「我們今天在公司多做了一次取精。」

他指的是從所有同志亞男性公民身上收集精液的政策，他們要可供做人工受孕的精液。號稱是從志願者身上收集，但不是。其實不是。大家都期待正派公民捐出大量精子，協助城邦造人，而這些新生兒大多數都會被運出邦外，以交換被高索邦和黑托邦扣留的同性戀。取精設定的物理需求量，直接根絕了追求愉悅的男性性行為。交出的量或質未達標準者，就會被迫捐錢給贖救新公民的基金。同志亞能否存續，全靠這些努力了。

黛麗雪握著那頹喪的傢伙。她的紳特利在一天之內盡了三次責任，他耗光彈藥了。

同志亞的男人被迫捐精，女人也同樣有責任延續城邦的未來。回顧歷史，男人總是得義務服兵役，他們得把自己的身體和生命交給國家。為了維持先例，如今同志亞的女人也會被徵召。獲選且條件適切的同志亞女性公民必須同意進行人工受孕。男人捐的精子會用來做人工授精，而女性必須負責孕育這些新生命。所有具生育能力的女性皆為徵召對象，除非面臨醫療緊急事故，否則不得免除受孕役。

用這方法生下的小孩大多數會被運到國外，但他們會先在同志亞內接受扶養，直到法定性向宣告年齡。不管最後會不會被運到國外，他們每個人都等於一個新公民。

那就是黛麗雪剃了腿毛的原因。那就是她為什麼要冒著失去自由的風險溜過來這裡，這個墮落的泥坑。她蹲著，雙手和嘴巴並用，但紳特利的那話兒就是沒反應。不管她多想懷孕，多想生他的小孩，今晚都辦不到了。她放棄，手伸向髒污地面，探進皮包，取出今天才寄到的信。紳特利扶她起來，她把信封交給他。政府知道她收到信了，因為掛號信必須簽收。

在螢幕投出的昏暗光線下，她丈夫攤開信，瞇眼閱讀。螢幕上播放的片子顯然是「審叛日」前拍攝的，兩個男人欣喜地射精到彼此的笑臉上。黛麗雪看著這受膏禮，心想，**真浪費啊！**

紳特利看著她，困惑地鎖緊眉頭。「這是什麼意思？」

黛麗雪試著用更爽朗地語氣說：「我接到徵召令了。」

他歪了一下頭。「什麼意思？『徵召令』？」他如果聽不懂，也是因為他不想懂。

根據那份通知書，黛麗雪必須在二十四小時內報到，接受人工受孕。在躲避警察之後，在闖入這個墮落的污水坑之後，酒精和恐懼的混合物終於對她起了作用。如果無法成功拐丈夫來疼愛她，她很快就得懷陌生人的小孩了。她狂亂地啜泣，讓淚水沾溼她滑順的手掌，再次孤注一擲。她要喚醒愛人那委靡的器官。

對世人而言，那看起來就像隨便一家速食店弄來的兩包番茄醬。關於內容物的唯一線索，是它們的溫度。還有，當你仔細查看，會發現塑膠小包都被動過手腳。有一邊曾被割開並重新黏合過。其他三邊經過熱封處理，只有一邊是用黏的。

較明顯的提示是，它們摸起來像冰一樣。冰到夏斯塔得輕輕捏它們，擠壓、弄軟它們，直到厚厚的塑膠和銳利的邊緣變得比較易彎。

查理宮殿內的大宴會廳容納著王公貴族的喧囂日常。絲與塔夫綢掃過亮晶晶的木頭地板，陽光自細長窗戶照入，打亮紅紅的寶石。吟遊詩人隨性地撥弄魯特琴，努力為眾人製造出某種開朗的心情。宮廷醫師被召了過來，他們有一搭沒一搭地聊著天，等待上場。而在夏斯塔四周繞來繞去那些令人敬畏的女子，是其他酋長的妻子，他們的正妻，身上許多裝飾都是從其他美術館或藝廊洗劫來的贓物。她們沒有人受過任何宮廷禮儀訓練，只當過返校日舞會或畢業舞會的女王。她們是各殖民地推派出來的第一美女。布拉什最愛的寵妃來自西雅圖廢墟。查理雖然有很多田妻和家妻，卻還沒立正妻。

一名男僕經過夏斯塔面前，手上托著一盤烤孔雀舌。夏斯塔挑了一根，採取狡猾的行動：假裝將美味的舌頭放到雙唇間，事實上靈巧地讓它落入豐滿的乳溝內，乘勢將其中一個番茄醬包放到嘴裡，偷偷收在雙頰之間。另一個服務生深深一鞠躬，送上一個銀製浮雕保溫餐盤，裡頭是各種蘇格蘭蛋的拼盤。夏斯塔故技重施，讓蛋掉到乳溝裡，乘勢將第二個番茄醬包放進口中，推到另一側臉頰。

她馬甲散發出食物的香氣，而她艱難地吞了一口口水。進行測試時，她的嘴裡非得是乾的才行。她原本的唾液會洩漏她的底。如果「23與我[46]」的實驗準確，她的唾液將會被驗出百分之五十四的撒哈拉以南人種基因，導致她無法居住在高索邦，更不可能成為酋長之妻。

那可不行，因此她松鼠似地在嘴裡藏了口水包，提供者的血統百分之百是白人，無可置喙。她和對方達成了協議：如果夏斯塔在查姆幫助下成功當上查理的正妻，她就會運用她的權勢幫查姆一個忙作為回報，具體內容還待對方指定。

預定的測驗時間到了，大鐘鳴響。吟遊詩人們安靜下來，聚集此地的皇族都蹲了下來。一個男管家採立正姿勢，鞋跟相碰，聲音響亮。他宣布：「本區主任外科醫師駕到！」

那個外科醫師是查理的親信，叫泰倫斯，原本有殘疾，在陶伯特金玉良言的激勵下擺脫了垂死病榻。他從長廊的另一頭走來，繡金線翡翠綠罩袍無比耀眼，下體蓋片鑲著大如西班牙花生的珍珠，長度過膝的靴子柔軟如蝶翼，只可能是以最高級的人造皮製成的。

外科醫師完全沒顯露出過去病症的跡象。柔細的金色長髮瀑布般傾瀉到他的肩膀上。還沒抵達夏斯塔跟前，他就先在人群中央停下腳步，低頭吟詠一小段祈禱文，「喔，奧丁，索爾與巴德爾之父……」他抬頭讓聲音衝向天花板，衝向那些精心製作的花格鑲板和壁畫。「奧丁，永恆之矛的持有者，弗麗嘉之夫……」

夏斯塔聽著他的吟詠，努力不去想現在仍窩在她曼妙雙乳間的美味孔雀舌，以免自己分泌口水。她放鬆下顎，避免番茄醬包穿孔，那會過早讓珍貴的白人女孩口水灌入她的嘴。

「喔，奧丁。」外科醫師接著說：「我們祈禱此女子證明其血統之純潔，足以擔任我們的皇后。」最後，他的其中一隻手熟練地探入毛皮袋中，從深處掏出某物。它在室內的昏暗中，亮如光環。傳言說，他擁有神奇的治癒力。還有傳言說，他讀了陶伯特之書的字句後便從垂死病榻上起身，將他獲得的嶄新生命力奉獻給高索邦。

他拿出來的閃亮物件是個消過毒的皮氏培養皿。他帶著它，走向夏斯塔。

她安靜地噘起嘴，吸乾口中唾液。從她手中掉進馬甲的蘇格蘭蛋滑到更低的位置了，她感覺到它溫熱地抵著自己緊繃的腹肌。她一定要撐到儀式開始才能咬開醬包。

泰倫斯沒受過醫學訓練，但他的味覺是出了名的敏銳：只要嘗一滴口水樣本，他就能掌握那個人的完整種族背景。他蹲到夏斯塔面前，舉起培養皿，像是要奉上什麼。

---

46 美國加州的基因技術公司，曾推出利用唾液進行的個人基因組檢測服務。

來了，就是這一刻了。她的臉湊向空無一物的容器，臼齒在醬包上咬出破洞。來自不熟女孩的冰冷唾液淹沒她的舌頭，帶給她陌生的味覺。她咬破第二包，那味道濃郁一倍。她的嘴裡充斥著外來的味道，查姆體液之味。液體從夏斯塔的臼齒間噴射而出，比預期的還冰涼。滑溜的溼潤觸覺包覆夏斯塔的舌頭，量極多，因此當她彎下腰打算讓一小口口水流到玻璃皿上的時候，那液體是從雙唇間泉湧出來。

傾盆的口水淹至皮式培養皿的邊緣，外科醫師泰倫斯驚訝地抬起頭來。增加的重量使他伸長的手臂微微顫抖。

夏斯塔滿臉通紅，以絲質袍子的喇叭袖擦拭流淌口水的嘴巴，希望自己的動作還算優雅。她有股衝動想把頭撇往一旁不斷吐口水，直到查姆的唾液腺味不再糾纏她的味蕾，但她忍下來了。

在場皇族驚訝地瞪大眼睛。

外科醫師打量著滿盈的培養皿，敬畏、浮誇地細聲細語，「女士，您要是服用祛痰劑，效果肯定很好。」天知道那究竟算是誰的口水，總之它在他手上閃閃發光，銀光凸顯了它的美。上頭的泡沫藍藍的，可見有多純淨。夏斯塔無聲祈禱：希望那不是她的口水，拜託。

裂開的醬包仍窩在她的臉頰內側。她偷偷摸摸，避人耳目地將一隻手伸入乳溝深處摸找，挖出了藏匿其中的孔雀舌和蘇格蘭蛋，然後迅速吞下這兩樣珍饈，好擺脫查姆的口水味。

皇家醫師將樣本舉到鼻子前面，嗅聞那稠液。他接著將培養皿邊緣放到唇上，一抬，啜飲一口，讓液體在雙頰間翻攪。咂咂雙唇。

道森從來不曾修復女人的心靈，至今都沒有那種經驗。他就跟所有男人一樣，見識過女人徹底毀滅的模樣。被操得慘兮兮，徹底扭曲，永遠無法重新裝好、裝正的骨架。只適合進垃圾場報廢。他見識過遭到嚴重忽視、最後底盤完全生鏽的女人。他見識過年紀較大的女人接受改裝治療，塗上一層層邦多補土來撫平紋路，以胡克牌連接器妝點自己，重新漆上勉強可以合法上路的烤漆。

他檢視他在路上發現的女子。她疲倦不已，靠著車門，在他卡車的駕駛座上睡著了，像是一團髒衣服，只是多長了幾塊肉。教養讓這種女子相信，歷史只會朝一個方向前進。陶伯特之書證明她錯了。人頭被標了價碼的這位博士，活著跟死了沒兩樣。

二線道公路繞著一塊塊往地平線延伸的田地，大量種植的一排排茄子宛如大海中的波濤。照料它們的是彎著腰的女子軍團，人人纏頭巾蓋著自己的頭髮。城市來的難民。那些城市都挺不過來。別管什麼資源回收和風力發電了，城市永遠都挺不過來。它們會崩解為食人族的魔窟，幸運的倖存者全都逃到了鄉間，乞求酋長讓他們在他的宅邸內工作。沒有人在山丘上策畫反革命，沒有人靠硬麵包過活同時密謀藉極好、好到無可置喙的詩歌奪回權力。

混混和幫派分子有槍，如今他們統治著自己的奴隸、僕役之國；弟兄和老粗有槍，如今他們統治著高索邦的農奴。內心正直，擁護進步價值，支持正義歷史的禁槍分子，有他們的人權律師和第九巡迴上訴法院當靠山。他們一輩子都在紙上談兵。如果他們活了下來，就代表他們已成為心懷感激的奴隸。

睡眠中的博士動了一下，道森試著回想她在名單網站上的名字。拿下她耳朵的獎賞是一千六百票，那可以拍賣換得一大筆錢。他一直想不起她的名字，那是編出來的。

她眨掉眼淚。

他一直和她對望，直到她別開視線。他沒必要閃躲，路上空無一人。他可以餵她吃點東西，幫她弄些牛奶來，一大杯白脫奶。埋在褲子口袋深處的婚戒告訴他，這事不會那麼容易。

她往低處滑，躲得低低的。然後問：「你要帶我去哪？」

「加拿大。」道森說謊。地平線上懸著一個巨大的白色招牌，它架在一根支柱上，緩慢旋轉著。白色背景上壓著大大的黑色字母：**限白人**。

道森問：「吃點早餐如何？」

她噴淚。「我需要待在一個有安全感的地方。」

道森知道她永遠不會再有安全感了。

道森猜想，這災難降臨到她頭上也算好事吧。她爬到高社經地位的方式，是複述先人的看法，而那看法也是從先人的先人、先人的先人的先人那裡學舌的。如果有人說那不是一種世家，不是跟「審判日」世家本質相同、一樣腐敗的世家，那道森還真不知道要怎麼想。歷史救了這女人。她就像郝思嘉一樣，獲得了一次機會。上天要她接受考驗，發展出真正屬於自己的力量。

哭泣稍微滌淨了她的臉龐。扣除掉髒污，她的長相並不刺眼。她用夢遊者的迷濛眼神看著犁過的田地，從「人生而平等」、「天賦人權」的漫長夢境中醒來了。

道森想起來了，她叫拉曼莎。

他把車子停在小餐館旁的碎石停車場。兩人入內，坐到一張紅色桌子旁。窗戶上掛著荷葉邊格紋窗簾，跟女僕的打褶圍兜相襯。這女僕問：「兩位要吃什麼呢？」她呼出的氣息帶著黃箭口香糖的甜味。

道森問：「推薦什麼？」一台點唱機用小音量播放著鄉村音樂。

服務生用手指把玩著原子筆。「布爾・康納[47]白豆捲餅很好吃。」她回頭瞥了一眼廚房供餐口。「還有伊娃・布朗[48]白巧達起司通心麵。」

拉曼莎將菜單舉得有點太高了，顯然是想躲在後面。她用悶悶的聲音說：「我要三K堡。」

服務生看了她一眼，吹出泡泡問：「大龍還是大巫師？」

道森翻譯：「她的意思是大的還是小的。」

服務生問：「親愛的，可以請妳出示身分證件嗎？」

「什麼？」拉曼莎從菜單後方探頭，「我三十五歲了。」

道森說：「我為她擔保。」服務生要的不是年齡證明，是種族證明。身為第一世家的酋長，他知道沒人會質疑他說的話。他點了一杯咖啡。

教授點了光頭黨去皮雞胸肉三明治、伍德羅・威爾遜[49]蛋沙拉三明治、羅斯洛普・史托達德[50]香草聖代佐棉花糖醬和鮮奶油。

47 阿拉巴馬州警長，曾與當地白人至上主義者聯手襲擊反種族隔離社運人士。
48 希特勒的長期伴侶。
49 一九一二年當選美國總統，支持在聯邦政府機構中實施種族隔離。
50 白人至上主義者，寫過許多本書提倡優生學與科學種族主義。

他啜飲咖啡，看她開挖那座食物山。

他不確定她身上有沒有臭味，就算有，他也已經習慣了。她的手細長得像繩子，看起來不太能反抗外力。他只需要把她推倒在地就能侵犯她了。

他口袋裡的婚戒感覺好大。

道森揮手請服務生拿帳單過來，同時告訴自己：你不會等太陽一下山就強暴那個半死不活的女人。不，肯定不會。你不會強暴她，扭斷她細瘦的脖子，割下她的耳朵去換錢，好買一台腳踏縫紉機給你的老伴，儘管她已經掛念一年以上了。

他們舉辦了初生的高索邦境內前所未有的盛大婚禮。首先是皇族陣仗威風的遊街，一個又一個穿金戴銀、披著人造毛皮的酋長帶著一大票懷孕的妻子……在那之後則是世家的盛宴……再之後是弄臣拿高腳杯向彼此乾杯，喝的是健康的尿液……在那之後是各區的正妻向夏斯塔皇后獻上最誠心的祝賀……她和查理則站在女兒牆上向成千上萬農奴揮手……這時陣形緊密的巨無霸客機直接從他們頭上通過。

查理的視線隨客機遠去，然後說：「看，最後一批猶太人要飛回以色列了。好兆頭，讓我們慶祝吧！」

他們搭一輛高純度銀鍛造的敞篷馬車（非常重的玩意兒），在領土上進行新婚巡禮。車子由一大群小白羊拖行，看得出牠們十分吃力。

旺盛燃燒的營火上架著鐵叉，烤全羊緩緩旋轉著。空氣中瀰漫肉味和火藥味，後者來自慶賀的爆竹。蜂蜜酒流淌著，歡快的風笛手奏出音樂，馬甲應聲裂出大縫。

在兩人婚後首度獨處之時，查理放肆地將新娘擁入懷中。他高尚而謙遜地向夏斯塔招認，他的傢伙不過是操勞的、負擔稅賦的高索邦陰莖，沒有黑人或同性戀天生的尺寸或能耐。他也許無法向其他人那樣滿足她，但他會拚命在她體內播一大堆種。查理會在她身上幹活，一再幹活，毫不懈怠，因為她將成為他的伴侶。他會在任何他想要的時候向她播種，不分日夜，無論當下他頭痛不痛。他會用他想像得到的任何姿勢幹活，要她穿各種服裝，強迫她扮演他的小二老師哈勒黛太太，或者性感空姐之類的吧，又或許他會將她五花大綁，因為高索邦最具支配力的飭令是「進步可以緩緩」。而根據陶伯特的教誨，曾有數以百萬計的男人為了創造、守護前合眾國而死，他們奉獻自己的生命，在無法言傳的極端痛苦中凋零，因此現在輪到女人貢獻己力、保衛國家了。這一代的女人不會被地雷炸成尖叫的肉塊，肺也不會被芥子毒氣鑽孔，而會受到後代子孫與未來世代組成的新國家敬畏，因為她們使白人種族永垂不朽。

查理頌讚夏斯塔，說高索邦的命運就掌握在她雙腿之間。

仍穿著婚禮華服的夏斯塔，端莊地請求暫離小解。查理吻了她臉頰一下，要她路上別耽擱了。他們還得切那個高聳的蛋糕呢，也還沒隨傳統情歌共舞。

披著婚紗的夏斯塔開始執行下一個階段的計畫了。

查姆唾液詐術奏效。而成為新皇后的夏斯塔要去哪都暢行無阻，不會被宮殿守衛攔下。她快步溜進查理的居家辦公室，在那裡啟動一台古董電腦。他的才智並不怎麼出色，而她也已經輕易地繞過他簡陋的安全碼了。他的密碼有點難解：mom&dadRIP，媽、爸請安息。那裝置嗡嗡響，閃了一下。螢幕開始跳出一行又一行尚在世目標對象的姓名。搬遷到其他家園者。待在高索邦者，以及他們目前任職處。她沒在那當中找到真愛的名字。

夏斯塔真心愛的人只有一個，表面上看來是查理，實則不然。

當煙火開始在薄暮天空中轟鳴時，她啟動搜尋功能，鍵入一個名字：華特．巴因斯。

在那個你還認得的世界……在「審叛日」之前……華特會趁陶伯特入睡時對著那老頭低語。他會將手機照片放在他面前，輕聲談論她的智慧與才能，談論她的美貌、力量、優雅。當老頭打瞌睡，半睡半醒，開始打呼時，華特就會把玩著一個粉紅色發泡耳塞，讓對方不得不感受到一絲譏諷味。

賈邁爾忍不住炫耀了。他日日夜夜和那怪物坐在過往榮光普照的客廳，而那怪物吹捧祖先肖像畫中的那些人，誇耀他們的英勇行徑和科學成就。只差沒把他心中恆久的主旋律說出來：過去是黃金年代，現在是失敗的泥淖。

為了糾正這個狀況，賈邁爾找來管家，請她幫巴拿巴打點儀容，準備外出一日。不會有什麼壓力，就只是到附近城裡遠足一下，看看黑托邦創立之後發生了哪些改變。

阿貝拉露出嫌惡的表情。「您要知道，」她說：「他好幾年沒離開這農場一步了。」

賈邁爾安撫她，「那他更該出去透透氣啊。」

巴拿巴對他的提議也沒什麼好感，一跨出門檻就想回去換件衣服、換雙鞋子。

賈邁爾第一個誇耀的重點是浮空器。這是黑人研發出的科技，運用的電靈（electro-spiritual）原則即為巨大太空金字塔的飛行機制，可使個人交通工具以小型飄浮平台的形式實現，以不可思議的速度疾馳。回顧人類歷史，白人始終宣稱魔毯是虛構物，因為他們無法複製那項發明。白人一直以來都在找機會炮轟、羞辱黑人，說他們從未發明輪子。

巴拿巴怪物躊躇地爬上飛行平台，賈邁爾在這同時為他解說。非洲的黑人不需要輪子，因為他們能飛。他們不需要任何書寫文字，因為他們集合眾人智慧，運用認知融合技術來溝通。歐洲人開始入侵非洲大陸後，他們就偷偷封印了這些智慧。

巴拿巴抓著飛行平台的前緣，臉色發白，隱喻性地，實際上顏色沒變。強勁的氣流吹得他茂密鬈髮沙沙作響。交通工具開始上升，越過樹木、屋頂、農舍。「商帝啊，賈邁爾先森啊，」那怪物鬼叫著，「神蔥來就不想要窩們飛啊！」

他們飛過開闊鄉間的途中，賈邁爾為他解說「審叛日」後的世局。同志，曾經遊蕩四方、無憂無慮的同志，如今在同志亞受到國家級生育計畫的箝制。嚴苛的取精排程導致大多數男性的財富或精力所剩無幾，而女人全數失去生育與否的決定權。健康的女性必須登記個人資料，最終都會受到國家徵召——她們不用上戰場，但得進產房！為了出口異性戀以維持城邦內的人口，他們幾乎沒有時間玩SM或嗑甲安開電音派對。賈邁爾在風中大喊，以免怪物聽不到他的聲音，「解放運動奴役了他們！」

高索邦的公民也沒好到哪去。過去他們科學發達，如今轉而禁止發展科學，將國家重心放在哲斐遜式的農業上，並復興白種歐洲人的文化。高索邦的大都會迅速退化成死亡禁區，離鄉背井的文組學生偷偷獵殺彼此為食。夠幸運的人逃離都市，與酋長簽訂雇傭契約，在巨大的食物生產莊園中勞動。

浮空器下方的黑托邦土地看起來沒有房子或圍籬，所有道路、電線杆和其他人類文明的象徵都被抹除了。在他們的土地上，野生動物橫行。健壯的斑馬群，大批長角的牛羚。賈邁爾試著解讀巴拿巴的表情。皮波蒂農園孤立於這片景象之中，不久前這區域還有許多世家延續了好幾代王朝，如今它已成了最後的倖存者。那怪物只有一個反應：瞪著眼前的畫面，張著嘴。

虹光，城市的尖塔與圓頂出現在遠方，有如蜃影。黑托邦和高索邦不同，其人民與都市融為一體，將它們轉化為壯麗奇觀，同時使更大片的土地恢復原始樣貌，成了幾乎無限遼闊的自然保護區。非洲大地之母的動物被引進此地，繁衍興旺。浮空器帶著他們掠過打滾的河馬與理毛的獅子上方，然後稍微下降，以便觀察凶猛的鬣狗群。這一切加總為一個樂園，賈邁爾認為他有資格為此自豪。

白人視為虛構傳說而不放在眼裡的奇蹟，都存在於此地。他們正在逼近的城市，可與亞特蘭提斯的所有傳說匹敵。黑人讓他們隱藏多時的炎靈與電現科技再度復甦。這一切，這靈魂韻律的神聖法則從未被白人竊占，用以富強他們殘暴的帝國。

身為第一世家的酋長，賈邁爾前往任何人家中都會受到溫暖的歡迎。

浮空器在雄偉、多彩的摩天大樓之間旋繞。開花的藤蔓沿窗戶與陽台傾瀉而下，如一面面燦爛的旗子。巴拿巴轉動脖子，彷彿在尋找白人腐敗文明遺留下的蛛絲馬跡。「審叛日」後，只過了短短幾個月。「賈邁爾先森，」他結結巴巴地說：「怎麼會這樣？」

「韻之冥想。」賈邁爾回答，並解釋，他們種族的合音天賦，有白人從未料想到的，更深入的應用方式。當數量充足的黑人一起和鳴，他們共通形塑的歌曲便會產生重構物質的力量。每一棟巨大的建築都等於是凍結的音樂，一首動人的歌曲。事實上，所有尖塔都呈漸強樂音之勢升騰。

賈邁爾將浮空器駛向一棟耀眼而雄偉的建築。它有圓頂，有拱壁，比周遭不那麼氣派的房子硬是高了一截。穿著男僕制服的機器人在大門口協助他和巴拿巴走下浮空器，帶領他們鑽過一道道耀眼的水晶門，穿過熱帶植物盛開、各種鸚鵡自由翱翔的豪華大廳。

巴拿巴畏縮了，低聲問：「糾世主啊，是誰住宰這裡啊？」他的呢喃迴盪在圓頂天花板以及滿室無價之寶之間。

賈邁爾並沒有要那怪物住嘴，而是可憐他駝著背，因恐懼而瑟縮得更嬌小。他年紀太大了，意識不到自己滿嘴屁話。

通過大廳後，眼前什麼也沒有，只剩一道雙開門，繁複的浮雕像是純金刻成的，溫暖而明亮。就只有這麼一道門矗立著。賈邁爾碰觸一個隱祕的按鈕，門鈴響了。門向內旋開，一個穿燕尾服的機器人現身，用溫和又有教養的嗓音說：「您好，賈邁爾，你跟令堂有約嗎？」

機器人帶領他們進入一個明亮的房間，充斥其中的沉默像是被悶在溫室裡頭。蘭花的根扎入錯綜的瓷磚壁中，顫抖的花朵使空氣沾染馨香。賈邁爾和巴拿巴在機器人的指示之下，坐到昂貴的柳條長椅上，接下圍蕾絲圍裙、戴帽子的機器人送來的細長杯子，裡頭裝著顏色繽紛的飲料。

他們還沒坐定，另一扇門就開了，豐饒的顏色和氣味湧了進來。透虹光的裙子擺動著，下方露出兩條比例完美的長腿，朝他們邁大步而來。來者的辮髮上飾有閃爍的大溪地珍珠和白金珠。「親愛的。」她的嗓音悅耳如女神。這苗條又貴氣的女子湊向賈邁爾，輕吻他兩側臉頰。她的視線落到那怪物身上，端正的五官扭曲了。一看到這個髒兮兮的侏儒，她滑順的臉蛋立刻皺起，流露疑惑與恐懼。

賈邁爾和怪物巴拿巴起身問候她。

不到心跳一拍的時間，她又恢復了女王架式十足的沉著。「你好。」她緩緩伸出一隻手，手指上壓著一顆顆鑽戒，腕部套著一個個翡翠手環。「我是賈邁爾的母親。」她的表情完全沒帶著稍早的提防。

賈邁爾一直都很崇拜母親。無論是富裕或貧窮時，她的手腕都是一流的。當她握住那怪物委靡且變色的爪子那一刻，他對她的敬意直沖天際。她對他亮出一個沉靜的微笑，但其實底下演藏著憂心的神情——唯一露餡的部分是，她視線停留的時間久了那麼一丁點。她沉默地點一下頭，召來機器人，它手上的銀色托盤裝有開胃小菜。「希望你喜歡夜鶯舌。」她說。

機器人以不帶情緒、沙沙作響的嗓音補充，「都剛好是一口的大小。」

賈邁爾有點開心地看著那怪物挑選佳餚。「我叫巴拿霸。」他說，並扔了一小塊珍饈到咧開的嘴裡。

他母親平靜地聽那怪物分享農場生活趣聞，「拿個巧女士，真是個乖物。」她說話時，嘴裡的鳥舌還嚼到一半。她接著繼續描述下人在農場裡幹哪些活，然後說喬瑟芬女士在「審叛日」後立刻就逃之夭夭了。「拿個陶簸特先森，他是真因雄！」

賈邁爾的母親從容地回應他，「我兒子一直想住在那棟房子裡，癡心妄想好久了……」

巴拿巴困惑地看了他一眼。

賈邁爾側眼瞥向母親，抬起一邊眉毛作為警告。「對，」他說：「我們家的人在這裡有段過去。」

那怪物瞪大眼睛，恍然大悟。「尼們家以前是努隸嗎？」

賈邁爾的母親示意機器人幫他們倒新的飲料。「算是吧……」她嘆了一口氣。

他們度過了愉快的下午。賈邁爾的母親帶他們進廚房，產肉器提供了一道美味的午餐給他們。她驕傲地解釋：這科技利用的是海拉細胞，一種永生不死、不斷增殖的細胞。這細胞是黑人女性研發出來的，用於改造動物基因、製造出不斷自我複製的大量牛肉、雞肉、豬肉。產肉器本身是根巨大的肉柱，在加熱燈下緩慢旋轉。外層是煮熟的狀態，美味可口，隨時可切下食用。那一大塊肉的中心是不斷複製增殖的細胞，圓柱體的軸心會持續灌注胺基酸來餵養它。在賈邁爾看來，它跟老派的立式旋轉架烤肉沒兩樣，不過眼前這漸漸被削減的混合肉是活物，中心是生的、有生命的，但外側不斷死去、遭到烹調。香味令人陶醉。

他們看著肉塊緩慢旋轉，剔透的油脂沿著刺激食欲的側面涓流而下。「這發明真正帶給我們的福氣是，我們不用再屠宰動物了。」賈邁爾的母親說。肉塊核心的永生細胞就像是發酵麵糰的「麵種」，在恰當的環境條件下會永遠存續。家家戶戶都有產肉器，黑托邦的動物於是享有安全和自由，可盡情喧鬧。就連肉食動物也是用類似的產肉器餵養的。事實上，靠無限肉塊終日飽食的獅子可跟羔羊和平共處。黑科技在人間創造了天堂。

巴拿巴起先畏畏縮縮的，但嘗了一口後，為之垂涎，為之拜倒。

賈邁爾的母親湊近那怪物，彷彿在展現親暱的信賴。「希望你能說服我兒子拆掉那座老農場，回到這座城市，搬進與他地位相符的地方。」她刻意看著賈邁爾，話中帶刺，「他對那座老農場的迷戀實在太不健康了。」

賈邁爾和母親為這件事爭論過許多次。此刻他避談那件事，表明時間不早了，堅持要帶巴拿巴回家。

回家路上，那怪物沉默不語，看到這麼多奇觀顯然使他受到了震撼。他圓睜著困惑的眼珠，東張西望。

賈邁爾對他產生巨大的同情，那幾乎是對親人懷抱的愛意了。

沉甸甸的墨色淚珠，在他臉上拖出顏色略淡一點的痕跡。他躊躇地說：「窩猜，你揮想要慘平巧女士的租產巴？」

賈邁爾以憐憫的表情凝視那怪物。「我保證，」他發誓，「只要你住在那屋子裡一天，它就會存在一天，就會是你的家園。」

怪物巴拿巴望著遠方。他的家族農舍和大宅緩緩浮現在視野中，太陽在背景處迅速西沉。

賓將菸斗拿到嘴巴前，打量著它的頭尾，彷彿那是把步槍。他將香菸打火機拿到塞滿大麻的斗缽下方，彈開，彷彿扣下扳機。他大吸一口，吸到都鬥雞眼了。煙霧滿肺的他大吼：「砰！砰！砰！」噴出的毒煙有如煙硝。

他左右擺動菸斗，像是在射擊一個個新目標，裡頭的薄荷冰酒灑了出來。他透過菸斗看到最後一個目標現身，發出悶住的一聲，「砰。」

菲力克斯雙手捧心，倒退撞上垃圾桶。「你射中我了。」他沙啞地說：「我死了。」

賓將打火機遞給菲力克斯，放低斗缽，將全副精神放到補充大麻上。「生定義了死。」他嘆氣，「最強烈感覺到自己活著的時候，就是殺人的時候，其他沒得比。」

賓描述自己身處化為射擊場的議會時是什麼感覺，這是他最愛的話題。他們兩個人坐在菲力克斯住處的後巷，沒有別人在。

黛麗雪出門了，菲力克斯的母親在家，所以他才躲在屋外呼麻。這陣子，和母親共處是一種折磨。她老是在情緒勒索，要他不要宣告性傾向，至少拖個一年，待在家裡陪她。但想到要在同志亞再待一年，他就快瘋了。這一年他還是只能將雙手背到身後，眼睜睜看著大家找到自己的愛侶，所有屄都是他的禁區。

賓將菸斗遞給他，說：「真不敢相信，你竟然不是同性戀。」讓賓知情不打緊。賓是國家英雄，第一世家的酋長。他站在議會旁聽席上終止了舊秩序，終止了「弱者迎合、欺騙眾人以獲取支持度」的競賽，也就是過去大家所謂的「政治」。

對賓而言，任何事物都比不上「審叛日」的革命。所以他才成了毒蟲，他的任何快樂都比不上摧毀一個壓迫他的體制時湧現的快感。

菲力克斯接過菸斗，看了一下賓的前臂內側。在他捲起的袖子下方有個刺青。菲力克斯問：「那是安迪・沃荷嗎？」

賓轉動手臂，看自己的刺青。「那是陶伯特。」他問：「我有沒有說過我見到他的事？」

菲力克斯用菸斗罩著嘴巴說話，「只說了一百萬次。」他的聲音悶在管子裡。他刺的文字是：

在未來，每個人都會被拍攝十五分鐘。

「是啊，」賓說：「他說這句話時，我就在場。」他說那個故事好幾次了，說陶伯特被皮帶和大力膠帶捆在一張椅子上，一絲不掛，血流不止，但還是在發號施令。說每個酋長在革命的數週前紛紛去覲見陶伯特。

菲力克斯呼氣，問道：「感覺如何？」接著他又吸了一口菸斗，甜酒咕嚕響，薄荷味的煙霧瀰漫他的口中。

兩人都知道他在問什麼。感覺棒透了。殺死敵人比中樂透還爽，感覺就像成為了**最終極**的終極裁決者。巔峰級的勝利。就像陶伯特之書說的：

驅動人類的核心力量是支配欲，以及避免被支配的欲望。

書中很快又補了一句：

若有人試圖否定這件事，他就是試圖要支配你。

菲力克斯將煙霧悶在胸中，傾聽著。

「那你要去哪？」賓問，指的是高索邦或黑托邦。基於同志亞和人民間的聖約，賓才得以在大半夜坐在貓尿味濃厚的小巷中肆意呼麻。在高索邦或黑托邦，以亞裔基因為優勢基因者都會被遣返亞洲。猶太人會被送回以色列，墨西哥人自己會流亡回墨西哥。

這時，菲力克斯心中首度浮現一個念頭：他從未看過賓和其他男人在一起。也許賓跟他爸媽一樣，是躲藏在同志亞的異性戀。也許賓一天到晚嗑到掛掉的原因是，他不想被送到另一個大陸去，但他也不是同性戀。賓也許是他可以信賴、可以分享所有祕密的對象。

菲力克斯憋住氣，聳聳肩。基因測試就順其自然吧，他還得填文件做正式的性傾向宣告。

「殺人就是殺人。」賓說。殺人永遠是最嗨的，沒有例外。看敵人身體爆開，聽他們無聲倒下，知道他們再也無法傷害你——感覺就像是中了頭獎。你最深的恐懼終結了，確認自己不用再當誰的奴隸了。賓說這個故事說了好幾次，在酒吧，在學校集會。他等於是一顆活化石。**嗑到飄飄然的活化石**。菲力克斯想到這裡，差點笑出來。因為石頭根本飄不起來，而賓的眼睛布滿血絲……他在回顧自己英勇事蹟的這個當下也不例外。他說到他持槍逼某個嚇破膽的議員去填坑。

「去除人的人性，」賓堅持說下去，「讓一個人變毛髮和肉塊，感覺就像魔術，但是是真的魔術，懂我意思嗎？」他咳嗽，字句鑽出他梗住的喉嚨，「那不就是所謂的奇蹟嗎？」

菲力克斯猛點頭，把菸斗交還給他。他考慮把所有事情都告訴賓。他的腦袋有點輕飄飄的，因而相信賓會理解。自從菲力克斯搬家到賓隔壁後，賓始終對自己的同性戀身分保密。「答應我一件事。」菲力克斯問：「你以後可以照顧我媽嗎？比方說聖誕節去看看她，不要讓她一個人過。」

賓填裝大麻，打發掉他的憂慮，「你媽有黛麗雪，黛麗雪就要有個小孩了。」

菲力克斯等待斗缽重新裝滿，等他朋友點燃大麻。賓吸入一口大麻菸的同時，菲力克斯在心中驚嘆著。這場合太完美了，這不只是兩個呼麻者在閒扯。賓顯然也是亡命者，在他家隔壁流亡。菲力克斯大可宣告他的性向，去追尋自己的未來，因為他知道賓會留下來。當然了，菲力克斯的爸爸也會在，但他不能冒險和他的祕密妻子碰頭。還有，黛麗雪也在，但她根本是個外人。賓是他最好的朋友，他會繼續看顧菲力克斯的母親，直到她步入老年。

塞滿斗缽的大麻在黑暗中亮出橘焰。

「我接下來要告訴你一件事，別搞錯我的意思了。」菲力克斯查看附近窗戶的燈火，發現唯一一扇亮著的窗戶在高處，是他家，他媽一個人坐在廚房。他問：「我們是朋友，對吧？」

賓鼓起的胸膛內瀰漫著煙霧。他的紅眼和菲力克斯的眼睛對望，並且點點頭。

菲力克斯接著說：「我知道你為什麼會在這裡，在同志亞……」

賓歪了一下頭，菸仍憋在胸中。

「你的處境就跟我爸媽一樣。」他解釋，「我爸是黑人。他們宣稱自己是同性戀，一起搬過來，但他們祕密保有婚姻關係，偷偷往來——」

煙霧從賓口中噴湧出來，隨著宏亮的一聲，「啥！」

菲力克斯完蛋了。

賓小心翼翼地放好菸斗，瞪著他，「你說什麼？」音量很大。有燈亮起，使一扇窗顯現。接著又一扇窗。

菲力克斯舉起雙手作勢要他朋友安靜下來。「沒事，開個玩笑。」

「那黛麗雪知道嗎？」賓問，然後眨眨眼，「還是說，黛麗雪也是異性戀？」

在這當下，菲力克斯首度撞見了過去的那個賓。他朋友變回以前的樣子了，這個人敢扛起步槍，擊倒眼中每一個敵人。樓上又有窗戶亮了，有人對下面喊：「很晚了！」

菲力克斯飛撲，手摀上賓的嘴，捏住，然後輕聲說：「拜託別說。」

兩人扭成一團，側倒在髒亂的地面上，在菸屁股和瓶蓋間角力。賓的指甲陷進菲力克斯的手，陷進他的臉和脖子，但菲力克斯還是摀著對方的嘴，輕聲說：「你不准亂說。」就在兩人的腳踢翻垃圾桶，上方居民於黑暗中對他們吼叫時，賓痛擊菲力克斯頭部一拳，位置落在他兩眼之間。他感覺到鼻子湧出熱流，嘴裡嘗到鹽和薄荷冰酒的味道，賓發出的悶聲吼叫震動他的掌心。賓的兩隻手都在捶打他的肋骨，而他以膝蓋招呼賓的腹部。

更多窗戶亮了，菲力克斯母親的剪影也出現在遙遠的上方，只有半身，廚房的燈光照出她頭與肩膀的輪廓。

賓咬住菲力克斯的手掌，菲力克斯連忙縮手。

賓大叫：「異性戀！異性戀！」

菲力克斯流血的手指摸到了菸斗的長管，他舉起它一揮。玻璃在某物上撞碎了，賓倒地無聲。血液和薄荷冰酒濺得到處都是。

賓全身無力，仰倒在人行道上。那人的人性被消除了，化為毛髮和肉塊。夜風捎來警笛。

菲力克斯聽過許多故事，得以判斷他的朋友已經死了。

比死更糟的是，賓說錯了。

殺人並沒有讓菲力克斯好過一點。

尼克發現第一個盒子時一點也不意外。它就擺在東南揚希爾街上，四十二和四十三街之間。陶伯特之書連這都預言到了。

目前為止，那本書裡說的一切都正確。幾週前開始發生火災了，如它預示。採納的是菁英分子用過的手法。一九六五年，毀了一百個街區的瓦特大火，一九六七年紐華克大火，以及燒掉四百棟建築物的一九六七年底特律大火，都如出一轍。這些案例就跟燒毀一千一百九十九棟建築物的一九六八年華盛頓特區大火一樣，每次都是白人在黑人社區縱火，目的是將黑人趕出郊區，逼他們回棉花州當佃農和農工。

這年頭則有高索邦酋長參與縱火，好將四處徘徊的黑人趕回黑托邦，並將剩餘的波特蘭白人趕到酋長莊園去。

擺在街上的盒子也是同一招。

在一九五〇年代，那盒子裡裝的會是海洛因。一九九〇年代，裡頭會是快克古柯鹼。哪一樣都沒差，總之ＣＩＡ會把盒子放到他們想要摧毀的區域。如今換成酋長動手了。尼克打開紙盒，翻看內容。封在塑膠袋內的維可汀、安必恩、贊安諾有好幾磅，他挖出來塞滿自己的風衣口袋，其餘的東西都沒動。陶伯特之書說他們會扔出一堆盒子，尼克於是急忙去其他地方搜括藥物。附近一張海報發出吼叫：微笑就是你最強大的防彈衣！尼克唯一的家人，他母親，已經賭上他們最後一罐汽油，打包踏上求職之旅，看有沒有莊園願意簽約雇她。根據傳言，大莊園外圍有一些零星的失業媒體、資訊業工作的貧民窟，所以人都住在髒兮兮的車上。沒搞頭的網頁設計師和學校多元部門主管，都希望在下一次大黃採收期證明自己的能力，並在冬天來臨前獲贈一間茅草屋。

網路上的維基百科巢穴全面荒廢了。電台節目只播陶伯特演說，以及合格的高加索音樂，大都是波卡舞曲，還有一些華爾滋和吉格舞曲。古鍵琴和風笛演奏的熱門音樂。電台廣播宣稱縱火者是前合眾國擁護者，游擊隊員。有謠言宣稱前任總統已逃出國外，遭刺殺的是替身，但陶伯特本人駁斥這項說法。

根據官方說法，前合眾國總統已經死了。根據官方說法，夜裡延燒、將無助人民逼入暗巷的縱火者是反叛分子，是強盜或攔路搶匪。也許是加拿大人。尼克發現，加拿大人被視為新興恐怖分子了。

陶伯特之書指出：放眼現代史，心地善良的黑人一直受到迫害。每當有城市陷入火海，黑人公民急著去搶救受威脅的財物時，白人軍隊就會藉機逮捕他們，指控他們趁火打劫。這陣子，火舌吞沒一個又一個波特蘭街區，試圖協助救火的人都被抓了。他們被安上莫須有的罪名，以火車載送到一個個勞改營去。

那些盒子，它們賜予較不具有英雄風範的人其他選項。陶伯特是這樣措辭的：較無能的社會成員可以自行選擇離開的方式——意外嗑藥過度，或自殺。

火災創造英雄，毒品解決懦夫。只有尼克能在到處都找不到食物的情況下勉強度日，保持活力。睡眠又是另一回事了。大酋長的莊園所誇耀的一片片紅花菜豆與紅甘藍田，將野生狼群與土狼群驅離了原本的棲地。這些動物，以及熊、美洲獅都會在城市街頭、公園和鄰近區域遊蕩，尋找新獵物。牠們夜夜嚎叫，受害者則隨之慘叫。尼克得吃藥才能在廢棄車輛中安眠。

白天，他則會碰到散落好幾個街區的屍骸。肋骨和脊椎在這一頭，頭和骨盆被拖到其他地方。有時頭骨會不見蹤影，但一定會有打結的毛髮。通常也會有手。人行道或巷子裡沾上黏膩的乾血，還會有血腳印往四面八方延伸。狼或熊的腳印。還有土狼、浣熊、喜鵲、老鼠等食腐動物的腳印。所有紅色印記都指向殘缺的手臂或內臟。某個倒楣的無名氏。手指，被咬下來的手指，上頭戴著鑽戒和紅寶石戒指。眼睛被啄出來，但珍珠項鍊還在，泡在血泊之中。肉食動物知道真正有價值的東西是什麼。

贊安諾等藥物照顧的是現代都會生活中最糟的一個面向。不是食物引起的不安或夜晚響起的垂死慘叫。最難對付的，是孤獨感。

夏斯塔不見了，華特和札維爾也不見了。只有神經病會住在市中心，尼克總會繞一大圈路，避開那些傢伙。

一條街外，一個絕佳的例證出現了，偷偷摸摸地移動著。他是個裸體的老人，手腳上綁著髒兮兮的大力膠帶，隨風飛揚，乾血使他消瘦的身體泛著一層油光，細長手腳上遍布著細小的結痂，幾乎交織成一條井字花紋地毯。他從容地走在無人的人行道上，瞥到尼克，開始揮手。那血肉模糊的幻影轉動細長的脖子，大喊：「華特！」接著他又轉向另一頭，「華特！」

尼克掉頭就跑，沒揮手回應。

根據陶伯特的說法，南北戰爭跟奴隸制度一點關係也沒有。實際上，知名的州際戰爭只是一種詐術，意在削減移民到北部城市的眾多愛爾蘭人口。又一次激增青年的勾銷。

他在東南胡士托街找到了另一個盒子，偷走了裡頭的膠囊。他在魏斯特摩蘭區一棟燒光的房子外找到一堆焦黑的家具，衣架上還掛著一些衣服，是雙手可捧起的量。羅夫羅蘭、古馳、亞曼尼，現在都成了違法衣著了。他翻找那堆東西，發現一把槍，但沒子彈。還有一把狀態完美的吉他。

孤獨感當中最糟的部分是寂靜。除了風聲之外，唯一固定傳入他耳中的聲響是鳥語。他將背上的包包甩下來，挖出一袋藥丸，塞了兩顆贊安諾到嘴裡，感受它們在舌頭下方融化釋出的甜味。他在東北密西西比大道找到第三個盒子，拚命挖它的內容物。

陶伯特說話速度極慢，聚集一堂的人們得前傾身體才聽得到。「掩埋用的坑洞長三百英尺，寬三十英尺，深十二英尺。」他還是被綁在椅子上，繼續下指示，「坑底要鋪四分之一英寸厚的聚乙烯布，上頭再加兩英尺厚的不透水黏土層。」

他鼓勵大家合作協調，節省力氣，說：「可不要每個人都想重新發明一次輪子。」

最近，那個地下室變成了某種俱樂部。某種總部，或指揮中心。奈勒和艾斯特班——戒毒互助會網羅來的那兩個人來敲門了。其他人隨後出現，每個都是從全國各地的類似團體找來的。

如果要華特猜測，他會說這些人當中有異性戀也有同性戀，有黑人也有白人。他們全都成了陶伯特的新員工，熱切地關注著不斷成長的名單網站，如今大家稱之為「全美最受鄙棄者」名單。就像曾被派去整理筆記、聯絡印刷公司的華特那樣，這些人也都成了陶伯特組織的核心成員。

每個人都曾克服自己體內的惡魔，海洛因也好，癌症也罷。如今他們聚集此地，準備要去征服更巨大的事物了。他們擠在陶伯特的膝下，而他告訴他們：

> 奉承有成癮性。你要讓別人相信他們是特別的。向他們保證，他們真的很有才華。讓自己成為他人自我價值的泉源，這會使他人對你盲目，率先阻斷他們發展技藝、實現真正潛能的機會。

他們傳遞啤酒和洋芋片給彼此時，他告訴他們：

> 群集即表達。我們應該要給個人選擇來往對象，且只與選擇對象來往的權利。根據此邏輯產生的團體，不該被迫向他們欲排除的對象敞開大門。

陶伯特因大量微小傷口感染陷入狂亂，叫嚷著：

> 成為恐怖，當一個可怕的威脅，而且在那同時要展示你手上最強大的力量。透過傷害人及停止傷害，你將獲得對方的愛。

他告訴他們：

> 想像世界上沒有神，沒有天堂也沒有地獄，只有你的子嗣和子嗣的子嗣，以及其子嗣，還有你留給他們的世界。

如果他們發笑，如果他們一致點頭，像是熱烈贊同某個說法，陶伯特就會彈一下手指，要華特把那段話記下。他在試著運轉自己的理念。陶伯特知道，如果有個理念引起這些人討論參與，並舉自己的生命經歷來表示支持，那就代表它也能使更廣大的群眾信服，所以他會叫華特寫進即將問世的那本書裡。

陶伯特曾解釋，當阿道夫·希特勒在蘭茨貝格監獄服刑時，他的牢房不斷舉辦著派對。訪客們會帶著啤酒和食物過去，擠在房間裡聽希特勒說話，讓他以各種思想來款待他們。他將引起聽眾回響，使他們微笑表示認同的想法全收集起來，寫進《我的奮鬥》初稿。這些想法將會吸引成千上萬的人。

陶伯特於是也和前來拜見他、徵求意見的人們一來一往地進行類似的對話。他對那些人，他對克蘭、奈勒和賓說：「在未來，每個人都會被拍攝十五分鐘。」

他對魯法斯和賈邁爾說：「左耳就好，麻煩了。」

華特的新老頭解釋，最棒的回應是抱怨的吼叫、嗤之以鼻、哀號，或任何證明他踩到痛處的吵鬧聲。最棒的回應永遠不會經過語言的過濾，頂多是「阿們」或「幹，對啊」。某種褻瀆版的「哈雷路亞」。這過程會不斷反覆，直到書的碎片排列成《毛語錄》或《窮查理年鑑[51]》，一種格言集。

陶伯特曾解釋，他們在創作的是某種經文，陶伯特經，就像《畢達哥拉斯金句》或《傳道書》。它將化為人們的新意識。

可說是現代版的《我的奮鬥》。

51 班傑明·富蘭克林匿名發表的著作，收錄實用資訊、猜謎遊戲、格言警句等等。

他們會**地下**發行這本書，就像當年的蘇聯異議者那樣。運用安德烈．迪米崔維奇．沙卡洛夫的手法。透過一個個克蘭、道森、查理串連起的，盤據全國各地且不斷增長的人際網絡，將書傳遞下去。

華特抄寫所有的句子，此刻仍相信這有辦法使他致富，使他贏得夏斯塔的芳心。

因為那些吼叫聲，警察來了。因為當時已過半夜，賓又是第一世家的酋長，警方出動意味著直升機正旋繞這一帶，不斷掃射探照燈光。因為任何地方的警察永遠都在處理一樣的事：你有沒有出手？他有沒有出手？因為菲力克斯的母親低著頭，搖了搖頭，因為她直覺知道這事跟她有關。因為黛麗雪進門後說：「貝兒，妳的菲力克斯跑去哪了？做啥去了？」

因為黛麗雪不知道這件事也可能害她翻船。因為所有人都可能被連累，如果他說出真相，貝兒和黛麗雪、賈維斯和紳特利都會以收押嫌犯的身分進入暫留營，永遠待在那裡。因為考慮優先順位者不會接受瑕疵品。因為剛宣告為同性戀者且暫留他處的高索邦公民和黑托邦公民值五十萬陶幣，或一個全新的人，那為什麼要委屈接受連同志亞都想擺脫的叛國者？

因為醫療人員在清理他臉部與脖子上的割傷和刮傷。因為菲力克斯挨毒打的程度只小輸給賓的屍體。因為從自家臥室探出頭來的民眾都聽到賓最後喊的話了，聽得一清二楚。因為大家活在凱蒂．吉諾維斯案的永恆陰影中，這名女同志被凶手勒了又捅、勒了又捅，滿城的旁觀者竟然都沒有採取行動。因為當時把頭探出窗外的人太多了，他們每個人都沒報警，因為年輕貌美的女同志遭屠殺並不干他們的事。因此這時候人人插嘴，複述賓喊出最後的話。

根據菲力克斯的說法，他和賓原本平靜地在巷子裡呼麻，時間是午夜前後。根據他給辦案警官的說法，賓當時正在訴說他所屬世家的成功故事，交代他，即賓本人，踏上旅程前往奧勒岡波特蘭的某地下室覲見聖者陶伯特的經過。賓可不是小角色。面對第一世家酋長之死，警方展開了大規模偵查行動。殺害賓後潛逃的凶手可能會留下血跡，大量警犬因而出動。

就連醫療人員在幫菲力克斯清理臉部與脖子上的割傷和刮傷時，他也在訴說賓原本想說給他聽的那段經歷。因為除了賓之外，最近沒什麼人理會賓。因為老實說，賓的一日戰爭史還滿煩人的，也因為大家要操心的事還有很多，何況還有取精排程和代孕役。因為大家雖然不會說出口，但內心都開始質疑同志的應許之地——同志亞的崇高性了。因為他們懷念異性戀壓迫時期的縱情享樂生活。基於這份罪惡感（懷疑同志亞的罪惡感、忽視凱蒂．吉諾維斯的罪惡感），所有證人都複述了賓在最後一刻，氣喘吁吁吐出的那幾個字。

因為他們都那麼說，菲力克斯才說出他最終說的證詞。因為他一開始沒那麼說，沒馬上說。因為他知道那會演變成跨國事件。因為他不想要這個國家，同志亞，進入戰爭狀態，因為「審叛日」不就是為了拯救一整個世代的青年，免除他們進軍人公墓的命運嗎？

因為他想到，為什麼政客非得扼殺那些幾乎無法投票者的性命？但又因為菲力克斯不想要家人進暫留營，因為他得爭取時間，因為任何簡單的基因鑑識都會證明賓屍體上沾染著、指甲縫內塞著他的基因，而且只有他的……因為所有人都在疾呼血債血還、討回公道……菲力克斯便說，是一票陌生人幹的。因為這說法說得通，因為他能爭取到其他人的認同。因為菲力克斯，他的衛星轉播畫面，很快就取代了陶伯特，出現在所有頻道上。因為全同志亞的人都在傾聽他說的每一句話，因為他已經在心裡打包好逃跑用的行囊，清點完喜歡的衣服和準備多袋的鞋子，因為菲力克斯逃亡時需要取得一個關鍵先機，所以他說了他最終說出的那番話。

「異性戀。」他對媒體攝影機說：「有幾個直男痛扁他。」

這事實總是令夏斯塔驚駭，從無例外：此刻烘暖她頸子的太陽，也照耀希特勒。她躺在新婚床上看到的那些星子，也曾在惡名昭彰的納粹集中營上方閃爍。從宏觀的角度看，人類組織社會、營造生活的方式根本無價值可言。

樹木在掩埋坑上扎根。生命中重要的部分依舊恆常：人類餵養小孩，人真正能憎恨的對象只有鄰人。大家就跟從前一樣，全副精神都放在設法活命上。水總是會找到新的水平線。新的日常。比方說田妻，她們漫步在一排排豐饒的羽衣甘藍與南瓜田壟間，每個人都鼓著肚子，懷著孩子。每一個都是查理的子嗣。很快地，一個個或複數個子嗣的生日將會成為歲月的註記。一年後，莊園內將會有一堆小查理橫行。

有個真切的可能性存在：夏斯塔自己就是個麻煩，可說是派對掃興鬼。如果她在這個時代出生，只會看到內心平靜的女人在曼陀林的伴奏下從事有實益的工作。她們營養充分，個個健康又豐滿，懷著未來的孩子。她要不是知道「審叛日」前的世界長什麼樣子，就不會用犬儒、忿恨的目光看待這伊甸園般的畫面。未來的孩子會將這樣的生活視為理所當然，這點同時帶給她欣慰和憤怒。

就在她們忙著播種時，夏斯塔走向那些根菜和犁溝，展開她非常態性的探索行動。太陽烘暖她身上的蒙頭斗篷帽，那帽子的邊緣還飾有墮落的假豹貓皮毛。一群四處遊走的吟遊詩人撥奏魯特琴，輕哼民歌。

她肚子裡升起一股噁心感，不過她忍住了衝動，沒吐到一排正要熟成的防風草上。她也許已經……天知道查理在她體內播了多少種。她可能也成為貪婪酋長的種母了，一想到這裡，她便打了個冷顫。

一道溫順的人影拖著腳步上前。那個女孩沒說話，不過在一個手臂長的距離外停下腳步。她的長髮盤在頭頂，以一頂花邊帽罩住。網紗從她臉上傾瀉而下，保護年輕女孩的膚色不受陽光侵襲。她謙遜的目光投向下方，落在她自己那雙純樸的木屐上。

女孩的手伸進她的圍裙內，取出一小團軟布，喜悅的贈禮，布裹起的寶貝。有條線綁著它，以免它打開，上頭的結打得小心翼翼。她偷偷檢視它的每一側。其他田妻彷彿凍結在這一刻當中。附近有個女人緩緩點了一下頭。女孩看到那信號後，將布團獻上。

她的目光和夏斯塔交會了一瞬間。夏斯塔伸手準備接過禮物，這時另有一樣物事引起她注意。女孩穿著長袖。長裙和長袖上衣是規定服裝，不過她的袖口露出了一小塊光滑的腕部肌膚。上頭有個深黑色粗體字母，在蒼白肌膚映襯下十分突出。那是一個多稜角的大寫R。

夏斯塔接下禮物前，先拉了一下對方的衣袖。女孩沒反抗，她便將袖子一路往下拉，露出I和O。刺在她前臂上，從手腕一路到手肘內側的字樣是：RIOT GIRRRRRL（暴女）。

這態度端莊、動作膽怯的女孩，不久前還是個壞婊子系女神。這個嬌羞的、肚子被查理搞大的流浪者，曾經是勇猛的競速溜冰選手。

有了新的領悟後，夏斯塔再度審視田野。這些女人曾經都是單車快遞員和籃球明星，如今她們成了駝背的農村少婦，命定在不久的將來為人母，且將不斷生產。但不到一年前，她們還是搖滾樂團的鼓手，是呼麻的走火雜耍藝人和剃光體毛的鋼管舞者。

「審叛日」是多久以前的事？沒有手機或月曆，根本不可能掌握日子過了多久。只有天候會透露時間的流逝。

夏斯塔讓女孩的衣袖落回原處，擋住過去的她曾經存在的證據。女孩輕輕將那一小包東西放到夏斯塔手中，快速地碎步離開。後方還有另一個女孩等著要獻上另一個小布包。流言很有可能已在女人之間傳開了，大多數人都知道夏斯塔想要什麼戰利品。後方還有第三個女人等著向夏斯塔獻上自己脆弱的供品，那小布包綁得好好的，以策安全。

華特檢查那本書的排版打樣，為之驚嘆。

這本書和名單網站那個花招結合起來——根本等於是毒品。如同作者本人說的：

一本好書會讓你茫。

它讀起來的感覺就像色情刊物。

他新老爸向他口述的文字加總起來，等於是權力的色情書寫。

華特理解公式了。史上最暢銷的書，都是寫給小孩和青少年的。這些沒有力量的人渴望一種故事：

描寫與自己相似的孩子取得終極力量的故事。從哈利・波特到超人，再到路克・天行者、神奇小子羅賓，似乎所有小孩都希望發展自己潛在的超能力，希望見證雙親的死亡。這兩個角度，陶伯特之書都處理到了。失業者、未充分就業的汽管裝配工、印刷機操作員將會預見自己殺死壓迫者，登上大位，統治自己的封地。

這些加總為「站在正義的一方」的色情書寫。任何高潮都不如「證明其他人都錯了」來得令人滿足，任何性愛內容都比不上男人從勝利中獲取的快感。而陶伯特之書談的正是勝利，扣掉勝利之後什麼也不剩。

陶伯特，這個老糊塗，知道男人最渴望的是什麼。

華特瀏覽這本書，同時從上衣口袋取出夏斯塔的耳塞。拿到鼻子前面，吸了一口氣。這是一個護身符，是女巫可能會用來召喚死者的法寶。發泡海綿，乳頭般的粉紅色，裹著她的死皮屑與體內分泌物的工藝品，是從她頭部側邊挖出的聖物。他的鼻子可以說服他的其他身體部位：夏斯塔就坐在他身旁。

他知道夏斯塔一定會痛恨這本書。也許她會迷上文藝復興式服儀規定和復興假北歐文化那一段。夏斯塔也有刺青，在胸前：Mit einem Schwert in deinem Herzen sterben[52]。天知道那是什麼意思。她會愛上書中的中世紀城堡生活提案，但還是痛恨那本書。

不過她會愛上這本書帶給他們的財富。

52 德文，「心中懷劍而死」。

夏斯塔會瞄一眼這本書所研擬的新世界，然後將書扔進垃圾桶。呃，不是垃圾桶。夏斯塔會將書丟進資源回收桶。

之後呢……緊接在那之後呢，她會打電話給碧昂絲，搭私人噴射機飛到倫敦龐德街買鞋子。瑪丹娜也會同行。她還會帶著華特的卡。

一道簾子擋在那裡，宛如舞台上的布幕。一塊白色棉布自天花板垂掛而下，皇家醫師和一大票朝臣面對著它。一百多個馬夫、隨從、僕人。看不見的某物在另一頭使布幕微微顫動，這一頭的泰倫斯醫師請求著，「我們是否有榮幸請殿下現身……」

到目前為止，所謂的皇家禮節頂多只能算是半成形，因此皇家醫師為了避免犯上，最好的策略就是死守高尚的「白人標準語」式拘謹。如今他坐在一把雕花腳凳上，伸出手指戳弄布簾，最後在上頭找到了一個洞，將食指塞到裡頭。「只要展示您的權杖即可。」孔洞四周有精美的絲綢刺繡。

眾人看著那孔洞，等待著。

泰倫斯抽出手指，等待著。為了讓皇家病患放鬆，他開始回顧自己奇蹟病癒的經歷。他說他從嬰兒時期就臥病在床，說他過著什麼樣的廢人生活。他訴說一個好心的醫院護士如何代替他缺席的父親遞交一本陶伯特之書給他。受到父親寫下的註解鼓舞，泰倫斯克服了跋扈母親的陰影，儘管她迷湯般的語言總是會導致他的病症嚴重復發。

他面對布簾，重述那史詩級的導尿管爭奪戰，說他的掙扎如何導致母親重跌在地，而陶伯特之書又是如何擊昏她、打斷她的鼻梁。她的鼻子斷得可徹底了，往後只會永遠側貼著她的臉頰。

至於導尿管，它被抽出體外了。疼痛很劇烈，但他的那話兒完好無缺。任何閹割意圖都沒有在他身上奏效。

泰倫斯的手指不耐的戳著那刺繡的孔洞，然而，另一頭還是沒有東西冒出來。

而今天他主要憂慮的事項是，查理酋長最近與許多人進行了性接觸。說得更具體一點，他擔心以上接觸可能傳染了花柳病給殿下。就醫師所知，殿下愈來愈擔心他在性方面有了一些物理上的變化。但若不進行視診，醫師也很難幫上什麼忙。

「最重要的是，我們要決定預後。」泰倫斯說，並引用了藍黑雙色書的內文：

懷抱希望不是男人的風範，採取行動並取得成果才是。

布簾後方總算有了動靜。它鼓起了，有東西撐開了小孔的刺繡外緣。醫師舉起一隻手禁止任何人出聲，與此同時，有個蒼白、委靡的玩意兒畏怯地穿過了開口。

隔天早上，送早餐過來的阿貝拉變了個人。就喬女士印象所及，阿貝拉應該是個駝背的邋遢老女人才對。最近這幾年，那女人進出屋內外、做苦差事的挫敗模樣愈來愈有喜感了。找人幫傭的額外福利是，你可以欣賞幫地板打蠟、擦亮銀器這種工作銷磨他們的過程。新娘會找較醜的女人來當伴娘，而喬女士也基於同樣的原因雇用管家辦事，讓自己顯得尚有幾分姿色。

那都是今天早上之前的事了。眼前的阿貝拉是個陌生人，她肌肉虯結的四肢變得纖細又柔嫩，固定不變的制服被飄揚的袍子所取代。**大喜吉衣**，喬女士從記憶中撈出這個字。衣料如水般在女人的滑嫩肌膚上流動，上頭還嵌有閃亮的翡翠作為重點修飾。

她毛糙而蓬亂的灰白頭髮變得有光澤又濃密，抽長為赤褐色的大鬈髮。她乾裂的手與臉部肌膚因反射光而變得燦亮，簡直像是被芳香油沾溼了。那雙纖美的手端著托盤，上頭有兩顆水波蛋，一塊厚切火腿，一塊英式馬芬蛋糕，旁邊附著奶油和橘子醬。

「喬瑟芬女士。」她的嗓音和她的外表同樣煥然一新，「賈邁爾先生要我替他向您致歉。」這嗓音帶著優雅深邃的磁性，如鋪著天鵝絨的宏鐘。「他為處理國務，大半夜就出門了。那是昨晚的事。」

她實在太漂亮了，喬女士心中浮現的第一個衝動是好想開除她。但這房子已經不是喬女士的了，阿貝拉也不再是她的員工。

那位管家成了個可人兒，喬女士只能痛苦而忿恨地別過頭去。看到自己在銀茶匙上的倒影，她感覺胃一縮。她透過玷污和毒害，使自己成了一個雀躍、不吉的淘氣鬼。是的，這麼做便能鞏固她在新城邦的一席之地，但她付出了什麼代價？她顯然不屬於這裡了。

她假裝全神貫注地在馬芬蛋糕上塗奶油，開口說：「阿貝拉，那件衣服穿在妳這種體格的女人身上真是好看。」

阿貝拉以她低沉宏亮的新嗓子發出輕笑。「這不是穿搭效果。」她說：「是我們族人產生了變化。」

她談起白人如何蔑視非洲黑人，如何瞧不起他們從未發明輪子或農耕。事實是，非洲人討厭任何會毀損大地的工具。黑人與大地的結盟可一路追溯到時間之始。他們有任何要求，行星都會應允。因此非洲大陸充滿豐富的資源。土地樂於孕育黃金和鑽石以取悅黑人。而黑人的回報是，永遠不開闢道路或犁溝，不在土地上留疤。

「白人進入非洲時，」阿貝拉接著說：「我們以為他們會對聖地抱持同樣的敬意。」然而，這片土地並非歐洲人的搖籃，因此他們眼裡只看得到想要掠奪的財富。那些絕不贊同墮胎的人、以滌淨生命為專業的人，撕裂了大地的子宮，掏出它所預備、所懷藏的禮物。白人的油井和礦坑使大地肚破腸流。行星出產給黑人的管理者報酬，遭白人洗劫、搬運一空。

阿貝拉用冷酷、憎惡的表情看了喬女士一眼，「此後，我的族人便懂得要封印自己的特殊力量了。過去幾百年來，我們一直隱藏著真正的才能與智慧，以免白人濫用它們，以增加自己的所有物。」

喬女士看著自己因化學反應變色的手，為自己種族的貪婪史深感羞愧。她覺得被自己燒焦的頭髮羞辱了。毫無疑問地，白人的愚蠢和罪惡也遺贈給了她。

「在所有人之中，只有金先生差點揭開黑人魔法的真相。」阿貝拉解釋，「多年來我們內部一直在爭論：該不該為了自保而殺他。」

喬瑟芬女士驚訝萬分，「黑人殺了馬丁．路德．金恩？」

阿貝拉皺眉。「我不是說金恩**博士**……」她激動地喊道：「我們曾經雇了一個人去殺**史蒂芬．金**，不幸的是，刺客太差勁了，我們指望偽裝成肇事逃逸，卻失敗了。」

她說，史蒂芬．金透過他的小說傑作，例如《鬼店》、《末日逼近》、《綠色奇蹟》，差點就使白人相信黑人隱藏著強大而不尋常的力量。

阿貝拉沒受催促，主動抖了幾下亞麻餐巾，塞到喬女士居家服的頸線內。這位管家拿起刀叉切了一小塊厚切火腿，小心翼翼地將食物送入老女人的口中。「吃吧。」她說。

喬女士無言地、安靜地反覆咀嚼那塊火腿，彷彿嚼著反芻物的牛，沒注意到那塊肉已變成毫無味道的軟糊。沉默與期望重壓在她身上。最後她總算鼓起勇氣提問了，「話說……哪裡出事了？為什麼賈邁爾昨晚要急著飛出門。」

阿貝拉的回應是，走向房間內的小電視機，按下一個按鈕。螢幕上擠滿了小人，一群拿著火把的暴徒。

「妳知道那孩子有他自己的祕密。」管家看著擠滿人的螢幕，「妳也看過他盯著妳祖先肖像畫的模樣。」

電視上，暴徒人海包圍了一棟宏偉的建築，朝雕花門面扔擲石頭和磚塊。槍響傳來，而揚起的煙塵指出子彈擊中的位置，它們都在石頭上反彈開了。清脆的玻璃破裂聲響起。

接著，一顆拉得更近的鏡頭拍攝一扇扇高大的花窗，它們框著受困者的臉孔。他們個個俊俏、美麗，但依舊是受困者。所有人臉的膚色都是黑色。

陶伯特的直覺很準確。六〇年代摧毀了所有生活模式，之後一個又一個世代都遊蕩在生命中，尋找新的、群體共有的藍圖。答案不是共產主義或法西斯主義，要不是基督教、資本主義、政治激進主義和教育全被揭露其腐敗本質，現代人最偉大的成就是廢除這些壓迫性的模式。

「只有一種性質能真正團結我們，那就是我們對團結的渴望。」他總是堅稱：「人們想要的，是共融的結構。」

直到不久前，種種情況仍使我們齊聚、團結。我們彼此接近，成為隔壁鄰居，我們待在同一個職場便是同事，待在同一個教會便是教友，讀同一所學校便是同學。這些結構使人們進入常態性的社群。但隨著大家搬家次數愈來愈頻繁，工作愈來愈不穩定，教會在生活中失去重要性，我們便失去了與他人來往的穩定管道。

在陶伯特看來，種族和性傾向必須成為社群的最終堡壘。當所有團結眾人的大敘述在風雨中飄搖……當所有脆弱的外部情勢都失靈時，我們只能被迫藉由最基本的元素來組成社會階層：膚色和性欲。

華特看出來了，他的新老頭顯然想靠這本書幫自己賺大錢。那些人，那些賈邁爾、艾斯特班都是走卒，負責當領頭羊打開市場，讓這本書流傳得更廣。土包子和末日準備者接招吧，贗造的深度思想來了，來取代廣告植入群眾腦海中的口號了。

根據陶伯特的說法，自我表現的方法只剩一個，那就是消費。所以男人回應美的方式只有一個，那就是消費它。那就是美被轉化為色情影像的原因，為了被消費。我們以消費水準和品質來衡量地位，也以時間、精力作為量尺。食人主義的盛行指日可待。

此外，陶伯特之書還如此開示：

自殺是終極的消費活動。

承上：

文明在消耗自身。

那就是他針對西方文明衰微所提出的解釋。流離失所的白人公民以毒品，黑人以暴力，同志以疾病耗損自身。

夏斯塔在掛了一整排繡帷的蜜月房中發現新婚丈夫的蹤影，他正急急忙忙摺著長筒襪和外衣。他跨入巨大的衣櫃內，拆下乾洗塑膠套，取出一件奢華、堂皇的藍色棉絨裙袍，上頭還有挖掉的緄邊痕跡做重點修飾。他們巨大的天篷床床角邊敞開著一個行李箱，裡頭已被蘇格蘭裙和罩袍塞到半滿。查理把他最喜歡的下體蓋片也打包進去了。

夏斯塔上前擁抱他，結果被他甩開。「別挑現在。」他的語調粗魯。「我收到酋長會議召集令了。」

他們雇了一個貢多拉船夫來撐篙，沿哥倫比亞河推進皇家駁船前往波特蘭廢墟。世家成員將於豪華會議室碰頭，那地方窩在荒廢市中心僅存的其中一棟摩天大樓頂端。有傳言說，波特蘭對天貝[53]的需求早已超過居家浴缸的產量，黃豆店被掃蕩一空，居民開始吞食彼此。寧靜的花都如今臭得像被挖開的墓穴。這趟旅程對任何收到召集令的酋長而言，都不具有吸引力。

夏斯塔未感挫敗，再度逼近他，輕輕逗弄他的陽具。他緊繃的身體放鬆了。她跪下，熟練地卸除他的劍鞘，鬆開威尼斯短褲的腰帶，雙手摸找到他軟弱的那話兒，開始搓弄它。

查理惱怒地皺眉大喊：「痛！」

夏斯塔的手指仍繼續動作，只放輕了力道。

「小心點。」他抗議的聲音變得更虛、更弱，被她觸碰帶來的快感淹沒了。

夏斯塔的嘴也加入服侍丈夫的行列。她的胃感到一陣噁心。儘管她穿著豐厚的歐根紗裙，石頭地板仍使她的膝蓋發疼。

查理頭後仰，發出呻吟，「我有感覺了。」

她的嘴巴停止動作，好讓自己呼吸。「是喔，希望囉。」她按捺語氣中的尖酸，「這是榮耀殿下之舉。」

他呻吟，「可是……」字句梗住了。「但同志亞，同志亞的人把我們的大使趕走了，還脅持外交官當人質……」

她丈夫嘀咕地，含糊地，因快感而迷亂地宣布：同志亞向高索邦和黑托邦宣戰了。

這消息令夏斯塔措手不及，窒息了一瞬間。胃裡的食物逆流，混著膽汁的消化液幾乎就要燙傷殿下的陽具了——那可真是精美的餞別禮，她拚死拚活才將這句話和嘔吐物吞下去。

某天下午，華特慵懶地翻看著一本剛印好的陶伯特之書，這時老頭抬起頭來。華特的新老爸瞪著

---

53 tempe，源自印尼的發酵食品。

他，眉頭深鎖，逼問：「你在看什麼？」

華特拿起書，讓他看藍黑雙色書皮，以及燙金書名。

陶伯特咆哮：「書名是什麼？」

華特的手指劃過書名下方：審叛日。

老頭的臉脹得通紅，鮮血從額頭上的兩個小傷口湧出。「不對！」

華特把書轉過來看。沒錯啊，審叛日。

老頭氣急敗壞，口沫橫飛地吼道：「有錯字！」

華特背脊發涼，在心中加總那些討厭的數字。他印刷、發送幾本書出去了？答案是：全部。

陶伯特說：「你這蠢蛋，去叫他們暫停印刷！」

已經太遲了，但華特沒告訴他。

「應該是《審**判**日》！」陶伯特叫嚷。

審判日。天知道華特還打錯了什麼字，聽錯了什麼內容。

陶伯特不敢置信地搖搖頭，咄咄逼人地說：「是不是已經來不及了？已經沒辦法修改這個……錯字了？」

審**判**日。真鳥。

華特撒謊了。他擠出最真摯、信心滿滿的表情，對老頭說：「別擔心，我會搞定。」

❖

講者合上陶伯特之書，小心地放到一旁，然後宣告：「酷兒身體始終是西方文明的突襲隊。」

坐在蓋文附近的聽眾全都發出抱怨的哼聲。將自己託付給暫留中心的那一天起，他們就不斷在聽同樣的演說內容。

這段話將導向同樣的論調：麥爾坎・X是雙性戀騙徒，詹姆斯・鮑德溫，女性主義以及他們陣營自己的長刀之夜——放逐草創者派系，好讓他們的運動對足球媽媽[54]產生吸引力。這段話接著會觸及都市更新計畫，高潮則是希特勒在學期間對路德維希・維根斯坦的迷戀肇始了二次世界大戰和惡名昭彰的最終解決方案。

每隔一、兩個月，同志亞就會派酋長來發表這些激勵性談話，振奮他們的士氣。今天的講者是第一世家的酋長，一個叫艾斯特班的男人。他提高音量回應那些哀號。

蓋文插嘴了，「我姊姊……」房間裡的人安靜了下來。「我姊姊查姆計算了一下，說我們所有人都得等到將近四十歲才能離開。」他的嗓門不大，但四周絕對的沉默使它顯得嘹亮。

另一個小孩吼道：「那是怎樣啊？」

講者反駁，「女性移民的申請將會優先通過，好讓她們盡快開始生產出口人口。」

---

54 指北美中產階級心目中的良家婦女。

坐在蓋文附近的年輕女同志發出哀號。相較於全職當人形母種馬，暫留營看來反而沒那麼可怕。講台上的艾斯特班強調，「這個措施將會加速邦民交換流程，將時間縮短為數年。」

同志亞的立場，同志亞的官方論調是：高索邦或黑托邦都會想要盡快將同性戀公民送出邦外，他們撫養、收留出口人口的時間不會超過最低必要限度。時間久了以後，大家會做出一些特別的調整來加速出口人口交換。他們也許會簽署貿易協定，讓同志亞拿未來的出口人口額度與現在等待入境的同志相抵。所以他們的生產線才得火力全開。

現實是，蓋文和同世代的人，即「審叛日」後達到性別宣告年齡的第一個世代，都在分類垃圾、挑出可回收資源。他們被關在這裡，睡大通鋪，一天吃三次泡麵，除了分放六號塑膠和八號塑膠、分放馬口鐵和鋁之外沒有娛樂可言；這工作原本由機器負責，但後來奴隸勞動的成本更加低廉。不過奴隸勞動並不是正式名稱，勞務外包才是。這是一種境外勞動，只不過工作地點不在境外，完完全全就在高索邦內。工人也不是奴隸，只不過他們無法離開營區，且營區圍有鐵絲網、設有監視塔。這是高貴且有回報的工作，對他們的未來以及同志亞的未來都有益，只不過他們每天都得垂頭喪氣地站在一條緩緩移動的輸送帶前，與上頭黏膩的鐵罐和髒兮兮的紙張為伍，頭上頂著腐敗優格和發酸啤酒味引來的、揮之不去的大群黑色蒼蠅。

這些出口人員在這裡住不到一年，但每個禮拜感覺都有一年那麼長。沒人帶月曆，因為他們都不覺得自己會在營內待這麼久，不過有些腳踏實地的人開始在浴室牆面上刮井號了，其他人隨時都可以進去數一數自己待了幾天，為之驚駭：原來我已經在這裡露宿這麼久了，挑垃圾這麼久了。只不過知道了也沒用，因為他們還是困在這裡。每個月都會有官員從他們永遠到不了的應許之地來到營內，藉由熱切的演說為同志亞貼金，振奮他們的士氣。不過今年蓋文在演說途中站了起來，站在聽眾之中，提出了那個可怕的問題。

他問：「我們這一代注定得在這裡待一輩子嗎？」

查姆認定他們就是會這麼慘。她在捎來的書信中推論：在同志亞出生的第一個小孩滿十八歲前，沒有人能夠進行交換。無法進行有規模可言的交換。對，同志亞境內是有一些小孩，但數量無足輕重。查姆還進一步提出更多預測：同志亞在挑選外來人力時也會偏好挑選年輕人，就像他們偏好女性那樣。而高索邦豈會去維繫人口數？它產出愈多輸出人力，暫留營內的便宜奴隸勞動力也會增加。老實說，異性戀就是比較會生小孩，他們的生育文化史也比較悠久。未來這可能會退化成一場城邦間的輸出人口製造競賽，永無寧日。

蓋文不想要失禮。同志亞最受敬重的人莫過於那些酋長，但蓋文想要真相，想要真相公諸於所有人面前。他不想當壞消息的信差，但大家也沒有年輕歲月可以揮霍了。

「先生？」蓋文想傳遞一些敬意，而不只是當一個嘮叨鬼，「我們見得到我們的家園嗎？」

這問題激起了幾陣零星的歡呼，不過蓋文並不是想要令艾斯特班出糗，他長得很好看，是對你微笑你一定會回以微笑的那種好看，但你並不知道他到底是什麼樣的人，只知道他有多辣，這又令他想起查姆，想起它們上一次玩「我的／你的」遊戲，規則是隨便指一個有成為性伴侶潛力的人喊「我的」

或「你的」，就像玩扁金龜[55]一樣，你試著出其不意地刮你的對手一頓，不過他們上次在羅瑞赫斯特公園時，蓋文指著一個推著滿車處方藥物的大毒蟲（名字叫尼克，有著冰毒成癮者的顴骨，頭髮被曬到褪色）喊道：「你的！」結果查姆指的傢伙簡直像是湯普森雙胞胎中比較可愛的那一方，留鼠尾辮，身上有印度彩繪，膚色如蜜粉，但沒穿鬆垮的八〇年代服飾，蓋文整個糊塗了，但後來他才發現查姆心中的規則跟他不同。因為她真的想挑出最適合和他搞在一起的人，不過她也沒發現他試圖糗她，因為事實上她真的、真的對那個冰毒老兄尼克小鹿亂撞。

他一直試圖惹毛她、害她尷尬，但她只想要他和湯普森雙胞胎同一個模子印出來的老兄快樂交往，正是因為這樣，她寫來的那封信、她提出的「你們可能永遠無法移民」的假說才會顯得那麼可怕。因為她不是愛跟他競爭的兄弟姊妹，她只是在陳述事實。

艾斯特班又把話題拉了回去，說歷史總是有模式可循，說同性戀總是居住在修道院和修女團的圍牆內，負責保存古老事業的知識、彙整自然世界的祕密，雜交豌豆、避免黑暗時代根絕人類文明遺產。

不過蓋文想到看豌豆做愛這種場面根本不覺得興奮，只要他準備好大演春宮秀的十八歲青春肉體還在這裡撿垃圾的一天，他就不會有感覺。正當他想開口告訴酋長時，有個管理人員走向講台，示意艾斯特班到後台接一通重要電話。艾斯特班聽話閃人後，管理人員湊向麥克風唱出蓋文的名字（嗓音不怎麼和氣），要他去正門辦公室見訪客。

蓋文來到會客區，那裡有個刺了一大堆刺青的女孩，他心想，她男朋友和她做完愛之後是不是會躺在床上讀那些刺青，把它們當成麥片盒背面的文字？就在這時，一個滿是鮮血的裸體老人從房間另一頭走來，他骨瘦如柴，手臂下有兩片皮抖啊抖的，身上的乾血反光。這裸體老人散發臭味，胸口和背上有無數的小傷口滲出體液。蓋文無法自已。噁心感令他整個人打了一個冷顫，踩出畏縮的舞步，彷彿他是站在一張巨大的蛛網上。那個男人不是尼克，但夠接近了。蓋文看著他姊姊說：「妳的。」

55 看到金龜車即可打鄰座乘客一拳的遊戲。

❖

查理這陣子幾乎沒有機會瞥見自己的那話兒，因為它總是埋在夏斯塔身上的其中一個潮溼孔洞內。她一再將它藏入體內、操勞它，到最後他感謝起命運：還好夏斯塔是他最後一任妻子，而不是第一任。他的田妻和家妻隨時可能會開始分娩他的小孩，她們會像爆米花般猛烈、頻繁地蹦出來。許多孩子都是他耗了幾分鐘就懷上的，他們將以無間斷的高速一個一個長大成熟，一如他播下龍種時的情形。

這些女人當中有許多人不樂於接受他的寵幸。

除了夏斯塔，沒有女人可與他的那話兒匹敵。他太常在她潮溼的擁抱中耗盡龍種了。她就像個貪得無厭的夢魔！害他整個人癱軟無力。他虛脫的睪丸幾乎感覺麻痺了，卻又對馬車輪子的顛簸極度敏感。

酋長會議召集令來得正是時候。如果夏斯塔肚子裡還沒有小孩，那他實在負荷不了接下來的工作。

儘管他的直覺都盼望暗指著另一種結果……但她近來臉色發青，早晨用膳時間也曾數度離席，到皇家廁所內嘔吐。如果查理運用他的王者智慧，得到的結論便是他已在她的肚子裡製造出骨肉。

查理派人向雷神索爾獻祭，供上甜美的蕪菁和可口的荊豆，數量極多，以滿足神祇。酋長與同行者逼近沉默都市的當下，內心無比歡喜，喜於奧丁與洛基的眷顧。因為荒廢的波特蘭地區如今無異於其外圍的濃密森林。過去幾個月，植物得以恣意生長，築出一片無法穿行的醉魚草叢林，水蠟樹的鬚與其交織，叉子圓柏如地毯般鋪滿地面。無人照料的郊區形成一道可怕的屏障。

換作規模更小的劍士團，團員再怎麼健壯也無法在糾結的雜交茶香月季與野紫丁香花牆上劈出一條路。比查理的人馬還少的任何團體都會承受不了金鐘柏金字塔狀的猛襲，遭到吞沒。

他們該提防的還不只植物。精神錯亂的當地居民也持續構成威脅，此刻衝出來的一道人影便是例證。這瘦巴巴的老頭像一具闊步的木偶，身上除了油亮的乾血漬之外一絲不掛。這傷口無數的怪人一下便衝進皇家遠征團的視野範圍內，大喊：「華特！」然後下個瞬間又消失了，鑽入稠密莎草叢深處。

「審叛日」後已過了好一段時間，一般認為都市已經安全了。夠安全了。大多數流浪漢已結束自相殘殺與互食，倖存者稀少且虛弱。皇家遠征團忙著披荊斬棘時，一串串微弱的樂音傳來了。不見蹤影的演奏者正在用某種弦樂器編織旋律。護衛隊長要所有人安靜，伐木工和騎士便停止劈砍。

只有鳥囀在擾亂鬼城的死寂。音樂愈來愈大聲了，源頭也愈來愈接近，最後一道人影出現在他們面前。

從茂密的死亡與荒蕪中冒出來的，是一個男人。幾乎是皮包骨的體格，皮革般的四肢上罩著破布。這襤褸骷髏鬼現出的臉掩在大鬍子和長髮之中，手上拿著吉他撥弄著。他非常專心地在製造音樂，一路走到皇家隊列之中才停下腳步。除了他的歌之外，只有鳥語打破沉默。

查理後仰靠著馬車的坐墊，被陌生人的優美音樂迷住了。他已厭倦平常那些裝模作用的雜耍者和約德爾歌曲。「喂，流浪漢！」他在鋪了天鵝絨軟墊的馬車車廂內呼喚：「你是否已有所屬的莊園和主人？」

原本看著吉他的浪人抬起頭來。那個無禮的無賴沒回答，再度回頭輕撥他的吉他。

遠征團的其中一個伐木工舉起斧頭，稍加威嚇。「回答啊，喂！」他後退，準備將對方毛髮濃密的頭顱砍下。「而且只准你用高索邦通過的白人標準語回答！」

查理再度呼喚：「呃，弟兄？你是可以來我這當奴隸的自由之身嗎？」

那醉鬼停止製造音樂。「說要成為我主人的，是何方神聖？」他冷笑。

遠征團的另一個成員開口了，是皇家醫師。「你這個沒教養的野人！你眼前這位大人正是查理，第一世家酋長，美麗的夏斯塔皇后之夫，高索邦的解放者！」

聽到這番讚譽的查理抬起下巴，胸中充滿自豪。他舉起一隻手假裝要調正沉甸甸的純金皇冠，實際上是為了炫耀價值連城的瑙加海德革手套。

音樂家的陰沉瓦解了，詫異使他的表情放鬆下來，他吸了一大口氣，結結巴巴地說：「大人，您的名號對我而言並非全然陌生……」他攤開一隻手掌撫胸，要自己鎮定下來，並鞠躬表達敬意。他抬頭後問：「您高貴的妻子，會不會湊巧是夏斯塔．桑卻茲呢？這人原本家住東南林肯街，上法蘭克林中學，在星巴克打工，在市聯盟足球隊當守門員？」

沉默攫住了在場所有人。查理感覺到威脅，這人也許是個敵手。他謹慎地問：「你認識那位美麗姑娘？」

陌生人揮手否認，「大人，我不認識。她聲名遠播，這一代的人都聽過她的傳奇。」他放下吉他，摘下破爛的毛線帽。「出身本小城的少女竟會成為白人之后，我們都深感驕傲。」

這番話令查理胸中的自豪又膨脹了一些。一聽到讚譽，他立刻就對那男人產生了好感。「你對這一帶熟嗎？」他指了一下腐朽的獨棟公寓和傾圮的高速公路匝道。他問：「你能帶領我們穿過這亂糟糟的荊棘叢，避開尚留在這個諸神遺忘之地的攔路強盜嗎？」

泰倫斯醫師提問：「野人，你叫什麼名字？」

那人對發問者投以輕蔑的眼神，「我的名字？你們可以叫我尼克。」

陌生人盤起雙手，眼珠骨碌轉，彷彿在評估對方要他當嚮導的提議。他歪了一下頭，以舌頭沾溼其中一根骯髒手指的指腹，舉到空中，彷彿在確認風速和風向。接著他蹲下來，耳朵貼上裂開的水泥，彷彿在聽有無騎馬者逼近。做完這些事後，他才瞇起眼睛問：「殿下的目的地是？」

那票人之中有個騎兵在馬背上大喊回應，「終點銷售大樓！」

坐在另一匹駿馬上的第二名騎兵精力充沛地大吼：「我們要去那棟大樓最高層的會議室！所有酋長都會聚集在那裡開會！」

查理舉起他罩著瑙加海德革手套的手，要他們安靜下來。他問那個髒兮兮的音樂家，「路，你知道吧？」

男人沒用語言回答，拾起地上的吉他，開始沿著一條陰暗道路走遠。在這之前，沒有半個查理的隨扈注意道路的存在。他揮手示意他們跟上。壯碩的馬匹猶豫了一會兒後，循著韁繩的拉扯前進，皇家馬車的大車輪嘎吱嘎吱地轉向，數以百計的隨扈開始朝陌生人的方向前進。

艾斯特班聽著電話另一頭的說話聲。他知道歷史最終會抹去他們，但他從沒想過那一刻會來得如此快。陶伯特之書已讓他們做好受死的準備，它使他們超克癮頭和屈從，給他們控制世界、掌握自己人生的力量。現在應該是他們的慶賀之時，賓卻辭世了。

艾斯特班將話筒交還給負責人員，說要借用一下洗手間。他坐在小隔間內，發現牆面上有人刮出井字號。他數了一下，共三百七十四道刮痕。

在同志亞的黛麗雪，雙腳踩在踏板上，但心思已飄到幾英里外。她納悶：紳特利還會愛她嗎？她沉思：這考驗值得嗎？躲在一個不屬於她的國家值得嗎？

一個說話聲將她拉回現在的時空。她躺在檢診台上，雙腳舉在空中，一道道簾幕隔出無數個與此相似的小隔間，它們往她的左右兩側不斷延伸。一個戴面具的人站在她雙腿之間。手術帽遮住了技師的頭髮，而她眼睛布滿血絲，深陷在鬆弛、無血色的肌膚所形成的疲軟眼窩中。「有了，現在放鬆吧。」她說，戴乳膠手套的手拿起一根溼答答的移液管，用散發酒精味的紙巾抹了一下。她用心神不寧的語氣說：「謝謝妳報效國家。」

生出一個國家的第一世代可不是什麼小事。黛麗雪是杜鵑下蛋的窩。她被迫看老公和別人相好，被迫養大陌生人的孩子。敵人的孩子。譬喻性地說，敵人也會生養一個孩子給她。

對她的新國家而言，第三次世界大戰已迫在眉睫。因此同志亞打算盡可能地扣住人質，將每個有生育能力的女人召集起來，強制她們接受人工授精。國內工業升級，以便在戰時將精液的產量提升到最大限度。

設施內的簾子一再擺動，每次都會有一個穿著鑲亮片護士服的變裝皇后走進隔間，手上拿著排滿小紙杯的金屬托盤。黛麗雪拿起一個小紙杯，喝下一口淡如水的橘子汁，而變裝皇后在旁邊唱著：「種子在妳體內，我看得到它在長大……」搭配的是保羅．安卡暢銷歌曲〈我的寶貝〉的旋律。

變裝皇后消失了，進了隔壁的小隔間。黛麗雪聽到他又唱了一遍。技師本人在手術袍下面也頂著一個大到不行的肚子。她放下工具，手忙腳亂地扶黛麗雪下檢診台。她站好之後，對方給了她一件罩衫，她把手套進袖子內。附近的隔間傳來了說話聲，「謝謝妳報效國家。」

技師邊鋪一張全新的無菌紙墊到檢診台上邊說，「建議妳在休息區躺下，確保受孕順利。」

「謝謝妳報效國家。」遠處有個男人的嗓音說。

黛麗雪對自己說：**又有天使得到翅膀了**[56]，然後忍笑。

為了維持偽裝，貝兒帶她過來，並在休息區等她。這診所曾經是一座機場。幾個禮拜後，黛麗雪就會回報貝兒，送她過來接受同樣的待遇。迪克西牌紙杯裝的橘子汁，一小段保羅．安卡的歌。

罩衫等於是軍服。黛麗雪對自己說，**但也有的只是坐下等待、腳舉到空中打開，作為服侍**[57]，然後把歇斯底里的咯咯笑吞了回去。街上、商店內擠滿了穿著同一款棉麻衣的女人。這衣服很寬鬆，設計上是要讓穿衣者一路穿到分娩，並且讓她不斷成為陌生人的感謝對象。

她們搭計程車回家，這可說是奢侈的行為。抵達目的地後，司機拒收車錢。他才剛開口說：「謝謝

56 典出電影《風雲人物》中的台詞。每當鐘聲響起，就會有天使得到翅膀。

57 改寫自彌爾頓的十四行詩。

妳報——」黛麗雪便別過頭去，向他攤開手掌，要他別說了。

她們公寓入口到巷子內擺放著一大堆蠟燭和泰迪熊，都滿到馬路上了。一束束康乃馨使空氣中充斥甜甜的腐敗味。印著手寫字體和愛心的慰問卡是寫著「賓」還有「我們的英雄！」。哀悼者的人龍繞行街區，每個人都等著獻上一束玫瑰或飄忽閃亮的七彩鋁箔氣球。

電視新聞播報團隊的燈光掃過人群，一個拿麥克風的人沿著隊伍前進，問這次刺殺事件對他們產生了什麼影響。有幾個人在大庭廣眾下直接哭了出來。記者轉身對鏡頭說：「警方已取得案發時的保全監視畫面，並宣布他們會即刻將凶手逮捕歸案。」

兩名女子手握鑰匙，快步走向公寓門口。後方有一群人以喊叫聲大合唱，「謝謝妳報……」電梯門截斷了最後幾個字。

安全回到公寓，鎖上鎖舌、掛好防盜鏈後，貝兒呼喚：「我們到家了。」沒人回應，她於是喊道：「菲力克斯？」

電視開著，螢幕上的人永遠是陶伯特。他對她們說：

這世界要求的是一個統一理論。單一理論，可以解釋一切的說法——給他們吧。

黛麗雪站在客廳，貝兒走向她兒子的房間，敲門。電視上的陶伯特說：

衡量一個男人不該看他靠什麼賺錢，而是要看他怎麼度過閒暇時光。

貝兒再度現身時手上拿著一張紙，她念出上頭的文字。「給媽……」然後她淚涔涔地看著黛麗雪。

到加拿大是一項考驗。日落後過了許久，道森行駛在一條偏僻的道路上，這一帶是以前的愛達荷州。逃亡者拉曼莎入睡後，他轉進一條有車轍的沙土路，茂密的石南夾道。月亮並未掛在空中，他循著大燈燈光深入黑暗，最後看到一道籬笆擋住去路。籬笆的中央位置有個門，沒有任何標示，落在他藉大燈燈光剛好可以辨識的遠處。

道森伸手推了一下女人。「我們到了。」

她驚醒，環顧四周夜色。

「我們到國境了。」他說，天知道門另一頭通往哪裡。那可能是某個莊園，而她會在那裡淪為階下囚，依新法處死。也可能是某個偏鄉牧場，她會在那裡被狼追著跑。不管怎麼說，她只有死路一條。他們根本不在加拿大附近，不過她不再是他的包袱了。

他熄火，但開著大燈。東張西望，彷彿在看有沒有邊境巡警出沒。

她瞇眼望出擋風玻璃和上頭的條狀污漬，問：「穿過那道門嗎？」

他點點頭。「快點。」陶伯特在貨車音響播出的電台節目上低語，「……懷抱希望不是男人的風範，採取行動並取得成果才是……」

她緊盯著遠方的門，雙手翻著口袋。

道森感覺到婚戒的存在，塞在他褲子口袋裡的婚戒。他等著她表達一些謝意。他將她送到了安全之地，她以為的安全之地。她沒通過他的考驗，大跌跤。

她瞥了一眼遮陽板，上路以來她首次這麼做。她看著皮夾大小的照片，上頭有個微笑的女子。「好美。」她說：「是你太太嗎？」

他看著妻子羅珊的照片，她在儀錶板的陰鬱綠光中向下方的兩人微笑。他說：「不是。」他說：「是我妹。」

女人沒說半句感謝之語，打開乘客座門，跨出車外。她看著他，開口想說話。她的視線不斷射向那道門。蟲子在兩道錐狀燈光中旋繞、飛掠。受磷光灼燒的大門白亮，另一側的黑暗則堅實如牆。狼在不遠處嚎叫。她的視線彈回他身上，「那是加拿大的哪裡？」

道森刻意舉起一隻手，將衣袖往後拉，看了一眼手錶。已經過了午夜。如果她在一分鐘內向他道謝，他也許就不會讓她在這裡遊蕩，走向毀滅。又有嚎叫打破夜晚的寂靜了。「奧肯拿根村。」他說。他描述了一些美麗的小屋子和種滿櫻桃樹的果園，花園和湖泊。他向她保證，只要她穿過那道門，她就有資格申請政治庇護了。他們會給她落腳處，讓她重新展開人生。

他可以讓這撫慰人心的綺想成為她最後一個念頭，她將蹣跚地走進黑暗，以為自己將找到愛與接納。等到那群狼跟上她後（那將發生在他開車離去後不久），她就會希望自己死在「審叛日」那天。

這位學者，拉曼莎，站在卡車旁。她從大衣口袋內取出某物，探入車內，將這件禮物放在他隔壁的座位上。某種紙製品。昏暗的光線下，舊時代的錢幣映入他眼裡，沒用的垃圾。「給你添麻煩了。」她說，並拉了一下大衣，將自己裹得更緊。「開著大燈，」她下令，「至少等到我穿過門再關。」

她踩著快速而堅定的步伐走遠了。她走在燈光的中央，影子矗立在他前方，高聳而駭人。她每走一步，身後都會揚起灰塵。

結果她就跟其他人一樣，屬於自私、懦弱派，他們都只在乎自己的利益。她不是第一個，道森曾帶其他人來過這裡。第一個人是僥倖逃過「審叛日」的記者，特薇德什麼的，在電視台工作。第二個人也是智囊型的人物，一個醫生，姓亞尚提，他在名單網站上的得票數是五十萬。兩人都衝向黑暗中，以為會有思路相近的自由進步派人士給他們溫暖的擁抱。第三個人是城裡的公子哥，西雅圖來的市議員。他們三個人連說句晚安都沒有就奔向門的另一頭了。

之後道森就會關掉大燈，在座位上豎耳傾聽。每一次，嚎叫聲都會在他們找到路折返卡車前，先一步找上他們。他會聽到他們竄逃於石南和矮樹叢的聲響，接著會聽到他們慘叫。他從來沒聽誰喊過自己的名字，因為他們都沒問過。他們只會尖叫求救。要某人來幫他們，來救他們。他們會大叫「先生」，會大叫「拜託」，最後只剩慘叫。

這次這一個，拉曼莎，已經走完一半的路程了。

道森每次都會想到一樣的事。與其讓狼咬碎這個人，他還不如發動引擎，打三檔，往前衝。他可以輾過她，拿下她的耳朵，慈悲地殺了她。這麼做是三贏，狼找到她的屍體後也有一份。

他的手滑進口袋，撥弄藏在裡頭的婚戒。家等著他，他已經一整季沒回家了。他已將自己的青春耗在當一個好丈夫、當生產現場的模範工人上了。當然了，他現在是個酋長，只要他想，他可以娶一大堆老婆，統治一大票人，但那看起來只是同樣的陷阱，規模更大的陷阱。身為統治者，他必須扮演更多老婆的好老公。稱王，等於當一個照料無數人的模範員工。

他的手指感受著堅硬、封閉的圓形圈圈，他的婚戒。

那就是為什麼他待在路上這麼長的時間。他發現自己有野蠻人的靈魂，他是個戰士。獲勝就是戰魂之死。他想要新的軍隊，新的戰鬥。

勝利很不賴，但帶給他的報酬不如戰鬥本身多。所以他才想出這個考驗，他要找一個人當他的共犯，找一個夥伴協助他維繫冒險人生。

也許他在社會底層活太久了，只能品嘗戰鬥的滋味，他的體質跟和平、閒暇不相容。哪裡有困難的仗可以打，道森就往那一頭靠去。

逃亡學者的身影已遠去，縮成模糊的點。她投在門上的影子已幾乎跟本人一樣大。大燈燈光刺眼，將她的背影轉化成純白色的人形。她的影子形狀相同，是黑色版的。再走幾步，這兩個相對的形狀便會相觸。

道森對其他人不曾懷抱過類似的念頭：他今晚想要她停下來，想靠意志力攔阻她。他的手懸在方向盤中央的上方，準備要按下喇叭。好警告她。然而，除非她值得一救，不然救她也沒意義，這他都知道。他低聲求她止步，求她回到他身邊，加入他的下一個行動，雖然他還不知道那會是什麼。

他渴望成為一股改變世局的力量，而不是想當一個大地主。他的妻子不會餓著，她會繼續收到她應得的陶幣，那收入夠她養幾百個僕人、供他們吃穿。

他搖下車窗，作為一個小小的犧牲。他的手指從口袋內掏出戒指，將它挪到玻璃上方的小空間，鬆手，讓它掉落。戒指在車門外側彈了一下，發出細微的叮一聲，然後就消失了。

在戒指發出叮一聲的瞬間，女人靜止在原地。她的其中一隻手往前伸，準備觸摸門把。這閃著耀眼白光的手觸碰了暗影之手的指尖，接著兩隻手退開彼此了。

她轉身，開始往回走。

狼嚎更接近了，道森鳴響卡車的喇叭，好嚇跑牠們。他的身子探向副駕駛座上方，推開那一側車門。

她爬上車。「我不能……」她的語氣平淡而堅定。她雙手盤到胸前，說：「我不能直接放棄，去過新的生活。給我全世界的楓糖漿也收買不了我。」

那女人不是因為怕狼才回頭，她改變了。

她瞪著夜色。「我不能讓壞蛋獲勝，不能拋棄我的理想。」她轉頭和他對望，目光如炬。「性別研究是真學問，我不會讓它陷入絕境，就算我得用每一滴血反擊也一樣。」

憤怒籠罩她的臉龐。她脆弱的雙手握得緊緊的，拳頭硬如石子。她以懷著怨恨的沙啞嗓音怒斥，「大家都該讀貝爾的書！」

道森錯了，她通過了測驗。她是個戰士，是個守衛者。

她的表情柔和了下來。「我真是失禮，」她說：「都還沒向你道謝呢……」她伸出一隻手，「請問你的名字是？」

他回答：「道森。」並且發動卡車的引擎。

喬女士開始讀陶伯特之書了。本質上，敘事過程具有「消化」的性質，這千真萬確。我們會拋出話題，而反芻動物（例如牛）會從胃中推出半稀爛的草皮，這兩種行為極為相似。在訴說故事時，我們將情感歸屬排放到過去的世界中，會誘使他人道出類似的故事。透過回味往事（這裡的**回味**是味覺上的譬喻，一如**咀嚼**意指深思），我們得以消化我們生命中最不快樂或最快樂的經驗。我們會接受它們，視之為普通的人類活動。我們停止訴說，而那些故事會成為我們的一部分。

喬女士不斷在描述她家族與種族的光榮故事，花了大把的時間，說到她都產生了白人疲乏了。陶伯特之書宣稱，人類正承受著認同疲乏之苦。大家的壽命太長了，沒辦法只保有一個自我。因此，最勇敢的人會去尋找一片新天地。男人變成女人，白人變成黑人。

喬女士突然有了領悟：她是一長串反叛分子與先驅者的最終成果。她是家族的末代後裔，而她一而再、再而三地吹捧虛幻的家族史，已為此累壞了。她的家人長存，久過他們的榮耀。他們的故事將可隨她死去。

她自己的故事是索然無味的一大口軟糊。她從椅子上起身，繞房間一圈，關掉一盞又一盞燈。在全然的黑暗中，她的手指摸到了蠟燭，以及一盒火柴，它擺在床邊桌上的蕾絲杯墊上。

她擦亮一根火柴。

那本書說，「人對正確成癮。」

它建議你參加晚宴，然後當著滿桌人的面說作家席薇亞．普拉絲在其名著《瓶中無人》中提出了一個科學性的結論，而那證明她是一個種族主義者。而與你同席的賓客糾正你時，將得以享受口沫橫飛的、站在正確的一方所帶來的多重高潮。請你向這些人闡述：儘管羅伯特．本奇利和阿岡昆圓桌會議之間的關係蔚為傳奇，但他在完成《大白鯊》前並沒有廣受歡迎的成功之作。請你對他們說教：許多人相信紐西蘭短篇小說家凱瑟琳．曼斯菲爾德死於一場詭異的車禍，身首異處，案發地點是路易斯安那州的一座橋上，四周瀰漫殺蟲劑。事實上，她是死於頭部鈍傷，但照片中她的招牌金髮落在破掉的汽車擋風玻璃中，導致許多人下了一個結論：她的司機追撞平板卡車後，卡車後緣切斷了她的頭。然後請你在結尾告訴大家，自從她死後，所有貨車底盤都必須在車架下方位置裝一根桿子，叫「曼斯菲爾德桿」，它會在發生撞擊時抬起車子，避免造成致命傷害。

「你可能得等一下下，」陶伯特發表他的專業看法，「不過你的聽眾一定會撲向你，血脈僨張又狂熱地朝你狂吠，糾正你，宛如發瘋的土狼壓倒落單的牛羚。」

給他人糾正自己的機會，可以彌補他們的微不足道，使他們接受的毫無意義的教育長出一點價值。

給他人糾正自己的機會，可使他人愛你，陶伯特是這樣說的。因為我們只愛比自己劣等的人，我們只喜歡不對自己造成威脅的事物。

給他人糾正自己的機會，是控制他們的最佳手段。

❖

賈邁爾正在用烈酒杯品嘗南北戰爭前釀造的葡萄酒。他需要喝一杯。他不久前才從酋長會議歸來，知道黑托邦和同志亞之間已免不了一戰。

他舉杯敬「審叛日」帶來的平靜與繁榮。它們很快就會被打斷了，未來早已由他們肩負著。

他舉杯敬附近牆上掛著的油畫，敬畫中的軍人。他們每一個都摸著自己的良心行事，每一個都曾在自己所屬的時代當上英雄。他們的世界和他的世界並不同。賈邁爾敬佩他們的勇氣和決心，儘管從現在的角度來看，他們的實際行動似乎太輕率了。他們被畫成這樣，被裱框、掛起來裝飾客廳牆面，精心打扮又擺姿態給後代子孫看，但在當年，這些惡棍可真是壞透了。

他懷疑，就算是「審叛日」這麼高貴的行動，在遙遠的未來或許會被視為可恥的。正如陶伯特所說：

> **最弱小的生者將會拆解死者所擁有的真正驚人的力量，藉此誇耀自身。**

對尚未出世的弱者而言，賈邁爾的模樣也許符合惡人的形象。但願未來的懦夫懂得欣賞他們的膽識，明白「瓦解失敗的體系並換上新體系」需要多大勇氣。他面對斑駁的古董鏡子，舉起烈酒杯敬自己。

就在這時，他的比特犬跳跳從地毯上起身，嗅聞了一下空氣，接著便發出哀號。

就在這時，賈邁爾聞到煙味了。壁爐裡的煙灰是冷的。家中某處爆出警笛，是煙霧偵測器。第二顆也響了，接著每個房間天花板上的偵測器都加入了大合唱。

他的思緒飄到陶伯特要他們提防的恐怖分子身上。那些保皇黨和加拿大人正在到處縱火，好顛覆這個新合眾國。某個立志要重組前合眾國的人，放火燒了這房子。不然就是同志亞的探員已經發動攻擊了。

他一次踩三階樓梯。二樓煙霧更濃，三樓又更濃。樓梯頂端的閣樓摸起來燙極了。他用沒紮入褲子裡的襯衫下襬包住門把，但轉不動它。上鎖了。

他握拳捶打木頭，大喊：「巴拿巴！開門！」

有個虛弱的聲音回答：「你不懂。」

門燙到連敲都快敲不下去了，賈邁爾卻還是用肩膀撞它。樹齡一世紀的橡木文風不動。「開門！」他下令，並且被自己的聲音嚇了一大跳。洪亮的嗓門透出權威，他的權威。那是演講時不需要麥克風的嗓子。

他捶打門板，大喊：「巴拿巴！開門！」

這不會是他那本書的結尾，以後也不會這樣畫下句點。這頂多是第一幕最後危機。他的書，《像你這樣的黑人》還得寫更長才能完成。就像《三面夏娃》那樣，所有的案例研究都需要一個好結局。

如果他靠力氣達不到目的，哄騙總行了吧。「喔，巴拿巴，」他懇求，「我需要你，只有你可以告訴我農園的歷史。」

那看不到的聲音回以啜泣，它和賈邁爾之間的距離絕對不到一指長，只隔著這塊橡木板。「去他的爛地方。」他啜泣，「它偷走了我的人生，不斷讚美過去的我是個蠢蛋。」

賈邁爾靈機一動，「那就跟我一起離開，一起創造黑托邦光榮的未來吧！」

有東西重重撞上門的另一側，往下滑到地上。煙霧鋪天蓋地。那人再度開口時，嗓音是從下方細小的門縫傳過來的。跳跳嗅聞，並用雙爪撥弄微小、虛弱人聲傳過來的位置。「賈邁爾……你不懂……」

他壓低身子，吼回去，「我懂！」

「我家族的根在這裡扎得很深。」那聲音低喃。

賈邁爾如今放輕了他的說話聲，「我的家族也是。」

那垂死的聲音嘆了一口氣，它的心也死了，「賈邁爾，我甚至不是黑鬼。」

賈邁爾差點笑出來，差點。他沒笑，而是自問：他的英雄陶伯特·雷諾茲會怎麼應對這種情況？賈邁爾咆哮，讓他的聲音凌駕逐漸擴大的煉獄所發出的怒吼，凌駕煙霧警報器的尖鳴合唱，「我也不是黑人！」

這時，樓梯間的燈光閃爍，然後熄滅了。某處有玻璃破裂，可能是窗戶往外爆開，或是客廳的水晶瓶砸碎了，那裡頭裝著極易燃的烈酒。在一片混沌的噪音中，只有偶爾冒出的橘焰調劑著黑暗，他彷彿等待了千萬年。

怪物巴拿巴大概死了吧，賈邁爾猜想，而他要是在這扇門邊多待片刻，自己也會沒命。

門的鎖舌喀地一響，門把轉動了。門旋開，露出一個駝背、燻黑的小淘氣鬼，以及環伺他的地獄火窟。那惡魔驚訝地瞪大眼睛問：「你說你不是黑人，那是什麼意思？」

狗發出哀號，賈邁爾對他說：「快走！」他緊抓著那地獄怪童的一隻手腕，拖著對方走，拖得對方懸空隨他竄下那曾經是樓梯的火焰隧道。

暫留營中最開朗的幾個人似乎都心事重重。桌邊的警衛壓低音量與門衛聊天，聊得忘我。就連查姆靠近他們說「我需要我弟幫我去車上拿個東西」時，兩個人都沒抬頭，隨意揮手放行。

回過神來，查姆和蓋文已站在前門階梯，俯瞰著停車場和另一頭的大門。訪客停車場的茫茫車海之中，有一輛他們母親的車。而停在隔壁的車是今天的講者艾斯特班的車，他就坐在方向盤後方，痛哭著，雙手摀嘴。儘管他在哭，肩膀劇烈起伏，胸口因抽噎而顫抖著，但看起來還是很可口。

「我的。」查姆低聲說。

她弟說：「想得美。」

他們悄悄走向車子。有個塔樓上的警衛手持步槍，做出稍息的姿勢，遠遠看去，還是很嗯。

這對姐弟同時說：「你的。」

蓋文說：「真倒楣。」

他姐說：「上車。」

「去哪？」他問。他們絕對沒辦法通過鎖上的安檢門。

查姆向塔樓內的警衛揮揮手，坐到方向盤前面，發動引擎。

蓋文鑽進副駕駛座，車子開走了。

到了這時候，門衛和坐辦公桌的警衛才衝出建築物，追向他們。塔樓上的男人將某物放到耳邊。

車子加速衝過鋪築路面，關閉的大門彷彿朝他們直撲而來，而車上廣播同時對他們訓示，「虛構創作的喜悅是，它只需要聞起來像真貨。」

查姆緊急煞車，在水泥車道上留下冒煙的胎痕。鐵柱打造的大門太厚重了，不可能衝過去，而且上頭通了電。警衛們也快追上他們的車了。從駕駛座車窗伸手可及之處有根柱子，柱子上有個數字鍵盤。

蓋文看著後照鏡上逐漸逼近的警衛，說：「完了。」

查姆放下車窗，伸出手，靈巧地按下密碼，大門旋開了。

旋轉的輪胎噴濺碎石。

警衛的身影愈縮愈小，最後消失在遠方，被燒焦橡膠的煙霧嗆得直咳嗽。蓋文在這期間一直不敢置信，「妳怎麼知道密碼？」

查姆對他亮出微笑。「信不信隨你。」她說：「口水換來的。」她說：「繫上安全帶吧。」

蓋文繫上安全帶。

他們奔馳於一個又一個化為燔祭品的廳堂之中，這段路上，喬瑟芬女士為自己的愚蠢錯愕。這個孩子，這個賈邁爾的臉，和祖宗肖像畫中的許多張臉像是同一個模子印出來的。他的眉毛和他們一樣貴氣，寬闊、浸淫於沉思的額頭，他也有點內雙眼皮，另一個皮波蒂家族的特徵，過去數世代審慎作媒的成果。

年輕男子拖著她繞過重重障礙，在著火的靠背長椅和燃燒的餐具櫃之間不斷轉向，同時向她解釋，他是南北戰爭前於此工作的奴隸貝琳達的後裔。葬在樹林裡的墳墓，遭眾人遺忘的那位。喬女士的曾曾叔公曾追求她，並祕密與她結為連理。

「那個。」他們狂奔經過一幅帥氣南軍將領的肖像畫前，畫正在燃燒、變形。賈邁爾大喊：「那就是我的曾曾曾曾祖父！」

巴拿巴驚嘆，「所以說，你是白人！」

賈邁爾眉頭深鎖，咒罵，「靠，才不是！」他大吼，以免聲音被烈焰的呼嘯壓過，「我唬妳的，為了拯救妳這個瘋狂的白人優越主義混球！」

那焦黑的淘氣鬼困惑地回瞪著他。

「不過，」他補充，「我流著妳體內也流著的血，我是妳在世界上最後一個皮波蒂家的血親！」

貝兒站在客廳門口，大聲念出她兒子的信。

「親愛的媽，」信如此開頭，「我的行為不是自衛，是為了保護我愛的人。那不就是『審叛日』的宗旨嗎？」

貝兒和黛麗雪四目交接，然後瞄了一眼扶手椅。黛麗雪突然想起自己下午才剛接受人工受孕，於是坐到椅子上。

「我現在會這麼做，」貝兒繼續念：「同時也是為了守住你們的祕密，保護你們的安全。」

公寓外走廊的另一頭，隱約傳來電梯鈴響。沉重的腳步聲和含糊的人聲逐漸逼近。

貝兒加快念信的速度，顫抖的手使信紙撲動著，「我要去邊境看看傳言是不是真的……我想要活在一個不以生物學事實作為選擇基礎的社會。」

走廊上傳來隔壁公寓的聲響。有個嗓音問：「這跟命案有關嗎？」另一個聲音篤定地回答：「警方辦案！請回你的住處！」

黛麗雪點點頭，要貝兒繼續念下去。

貝兒的視線迅速擺盪在信紙和緊閉的前門之間，「那是有狼巡邏的區域，山獅橫行的禁區。荊棘、黃蜂、蚊子將成為我的護城河和城垛……」

走廊上的嘈雜平息時，有人開始重捶公寓門了，帶著威脅性的粗魯嗓音大吼：「警察！開門！」

黛麗雪和貝兒慌張地對望。貝兒接著念：「我為賓的死感到遺憾，賓是我最好的朋友。」

走廊上的聲音接著說：「我們有菲力克斯的逮捕令！」

黛麗雪舉起雙手，彷彿拿著一張隱形的紙，接著她作勢將紙撕成兩半。

貝兒將信撕成了兩半。

黛麗雪取出其中一半，揉成一顆小球，撇頭示意貝兒照做。貝兒揉紙球時，黛麗雪將小球塞到口中，用臼齒研磨。貝兒也照做了。

門外的嗓音大喊：「我們已經包圍這棟建築物了！」

黛麗雪用力吞，將紙球嚥下。貝兒試著吞紙，結果噎到了。她雙手掐著自己的脖子，臉色發青。公寓門被撞開了，一大片木頭碎屑撒在兩個女人身上，黛麗雪在同一時間猛拍貝兒的雙肩之間。一道穿長筒靴的高大人影穿過碎裂的門板，是一名扮裝皇后，身穿鑲滿小亮片的警察制服，手中出示貼滿水鑽的警徽，質問：「那男孩在哪？」制服上有個名牌，細小的寶石排列出「艾斯特班」幾個字。

警官手上那把制式左輪手槍結滿了硬甲般的小寶石，根本無法猜測它的製造商和口徑。貝兒看到那閃亮巨人帶來的驚人景象，用力吞嚥了一口。信就那麼滑下了。

皮波蒂大宅毀了。它高雅的遺產，那亮澤的薄荷酒銀杯和撥弦鍵琴，如今都在他們耳畔化為著火、塌陷的殘骸。

巴拿巴和賈邁爾似乎注定隕落於倒塌的老爺鐘之下了。但就在那緊要關頭，狗吠聲吸引了他們的注意。跳跳運用犬科動物優異的嗅覺，帶領他們穿過濃密的煙幕，找到了大門。賈邁爾和喬女士只需要跟著狗吠前進。很快地，他們已置身前門廊。

此時，妝點大宅門面的希臘復興式圓柱仍在高溫中不斷裂開。著火的巨大柱廊崩向他們，迅速且震耳欲聾，如貨物列車。

人和狗都奮力躍向前門草坪，救了自己一命。古老的祖宅持續在他們身後崩塌，而他們奔向涼爽的夜。

喬瑟芬女士氣喘吁吁，大聲提出她的擔憂，「我們接下來要怎麼辦？」

賈邁爾在她身旁衝刺，「妳記得那本書嗎？《憤怒的葡萄》？」

喬女士草率地點點頭。

「他們為了求生所採取的一切行動，」賈邁爾說：「我們都不要效法。走相反的路就對了。」

根據陶伯特的說法，這本書將會改變世界。

華特原本嗤之以鼻。「你在開玩笑。這本書是個笑話，對吧？」

他的新老爸發出潮溼的笑聲，聽起來像是在漱口，「魯道夫・赫斯[58]也問過一樣的問題！」他呼出一口、兩口、三口氣，花了許久時間，洩氣的過程呈現出垂死者吐納的末路感。他的肋骨不斷往內縮，直到體內彷彿什麼也不剩。

華特坐立不安，雙手已準備好要記下他的發言。他聽陶伯特說話聽太久了，已失去組織自己想法的能耐。「你寫的是奇幻故事。」他補充，「我們一起寫的是奇幻故事。」

陶伯特的下巴不斷往下垂，最後靠在自己胸口上。「為了救人，我們要毀了這個國家。」他休息片刻，劇烈喘息，「年輕黑人射殺彼此的案件數量不斷刷新紀錄，同志用疾病殘殺彼此。」他費勁地吸入下一口氣，「白人用鎮靜劑抹殺自己。」他的骨架萎縮，頭垂向前方。

老男人低喃著，他之所以能停留在椅面上，全是靠禁錮他的綁帶，「無論是養兒育女或傳道解惑，背後都是同一種行動：不斷散播自我。」

「我們在做的……」華特暫停，「是一種散播嗎？」

在「審叛日」前……在這本書成書之前……他的新老爸沒能回答他的問題。

「這只是一本書。」華特抗議，「事情不該這麼發展！」

老頭似乎在匯聚力氣。他抬起頭，接著說：「我們每隔一段時間就犧牲人民，以保全國家。」他的嘴唇形成了一個隱約、稀薄的微笑，「也許我們應該改成每隔幾百年就毀壞國家一次，以保全人民。」

他渙散的眼睛盯著華特，「謝謝你，華納。」

華特沒糾正他。

他的新老頭接著說：「你是我的博斯韋爾[59]。」陶伯特說：「我的抄寫員。」速記員，謄寫者。老頭曾開示他：耶利米在《聖經》中留下的文字段落是由他口述、祕書巴錄抄錄，聖保羅透過抄寫員特留斯寫下福音，聖彼得有西拉，聖約翰有仆洛曷洛。

希特勒向魯道夫·赫斯口述《我的奮鬥》。

「聖經。」華特聽到他的類比，笑了。

陶伯特以激動的語調吐露心聲，「你是我生命中最近似我兒子的人。你，你是每個人都夢想擁有的學徒。你會將我的生命智慧帶到未來，使人類受惠！」

---

58 希特勒副手。

59 《約翰遜傳》作者，以此書記錄他與字典編纂者塞繆爾·約翰遜來往的點滴，以及約翰遜後半生的言行。

華特想打哆嗦，但忍了下來。

「這世界要求的是一個統一理論，」陶伯特如公雞啼叫，「單一理論，可以解釋一切的說法——給他們吧！」他的眼皮跳動著。血液原本會從十幾個頑強的傷口滲流而出，如今已止住了。「如果你想發財，就去買瑙加海德革。」陶伯特說話音量降低為呢喃了。「去弄把槍，然後向道森或賈邁爾報到。他們要你殺誰就殺誰。」這時他的意識似乎已經飄遠，進入了睡眠。他的頭往後仰，掛在椅背上，嘴巴打開，舌頭伸了出來。

華特不需確認他的脈搏，他的死狀就是如此明顯。華特也沒報警，更危急的狀況等著他處理。過去數週，他一直窩在地下室，而外面的世界一直進行著緩慢、不可逆的改變。就他所知，他們已經在挖坑洞了。而名單網站，全美最受鄙棄者清單上的名字已累積了幾千個。幾萬個。陶伯特之書也發了成千上萬本出去。他們做的肯定是一種惡作劇，一個超大規模的騙局。

為了預防萬一，華特打了電話給尼克，以免這一切其實不是惡作劇。他也打了電話給夏斯塔。

夏斯塔成了一個蕩婦。她半哄半求，「和我交合吧，殿下。」她半瞇著眼，面朝查理。她微啟嘴唇，彷彿迷醉於妓女的瘋狂欲望之中。

他前腳才剛離開部落會議，她便催促他交媾。他前腳才剛離開馬車。流浪漢尼克曾敏捷地帶領他們穿過荒廢的波特蘭。如今他在這裡撥奏著吉他。那男人發出的和聲太悅耳了，有他陪伴的旅途也很愉快，於是查理命令他跟著他們一起回瑪麗希爾，在葫蘆大採收期娛樂皇室。

查理遵照皇家禮儀，將新來的樂手介紹給家妻、朝臣和皇后。

夏斯塔一度顯得十分激動，但她堅稱自己從未見過這個演奏音樂的陌生人。當她請求查理共枕眠時，倒是滿臉通紅，表明他的遠行在她胯間燃起熊熊欲火。

退回私人寓所後，她扯動他的綁帶，魯莽地將他的鑲珍珠下體蓋片擺到一旁，口手共策滑溜的伎倆，奮力刺激他。

如今他和她已在宮中的每個角落交合過了，他顯然已感到疲倦。他曾扔一把威而鋼到口中，但沒效。他的權杖和寶球仍然軟綿綿的，毫無反應。它們鬆垮、沉甸甸地垂掛著，莫名麻木，但表皮又異常敏感，連最柔軟的下體蓋片都會造成不適。皇家醫師向他保證，這是縱欲過度的結果。都是壓力害的，他安慰自己。

儘管他提出抗議，他的皇后還是開始圍攻他了。儘管她現在肯定已懷了皇家的種（她的乳房有了變化，月經也停了），儘管備受阻撓，夏斯塔還是緊抓著他的瑙加海德革燈籠褲。她撕開自己的馬甲，大膽裸露身體。頂著催情的豐腴，他最寵愛的妻子調整姿勢跨坐到他身上，以蠻橫的力道對他施加芬芳的法術。

嗚呼，權杖和寶球對她催情的抓握完全免疫。那話兒就像一條生病的蟒蛇。蒼白，無骨，看起來有如一條臘腸衣，然而夏斯塔還是以淫蕩的猛烈手勢套弄它。

儘管她稍微弄痛了他，查理仍端出好丈夫的脾氣來面對她的辛勤做工。她的動作實在太耗費體力了，他推測她很快就會虛脫。他心中隱約浮現泰倫斯母親與導尿管的故事。

最後是奮力一扯……皇后的身子英勇地顫了一下，往後跌下婚床。她從地毯上起身，將戰利品高舉在空中。它鬆垮又委靡，帶著橡膠的質感，軟趴趴的。它沒帶血，月亮般高掛在她的抓握之中。

「妳做了什麼？」查理呼號，「女巫，好個女巫！」

「老兄，別再用那種說話方式了，這不是文藝復興節會場！」夏斯塔回嘴，晃了晃手中溼漉漉的獎杯。「真的夠了喔！你有沒有聽過棕色遁蛛？」

接著她開始長篇大論，向他訴說蛛形綱動物的龐雜知識：這種蜘蛛可以在受害者渾然不覺地情況下注射毒素至其體內，而那可憎的毒液會在受害者體內製造出壞死組織。大多數時候，這種蜘蛛的啃咬一點也不痛，但效果會漸漸發揮出來。

「老兄，」揪著肉塊的女性笑道：「第一次水芥菜收成那陣子，我就開始讓蜘蛛咬殿下的皇家陽具囉，呸！」

隨著時間過去，這劇毒，這蜘蛛毒液開始麻痺、破壞他的男性生殖器。神不知鬼不覺的多次啃咬，逐漸損害他的身體，最終分解了細胞結構，使他的陰莖變得跟一條細長的粉紅色果凍無太大分別。

憤怒的皇后扯下的，就是它，就是那一團膨脹、黏糊糊的玩意兒。如今她將它高舉過頭，並甩動那軟綿綿的獎杯，彷彿那是一張拍立得。

她將手往後拉，準備扔出那一團顫抖的、半固體的、無生氣的肉塊。

查理，高索邦第一世家的偉大酋長，瑪麗希爾莊園的高貴主宰，曾英勇屠殺名單上的許多仇敵；道森酋長遴選的查理，遴選了馬丁酋長、派崔克酋長、麥可酋長的查理——他對著這幕發出尖叫哭號。

夏斯塔接著說：「我看過你的電腦了。」她放聲喊叫：「我知道你們對華特做了什麼！」毫不遲疑地，她將委靡的肉棍甩向寢室的七彩玻璃窗，砸出一陣紅色、金色的碎屑雨。接著它墜落了好一段距離，於無雲的天空中扭動，最後咚一聲落在一排排萵蓮菜和西葫蘆之間，在許多田妻的腳邊消沉地翻動、彈跳，她們都一眼就認出那是什麼了。最後那聖物在塵土中靜止下來，立刻就被吞食一切的飢餓螞蟻攫住。

權杖與寶珠消失的位置只剩一個潮溼的窟窿。查理恐懼地慟哭，但不忘尖聲命令警衛逮人。查理向奧丁與索爾肯求，立下詛咒，「汝必定因此蒙受火刑，可恥醜女！」

但他的妻子，他最後一個孩子的母親已快步離開案發地點。在那之前，她還耀武揚威地大叫：「無論恩斯特・曾德爾說了什麼，大屠殺都是真的，它**真的**發生過！」

在某些人剛開始挖掩埋坑，並鋪塑膠布、撒石灰的那個世界，尼克感覺超茫。「也就是說，華特，你告訴我的是一個大規模的革命行動，有人要發動襲擊？」他在電話上回應。

華特並不確定那本書以及陶伯特的信徒目前造成了什麼效應。他打電話是想要警告別人，任何人都好。而他只打給他真心信任過的兩個人。

夏斯塔在電話上問：「華特，你是說你殺了某人嗎？」

兩人都問他接下來有什麼打算。

華特曾和死者的屍體一起窩在同一個地下室，雲朵般的黑蠅在室內兜圈。他曾向那老人保證，說自已絕對不會傷害他。他看著屍體上的許多小割傷，以及乾血形成的斑點，說：「『審叛日』就要來了，但我阻止不了它。」

邊境上有自由放養的高索邦灰熊橫行，還有黑托邦進口的老虎。那是無人之境，政府要它荒廢到極點。毒蛇、凶猛的肉食動物在三個城邦之間形成天然屏障。冒險入內等於尋死。

他們的營火熊熊燃燒，創造出一圈劈啪作響的橘光。查姆和她弟也差不多在這一帶耗盡汽油，衝出路邊。之後他們在原始荒地中健走，直到暮光迫使他們紮營。她什麼都帶了：帳篷、打火石、一整櫃的乾燥食品、濾水器、睡袋、衛生紙。

兩人望著火焰時，蓋文說：「媽會宰了妳。」

查姆悲傷地反擊，「她已經宰掉你了。」她沒進一步把話說清楚，但也沒那個必要。

他們用籤子烘烤熱狗，猜想他們爸媽已騎著腳踏車前往某個不斷蔓生擴張的農業莊園了。他們將在那裡簽約就職，趕在蛇麻草收成季的尾聲上工。某個酋長將供他們吃穿，直到冬季小麥運至打穀場。他們將度過愉快的冬至，圍著乾馬糞生起的篝火，痛飲蜂蜜酒，大啖圓木形蛋糕。

黑豹或美洲豹在不遠處的黑暗中咆哮，而這對姊弟以笑聲來抑制內心的恐懼。

他們所在的小空地外圍，有根樹枝斷了。查姆從火堆中舉起一根燃燒的樹幹，準備揮打還不見蹤影的掠食者。

一隻變色的小精靈一跛一跛地走進搖曳的火光中。他駝背且萎縮，糾結的頭髮在滿是皺紋的臉部四周形成不規則的團塊。青黑色的肌膚和四周的墨黑夜色匹配得近乎完美。緊跟在後的，是一個高大、帥氣的年輕男子，他戴著一枚耀眼的鑽石耳環。身旁有黑白斑紋的比特犬蹦蹦跳跳地進入視野，接著衝到露宿者旁邊東聞西聞。

蓋文口齒不清地說：「賈邁爾。」

查姆說：「我的！」

男人舉起一隻手，「嘿。」

蓋文和查姆同時說：「嘿。」查姆揮動那燃燒的樹枝，笨拙地問候他。

賈邁爾指著腳步蹣跚、肌膚塗了一層顏色的淘氣鬼說：「這是巴拿巴。」

查姆用手肘頂了一下弟弟，說：「你的！」

那令人不安的怪物舉起帶爪的手說：「事實上，我是喬瑟芬女士。」

在任何人打破不自在的沉默前，又一根樹枝斷了。看不見的某物使乾燥的葉片接連發出颯響。

那一小群人聽到新的聲響，嚇得一抖。他們準備靠滋滋冒油的熱狗腸和著火的棉花糖來保護自己，迎擊飢餓的狼群。結果走出樹林的，是個孩子。「嘿，」他問：「這裡還是同志亞嗎？」

蓋文用手肘頂了一下姊姊，「我的。」他問：「你是同志嗎？」

那孩子搖搖頭。「我是菲力克斯。」

查姆大嘆一口氣，「這裡是國境。」

菲力克斯說：「這不就是《華氏451度》的結局嗎？」

這成了個小有規模的派對。菲力克斯帶了激浪口味的多力多滋，賈邁爾和小妖精拿出薄荷冰酒請大家喝。沒有人問彼此為何要來這荒郊野外。他們的聲音加總在一起，趕走了狼嚎。

又一根樹枝折斷了。一個女性嗓音問：「查姆？」

查姆以呼喚回覆，「夏斯塔？」

一對年輕男女走出暗處，一起對大家說：「嘿。」

圍著營火的眾人說：「嘿。」

夏斯塔向大家介紹尼克，並在營火旁找到位子坐下後不久，葉片的沙沙聲、樹枝的斷裂以及夜鳥的尖啼便宣告黑暗中又有人登場了。

大家問事情是怎麼結束的。

結果華特是個心地善良的蠢蛋——就這麼結束的。他是優秀的偵察者，每群人當中都會有的那種。他以輔祭、以老師的走狗之姿，走進東南轄區分局，左右張望，單手摀嘴，低聲說話。夜晚過去了，拉起兜帽、頭壓低、戴墨鏡的華特·巴因斯走進來時，午夜已經過一百年了。他用氣音問：「負責人在哪？」他對執勤警官說：「我有線報，關於未來應該會發生的犯罪事件。」

執勤警官說：「身上有證件嗎？」

執勤警官把他丟給另一名警官，後者帶他前往地下室。而他到那裡之後一切都太遲了。

華特看不到的某處傳出模糊的說話聲，「只有一種性質能真正團結我們，那就是我們對團結的渴望……」他摸了一下口袋，拿出夏斯塔的耳塞嗅聞，將她耳屎和腦漿甜味吸入體內。他閉上眼睛做了一個長長的深呼吸，彷彿這段期間內她都一直站在他身旁。

這證明作家也能像個英雄般死去。

這，便是前「審叛日」時代的終結，也是終結的開端。

釋放兩萬五千隻白鴿的過程十分順利，未碰上任何阻礙。在完美天候的祝福下，五萬隻翅膀將牠們運向蔚藍天空。牠們一度形成扶搖直上的白雲，接著掉頭往鄉間飛去。遙遠的下方，有歡欣鼓舞的隊伍綿延在遊行路線上。

飢餓與犯罪使波特蘭再度變成了安全的居住地。因此，查理的軍團威風凜凜地挺進雜草叢生、荒涼無人的大都會。他們為一隊隊皮毛蓬亂的運貨馬匹上馬具，讓牠們拉戰車。彈射器裝著核子導彈，攻城槌的前端添加了豐富的鈽。弓箭隊看不到盡頭，他們的箭筒裝滿了Ｃ４火藥箭頭。走在他們後方的是一排排長槍手，炭疽病菌不斷自槍尖滴下。每當裝滿芥子毒氣的飛船出現時，眾人便會歡呼。大炮和攻城塔出現時也一樣，大家會投以雷聲般的喝采。

旁觀者中最醒目的是瑪麗希爾的家妻與田妻。她們都採外八字站姿，挺著一個大肚子，當中不少人此刻甚至已開始陣痛了，這是查理如蜜蜂般忙碌採蜜所致，每天都有為數不少的人讓他授粉。而今天他們伸長脖子、踮起腳尖，希望有機會看到他經過，也許還能和他對望。

有個老女人混在這群人之中，她已過了生育年齡。這衣衫襤褸的村姑還記得在過去那個年代，她曾在資料登錄機這種神奇的玩意兒前敲鍵盤勞動，但那記憶也已經很模糊了。她長度及肩的斑白頭髮盤在頭頂，有著洗衣工的紅腫雙手。很久以前，她的鼻子曾被打斷，斷到平貼在臉頰上，後來就那麼癒合了。她的膝蓋很痛，但她還是凝視著遊行隊伍。

空氣中充滿生機，玫瑰花瓣與五彩紙片紛飛，喇叭大聲播送陶伯特的嗓音。他不斷說：「高索邦和同志亞正處於戰爭狀態。高索邦和同志亞總是在打仗！」

那些字句震動著空氣，「人們想要的，是一個共同體結構！」

當洗衣工瞇眼盯著眼前經過的一張張臉孔時，另一個同樣快邁入高齡期、長相也類似的女人走了過來，站在她皮膚粗糙的手肘邊。新來的大嬸問洗衣工，「妳還記得我嗎？」

洗衣工瞥了她一眼，回頭繼續含情脈脈地看著遊行隊伍。「不記得。」她輕聲說。

新來的女人仍不放棄，「我不是一直都長這樣子。」她用官方規定的白人標準語說：「在前『審叛日』時代，我乃一名醫事人員，一個護士。」

洗衣工又看了這個陌生人一眼。上下打量她，尋找著線索，之後又別過頭去看遊行隊伍。

在兩人附近，有個年輕女子發出尖銳、高頻的叫聲，癱倒在路邊石上。旁人緊張地看著她，但沒人上前協助。

洗衣工和陌生人毫不猶豫地蹲下，救濟女子。她的中世紀北歐風長裙和棉布內衣都已被熱燙的羊水泡溼，顯然要開始分娩了。若真如此，這孩子將成為查理的長子。所以與她互別苗頭的其他妻妾才不會伸出援手。

於是，洗衣工輕扶著痛苦的王妻，陌生人則蹲在她的兩腿之間。接生的同時，蹲著的女子說：「放寬心吧，因為在前『審叛日』時代，我接生過許多嬰孩。」她的話語斜射向洗衣工，接著還說：「我乃照護令郎的那個護士。」

冷淡的洗衣工一度卸下拒人千里的態度，「我兒子？我的泰倫斯？」

陌生人一面接生一面說：「妳的鼻子怎麼斷成那樣？」

洗衣工舉起皮膚乾裂如鱗片的手，心不在焉地碰了一下她已遺忘多時的容貌缺陷。但她沒回答。

在這個以番薯和嬰孩的豐收程度來丈量所有事情的世界來臨前，這陌生女子曾在醫院內服務人民。利用職務之便，她送了一本陶伯特之書給洗衣女工的兒子。「我遵照妳的吩咐，」護士訴說著，「向他說謊了。我說那本書是他父親給他的，儘管我與他父親素昧平生。遵照妳的命令，我說謊了。我告訴泰倫斯，他父親守護著他，儘管我知道那並非事實。」

兩個女人說起話來都心不在焉，因為她們忙著協助腹中胎兒脫離母獸。

「是妳？」洗衣工不敢置信地問。

護士留意著冒出頭的嬰孩。她搖搖頭說：「我看到妳寫在書上的筆記了，為什麼妳要任由虛假的說法長存？」

「靠，我不知道。」洗衣工用前「審叛日」時代的粗俗語法說話，危險地打破慣例。「那主意是從《小鹿斑比》來的。」

護士重複她的話，「《小鹿斑比》？」

洗衣工面無表情地說：「卡通裡的那隻鹿。」她下垂的皺紋泛紅了，彷彿懊惱萬分。「還記得那幕嗎？公鹿走出森林，說班比是他的兒子，他的後代，還說他一直在暗中守護著他。」

「等等，」護士說，捧著即將出生的孩子，愣了一會兒，「也就是說，妳虛構了一個高貴、愛子心切的父親？」

洗衣工沒反駁，接著說：「我得讓泰倫斯恨我，他才能長出男子氣概。」

護士將渾身是血的新生兒高舉到空中，使勁拍了一下玫瑰色的屁股。她問：「母鹿後來不是死了嗎？」

小嬰兒精神飽滿地大哭。是個小女生，可憐的孩子。

洗衣工陷入過往的回憶之中，並說：「是啊，但誰想死呢？泰倫斯是被逼著恨我的。」

護士將扭動不停的健康寶寶放到她母親的手中，而這疲憊、滿身大汗的年輕女子首度加入她們的對話，「後來泰倫斯怎麼了？」

遊行旁觀者彷彿接到信號似地，發出響亮的歡呼聲。紋章幡旗在微風中瀟灑地翻飛，展示著五顏六色且鮮明的手織天鵝絨。大批科爾托管與囊袋風笛吹奏出的樂音振動著溫暖的空氣，宛如定音鼓般強勁。一雙雙腿循著小鼓和鈴鼓的規律節奏前進，保持著距離。這一片歡呼聚焦於查理酋長身上。他穿著一身人造皮。在皇家醫師的攙扶下，披著仿皮的他左搖右擺地跛行著。

這位博學的侍者，這位照料國王身體健康的醫師，不是別人，正是泰倫斯。洗衣工一瞥見她兒子，一看到這個發育成熟、位高權重的男子，她便心跳加速，又驕傲又有成就感。

她的勝利很短暫。執法人員催她後退，並清出一條通道，讓所有人都可以凝視他們跛行又疼痛的統治者。

女性的笑聲像潮水陣陣拍打查理的背，而他並沒有漏聽。他的上千名妻子中，有許多人痛快地大笑，笑到倒臥人行道上，也開始將健康的粉紅色新生兒擠出子宮外。因為這些人大都贈送過棕色遁蛛給夏斯塔皇后，助她解決掉查理的高貴陽具，而她們全都知道鑲珍珠下體片的後方空空如也，像顆鼓。

洗衣工和護士繼續為新一波嬰兒接生，而護士問：「可是……妳為什麼要說謊呢？」

笑容滿面的洗衣工看著兒子漸漸消失在遠方，然後聳聳肩，「我希望他信任父親，進而對神產生信仰。」她目送著他，直到他不見蹤影。她說：「那樣的人生比較輕鬆。」

那顫抖的人影溜進空地，被火光照亮。那憔悴的流浪漢身穿燕尾服，幾個月來的荒野生活已使衣料變得破爛。陌生人盯著這一群受選的同性戀、異性戀、黑人、白人、女人、男人。

圍繞營火而坐的年輕人，沒有半個敢動身上的一條肌肉。只要一個顫抖便會使陌生人落荒而逃。這陌生人，他瞪大寫滿創痛的眼睛，和他們對望。他嗅聞空氣，鼻孔舒張，顯然受到烤熱狗腸的香味挑逗。

尼克，慷慨過頭的尼克翻找口袋，然後伸長手，遞了一個膠囊給顫抖的男人說：「看來某老兄可以用一下普康定。」

夏斯塔噓了他一聲。她從賈邁爾的籤子上拔下一塊溫暖的肉，指間感受到熱狗腸潮溼的熱度，曾為人妻的她頓時受到一股罪惡感侵襲。作為彌補，她跪了下來。她的夥伴——尼克、菲力克斯、賈邁爾、喬女士、蓋文、查姆都對她發出警告的噺聲，要她保持安全距離，但她揮了一下手打發他們。

賈邁爾點點頭，閉上眼感受至高的歡喜，發出呢喃式的驚嘆，「酷！就跟史坦貝克寫的一樣！」

這一幕洋溢著憐憫的美德：夏斯塔・桑卻茲獻上溼漉漉的、滴著汁的一小口食物，給遭人獵捕、追殺的前不合眾國總統。

這差事很耗時。等到遊行隊伍和風笛手離開後……歡呼的人群帶著嚎啕大哭的新生兒踏上自己的道路後……前任參議員荷爾布魯克・丹尼爾斯推著一輛沉重的雙輪推車，沿著安靜無聲的遊行路線前進。

他用掃把將玫瑰花瓣和五彩紙片掃成一堆，用平頭鏟收集脫落的胎盤，還有乾馬糞。這些他全都堆到負擔過重的推車內。

與此同時，受到鮮血氣味吸引，為之垂涎的狼群正在周圍的陰影中聚集。

❖

就在華特·巴因斯額頭中彈，逐漸失血而亡的同時……

在某廢棄房屋的地下室，某老頭的細瘦手臂上的結痂傷口冒出了一滴血。他睜開眼，發現四下無人，於是舒張了一下僵硬的手指，開始撕扯手腕和腳踝上的大力膠帶。他原本被固定在一張堅固的木椅上，但固定用的膠帶從頭到尾都沒綁牢，他隨時都可以逃跑。如果他曾以逃跑為目標的話。

他的第一件工作將會是刪除名單網站。

再過幾天，就是松雞狩獵季了。

恰克・帕拉尼克年表

一九六二年　二月二十一日生於美國華盛頓，有法國和烏克蘭血統。雙親卡羅爾・帕拉尼克（Carol Palahniuk）和弗雷德・帕拉尼克（Fred Palahniuk）在他十四歲時離婚。此後，恰克・帕拉尼克便跟外祖父母住在一起。

一九八六年　取得奧勒岡大學的新聞學士學位。畢業後，先後當過記者、柴油機技術人員，並投入由無政府主義群體「不和諧協會（Cacophony Society）」所發起的一系列活動，包括隨機在公共場所惡作劇，或是任意進出管制場所。據說這段經歷成為《鬥陣俱樂部》「大毀滅計畫」（Project Mayhem）的靈感來源。

一九九五年　加入由美國作家湯姆・斯潘鮑爾（Tom Spanbauer）所組成的寫作小組，受到極大啟發。該小組以「危險寫作」為宗旨，強調文字簡練，並以痛苦的個人經歷來激發靈感。他於此時完成小說《隱形怪物》並投稿至出版社，但因為內容讓人不適而遭到所有出版社退稿。

同年，寫就《鬥陣俱樂部》第六章，收錄於當年出版的短篇小說選集《幸福的追求》（*Pursuit of Happiness*）。

一九九六年　將最初的短篇作品延伸成長篇小說《鬥陣俱樂部》，內容爭議甚至超越《隱形怪物》，卻為出版社接受。精裝小說出版後獲得好評，於隔年獲得太平洋西北書商公會圖書獎（Pacific Northwest Booksellers Association Award）、奧勒岡圖書獎（Oregon Book Award）。

一九九九年	《鬥陣俱樂部》由名導大衛・芬奇改編成電影。最初觀眾反應兩極，但是隨著電影DVD發行，很快就引起影迷追捧。《鬥陣俱樂部》除了被改編為格鬥電玩，續作也陸續以漫畫的形式分別於二〇一五年、二〇一九年出版。 同年，出版修訂過的《隱形怪物》和《倖存者》，奠定恰克・帕拉尼克小說鬼才的地位。《倖存者》原本預計改編電影，在九一一事件後，因為內容過於敏感使得拍攝計畫停擺。
二〇〇一年	出版《窒息》（*Choke*），是他第一本躋身《紐約時報》暢銷榜的作品，於二〇〇八年由導演克拉克・格雷格改編為電影上映。
二〇〇二年	因為父親與其女友遭到謀殺，恰克・帕拉尼克在法庭上旁聽凶手的審判，見證了死刑的判決而深受撼動，寫下小說《催眠曲》（*Lullaby*），於隔年獲得太平洋西北書商公會圖書獎。
二〇〇三年	出版小說《日記》（*Diary*）。在此書巡迴宣傳的途中，朗誦短篇故事〈腸子〉（Guts）。故事開頭即要求聽眾先深吸一口氣，並表示將朗誦故事至觀眾再也憋不住氣為止。據報導，該次活動有四十個人因此昏倒。其後恰克・帕拉尼克反覆進行這個活動，共計引發至少七十三人昏厥。 同年，舉辦為期三年的寫作論壇，推廣說故事的藝術，鼓勵讀者成為作家。此論壇的紀錄收於《未來的明信片：恰克・帕拉尼克紀錄片》（*Postcards From the Future: The Chuck Palahniuk Documentary*）中。
二〇〇五年	出版短篇小說集《惡搞研習營》，將先前的〈腸子〉收於其中，獲得史鐸克小說獎最佳短篇小說集的提名。此部作品是他「恐怖三部曲」的最後一部（前兩部分別為《催眠曲》、《日記》）。
二〇〇八年	出版小說《*Snuff*》，講述色情女王的故事。由色情女星郭盈恩的新聞而得到靈感。 同年，在「克拉里昂西部作家工作坊」向十八名學生進行為期一週的授課，介紹他的寫作方法和小說理論。

二〇〇九年　出版《侏儒》（*Pygmy*），講述一個來自未知極權國家的男孩以交換生身分到美國當特務，即將發起一場恐怖攻擊的故事。

二〇一一年　出版《*Damned*》，講述一場十三歲少女追查自身死因的地獄之旅。該書角色以喜劇電影《早餐俱樂部》為原型。恰克．帕拉尼克曾說，這是他用以面對母親因肺癌死亡的方式。兩年後出版續作《*Doomed*》。

二〇一五年　出版短篇小說集《*Make Something Up*》，因為內容過於露骨、令人反感，於隔年美國圖書館協會「十大挑戰性書籍」之中排名第八。

二〇一八年　出版《革命的那一天》，不改一貫的挑釁本色，描述一場暴力的反烏托邦噩夢，席捲現代社會的所有裂痕，美國國家廣播電台評為「驚人而快速地墜落至瘋狂與謀殺之境」。

二〇二〇年　出版《鬥陣寫作俱樂部》。本書結合了回憶錄與寫作指導，揭開恰克．帕拉尼克的寫作生涯，細緻考察說故事的藝術與技巧分享。

Litterateur 10

革命的那一天

以虛無主義爆擊現今民主的戰慄之作

Adjustment Day

•原著書名：Adjustment Day•作者：恰克．帕拉尼克（Chuck Palahniuk）•翻譯：黃鴻硯•封面設計：聶永真•校對：呂佳真•責任編輯：李培瑜•國際版權：吳玲緯•行銷：何維民、吳宇軒、陳欣岑、林欣平•業務：李再星、陳紫晴、陳美燕、葉晉源•總編輯：巫維珍•編輯總監：劉麗真•總經理：陳逸瑛•發行人：凃玉雲•出版社：麥田出版／城邦文化事業股份有限公司／10483台北市中山區民生東路二段141號5樓／電話：(02) 25007696／傳真：(02) 25001966、發行：英屬蓋曼群島商家庭傳媒股份有限公司城邦分公司／台北市中山區民生東路二段141號11樓／書虫客戶服務專線：(02) 25007718；25007719／24小時傳真服務：(02) 25001990；25001991／讀者服務信箱：service@readingclub.com.tw／劃撥帳號：19863813／戶名：書虫股份有限公司•香港發行所：城邦（香港）出版集團有限公司／香港灣仔駱克道193號東超商業中心1樓／電話：(852) 25086231／傳真：(852) 25789337•馬新發行所／城邦（馬新）出版集團【Cite(M) Sdn. Bhd.】／41-3, Jalan Radin Anum, Bandar Baru Sri Petaling, 57000 Kuala Lumpur, Malaysia.／電話：+603-9056-3833／傳真：+603-9057-6622／讀者服務信箱：services@cite.my•印刷：前進彩藝有限公司•2021年7月初版•定價480元

國家圖書館出版品預行編目資料

革命的那一天／恰克．帕拉尼克（Chuck Palahniuk）著；黃鴻硯譯. -- 初版. -- 臺北市：麥田出版, 城邦文化事業股份有限公司出版：英屬蓋曼群島商家庭傳媒股份有限公司城邦分公司發行, 2021.07
面；　公分
譯自：Adjustment day
ISBN 978-986-344-952-2（平裝）
874.57　　110005753

城邦讀書花園
www.cite.com.tw